# Flash 影视动画短片设计与制作

付一君　主编

李　勇　秦海玉　副主编

李欢欢　罗艳　蔡君　卢清清　编著

清华大学出版社

北　京

# 内容简介

本书主要从影视动画的创作角度去分析和讲解 Flash 动画短片制作的相关知识,包括 Flash 动画的发展历史、选题与策划、角色与场景设计、Flash 动画制作、后期处理、Flash 动画营销情况、Flash 动画色彩表现、Flash 动画影片的声音艺术、Flash 动画影片的影像艺术和 Flash 动画图形技术等,全面地分析了 Flash 动画的创作过程与制作中的关键环节。

本书可以作为影视广告设计、影视动画制作和数字多媒体技术设计人员的参考手册,也可以作为高等院校影视动画专业、动漫设计与制作专业、艺术设计专业、互动多媒体专业和 Flash 动画培训班的教材。

图书在版编目(CIP)数据

Flash 影视动画短片设计与制作/付一君主编. —北京:清华大学出版社,2010.6

ISBN 978-7-302-22344-3

I. ①F… II. ①付… III. ①动画-设计-图形软件,Flash IV. ①TP391.41

中国版本图书馆 CIP 数据核字(2010)第 058826 号

责任编辑:许存权  朱  俊
封面设计:刘    超
版式设计:王世情
责任校对:王    云
责任印制:杨    艳

出版发行:清华大学出版社                   地      址:北京清华大学学研大厦 A 座
         http://www.tup.com.cn              邮      编:100084
         社  总  机:010-62770175            邮      购:010-62786544
         投稿与读者服务:010-62776969,c-service@tup.tsinghua.edu.cn
         质  量  反  馈:010-62772015,zhiliang@tup.tsinghua.edu.cn
印 刷 者:北京鑫丰华彩印有限公司
装 订 者:三河市李旗庄少明装订厂
经    销:全国新华书店
开    本:185×260  印  张:21.5  字  数:495 千字
         (附光盘 1 张)
版    次:2010 年 6 月第 1 版      印  次:2010 年 6 月第 1 次印刷
印    数:1~4000
定    价:49.00 元

产品编号:034486-01

# 前　言

当前，Flash 动画飞速发展，越来越多的人喜欢上了 Flash 动画角色，专门从事 Flash 动画制作的公司也逐渐增多，闪客们不再像以前一样只是为了爱好而学习 Flash 动画技术，而是已经把 Flash 动画当成了自己的事业。Flash 动画所涉及的领域也越来越多，从简单的 Flash 动画广告发展到 Flash 短片，再发展到 Flash 影视广告、影视动画等，Flash 逐渐被动画制作者作为制作影视动画的工具。

本书主要把动画理论和影视语言等贯穿到 Flash 动画创作过程中，读者通过对本书的学习，不仅能学会 Flash 动画制作，还能够将动画理论知识和影视语言融入到动画的创作过程中，使动画作品更具有艺术性和视觉性。本书主要从 Flash 动画创作的方法讲起，通过对动画创作的每一个阶段进行详细介绍，让读者学习每一个知识点，最后完成一个完整的动画短片的创作，从而对 Flash 动画有一个全面的认识和了解。希望读者通过本书的学习，对 Flash 动画短片的制作有一个深刻的认识，通过 Flash 动画制作理论的学习，指导动画的创作过程，引导初学者学习 Flash 动画制作中的基本操作。

本书共 18 章，主要内容如下：第 1 章为影视 Flash 动画概述，主要介绍动画的历史和 Flash 动画的历史；第 2 章为 Flash 动画短片制作过程，主要介绍动画的制作过程和传统动画与 Flash 动画的区别；第 3 章为 Flash 动画的选题与策划，主要介绍 Flash 动画的创作，包括选题、剧本和文字分镜头剧本的编写等；第 4 章为角色设计与场景设计概述，主要介绍 Flash 动画中角色与场景设计的基础知识以及如何绘制画面分镜头剧本；第 5 章为动画制作概述，主要介绍动画制作过程中的动作设计和上色；第 6 章为 Flash 动画制作中的后期处理，主要介绍如何校正影片和优化影片；第 7 章为 Flash 动画营销，主要介绍当前 Flash 动画的主流网站和衍生产品；第 8 章为 Flash 动画中的角色设计技术，主要介绍在 Flash 动画中如何设计角色与角色设计的风格等；第 9 章为 Flash 动画短片中的场景设置艺术，主要包括场景的设计要求与作用等；第 10 章为 Flash 动画中的色彩表现，主要介绍 Flash 动画中色彩的应用和光影表现知识；第 11 章为 Flash 动画短片中的声音艺术，主要介绍 Flash 动画声音特征和声音的编辑与搭配；第 12 章为 Flash 动画短片中的影像艺术，主要介绍 Flash 动画景别与镜头的运用和 Flash 动画蒙太奇；第 13 章为 Flash 动画图形技术，主要介绍 Flash 动画工具、图形编辑和特效制作；第 14 章为 Flash 动画制作基础，主要介绍元件、时间轴和图层；第 15 章为 Flash 动画制作，主要介绍逐帧动画、补间动画、特殊动画和按钮制作方法；第 16 章为 Flash 中的 ActionScript 语言知识，主要介绍 ActionScript 语言基础知识；第 17 章为 Flash 动画的应用范围，主要列举当前 Flash 动画所涉及的领域；第 18 章为完整动画制作实例，详细介绍一个 Flash 动画短片的制作过程。

　　本书是集体智慧的结晶，主要内容由主编付一君编写，副主编李勇、秦海玉负责本书的整体规划和章节内容的要点要求。其他参编人员包括李欢欢（重庆邮电大学传媒艺术学院）、蔡君（大连东软信息学院）、罗艳（成都东软信息技术学院）、卢清清（云南爱因森软件职业学院）、刘移民（成都东软信息学院）和周向东（云南爱因森软件职业学院）。在此书编写的过程中得到了成都东软信息技术学院许多老师和同学的支持，在此一并表示感谢！

　　由于作者水平有限，加之创作时间仓促，本书不足之处在所难免，欢迎广大读者批评指正。若读者有疑问，可通过电子邮箱 Fuyijun83@126.com 和 QQ：178687262 与笔者联系。

# 目 录

## 第1章　影视Flash动画概述

## 第2章　Flash动画短片制作过程

## 第3章　Flash动画的选题与策划

## 第4章　角色设计与场景设计概述

## 第5章　动画制作概述

## 第6章　Flash动画制作中的后期处理

## 第7章　Flash动画营销

## 第8章　Flash动画中的角色设计技术

# 第9章 Flash动画短片中的场景设置艺术

# 第10章 Flash动画中的色彩表现

# 第11章 Flash动画短片中的声音艺术

## 第12章　Flash动画短片中的影像艺术

第13章　Flash动画图形技术

# 第14章 Flash动画制作基础

# 第15章 Flash动画制作

# 第16章 Flash中的ActionScript语言知识

# 第17章 Flash动画的应用范围

# 第18章 完整动画制作实例

# 参考文献

# 第 **1** 章

## 影视 Flash 动画概述

### 本章内容

# 1.1 传统动画的起源

## 1.1.1 动画的起源

动画的起源总是与技术的突破和艺术观念相互进行的，其具有艺术观念和技术两个基本属性。因此，动画是伴随着技术革新和艺术观念的发展而产生的。

有资料表明，在距今两三万年历史的旧石器时代，在西班牙的洞穴里发现了大量的壁画，其中，玛格特林文化中描绘了一头奔跑的野猪，除了在形象上逼真外，还重复地绘制了这只猪的腿，从而产生了一种视觉动感，这种现象就是动画现象的原始意象。

在古埃及法老时代，画匠们在神庙的巨大石柱上画上的一系列表现神的欢迎动作的分解图像，当法老乘坐马车从石柱旁奔驰而过时就会看到连续运动的画面。

通过这些在壁画和石柱上的图形符号不经意地表现了动态画面，恰巧吻合了动画的艺术创造本质，也是动画艺术的起点。

通过人们对这种视觉运动的兴趣和渴望，再通过静态的图像表现运动的意向，从而为后面动画的发明明确了一个切入点。

在一两千年前，我国发明的皮影戏（图1-1）和走马盘通过灯光照射的技术，呈现运动的连续画面。

图1-1　中国皮影

17世纪，到中国传教的法国神父将皮影戏传到法国，法国将皮影戏改良，发展成法兰西灯影。

18世纪，魔幻灯在法国风行，它是通过将绘有图案的玻璃放在透镜后面，经由灯光通过玻璃和透镜将图案投射在墙上。魔幻灯技术使绘制的图案和其他图像一起形成奇特的画面。

以上都是动画发展的雏形，动画真正开始发展是在1824年伦敦大学的教授皮特·马克·罗杰特出版的《移动物体的视觉暂留现象》，其中提到物体或者画面在运动变化的过程中在视网膜上有1秒的视觉停留。最后这一现象的时间被另一位科学家精确到1/3秒，这就是现代影视艺术的理论基础。

1834年，英国人威廉·乔治·霍尔纳发明了西洋镜，也称为走马盘（图1-2）。其特点是在走马盘圆柱体的内壁上放一圈连续运动的画面，通过周边的狭缝旋转走马盘，再通过狭缝就能看到圆柱体内壁上的画隐约地运动起来，以这种形式所观看到的画面是动画的萌芽。

1877 年，埃米尔·雷诺改进了走马盘，制造了通过几面镜子拼组成的活动视镜；1888 年，他创造了光学影戏灯，可以将画面投影到布幕上进行观看。

1887 年，爱迪生研究使用胶片的活动影像装置，1894 年他发明了电影视镜，可以通过该装置将运动的画面通过胶片放大到屏幕上播放。

经过很多科学家的努力，在 1894 年，卢米埃尔兄弟将他人的成果与自己的连续摄影机进行综合研究，研制成了世界上第一架比较完善的电影放映机——活动电影视镜（图 1-3）。通过前面掌握的技术和对活动电影视镜的进一步改进，在 1895 年 12 月 28 日，卢米埃尔兄弟在巴黎公开售票放映通过胶片拍摄的短片，这标志着世界电影的诞生。其中，埃米尔·科尔首先使用了逐格拍摄技术，通过此技术，各国的动画电影先驱们开始制作拍摄在胶片上的电影，这也是现代动画电影发展的起步点。

图 1-2　走马盘　　　　　图 1-3　活动电影视镜

1908 年，埃米尔·科尔首先使用负片制作动画电影，这从概念上解决了动画电影的载体问题，也为后面动画电影的发展奠定了技术与影像载体的基础。

1914 年，美国埃尔·赫德发明了透明的赛璐珞片技术，通过该技术可以将静止的每一个画面重叠在一起进行组合，然后逐帧拍摄，这种技术是手工制作动画最实用、最简洁和最节省时间的方法，通过这种技术，使动画电影实现了大规模的生产，也为后面的电脑动画层的使用提供了重要的技术借鉴。

动画起源于原始的绘画，发展于技术的不断创新和进步。因此，动画的发展必须具有一定的艺术性和技术性，它是技术与艺术在视觉上的综合体现。

## 1.1.2　动画的定义

在给动画定义时，首先要弄清楚以下几种对动画的称谓。

1. 美术片

美术片主要是中国这样称呼。在 1986 年，中国电影出版社出版的《电影艺术词典》中对美术片解释为"电影四大片之一，是动画片、木偶片、剪纸片和折纸片的总称。它是以绘画或者其他艺术形式作为人物造型和环境空间造型的主要表现手段，不追求故事片的逼真性特点，而应用夸张、神似、变形的手法，借助于幻想、想象和象征，反映人们的生活、理想和愿望，是一种高度假定性的艺术。美术电影一般采用逐格拍摄方法，把一系列分解了若干环节的动作依次拍摄下来，连续放映时便在银幕上产生活动的影像。"在《中国大百科全书·电影卷》中的解释为："美术片是一种特殊的电影。美术片是中国的名词，在世界上统称为 Animation，是动画片、木偶片和剪纸片的总称。美术片主要运用绘画或者其他造型艺术的形象来表现艺术家的创作意图，是一门综合艺术。美术片有短片、长片和系列片多种，题材和形式广泛多样，在世界影坛占有重要地位。在电视领域更受重视，为少年儿童和成年观众所喜闻乐见。"

上面是对美术片的定义，可见，其共同点是美术片具有绘画性，而且还有艺术表现多样性等特点。

2. 卡通

卡通最先使用的是美国，英文为 Cartoon，意思为漫画和夸张。卡通最早的意思就是用绘画语言来讲述故事的电影形式。

3. 动画

动画的称谓最先是日本使用，主要是以线条描绘的漫画形式的作品，后来包含了木偶动画和线绘动画等技巧所制作出来的影片。

随着技术的发展，动画表现的技巧也不断地发展和变化，已经不再是仅仅局限于使用线条绘画，伴随着计算机技术的不断进步和创新，动画的制作技术也不断地改善和发展，因此对动画的定义也不断地变化。

动画大师诺曼·麦克拉伦曾说过："动画不是会动的画的艺术，而是画出来的运动的艺术。"所罗门在《动画的定义》一文中所提出的看法具有两点共性，一是动画的影像是用某些载体逐格记录制作出来的，二是动作的影像是用幻觉创造出来的。

这两种定义的方法只局限于传统动画的方面，随着计算机动画出现后，上面的观点已经不能完全解释动画的定义。计算机动画的原理是通过原画在计算机软件中设置运动的起点和结束点，若给予足够的参数，计算机会自动计算，自动完成连续的动画，与传统动画中的逐格概念有所区别。

国际动画组织在 1980 年对动画一词所下的定义是："动画艺术是指除真实动作或方法外，使用各种技术创作活动影像，是以人工的方式创造动态影像。"也就是说，动画的创作不是直接的，而是通过间接的方法来实现，并通过影像的方式来展示。

因此，在当代对动画的定义为"利用逐格拍摄或制作连续放映而成的影片或视觉艺术"，主要指通过传统动画手段或者现代计算机技术制作出来的连续运动的影像就称为动画。

## 1.1.3 动画的产生

早在 1831 年，法国人 Joseph Antoine Plateau 把画好的图片按照顺序放在一部机器的圆盘上，圆盘可以在机器的带动下转动，这部机器还有一个观察窗，用来观看活动图片效果。在机器的带动下，圆盘低速旋转，圆盘上的图片也随着圆盘旋转，从观察窗看过去，图片似乎动了起来，形成动的画面，这就是原始动画的雏形。

1906 年，美国人 J Steward 制作出一部接近现代动画概念的影片，片名为《滑稽面孔的幽默形象》（Houmoious Phase of a Funny Face）。他经过反复地琢磨和推敲，不断修改画稿，终于完成这部接近动画的短片。

1908 年，法国人 Emile Cohl 首创用负片制作动画影片，所谓负片，是影像与实际色彩恰好相反的胶片，如同今天的普通胶卷底片。采用负片制作动画，从概念上解决了影片载体的问题，为今后动画片的发展奠定了基础。

1909 年，美国人 Winsor Mccay 用一万张图片表现一段动画故事，这是迄今为止世界上公认的第一部真正的动画短片。从此，动画片的创作和制作水平日趋成熟，人们已经开始有意识地制作表现各种内容的动画片。

1915 年，美国人 Eerl Hurd 创造了新的动画制作工艺，他先在塑料胶片上画动画片，然后再把画在塑料胶片上的一幅幅图片拍摄成动画电影。许多年来，这种动画制作工艺一直被沿用至今。

# 1.2 中国动画的兴起与发展

## 1.2.1 早期的中国动画（1922—1945年）

前面提到过世界动画的发展，值得注意的是，法国人埃米尔·雷洛在 1877 年发明的光学影戏机，美国人艾伯特·E. 斯密斯在 1898 年创造了逐格拍摄法，斯图尔特·布莱克顿根据这一原理派生了实验片《闹鬼的旅馆》，后来他拍摄了第一部电影胶片动画。在 1915 年美国人埃尔·赫德发明了赛璐珞片制作动画技术，使动画的制作效率进一步提高。

我国动画历史虽然起步较早，在亚洲的动画历史上发展较前，但比起欧美国家相对略晚。在 1918 年左右，美国电影动画片传入中国，最开始进入中国的美国电影基本上都是无声电影，主要在上海的影院和娱乐场所进行展示，这使得处在当时社会的精神文化生活较少的中国人民对动画产生了浓厚的兴趣，其中影响最深远的是万氏兄弟。

万氏兄弟最初在开创中国动画时举步艰难，在没有资金支持、设备简陋、资料不足的情况下，三兄弟以对动画的追求和顽强的意志，在自己的探索中，借鉴中国的走马灯、皮影戏和美国当时传入中国的一些动画，不断摸索着动画的精髓，最终掌握了当代动画制作技术的基本方法，经过两三年的努力，在 1922 年拍摄了中国第一部广告动画片《舒振东华文打印机》。虽然这部广告动画的时间仅 1 分钟，但开创了中国动画的历史。在 1926 年，通过三兄弟的不断改进和探索，拍摄了中国第一部动画片《大闹画室》。在对动画技术的不断探索和创新下，万氏兄弟在 1935 年创作了中国第一部有声动画片《骆驼献舞》（图 1-4）。

随着万氏兄弟在动画制作技术上的不断进步，当时国内的一些企业家们也看到了动画的商机和人民对精神生活的追求。在 1941 年，万氏兄弟和新华联合影业公司联合打造了亚洲第一部动画长片《铁扇公主》（图 1-5），该片时间长度大约为 80 分钟。该片在国内公映后，国内民众反应强烈，盛况空前，后来该片发行到了东南亚和日本，在整个亚洲产生了非同寻常的反应，这也为万氏兄弟在中国动画和整个亚洲动画的历史画上了精彩的一笔，同时，万氏兄弟也最早将中国精湛的动画技术和卓越的动画艺术载入了世界电影史册。

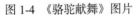

图 1-4 《骆驼献舞》图片　　　　　　图 1-5 《铁扇公主》图片

　　万氏兄弟对中国动画的发展起到举足轻重的作用，1922—1945 年期间，他们拍摄的各种动画片共有 30 多部，题材涉及广告、短片、寓言动画片、娱乐片、抗战宣传片等，他们为中国动画事业的发展指明了方向，可以肯定的是，这段时期把中国的动画称为"万氏兄弟时代"。

　　1922—1945 年期间，我们把它划为中国动画史的开始或萌芽时期，在这期间中国动画的代表人物还有漫画家黄文农和钱家骏等。

　　1924 年，中华影业公司摄制了动画片《狗请客》，该片是漫画家黄文农通过钢笔绘制的真人与动画合成的。同年，上海英美烟草公司摄制了滑稽动画片《过年》。虽然这两部动画片的历史较早，但由于历史原因和当时的社会情况，没有保存相关的资料和图像，因此所产生的影响不大。

　　钱家骏是中国 20 世纪 40 年代动画界的又一领军人物，他是中国动画教育历史的先行者。1940 年，他编导了抗战宣传动画片《农家乐》。该片由他带领的 20 位年轻的美术爱好者一起完成，主要以抗战中的农村故事为主题，由重庆励志社制作，在当时，国外的一些杂志社也报道了该片的情况，在中国的动画历史中产生了较大的影响。随后，钱家骏加入了由当时的国民政府教育部、中央电影摄制厂和重庆励志社三方联合成立的教育电影画片社，摄制了动画片《生生不息》，绘制了动画片《密封王国》，但由于资金的不足而最终没有上映。以后钱家骏主要从事教育教学工作，一边进行教学一边从事动画片的创造，为中国的动画电影事业作出了巨大贡献。

　　在中国动画发展的初期，动画的发展不仅仅只是在技术上有所进步，而是同时在动画的理论方面也有所发展，理论上的发展主要还是万氏兄弟。最初，万氏兄弟通过观看国外动画作品首先提出了中国动画的发展方向，提出中国的动画发展主要应该以中国的传统故事为基础，体现中国元素；同时提出应该以幽默和夸张的手法来表现动画中的故事情节和角色的动作，还指出动画不应只局限于娱乐，还应该具有一定的教育意义。万氏兄弟开创了中国动画理论的历史先河，他们的观点一直指导着中国动画的发展方向，影响深远，使中国的动画在当时处在亚洲的领先地位。

### 1.2.2　新中国动画（1946—1956年）

　　1946年，中国共产党在日本侵略中国东北三省期间在长春成立的"株式会社满洲映画协会"的基础上建立了东北电影制片厂。该厂所拍摄的影片以新闻纪录片为主，同时还进行故事片、美术片、科教片和译制片的制作。在该厂中设立了美工科，这是新中国唯一的动画片制作机构，成员基本上都是从以前的"株式会社满洲映画协会"转过来的。该厂在1947年拍摄出了新中国第一部木偶片《皇帝梦》，并于1948年制作了第一部动画片《瓮中之鳖》。

　　1946—1949年期间，中国动画制作的主要代表人物有特伟、持永只仁。特伟是当时从香港回到内地的著名漫画家，是中国动画的一位特别重要的人物；持永只仁是日本的动画专家，随着"株式会社满洲映画协会"一起并入东北电影制片厂。我们把这段时期称为新中国动画发展的序曲，它为新中国动画的发展奠定了基础。

　　新中国成立后，东北电影制片厂迁往上海，并入了上海电影制片厂，在东北电影制片厂美工科的基础上，上海电影制片厂成立了美术片组，由特伟担任组长，成员最初有10人左右。

　　1949—1956年期间可以称为是中国动画的发展阶段，这段时间中国共拍摄了12部200分钟的动画片，在国内外获得了许多奖项，主要作品如下：

- 1950年，上海电影制片厂美术组完成了第一部动画片《谢谢小花猫》，该片也是第一部通话题材的动画片，由持永只仁指导完成。
- 1952年，由《谢谢小花猫》原班人马完成了动画片《小猫钓鱼》（图1-6），该片使用拟人的手法，深受广大少年儿童喜爱。
- 1953年，摄制了中国第一部彩色木偶片《小小英雄》（图1-7）。

图1-6　《小猫钓鱼》图片

图1-7　《小小英雄》图片

- 1954年，由特伟导演的动画片《好朋友》（图1-8）获得了1955年文化部优秀影片二等奖，也是中国第一部获奖的动画片。
- 1955年，靳夕使用逐格拍摄的方法摄制了"中国学派"的开山作《神笔马良》（图1-9）。

图1-8 《好朋友》图片

图1-9 《神笔马良》图片

- 1955年，由钱家骏导演，一凡编剧，创作了中国第一部彩色传统动画片《乌鸦为什么是黑的》（图1-10），在威尼斯国际动画节上获奖，也是中国第一部获得国外奖项的动画片，该片成为当时中国动画发展的新水平。通过该片，中国的动画人认识到了坚持民族化，才是中国动画发展之路。
- 1956年，由特伟执导了动画片《骄傲的将军》（图1-11），该片结合中国的传统文化而创造，从动画的故事情节和角色的造型上都使用中国传统风格，在中国动画片民族的道路上迈出了第一步，确立了中国动画民族风格的发展方向。

图1-10 《乌鸦为什么是黑的》图片

图1-11 《骄傲的将军》图片

1954年提出了"百花齐放，百家争鸣"的文艺工作方针，指导着我国的动画创作健康发展，题材和形式多彩多样。在这个时期，中国动画的创始人万氏兄弟先后从美国、香港回到上海，早期从事美术片创作和电影摄制工作的人（包括一些编剧），以及一些美术院校和电影院校纷纷加入到中国动画片制作的团队里面，推动了新中国动画的发展。

## 1.2.3 中国动画的发展阶段（1957—1965年）

1956年，文化部电影局在北京召开了电影制片厂厂长会议，提出了改革电影体制的具体思路。在1957年，文化部对上海电影制片厂进行了改革，将最初的上海电影制片厂动画组独立出来成为上海美术电影制片厂，这标志着中国第一家专门从事动画制作业研究机构的诞生，为中国动画在这一段时间的良好发展打下了基础。其主要任务是创作动画片和木偶片。通过上海美术电影制片厂这一平台，中国的动画不管在艺术层面还是在技术创新上都有飞越发展，达到了较高的水平，很多影片走出国门，给世界展示了中国的动画和中国的传统文化，获得了不少国际奖项，形成了世界动画界公认的中国风格，使中国的动画在世界的地位进一步提高，影响深远。

在这段时间，动画新的创作思潮和理念也不断涌现。1957年，在上海美术电影制片厂担任厂长职位的特伟提出了"探民族风格之路"的口号，由此中国的动画人开始思考中国独有的民族风格动画的发展方向，中国动画的发展出现了一个高潮，这也是中国动画学派不断成熟的一个阶段，中国的动画进一步重视传统艺术语言的借鉴和探索，从中国绘画中寻找中国独特的审美语言方向、动画角色与场景造型风格和中国艺术文化符号，为中国以后的动画业发展奠定了良好的基础并指明了发展方向。其中，最具代表性的作品是《大闹天宫》（图1-12）。

1958年，中国动画的创始人万氏兄弟之一万古蟾，将中国传统中的皮影戏和剪纸艺术等与电影技术相结合，开创了独具中国特色的剪纸动画，具有明显的民族风格，最具代表性的作品是《猪八戒吃西瓜》（图1-13）。同年，上海美术电影制片厂的王树枕导演的《过猴山》（图1-14）是一部纯闹剧片，其题材来源于中国民间故事，将漫画的讽刺语言与动画电影相结合，与美国迪士尼的动画片在表现手法和故事处理上有所区别，体现了中国传统文化的特色。随着中国动画人对动画技术的进一步掌握和对动画艺术更高的追求，在这段时间出现了很多作品，题材和形式不拘一格，体现了"百花齐放，百家争鸣"的艺术创作方针。

图1-12 《大闹天宫》图片

图1-13 《猪八戒吃西瓜》图片

在20世纪50年代末，由于特殊的政治时代，动画创作者们也随着时代潮流，作品基本上带有浓厚的政治色彩，也创作了许多政治题材的动画片。

1960年，虞哲光创作了中国第一部折纸动画片《聪明的鸭子》（图1-15）。这是动画片的独创，在国际上受到了很高的评价。

图1-14 《过猴山》图片

图1-15 《聪明的鸭子》图片

1961 年，第一部水墨画与动画技术相结合的动画片《小蝌蚪找妈妈》（图 1-16）诞生，该片采用中国国画大师齐白石的写意花鸟画风格。

1963 年，拍摄了第二部水墨动画片《牧笛》（图 1-17），该片采用国画大师李可染的写意风景和人物，同时将电影、绘画和音乐等多种艺术完美地结合在一起，达到了诗情、画意和乐韵的完整结合。水墨动画片是中国动画一个新的创举，同时也是中国动画在国际动画界中立足的典范，也是中国动画创造性发展的范例。

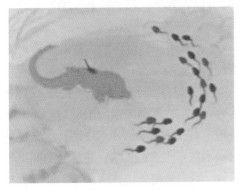

图 1-16 《小蝌蚪找妈妈》图片　　　　　图 1-17 《牧笛》图片

提到中国动画，在这个时期不得不提到《大闹天宫》，该片享誉世界，堪称经典之作，共分成上下集，整部影片片长 120 分钟左右，由万籁明和唐澄编导，张光宇和张正宇担任主设计师，绘制该片的人员有几十位，用了 4 年的时间完成。该片在国外获得了多项大奖，是继承中国传统文化的典范，标志着中国动画民族风格的形成。它具有独特的美感，造型艺术在当时是国外领先的动画制作人无法企及的，完全地展示了中国传统艺术的风格。

通过这段时期中国动画的发展和繁荣，中国的动画技术也趋于成熟，培养了一批技术过硬的专业动画创作人才，他们从事动画制作和动画技术的研究，影响了中国动画半个多世纪，成为中国动画发展的先行军和领导者。

## 1.2.4 中国动画的停滞阶段（1966—1976年）

1966—1976 年是中国的特殊时期，动画产业也受到一定的影响，1967—1971 年这段时间，中国的动画发展几乎停滞了下来，全国的动画片摄制厂被迫停产，国内动画片的数量和质量都急剧下降，动画的题材、内容和形式十分单调。1972 年，上海美术电影制片厂首先进行动画生产，到 1976 年共制作了 17 部动画片。1972 年摄制的动画片有《放学以后》和《万吨水压机战歌》；1973 年摄制的动画片有《小号手》和《东海小哨兵》；1974 年摄制的动画片有《小八路》（图 1-18）；1975 年的《渡口》；1976 年的《试航》和《长在屋里的竹笋》（图 1-19）。其中，在 1974 年，由严定宪、王树枕导演的《小号手》获得了第二届萨格勒布国际动画电影一等奖。

图1-18 《小八路》图片

图1-19 《长在屋里的竹笋》图片

### 1.2.5 20世纪80年代的中国动画

**1. 中国动画复苏和大规模发展时期（1976—2002年）**

1976—1989年是中国动画复苏时期，这段时间共创作了影片200多部，其中有许多优秀的动画短片，在动画片的题材内容、艺术形式和制作技术等方面有很大的进步。在改革开放几年后，国内成立了多家新的动画片制作部门，如北京科教电影制片厂、广西电影制片厂、辽宁科教电影制片厂和北京青年电影制片厂等，他们都进行创作和拍摄动画作品。新的动画制作机构的建立，使中国的动画有了新的变化和新的高度。

- 1978年，拍摄或制作的动画片有《象不象》、《画廊一夜》。
- 1979年，拍摄或制作的动画片有《哪吒闹海》（图1-20）、《好猫咪咪》。

图1-20 《哪吒闹海》图片

- 1980年，拍摄或制作的动画片有《黑公鸡》、《老狼请客》（图1-21）、《雪孩子》（图1-22）、《我的朋友小海豚》。

图1-21 《老狼请客》图片

图1-22 《雪孩子》图片

- 1981 年，拍摄或制作的动画片有《善良的夏吾东》、《猴子捞月》（图 1-23）、《南郭先生》、《九色鹿》（图 1-24）、《小小机器人》。

图 1-23 《猴子捞月》图片　　　　　图 1-24 《九色鹿》图片

- 1982 年，拍摄或制作的动画片有《老虎学艺》、《曹冲称象》。
- 1983 年，拍摄或制作的动画片有《天书奇谭》（图 1-25）。
- 1984 年，拍摄或制作的动画片有《悍牛与牧童》。
- 1985 年，拍摄或制作的动画片有《夹子救鹿》、《女娲补天》（图 1-26）。

图 1-25 《天书奇谭》图片　　　　　图 1-26 《女娲补天》图片

- 1986 年，拍摄或制作的动画片有《狐假虎威》。
- 1989 年，拍摄或制作的动画片有《毕加索画公牛》。

从动画片拍摄的题材上讲，有中国古典神话故事、少数民族神话传说、童话故事、成语和谚语故事、现实题材作品、科学幻想题材作品和实验动画片等。动画片的题材多种多样，艺术的表现形式也与以前的不同，更加宽广，在动画的制作技术上也更加成熟。

随着中国改革开放的深入，中国的动画在国际上逐渐具有一定的影响，在这段时期，中国的 20 多部动画片在国际上获得了 30 多项奖项，中国动画的制作水平已经达到了世界的先进水平。中国的动画不仅在技术上和影片上有所提升，而且在动画制作理论研究上也有很大的进步。1980 年中国电影出版社出版了《美术电影剧本创作》，这是新中国建立以来第一部关于动画理论的作品，也为中国动画以后的故事创作发展过程提供了蓝本。1981年出版的《美术电影动画技法》也是新中国第一部关于动画技法的理论专著，为今后在动画创作过程中技术的发展提供了理论依据和借鉴蓝本。1983年出版的《美术电影创作研究》将中国的动画电影带入了更高层次的研究领域。

2. 中国动画产业的形成（20世纪90年代）

中国动画的发展速度远远不及经济的发展，当前国家的主要工作是发展经济，中国动画的辉煌也渐渐地退去。随着中国对世界的开放，人们对国外有了进一步的了解，对动画片的需求也渴望更加突出，因此，在国内动画片发展较为缓慢的情况下，国外的动画片不断地涌入我国，特别是在大众化的电视媒体上表现更为突出，这为中国动画的发展思路和方向敲响了警钟。

在国外动画的冲击下，中国的动画人已经认识到了当前中国动画发展的紧迫性，1990年，国家广电部电影局召开了"全国动画联席会议"，参加会议的有动画制作单位和艺术院校，大会提交了《关于发展我国动画电影事业的汇报》，提出了恳请国家对中国动画片的生产进行扶持和保护等具体建议，本次会议为中国动画行业而召开，会议上针对中国动画未来的发展提供了指导。

1995年，中国电影放映公司对动画片不再执行以前的生产指标，而将中国的动画推向市场经济，由市场来决定中国动画的生产数量，进一步体现动画片的商业价值，因此，国内更多人投入到中国动画的生产中，中国的动画开始进入大规模生产。中国的动画片从以前的影院转向电视和新兴的媒体，从单一的电影形式转向电影、电视等，从艺术短片为主的模式转向多种动画形式的新的中国动画，中国的动画逐步沿着系列化、大型化和连续化的国际潮流发展。在制作方面，也从传统的手绘转向以传统动画技术手法为依托，以电脑绘制背景技术，三维动画也在进一步发展，让动画片的生产过程与国外动画制作相接轨，中国的动画产业逐渐形成。

20世纪90年代后，从国外传入中国的CG技术对中国的动画发展起到了推波助澜的作用。从中央电视台的《新闻联播》到后面的中国电视中的片头，都使用了三维技术，使动画的发展从传统的二维平台走向三维平台，使中国的动画发展更具有多样性，与世界逐渐接轨。还值得提出的是网络动画的发展，在20世纪90年代末，中国出现了闪客，也就是中国的Flash动画创作人员，这是中国动画的一个新门类，也是世界动画的一个新类型。

## 1.2.6　21世纪的中国动画

在21世纪，中国动画的发展可以用"多、快、齐"来形容，动画的产量逐年增多，发展速度加快，门类更加齐全。全国动画片从制作的分钟数上计算，每一年都比前一年有很大提升，有时甚至比前一年翻一倍以上。每一年动画生产的部数都有所增加，动画制作的从业人员也不断增加，全国高等院校开设动画专业也在飞速发展。

国内的动画制作公司也层出不穷，各级省级电视台都相应成立了动画制作部门，国家对中国动画的重视也逐步提升，全国建立了多个数字媒体产业基地和动画产业基地，也颁布了相应的法规和措施扶持中国动画的发展。21世纪的中国动画将向着世界先进的动画强国而努力奋斗。

# 1.3 中国 Flash 动画的发展概述

## 1.3.1 20世纪90年代的中国Flash动画

### 1. Flash 的诞生

Flash 最初是由美国的乔纳森·盖伊（Jonathan Gay）于 1995 年设计出来的，原名为 Future Splash Animator。由于 1995 年是互联网高速发展的一年，人们对互联网的平面模式感到不满足，乔纳森·盖伊凭借自己的软件设计能力和对市场的观察分析，设计出了 Future Splash Animator 矢量动画软件。其优势在于使用流媒体播放形式（主要解决互联网浏览网页的速度和时间）和矢量动画（图片文件较小，便于快速下载）。该软件面世后，就拥有了美国软件巨头（微软）和娱乐巨头（迪士尼）两大客户，这为其以后的发展提供了保障。

### 2. Macromedia 公司并购 Future Splash Animator

当时 Macromedia 公司的 Shockwave 播放器是互联网上 Director 交互电影中唯一的播放器，但 Shockwave 播放器不具备 Future Splash Animator 的互联网播放优势，而 Shockwave 播放器已经不能满足互联网交互功能的需求，Macromedia 公司已经感觉到自己在互联网市场中的危机，认为交互动画在互联网传播的趋势势不可挡，前景较好，于是 Macromedia 公司找到乔纳森·盖伊商量合作事宜，乔纳森·盖伊也认为 Future Splash Animator 在 Macromedia 这样的大公司的支持和经营下，才能够有更好的发展，因此双方一起达成了之间的并购，并在 1996 年的 11 月，Future Splash Animator 正式更名为 Flash 2.0 版本（Flash 1.0 版本也就是 Future Splash Animator）。

1998 年 5 月，Macromedia 公司推出了 Flash 3.0 版本。由于其优势，Macromedia 公司在下半年重新调整其战略，将 Flash 真正作为互联网多媒体软件被应用到更多的领域。

### 3. Flash 在中国的发展

Flash 进入中国是在 Flash 3.0 版本发布之后，其进入的方式不是直接进入，而是通过国内的网页设计师学习 Macromedia Dreamweaver 时，通过"回声资讯网站"带入的。在当时国内比较出名的闪客包括边城浪子、邹锐等，他们当时对 Flash 的应用基本上只涉及网页制作领域，很少涉及 Flash 动画领域。当时国内的闪客都是通过边城浪子创建的回声资讯网站、eye4u 网站和邹润制作的七种兵器网站来学习 Flash 的，但他们接触的作品较少，原创作品更少。

1999 年 6 月，Macromedia 公司推出了 Flash 4.0 版本，并且推出了 Flash 4.0 播放器，更名为 Flash Player 4.0 播放器，Macromedia 公司的这一举动带给了 Flash 无限的发展前景，正是因为播放器的变革，使得 Flash 摆脱 Director 的束缚，成为真正意义上的交互多媒体软件。

1999 年 9 月，回声资讯网站进行全面改版，更名为"闪客帝国"，将网站中关于其他软件技术的讨论全部抛弃，成为专业的 Flash 社区。"闪客"来源于英文单词 flash（闪光），使用 Flash 的人自然就将自己称为 flasher，也就是闪客。闪客帝国是当时使用 Flash 软件的人成立的一个网络部落。

通过闪客帝国的改版，国内有了一个专门研究和学习 Flash 动画制作技术的平台，Flash 被更多的人接受，学习和制作 Flash 动画的人也开始逐渐增多，其中有大学生、教师和广告设计人员，主要还是网页设计师。由其他领域的从业人员加入到闪客部落，Flash 应用的领域更广、更深入，这为 Flash 的发展起到积极的推动作用。当时 Flash 应用的领域包括网站制作、广告、教学课件和简单的游戏等，其中影响最大的还是在 Flash MV 动画和简单的动画短片，这为 Flash 进入动画领域起到直接的推动作用。

1999 年 11 月，在广大闪客的要求下，闪客帝国设立了中国第一个 Flash 作品榜，这为国内的广大闪客们提供了一个展示的舞台。最初的闪客们都是从事网页设计的，大多数闪客都把重点放在学习 Flash 技术上，其展示的作品大多数还是以技术为主，这也直接造成了精品较少的局面。但值得注意的是，通过这样一个平台，学习 Flash 的人越来越多，Flash 的制作技术也不仅局限于网站广告，闪客们发挥各自的特长，为 Flash 动画的发展奠定了基础。

## 1.3.2　21世纪初的中国Flash动画

2000 年 8 月，Macromedia 公司推出了 Flash 5.0 版本，它在原有的菜单命令基础上，模拟 Director 软件 Lingo 语言的模式，采用 Java Script 脚本语法的规范，发展出第一代 Flash 专用交互语言，命名为 Action Script 1.0。这是 Flash 的一次重大突破，但 Flash 中的绘画部分没有太大变化，在 Macromedia 公司发布 Flash 5.0 版本时，将它与 Dreamweaver 和 Fireworks 整合在一起，被称之为网页三剑客，可见 Macromedia 公司对 Flash 的定位是不想它成为专门的动画软件，而是兼顾动画和交互语言，使 Flash 应用的范围更广。

2001 年，国内 Flash 迎来了自己的发展高潮，在这一年中，闪客们根据爱好组建了自己的创作团队，同时，单个闪客的作品与 2000 年的作品相比也有了质的提高。当时最优秀的作品是小小（朱志强）的《小小三号》，他通过简单的角色造型，在动作上创新，为国内的闪客们引领着 Flash 动画的发展方向，同时国内的闪客们已经开始被媒体所关注。另外一个优秀的作品是林度的《重爱轻友》，该作品是一个欢快的 MV，林度将 Flash MV 的娱乐性发挥得淋漓尽致，从而为 Flash 的发展指明了一个方向。《大话三国》和《东北人都是活雷锋》都是在当时娱乐性较强、反响不错的动画 MV 作品，这为美术派闪客们创作 Flash 动画提供了一个发展方向。彩信在当时也使用 Flash 制作，为 Flash 动画进一步走向商业化奠定了基础。

2002 年 3 月，Macromedia 公司发布了 Flash MX（Flash 6.0）版本，该版本弥补了 Flash 以前在后台上的缺陷，同时对矢量绘图工具进行了补充，使 Flash 的发展定位更加明确。

在国内，Flash 经过了 2001 年的辉煌之后，2002 年国内的闪客对 Flash 的定位明显地分成了技术派和美术派两个方向。技术派的闪客和国外的闪客一样，主要作品都一直表现在互动网站的建设上，强调 Flash 后台语言的编程能力；美术派主要是创造 Flash 动画短片，强调应用 Flash 制作动画。技术派闪客在内部实现优化组合，以大公司的互动网站为突破，使用 Flash 进行盈利，实现 Flash 制作网站的商业化；美术派闪客更多的是将 Flash 应用在动画短片的产业化，使 Flash 动画不仅仅局限于网络中的娱乐范围，走得更远、更广。在 2002 年中，出现了更优秀的 Flash 动画短片，如上海拾荒系列 Flash 动画短片《小破孩》，拾荒的《小破孩》系列从最起初的网络娱乐最后走向 Flash 动画产业的一个典型代表，其创作方法使用中国动画片传统的动作绘制手法，从效果上走国际路线，强调动画制作效果的同时也注重故事情节，迎合了中西方的文化，深得人心，直到现在其产业地位仍在国内处于前列。

通过前面几年闪客的技术进步和市场的变化，2003 年，国内的闪客们准备制作一些实质性的作品，同时应对市场的需求和发展，追求 Flash 动画的经济效益，使其具有更大的商业化的性质。通过商业化的制作和与一些大公司的合作，闪客们有了一定的经济利益，作品的艺术性和市场化使更多的人接触到 Flash 动画。2003 年 8 月，Macromedia 推出了 Flash MX 2004 后，Flash 就陆续增加了动态图像、动态音乐和动态流媒体等技术，并且添置了组件、项目管理和预建数据库等功能，使 Flash 具备了挑战 HTML，成为网站主流技术的可能。同时，Macromedia 已经不局限于让 Flash 仅在网络上发展，Flash MX 2004 实现了对手机和移动设备的支持，为 Flash 成为跨媒体播放软件创造了条件。另外，Macromedia 公司对 Flash 的 Action Script 脚本语言进行了重新整合，摆脱了 Java Script 脚本语法，采用更为专业的 Java 语言规范，发布了 Action Script 2.0，使 Action 成为了面向对象的多媒体编程语言。

通过 Macromedia 公司对 Flash 软件的进一步完善，Flash 应用的领域也逐步地扩展。在 2003 年，国内的 Flash 已经开始涉足电视、电信、出版发行和网络互动等行业。当时，在国内比较有成就的是 ShowGood 公司，他们不仅制作一些传统的 Flash 作品，更把 Flash 动画发展到影视的领域，为当时国内 Flash 动画的发展起到领军作用。2003 年，森马服装公司的官方网站制作成互动网站，获得了 2003 年度中国十佳网站和 2004 年亚太地区交互多媒体广告金奖。闪客们在与这些大公司合作时具有一定的成就感，并还有比较可观的经济利益，通过这样一种市场模式，使闪客更具有信心。

值得一提的是，2003 年，Flash 已经在 CCTV 的春节联欢晚会上成为开场动画，随后，Flash 动画逐步涉足影视广告行业，被更多的闪客们开辟和创新。2003 年涌现出了一大批年轻闪客，也创作出了很多优秀作品，如卜桦的《猫》、年轻的翅膀的《Robin-Cony 序曲》和歪马秀的《心非所属》。而老闪客却不复当年之勇，只有白丁的《失落的梦境》较为突出。

2003 年，Flash 动画逐步走向商业化，美术派的闪客们获得商业价值，技术派闪客们在 2004 年也开始务实，以前比较出名的技术闪客在国内的各大网络公司担任技术要职，通过吸收以前的一些经验和在财力上的充足，他们很多都自己创建公司，对 Flash 动画的交互功能继续创造和开辟新的市场。

2004 年，香港闪客想猫的鱼制作了一个带有动画故事的网站，在旧金山获得 Flash forward 2004 卡通组大奖和民众选择奖，之后又获得了香港 IFVA 动画组银奖。该作品是一个以动画为主的网站，比较强调叙事性，互动方面现在还比较简陋，通过这样一个作品的启示，国内闪客们对 Flash 动画一个新的发展方向有了一定的认识，优秀的 Flash 动画作品不仅局限于美术或者技术，更多的是将两者之间相互结合，开辟新的 Flash 市场。

通过查看闪客帝国网站的爬行榜，可以发现，美术派的闪客经过这几年的努力，有了一个质的飞跃，优秀的团队也出现了很多，如飞鸟动画、思妙动画、中华轩动画和创梦数码等，已经形成了自己的风格和作品产业，初步达到抗衡传统动画的能力。通过对 Flash 动画产业的认识，相信 Flash 动画的发展将更具有商业竞争力。

2004 年的优秀动画作品基本上都出自于动画团队之手，如中华轩动画网的系列作品《云端的日子》、B&T 的作品《大海（重生版）》和思妙文化的《大闹西游》等。

进入 2005 年后，中国 Flash 动画开始飞速发展，出现了很多 Flash 动画制作公司，他们不只制作简单的 Flash 动画，而是多种经营共同发展，各自有着自己的特色和发展目标。下面主要介绍在中国的 Flash 动画制作公司或团队的情况：

- 成都中轩数码娱乐有限公司（中华轩）是一家以原创动画为主并提供动画、漫画、网站和多媒体等多种产品形态服务的专业动画公司，它集合了一支了解现代媒体传播特点、具备专业制作技能、极富创意经验的精英团队。公司主要涉足 2D/3D 动画、Flash 动画和网络动画，其中包括各种影视动画系列片、短片、动画广告、手机动画、楼盘动画、MTV 动画、课件动画和网络广告条等，还涉足漫画制作、动画游戏、多媒体制作、网站建设和平面广告。

- 拾荒动画是一家国内知名的数字动画娱乐内容提供商，是专业的动画设计制作和卡通品牌运营公司，致力于数字动画内容创作和卡通产品营销。拾荒动画是由知名动画导演拾荒先生（《小破孩》的创作者）成立于 2003 年，拾荒动画的目标是"打造具有中国特色，世界水准的动画品牌"，其主要原创作品有《小破孩》系列动画片和《老呆和小呆》系列动画片。《小破孩》自 2003 年初在互联网上推出以来，在网上广为流传，受到广大网友的喜爱，不少电视台也播出过，同样收到良好的反映。拾荒动画与国内知名网站的动漫平台建立了良好的合作关系，在闪客帝国、闪吧、TOM、SOHU、SINA 和网易等网站都设有《小破孩》系列动画的专区，网络人气居高不下。2003 年 10 月，在青岛第二届中国视协动画短片学术奖评选活动中，《小破孩》系列动画片的《景阳岗》和《金瓶梅》分别荣获最佳网络动画奖和优秀网络动画奖，《金瓶梅》更是被评为 2003 年度最具网络人气动画奖；导演拾荒被视协推荐为 2003 中国卡通产业论坛十大新锐导演。2004 年 7 月，在大连第三届中国视协动画短片学术奖评选活动中，《小破孩》又有新的突破，其《佐罗》系列荣获优秀影视动画样片奖。《老呆和小呆》是由拾荒动画创作、与上海文广集团共同投资制作的中国第一部数字高清晰动画片，2005 年，在四川电视节获得"金熊猫"奖——最佳动画编剧奖，2007 年，在上海电视节获得"白玉兰"奖——最佳动画片银奖。拾荒动画有丰富的二维动画及 Flash 动画制作经验和技术，有一支年轻而充满活力的创作和营销队伍，有规范的管理制度和创作流程。公司能够在最短时间内为客户提供高质量的动画产品，满足客户的需求，质量是公司信誉的保证，公司本着"品牌至上、诚信合作"的经营理念为客户服务。公司的业务范围主要涉及电影、电视互联网、无线增值、游戏、广告、教育和音像等领域。

- B&T（彼岸天）公司是中国动画领域享有盛誉的先导之一，它在高品质原创动画制作以及自有卡通形象品牌运营的成绩也使其成为中国领先的专业动画创意公司。B&T 海外公司注册于英属开曼群岛，全名 B&T Limited。国内公司注册于北京，全名彼岸天（北京）文化有限责任公司。公司创立于 2005 年 3 月，于 2007 年 6 月获得某知名风险投资基金投资。B&T 创造的卡通形象 BoBo&ToTo 成为互联网上备受欢迎的卡通形象，并被情侣们视为"爱"的代言。其动画及衍生产品的精神理念——"带着爱与梦想生活"正逐渐影响着一代人。B&T 曾获包括北京电影学院第六届学院奖、最受观众欢迎奖、评委会大奖、最佳影片奖提名、第三届金龙奖最佳动画短片金奖、中国数字盛典专业区动画 DIGGI 大奖、首届杭州中国国际动漫节最佳动画片奖和金闪客奖年度最佳网络动画片奖等数 10 项动画大赛最高奖。B&T 与上海文广集团、优扬传媒集团联合投资出品的动画电影长片正在制作中。B&T 专注于高品质原创电影动画制作，并致力于将自有系列电影品牌与卡通形象品牌推向世界。彼岸天获奖情况为：2006 天津电视台天视杯年度最佳动画片奖；2006 年，《燕尾蝶》获北影学院奖——最佳短片奖提名；2006 年，《燕尾蝶》获北影学院奖——评委会大奖；2006 年《燕尾蝶》获北影学院奖——最受观众欢迎影片奖；2007 年，《燕尾蝶》获第三届金龙奖最佳动画短片金奖；2009 年，《燕尾蝶》成为文化部"原创动漫扶持计划"（2008）网络动漫扶持作品；2009 年，B&T 得到文化部"原创动漫扶持计划"（2008）网络动漫团队扶持；2009 年，B&T 得到"原动力"中国原创动漫出版扶持计划原创动漫团队扶持。

- 思妙文化是一家以原创为主的动漫企业，成立于 2003 年，一开始就专注打造品牌价值，精心设计了《大闹西游》、《砖头文》和《一树梨花》等人气动漫，在网上一时成为佳话。各大门户网站以及电视台争相为思妙产品建立专区网站，其点击量有上千万之多，于同行业前列。过去思妙文化获得国内外多个大奖，并且应邀参与大型的国际动漫电影节，《蜗牛仔仔》的制作水平更被韩国首尔国际动漫节评委认定为一级水平。近年来，思妙文化大力推动绿色文化，制作了一部 90 分钟的大电影，主要表现以环保、和谐、历险为主的蜗牛仔仔的故事。另外，还推出以藏羚羊的故事为首，以西岭雪引出的 100 多集以高水平的水墨造诣表述的一个个感动心灵的动物故事。原创精神就是精益求精，国际大趋势正迈向三维动漫效果，我们也正加紧备战。元素领域就是最新以全球一体化的主题，用于表现一种社会新国度的手法，去演绎一系列资源短缺的问题，除了为观众带来感观上的刺激之外，故事内容也都发人深省。动漫就是一个奇思妙想的世界，未来的日子，思妙仍然会努力不懈地以原创为本，全力以赴。带领中国原创动漫在国际舞台上大放异彩。思妙主要作品有：《大闹西游》、《蜗牛仔仔》、《砖头文》、《一树梨花》等。其获奖情况为：2005 年 1 月 30 日，思妙文化创办人韦锋入选年度十大闪客；2006 年 5 月 24 日，思妙文化应韩国方面邀请参加 SICAF 韩国 2006 国际动漫节研讨会，并由韦锋代表中国方面于 SPP 研讨会上进行演讲及发言，参加此次研讨会的还有日、韩代表等，思妙的应邀体现中国 Flash 动画在国际市场上得到了充分的肯定；2007 年 1 月 25 日，日思妙动画作品《大闹西游》荣获 2006 年度"金闪客"网络动画最佳配音奖；

2008 年 5 月 22 日，《蜗牛仔仔》入围 2008 年度韩国首尔国际动漫节，成功跻身国际市场；2008 年 7 月 18 日，《蜗牛仔仔》荣获 2008 年亚洲青年动漫大赛最佳形象设计奖。

- 桂华政（阿桂）从事的项目有电视动画片、网络 Flash 动画片、手机动画、移动电视动画和多媒体动画制作。成功案例有：中传视友百集系列动画片《拇指剧场》动画项目；北京儿艺孟京辉执导的话剧《迷宫》动画项目；北京儿艺话剧《雪童》动画项目；中韩合资《健康乐园生命科学探险展》动画系列片制作；台湾著名漫画家蔡志忠《少林寺》动画系列片制作；台湾著名漫画家老琼《我爱美丽》动画系列片制作；辽宁省省委办公厅《中国辽宁》多媒体制作；动画音乐电视《好久没回家》动画制作；长城影视动画公司电影动画片《岳飞传》动画制作。主要原创作品有：北京儿艺孟京辉执导的话剧《迷宫》动画项目；北京儿艺话剧《雪童》动画项目；动画系列片《胖狗狗动画速写系列》；动画艺术片《梦想家之旅 3》；动画艺术片《七十年代生人》；动画音乐电视《好久没回家》。作品播出的电视台有：卡酷动画卫视——闪天下特约播出阿桂作品；中央电影频道——爱画电影特约播出阿桂作品；上海动画频道——学院派报道特约播出阿桂作品；btv8——第八区特邀阿桂作品；东南卫视频道——博客风暴特约播出阿桂作品；上海电视台艺术人文频道——文化周刊特约播出阿桂作品；中央少儿频道——成长在线特约播出阿桂作品；云南丽江电视台——丽江全接触特邀播出阿桂动画。

以上是国内主要的 Flash 动画制作公司和团队，还有很多优秀的 Flash 动画制作公司在这里不再详细介绍，他们推动了中国 Flash 动画的发展，为 Flash 动画指明了方向。

### 1.3.3　Flash编程语言的发展

Flash 从 2.0 版本开始逐步完善它的脚本语言（Action Script 1.0），这些语言在早期的 Flash 中能够控制影片播放并且绘制图形，实行人机交互。2000 年 8 月，Macromedia 推出了 Flash 5.0，并推出了全新的 Action Script 2.0 语言，这是 Action Script 的一次飞跃，Flash 5.0 开始了对 XML 和 Smart Clip（智能影片剪辑）的支持。Action Script 的语法已经开始定位为发展成为一种完整的面向对象的语言，并且遵循 ECMAScript 的标准，就像 Java Script 那样。在后来的 Flash 6.0 和 Flash 7.0 版本中，Macromedia 为 Flash 加入了流媒体（flv）的支持，使 Flash 可以处理基于 on6v 编码标准的压缩视频。Flash 8.0 版本增加了位图滤镜功能，从 8.0 版本开始，Flash 已不能再被称为矢量图形软件，因为它的处理能力已延伸到了视频、矢量、位图和声音。

2006 年，Macromedia 被 Adobe 收购，由此带来了 Flash 的巨大变革，2007 年 3 月 27 日发布的 Flash 9.0 成为了 Adobe creative studio CS 3.0 中的一个成员，与 Adobe 公司的矢量图形软件 Illustrator 和被称为业界标准的位图图像处理软件 Photoshop 完美地结合在一起，三者之间不仅实现了用户界面上的互通，还实现了文件的互相转换。当然更重要的是，Flash 9.0 支持全新脚本语言 Action Script 3.0，Action Script 3.0 是 Flash 历史上第二次飞跃，从此以后，Action Script 终于被认可为一种正规的、完整的、清晰的面向对象的语言。新的 Action Script 包含上百个类库,这些类库涵盖了图形、算法、矩阵、xml 和网络传输等诸多范围,为开发者提供了一个丰富的开发环境基础。随着 Action Script 3.0 而来的是新的 Flash RunTime 虚拟机(VM2.0),VM2.0 的运行效率是 VM1.0 的 10 ~ 15 倍。

Flash Player 并不是传统意义上的媒体编解码播放器,Flash Player 是一个标准的虚拟机,用来解释运行 Action Script 和显示包含在 swf 中的各种图形资源。与 .nct framework 和 Java Runtime 不同的是,Flash Player 是基于流形式读取并执行 swf 文件的,在基于 timeline 的 swf 中按照时间帧顺序运行每一帧的程序,这使得 swf 文件在网络上的传输更加高效。在经过长期的实践检验之后,开发者普遍认为,在 timeline 上进行用户界面的开发更加清晰和直观,或许它将成为一种新的应用软件开发潮流,因为用户体验流程在未来的软件开发中越来越重要。事实上,有很多软件的开发就是通过画"故事板"实现的,timeline 就是"故事板"所集合成的流程。

Flash Player 目前在全世界计算机上的普及率达到 98.8%,这是迄今为止市场占有率最高的软件产品(超过了 Windows、DOS、Office 以及任何一种输入法),通过 Flash Player,开发者制作的 Flash 影片能够在不同的平台上以同样的效果运行。目前,在 sony psp、ps3 系列、Microsoft XBOX 系列、Microsoft Windows Mobile 系列的 PC 和嵌入式平台上,都可以运行 Flash,业界普遍认为 Flash 下一个主要应用平台将出现在移动设备上,当时的 LG 爱巧克力手机是一个开拓者,它完全使用 Flash 作为手机操作系统的用户界面。

Adobe 不断发掘 Flash 的潜能,基于如此广大的 Flash Player 市场占有率,Adobe 开发了许多延伸产品,如网络视频会议系统、协同办公系统和销售支持对话系统等,2006 年,Adobe 还发布了新的 swf 开发平台 Flex,Flex 是面向传统程序员的 Flash 开发工具,它基于 IBM Eclips,包含有比 Flash 更强劲的矢量用户界面组建系统和全新的 XML 扩展标记语言,开发者使用 Flex 可以快速部署被称为下一代互连网核心应用的 RIA 系统(Rich Internet Application),设计有良好用户体验和丰富交互特性的网站。与 Flash 相比,Flex 更适用于开发大型项目并更加注重代码编写。与此同时,号称 Adobe 对抗 Microsoft .Net 的战略性产品 Apollo 也即将发布,Apollo 是一种基于 Action Script 3.0 语言的桌面应用程序开发环境,同时,它的 Runtime 还支持 XML、Java Script 和 HTML,也就是说,开发者使用 Apollo 平台将能够像编写网页一样编写桌面应用程序。

虽然 Flash 现在已成为事实上的互连网多媒体标准,但随着下一代操作系统 Microsoft Vista 的发布,Flash 的前景开始逐渐黯淡,Microsoft 抛弃了 GDI、GDI+ 和 MFC,为 Vista 开发了一套全新的图形子系统 WPF,WPF 是建立在 DirectX 10.0 之上的矢量图形系统,几乎具有 Flash runtime 的全部功能,而且由于 Direct 10.0 是显卡资源的图形接口,WPF 生来就具有 Flash 无法比拟的效率。如果说在 Vista 以前的版本中运行 3D 和矢量界面需要在特定的虚拟机和窗口之内的话,那么在 Vista 中,整个屏幕就是一个 3D 矢量界面,而且它的效率比 Flash 高 100 倍。开发矢量动画或矢量界面将不再需要任何其他 Runtime 或 ActiveX 的支持。

Macromedia 被 Adobe 收购之后,Flash 和 Fireworks 开发团队一部分核心人员投奔了 Microsoft,并开发了基于 WPF 的设计师软件套装 Microsoft Expression,Microsoft Expression 被认为是模仿 Microsoft 的,基本与现有的 Adobe 三款拳头产品 Flex、Illustrator、

Dreamweaver 功能重叠，其中基于 XML 的 Microsoft Blend 几乎和 Flex 如出一辙，由此可以看出，Microsoft 开始阻击 Adobe，为它的 WPF/.net framework 3.0 战略扫清障碍。

不管未来将会如何发展，矢量图形界面已被公认为是未来操作系统、网站、应用程序、RIA 的发展方向，矢量图形界面能够给用户带来更丰富的交互体验，基于矢量图形的用户界面设计与开发将在未来成为数字艺术领域的一个越来越重要的分支。Vista 是一个纯粹的矢量图形界面操作系统，它在用户界面上的先进性已经展现得淋漓尽致（Flip 3D、Aero Glass 等），或许再过两年，当 Vista 逐步普及之时，就是矢量图形的用户界面设计与开发产业蓬勃发展的时候了。不管将来 Flash 是否会继续保持着主流地位，从现在开始学习并掌握 WPF、Flash、Flex、Blend 这些未来会广泛使用的开发工具是保持个人竞争力的一个好方法。

### 1.3.4  目前Flash动画的发展

#### 1. 应用程序开发

由于其独特的跨平台特性、灵活的界面控制以及多媒体特性的使用，使得用 Flash 制作的应用程序具有很强的生命力。在与用户的交流方面具有其他任何方式都无可比拟的优势。当然，某些功能可能还要依赖于 XML 或者其他诸如 Java Script 的客户端技术来实现。但目前的现状是，很少有人具有运用 Flash 进行应用程序开发这方面的经验，但这个难度会随着时间的推移而逐步减弱。事实上，对于大型项目而言，使用 Flash 此时未免有些言之过早，因为它意味着很大的风险。当然，在最早的时间掌握和积累这方面的经验在将来无疑会具有一种很大的竞争力，可以将这种技术运用在项目中的一小部分或者小型项目中，以减少开发的风险。

#### 2. 软件系统界面开发

Flash 对于界面元素的可控性和它所表达的效果无疑具有很大的诱惑。对于一个软件系统的界面，Flash 所具有的特性完全可以为用户提供一个良好的接口。

#### 3. 手机领域的开发

手机领域的开发将会对精确（像素级）的界面设计和 CPU 使用分布的操控能力有更高的要求，但同时也意味着更广泛的使用空间。事实上，手机和 Pocket PC 的分界已越来越不明显，开发者必须为每一款手机（或 Pocket PC）设计一个不同的界面，因为它们的屏幕大小各有不同。当然软件的内核可能是相同的，所要注意的是各类手机 CPU 的计算能力和内存的大小，这无疑是一些很苛刻的要求。

#### 4. 游戏开发

事实上，Flash 中的游戏开发已经进行了多年的尝试，但至今为止仍然停留在中、小型游戏的开发上。游戏开发的很大一部分都受限于它的 CPU 能力和大量代码的管理。不过可喜的是，Flash Player 7 运行性能提高了 2 ～ 5 倍，而且最新的 Flash MX 2004 Professional 提供了项目管理和代码维护方面的功能，Action Script 2.0 的发布也使得程序更容易维护和开发。

**5. Web 应用服务**

其实很难界定 Web 应用服务的范围究竟有多大,它似乎拥有无限的可能。随着网络的逐渐渗透,基于客户端 - 服务器的应用设计也开始逐渐受到欢迎,并且一度被誉为最具前景的方式。但是,使用这种方式开发者可能要花更多的时间在服务器后台处理能力和架构上,并且将它们与前台(Flash 端)保持同步。

**6. 站点建设**

事实上,现在只有极少数人掌握了使用 Flash 建立全 Flash 站点的技术,因为它意味着更高的界面维护能力和开发者整站架构能力。但它带来的好处也异常明显,如全面的控制、无缝的导向跳转、更丰富的媒体内容、更体贴用户的流畅交互、跨平台和受客户端的支持以及与其他 Flash 应用方案无缝连接集成等。

**7. 多媒体娱乐**

其实,在多媒体娱乐方面无须再说什么,尽管它的发展速度没有像当初预言的那样迅速,但它仍然还在不断前进。Flash 本身就以多媒体和可交互性而广为推崇,它所带来的亲切氛围相信每一位用户都会喜欢。

**8. 教学系统开发**

要在教学系统中应用 Flash,现有的技术无疑会极大增强学生的主动性和积极发现能力。在教学系统开发中,技术不是主导,教学内容才是它所真正要求的。

随着 Flash 自身的发展,Flash 动画将会在动画短片、动画 MV、互动网站、Flash 游戏、教学课件和影视广告等领域发展迅速,从而推动数字媒体产业的发展。

## 知识巩固与延伸

(1)简述传统动画的发展。

(2)简述动画的 3 种定义方式。

(3)简述中国早期动画的发展历史。

(4)列举中国动画发展阶段的优秀影片。

(5)简述中国 Flash 动画的发展史。

(6)简述现在 Flash 动画的发展领域。

# 第 2 章

## Flash 动画短片制作过程

### 本章内容

# 2.1 传统动画制作过程

传统动画指的是按照动画最基本的形式进行生产制作，首先进行策划，再进行绘制，最后进行拍摄合成的动画影片，它与现代动画有所区别，现代动画按照传统动画的理论思想进行生产制作，但在技术上比传统动画更先进，生产工艺和技术比传统动画进一步提高，在视觉上有时比传统动画更具有视觉冲击力。动画按照一定的生产流程制作是为了保证动画片制作的过程中有序地进行，合理利用时间，保障动画的最后效果，特别在传统动画的生产过程中，按照一定的流程进行是实现最终效果的保障。

## 2.1.1 前期策划准备阶段

前期策划准备阶段主要是选题与策划阶段，是动画片生产的最初阶段，主要成果是为了让投资人看了之后有兴趣对该片进行资金支持，由于我们对广播电视电影的特殊要求，需要由我国动画片生产的监管部门批准才能进行生产制作。

在对动画的策划中，需要我们应用最精炼的语言描述该片的整个故事情节、该片的主要特点和与众不同之处、该片生产后的目的主要是什么、使用什么样的工艺技术进行生产、是否可行、技术上是否有所创新及该片最后所要达到的商业价值或影响如何等。因此，在动画的前期准备阶段，必须对整部动画影片进行整体概述，让投资者信任，然后，制作人员再进一步掌握本片的最终目的，方便在制作过程中按照前期的策划完成最终目标。在前期策划的过程中，主要的文档包括影片的背景资料、故事脚本、分镜头剧本和主要角色造型等。

### 1. 背景资料

可以采用生活的素材或者自己想象的素材，包括影片中角色的形象素材、场景设计素材及角色的服装造型素材等，这些可以采用写生、照片、影片、文字描述和音乐等来进行直观描述。这些素材主要是给投资人看的，用来判断本片是否有价值，并能够初步地评估出制片人与导演对该片前期准备阶段的工作态度。前期准备阶段的时间不一，有的几个月，有的可能需要几年，主要根据导演和制片人追求本片最后所要达到的效果与收集素材的难易程度所决定。

### 2. 故事脚本

故事脚本又称为文学剧本，按照文学的形式描述影片的故事情节，主要针对影片围绕什么事进行展开和发展、本片中的主要角色有哪些及故事发生的时代背景和地点等为主要要素进行详细描述，展现的是一个完整的故事，有开端、过程和结尾。

### 3. 分镜头剧本

分镜头剧本在动画片的制作过程中分为文字分镜头剧本和画面分镜头剧本两种，各自有着不同的作用，它们必须依照故事脚本而进行编写。

### 4．文字分镜头剧本

文字分镜头剧本以动画脚本为依据，将整个脚本按照影视语言中的镜头模式进行撰写，详细描述每个镜头中的影像和其他镜头元素，方便后面制作者进行制作。一般情况下，文字分镜头剧本由导演来完成，导演可以在其中体现自己的创作风格和创作意图。文字分镜头剧本主要采用表格的形式进行表述，这样可以方便使用者观看和查阅。主要元素包括镜号、景别、技巧、秒数、语言、声音和音乐等。

### 5．画面分镜头（故事板）

画面分镜头剧本是影片的一个小样，可以通过画面分镜头掌握影片的最终效果和整个动画过程。画面分镜头剧本的要求不需要很详细，以文字分镜头剧本为依据，通过每一个镜头之间的组合，以画面的形式来表现整部影片。画面分镜头剧本必须包括影片中的段落结构设置、场景变化情况、镜头之间组接关系调度、画面中角色和场景的动作变化关系、每个镜头中的画面布局格式及画面的光影效果变化关系等各种情况的展现；同时，还通过文字来描述该画面在动画中的时间设定、动作描述、该镜头的对白和音效情况、镜头转换方式等。画面分镜头是导演用来与全体动画创作人员沟通的蓝图，导演可以通过画面分镜头来表达需要的动画效果，是与制作人员达成共识的基础。

### 6．角色形象设计

在前期的策划阶段中，对角色的设计追求不是很严格，主要包括能够体现角色特征的基本模型图和能够显示角色性格特征的草图。通过对角色形象的简单设计，可以让投资者更直观地掌握该片的风格特征，进一步地感兴趣并表现出是否投资的态度。

## 2.1.2 中期动画制作阶段

前期的工作主要是让投资人看了之后对本片有一定的兴趣，使本片能够顺利地进行拍摄或制作，因此，当选题和策划得到投资方认可后，中期的制作阶段就非常重要。设计部分的工作主要包括标准造型设计、场景设计、镜头画面设计、时间与视觉动态设计和原画动作设计。制作部分的工作主要包括插入中间画、背景绘制、描线和上色、校队与拍摄。影片的中期制作过程是工作量最庞大、最繁重的阶段，制作的人员较多，需要完成的任务也较多，在动画制作过程中对技术的要求最为严格。本阶段中的每个环节相互制约、相互联系，这段时间导演必须严格地要求和组织制作，使各部门之间默契和娴熟地配合。

### 1．标准造型设计

标准造型设计是为了保证影片在制作的过程中角色形象的一致性，是角色在形象塑造和动作设计过程中的统一性标志。标准造型能够保证在动画的制作过程中，角色在运动的过程中的形体变化不会影响对角色形象的识别，同时保证动画中角色服装道具的搭配正确，使动画制作人员能够更好地参照标准造型进行动作设计，体现角色的独特风格。标准造型主要包括角色的分解图、转面图、结构图、比例图和服装道具分解图等。

### 2．场景设计

场景设计的主要功能是给导演提供一个空间使用依据（镜头的调度、画面的构成、场景中的景物透视关系、光影的变化情况及角色在场景中的动作运动路线情况等），同时为镜头中的画面设计和动画中的背景绘制提供一个视觉参考空间，在后面的制作过程中，除了统一整体的美术风格外，还需要保证设计的合理性和动作运动的准确性。场景设计主要包括色彩气氛图、平面坐标图、立体鸟瞰图和景物结构分解图等。

### 3. 镜头画面设计

镜头画面设计其实也就是对画面分镜头的一个放大与构图的设计，在设计的过程中必须考虑镜头中画面组成的合理性、动画表现的可能实现性以及画面中的角色与空间关系的逻辑性。在设计的过程中需要标明画面的运动轨迹、起止位置和镜头变化等各种操作说明。镜头的画面设计是动画制作过程中的一系列制作工艺和拍摄技术的工作蓝图，其中包括背景绘制和角色动作设计的关键线索和具体要求。必须对画面规格、背景中的层次关系、空间透视关系、角色与场景的组合关系、角色的起止运动关系和运动轨迹方向等进行要求。

### 4. 摄影表

摄影表主要由导演来完成，体现导演在动画制作过程中的经验与水平，以及对影片节奏的把握和视觉动态关系的风格掌控。摄影表导演拿到镜头画面设计后结合分镜头剧本进行镜头画面的时间规划和角色动作设计规划。根据分镜头剧本中设计的镜头对每一个镜头需要的时间进行精确设计；同时对动画中的角色在每一个动作的使用时间或背景运动的时间进行详细设计分配等。该工作比较细致，需要导演具有一定的经验性和预见性。

### 5. 原画

在动画制作过程中的原画称为关键帧动画，体现角色或其他动画中的运动物体在进行一个完整动作过程中的关键动态画面。关键的动画画面在整个动作的运动过程中起到控制动作的过程轨迹和形态等作用。原画的动作设计直接关系到影片的质量，因此动画中的原画设计是动画的生命，一般具有相关经验和对该片的风格掌握很清楚的设计者才能担任该职务。原画也就相当于画面分镜头的一个更加精确的延伸。

### 6. 动画

在一部动画的制作过程中，动画的作用至关重要，是能够将一个个静态的画面运动起来的依据。而动画是建立在原画的基础上的，只有将原画绘制准确后，动画才能进一步地完成相关动作，动画也就是在关键帧动画之间的动作运动过程的画面，根据动作的时间长度来决定需要多少张动画过渡画面。

### 7. 背景绘制

主要是背景绘制工作人员按照设计稿的要求和美术设计的整体要求绘制不同景别、不同层次与不同色调的背景，这项工作直接体现了影片的整体视觉风格，因此，在绘制的过程中一定要注意整体风格的把握和相关细节的处理，领会导演的创作思路。这项工作需要懂得美术绘制技法的人员担任，因为要涉及视觉空间处理和场景设计搭配等知识。

### 8. 描线与上色

描线和上色在现代动画的制作过程中基本上采用电脑来绘制，使用电脑绘制的效果比传统动画中在透明的赛璐璐片上绘制的效果更好。检查好的动画和原画一起交到复印部门后，将动画纸上绘制的线条复印到透明的赛璐璐片上，用酒精擦拭干净，然后用很薄的一层透明纸保护好，送给着色部门填充色彩。这项工作必须有序地按照动画的编号进行，保证该项工作能够顺利地完成。

### 9. 校对与拍摄

校对与拍摄是中期制作的最后一步，前面的工作主要都是将动画中的画面根据镜头的需要绘制完毕，接下来就是校对的工作。校对是对前面的所有工作进行把关和更正，关系到后面是否能够顺利地拍摄。虽然在前面的制作过程中，导演和各个部门的负责人进行严格的监督，但也难免所有的画面在制作过程中有所出入，校对从整部影片的全局出发，将所有的画面和工作不分部门和个人进行检查和更正，保证接下来画面的拍摄顺利进行。要求校对人员认真负责地检查拍摄前的每一个镜头中的内容是否准备好、画面是否连贯、角色造型是否统一、色彩是否匹配及场景造型是否合理等。校对的工作需要一定的眼力和经验，必须了解本片的整体风格和导演创作意图等。校对工作的目的是为了对发现的问题及时补救，保证顺利拍摄。动画的拍摄工作与电影在拍摄方法和技术上有所区别，动画摄影师主要是按照导演的意图来进行拍摄，没有更多的主观创造性。动画摄影师的工作是按照摄影表上的指示正确地拍摄画面的内容，正确移动操作台和镜头，不追求在拍摄过程中镜头中的对焦和光影效果等。

## 2.1.3　后期合成阶段

在传统动画的合成阶段，不像电脑制作的动画片一样需要添加许多特效，在镜头的组接上追求更多的视觉效果的创造。在传统动画制作的后期，主要工作就是将前面所有的工作通过拍摄后，对影片进行剪辑、配音和声画合成，最后印正片，使原本一张张的画面最后合成为一部能够在电影院中播放的影片。

### 1. 剪辑

传统动画在剪辑的工作过程中，会与电影一样先剪辑工作样片，完成样片剪辑后才正式套底片，然后再进行印正片和复制。在传统动画中对影片的剪辑工作相对很简单，这里不考虑蒙太奇的镜头语言，也不考虑动画中的故事关系和前后画面之间的联系，只需要按照分镜头画面设计的镜头去掉多余的画面，再按照相应的顺序进行组合即可。

### 2. 录音与声画合成

在传统动画片中的录音与电影相似，需要先将画面中需要的对白、动作效果声音和音乐录制好。在合成中包括声音混录和声画合成两个工作，在进行声音与画面合成的过程中，需特别注意在对白中声音与画面的口型是否搭配及声音是否对位等。

### 3. 印正片

正片也就是在电影院中放映的影片胶片，正片由工作样片与磁声带组合在一起进行声画对应同步之后的双片再经过精密仪器的处理产生。

以上就是传统动画的生产流程，在每个环节中各个部门相互协作，统一在导演的创作思路上，然后在动画的画面中展现。

## *2.2*　Flash 动画制作过程

Flash 动画其本身也是二维动画的一种，Flash 动画的生产与传统二维动画的生产流程很相似，也有不同的地方。下面对 Flash 动画公司生产 Flash 动画的流程进行简单的介绍。

### 2.2.1　前期策划阶段

#### 1．策划

Flash 动画是一种网络动画，在 Flash 动画公司中制作动画具有一定的商业性质，因此，Flash 动画的前期策划工作与传统动画一样，首先要进行选题，选题由客户或公司自己决定，然后进行相关策划工作和制作安排。在 Flash 动画的策划中，一定要根据 Flash 动画自身的特性进行策划，在动画的逼真上不要过于强调。

#### 2．动画剧本

与传统动画一样，Flash 动画也需要剧本，剧本分为文学剧本和画面分镜头剧本，文学剧本用于阐述 Flash 动画的整个故事情节，主要偏向于文学的艺术性，能读懂相关的故事情节即可。一般 Flash 动画的剧本不是很长，有的几百字就可以了，Flash 动画常常制作的是短片，长片都是按照集数进行编写的。

#### 3．画面分镜头剧本

画面分镜头剧本根据文学分镜头剧本所描述的故事进行细化，按照故事中的场景或者镜头来确定。镜头的划分由动画导演通过故事的描述按照自己的风格或者经验来进行，先对每一个镜头中主要的画面情况进行绘制，然后再对该镜头中的对话、音乐、音效、镜头运动和需要的时间等进行说明。

### 2.2.2　角色与场景设计阶段

#### 1．角色设计

Flash 动画中的角色设计与传统的二维动画一样，主要绘制角色的 3 个面，分别为正面、侧面、背面。在 Flash 动画中对角色的设计首先会绘制角色的外形，可以先在纸上进行绘制，然后进行扫描，最后在 Flash 软件中再绘制。这样可以更准确地绘制角色的造型。由于现在计算机技术的进一步发展，常常使用手绘板绘制角色，这样也大大节约了在 Flash 软件上应用鼠标进行绘制的困扰。角色设计主要是绘制 Flash 动画中角色的设计线条图。

#### 2．造型设计

在 Flash 动画中，造型设计是在角色设计的基础上进行的，首先对角色中的一些线条进行修改和调整，达到角色动作设计要求；然后再对角色的形状添加色彩，使角色的形象完整地展现出来。

#### 3．场景设计

在绘制场景之前，首先应对分镜头剧本进行详细分析，确定整个 Flash 动画中有多少场景，每个场景中主要元素有哪些，应对场景中的时间、光线和色彩等都进行详细了解，然后再进行场景的线条设计，最后填充颜色。Flash 动画中的场景与传统动画的场景不同，由于 Flash 动画本身的特殊性，绘制的是矢量图，色彩的填充主要是色块，场景中的细节处理比传统动画就稍稍欠缺。

4. 动作设计

动作设计主要是对 Flash 动画中角色的动作行为进行分析和了解，通过角色的特征和角色的形状来设计其动作，动画本身具有夸张性，因此，在 Flash 动画中，角色动作应根据影片的风格和角色的性格特征来设计。

### 2.2.3 动画制作阶段

1. 原画绘制

在 Flash 动画中，将原画称为关键帧动画，也就是在动画的制作过程中的关键画面。原画也可以成为 Flash 动画动作的第一帧和最后一帧的动作画面，因此原画的绘制一定要计算好动作的时间和动作在画面的位置关系。

2. 动画制作

Flash 动画有很多种，根据动作的特性来确定。

（1）补间动画

补间动画是 Flash 动画最基本的一种形式，也就是将图像从画面的一点移动到另一点的动画，此种类型的动画只需要两个关键帧，中间的动作由计算机来完成。适用于制作物体移动、放大缩小及平面旋转等动作。

（2）变形动画

变形动画主要制作的是图形变化，图形由某一形状转变成另外的一种形状，也只需要两个关键帧，中间的动画过程由计算机完成，但必须是 Flash 本身绘制的矢量图才行。适用于制作风吹窗帘、风吹头发、火焰等效果，但值得注意的，变形动画的形状变化不能过于复杂和夸张。

（3）逐帧动画

逐帧动画在 Flash 中是最复杂的，与传统动画相似，必须逐帧进行绘制，此种动画主要制作角色走路、跑步、转身等。

（4）特殊动画

特殊动画是 Flash 本身独特的地方，主要有引导线动画、遮罩动画和时间轴特效，通过这种动画可以制作很多特殊效果，也是 Flash 本身区别于其他动画软件的独特之处。

### 2.2.4 后期处理阶段

后期处理阶段的工作主要包括声音的合成和影片的动作调试等。

1. 声音的合成

声音的合成也就是为 Flash 动画添加声音，包括对话、音响和音效等，根据分镜头剧本添加或进行相应的艺术化处理。

2. 影片的动作调试

影片的动作调试主要是对 Flash 动画影片的所有动作和声音是否搭配、角色的造型和场景的处理是否协调等进行调试。

### 2.2.5　发布影片

发布影片阶段也是 Flash 动画的最后阶段，相当于传统动画中的复制负片，用于将制作的动画导出为需要的格式类型。

## 2.3　Flash 动画短片与传统动画的区别

### 2.3.1　表现介质

- 传统动画：同电影一样，是通过胶片一格格地拍摄完成的，利用人类眼睛的视觉暂留现象，使一幅幅静止的画面连续运动起来，形成一个连贯运动的画面。
- Flash 动画：画面运动现象同传统动画一样，也是通过人的视觉暂留现象而感觉，但 Flash 动画主要是在电脑上制作，是通过 Flash 动画中的时间轴表现的，时间轴相当于电影胶片，帧也就是电影胶片具体的每一个。

### 2.3.2　表现方式

- 传统动画：通过动画师在赛璐珞片上一张张地绘制出来，角色的表演靠动画师来进行掌控和表现，动画角色表演的好坏就要靠动画师。
- Flash 动画：角色动作是动画师在电脑上进行绘制的，通过组合或原动画来完成角色的动作设计与表现。不仅要求动画师具备传统动画的绘制能力和动画表现能力，还要求熟悉 Flash 动画软件的操作和属性。

### 2.3.3　观看方式

- 传统动画：观看方式常常通过电影院、电视和数字光盘进行，在整个观看的过程中缺少互动性和观众的可控制性。
- Flash 动画：具有强烈的交互功能，观众可以参与到其中，有时可以选择需要观看的部分和不喜欢的部分。

### 2.3.4　制作方法

- 传统动画：经过多年的发展和完善，在制作的流程、分工和市场运作方面，甚至在播放上都进行了规范，不但可以完成许多复杂的高难度的动画效果，而且各个动画师和导演都有自己的风格，多种多样，特别是大场面、大制作的片子，使用传统动画可以制作出很恢弘的美术效果。用传统动画制作一部电影时，需要绘制 10 万张以上的画面，在人员和工程上都非常庞大。
- Flash 动画：在制作上比传统动画更简单，仅需要一台电脑和几个相关的软件即可，动画师在动画的制作过程中不需要像传统动画那样需要有严格的美术基础和动画知识。只需要掌握一定的基本操作就能制作出一些动画，Flash 动画最开始也就是一些不懂得动画制作理论的人发现的，并也制作了不少的作品。Flash 动画的制作在人员上不需要很多，一个团队几十个人也能完成一部长篇动画，也不需要对每一张进行绘制，相同的画面或动作只需要复制或转换成元件即可，在工作的制作时间和人员上可以节约不少，直接减少了动画制作成本。

### 2.3.5　播放媒介

- 传统动画：播放媒介比较固定，一般是电影院、电视台和数字光盘，播放的规格和形式都有一定的严格规定，播放的内容也要通过相关部门进行严格的审核。
- Flash 动画：主要播放媒介是网络，随着 Flash 动画的发展，Flash 动画已经能在电视上和电影院线上进行播放了。Flash 动画制作是矢量图技术，动画画面可以放大，而且不影响画面质量，它与其他网络动画有所区别，在相同的网速情况下，质量更好，网络传输速度最快。

### 知识巩固与延伸

（1）简述传统动画的制作过程。
（2）前期策划包括哪几部分？
（3）场景设计的主要功能是什么？
（4）简述 Flash 动画的制作过程。
（5）简述传统动画与 Flash 动画的区别。

# 第 3 章

## Flash 动画的选题与策划

### 本章内容

3.1 题材的选择

3.2 编写剧本

3.3 文字分镜头剧本

# *3.1* 题材的选择

## 3.1.1 Flash动画短片题材的选择

剧本在影视的制作过程中非常重要，也是影视创作的第一个关键环节，它能够为导演等创作者在中期拍摄和后期剪辑时提供一个基础，剧本是一剧之本，影视艺术离不开它，它是创作者的思想和艺术的表现蓝本。拍摄电影也就是从策划剧本开始的。在动画影片制作过程中，剧本也是第一步，剧本的作用是能否使投资人对本片产生兴趣、本片拍摄后是否有价值、是否能够获利等。动画剧本的创造过程比影视剧本更为重要，它不仅只是表述一个故事，而且还是后面所有工作的思想指导和艺术思维，中期的制作人员必须严格按照剧本的要求进行制作，包括原画设计、背景绘制、角色设计、角色动作、景别和镜头运动等都是以剧本为指导蓝图的。电影导演黑泽明说过："不好的剧本绝对拍摄不出好的影片。"因此，编剧或者导演在创作剧本的过程中一定要深思熟虑，寻找本故事的新颖点，使故事打动人，具有一定的深意。动画剧本的质量决定该片是否得到投资和影片的最后效果。

Flash 动画的剧本创作与其他动画一样，只是时间的长短不同，Flash 动画多是短片形式，创作的过程中多注重导演的思想表达，Flash 动画在创作剧本的第一步与传统动画一样，都是如何进行选题。从叙事文学的角度上来说，动画电影同一般的剧情电影一样，具有一定的故事结构，需塑造人物、突出主题、设置悬念、推敲角色之间的对白，要有一定的看点、有节奏、有新意等。Flash 动画具有自己独特的人群，它与传统动画在这一点上就有所区别，一般欣赏 Flash 动画的主要人员包括大学生、公司工作人员和网络爱好人员，多以青年人为主。因此，在创作剧本的过程中如何进行选题就必须贴近这些人群的性格特征和爱好，贴近他们的生活。

从 Flash 动画影片的内容上进行分析，基本上大多数都是幻想产生的，不管题材还是角色的动作，都进行了艺术化处理，以使其接近我们的心理，使更多人更容易接受故事中的角色性格，因为我们将这些原本静止的画面赋予了生命，具有一定的思想性，符合我们的思维和生活习惯等。在文学中，我们常常把这些故事称为神话、童话、寓言、传说和民间故事等，这样的题材故事常常通过美术形式的画面与逐格的拍摄方法相匹配，画面中的角色的动作和场景我们都可以根据剧本所表述的形式直观地表现，把我们现实生活中无法表现的动作和画面很好地展现出来，这就是动画独特的魅力。而 Flash 动画在效果的表现过程中与传统动画还有所区别，在色彩上不能像传统动画表现得那样细腻，但能够直观地表现一定的场景关系，通过与其他软件的配合，同样能够表现出传统动画所不能够体现的独特视觉特效。因此，在创作 Flash 动画剧本的过程中，可以随心所欲地想象故事、体现主题。

在 Flash 动画的题材创作过程中需注意以下几个方面。

1. 如何发现主题

主题蕴藏在我们的生活当中，可以随时进行收集和采集，在收集的过程中，不是说不管什么样的素材都可以进行创作，必须进行严格的提炼，才能发现素材的发光点和思想性。有时题材的发现具有偶然性，关键就看创作者们如何对生活中的素材进行艺术的加工处理。早期的 Flash 动画制作人员在剧本的创造过程中没有过于注重剧本的艺术性，大多数人员都是在炫耀自己的动画技术，随着 Flash 动画的商业化和对它的进一步认识，创作了不少优秀短片，创作人员们才开始了解到剧本的重要性，Flash 动画的制作业开始规范化。

从动画剧本的发展中，可以发现很多优秀的 Flash 动画影片都来源于我们的生活。拾荒创作的《小破孩》系列动画的前身只是给朋友制作的一个贺卡，最后经过拾荒的发展让小破孩走向了大众，这是一个典型的从生活中去选择、提炼素材的例子。创梦数码创作的 Flash 动画片《大话李白》是通过对历史人物的改变而进行创作的一部非常优秀的影片，该片结合古代人物的特性，再添加现代元素进行再创造的 Flash 动画短片。

初学者常常为寻找新的故事主题而苦恼，能够获得一个好的主题也不是随心所欲的，这与 Flash 动画创作者本身的特征和经验相关，如何才能成为一名优秀的 Flash 动画编剧呢？我们下面进行详细介绍。

2．Flash 动画编剧的准备工作

（1）作者的个人修养

下面主要对 Flash 动画的文化功能方面进行描述。

- 首先要懂得文化。这里的文化主要是指编剧必须具有一定的文化素养和社会知识，思想方面成熟，具有一定的艺术素养和文学修养等，这样就可以方便动画题材的选择和创造。在彼岸天（北京）文化有限公司制作的 Flash 动画中，这一点体现得最为明显。

- 动画的文化功能。动画的文化功能是指动画片潜移默化地向受众灌输其思想和意义，包括世界观、人生观和价值观等，这也是中国传统动画表现最为强烈的功能。而 Flash 动画所代表的主要是网络文化，主要代表的是年轻人的思想，同时它也是年轻人繁杂工作的调味剂，因此，Flash 动画的文化功能主要表现年轻人幽默、豁达等积极心态。随着 Flash 动画功能的逐步扩大，其文化功能也在随之变化。

- 动画的娱乐功能。在中国的传统动画中，动画片的功能很大程度上都是教化，注重对世界观、价值观和人生观等的引导。因此，中国的动画很多都是给儿童看的，这是一个对动画片受众认识的一个误区。国外主流动画的受众面对的不仅是小朋友，而且包括年轻人、老年人。Flash 动画的受众主要是年轻人，因此在编写 Flash 动画剧本的同时一定要结合受众的爱好和年轻人所追求的时尚等，这样 Flash 动画就更容易让更多的年轻人所喜爱。拾荒的《小破孩》动画系列最能够体现这一特点。

（2）专业素养

专业素养主要是从动画片的艺术功能方面来展现的。作为一名动画人，专业素养知识是必需的，这决定了创作的动画是否具有精神和意义，是否具有一定的艺术价值和社会价值。因此，作为一名编剧，必须掌握动画方面的专业知识，这样可以与后面的创造人员更好地沟通、协作，从而使整个动画的思想更统一。

- 艺术功能。动画片包括了绘画艺术、声音艺术、影视艺术和文学艺术等多种艺术种类，它汇集了多种艺术的长处，主要功能是满足观众需求，具有独特的艺术审美价值。一部优秀的动画影片，只有将多种艺术种类相互配合与协调，才能够让更多的观众所接受和喜爱。Flash 动画除继承了传统动画的艺术功能以外，还要了解计算机语言技术和计算机色彩艺术等。因此，一位优秀的 Flash 动画编剧必须具有传统动画编剧的特点，还要懂得计算机应用的相关知识。

- 动画的镜头语言。把握好动画的艺术性必须要具有一定的动画镜头语言知识，包括画面感、镜头技术、色彩感和文学创作能力。Flash 动画中的镜头艺术与电影中的镜头艺术有所区别，但 Flash 动画中的镜头语言遵循电影的镜头语言，讲究蒙太奇艺术和影视色彩等。Flash 动画编剧在编写动画剧本的过程中，需时时注重画面感与镜头感的配合，这样可以使导演更清楚地了解编剧的意图和创作构思。

- 文学基础。这里的文学基础不仅是文学的书写能力，更多的是指文学修养和文学知识面。作为一名编剧，要具有一定的文学常识，体会中国古典诗词的意境，从中华文明中吸取营养。许多优秀的 Flash 动画短片都借用古代文学经典（有的通过经典文学人物进行改编，有的借用国外的一些寓言和故事）。

选取动画的题材要根据实际的情况进行分析和综合。首先，Flash 动画没有专用、固定的题材。Flash 动画题材所表现出来的倾向性并不仅仅是因为动画片在形式上的特点决定的，如何将题材进行借鉴和选择性的吸收是每一位 Flash 动画编剧的最好选择。由于 Flash 动画所表现的不是必须遵循现实，因此在创作的过程中可以进行幻想，使整个情节的变化和动作的表现最大化地为主题服务，符合人们的欣赏水平和接受能力。其次，Flash 动画在题材的选择上的地域化。针对不同的受众和不同的地区，在选择的题材上不能过于偏颇，要体现当地的特色和文化精神。传统动画学派中，每个国家都具有自己的不同风格和特色，美国的动画较多的是神话、童话和歌舞喜剧；欧洲的主要是传说、历险和民间故事；日本的多是现实主义和写实主义；中国主要趋于中华文明。因此，在 Flash 动画的创作过程中要寻找自己的特色和风格。最后，在 Flash 动画创作的过程中不要过于走两个极端，要注重艺术性和叙述性的双重考虑，不要过多地去强调动画艺术，也不能过多地表现动画剧情，只有将艺术与故事有效结合，才会使更多的人喜欢。

## 3.1.2　Flash动画短片题材的借鉴

### 1.　改编经典故事

在传统动画故事题材的选择中，改编经典的故事有很多，特别是美国的迪士尼动画，很多都是用其他国家的经典故事作为剧本的依据，如影视动画片《埃及王子》、《花木兰》和《白雪公主》等。在 Flash 动画的制作过程中，如何借鉴经典的故事来进行改变，再融入现代元素，使更多的人接受，是现代 Flash 动画所要面临的第一个问题。例如，拾荒动画《小破孩》系列之《射雕英雄传》，如图 3-1 所示，该片有两处借鉴了经典名著，从片名上借用了金庸的武侠小说《射雕英雄传》，使观众耳熟能详，吸引观众观看该影片。在故事中还应用了中国四大名著之一《西游记》的一个细节，使该片的故事与《西游记》之间有所联系。本片的破孩射日是一个主要情节，改编自中国传统故事"后羿射日"，影片中在故事情节和画面的设计上应用了一些搞笑环节，可以调节观众的情绪。

图 3-1 《小破孩》系列之《射雕英雄传》

## 2. 改编传统文化

中华民族是一个文明古国，有很多民间故事和优秀传统文化。在 Flash 动画中，借用中国民间故事和传统文化的短片很多，特别是在拾荒的《小破孩》动画系列过节日的动画短片中，将中华民族的端午节（图 3-2）、重阳节（图 3-3）和中秋节等传统文化做成 Flash 动画短片，使年轻人在欣赏 Flash 动画短片的同时回味传统节日。

图 3-2 《小破孩》动画系列之《龙舟》

图 3-3 《小破孩》动画系列之《重阳节》

## 3. 原创

近年来，中国本土的原创动画越来越多，在借鉴国外动画思维和动画情节的过程中，中国的动画创作者们已经开始意识到必须走中国特色的动画路线才能在国际市场上立足。传统动画的前辈们已经悟出这一原则，创作了如《大闹天宫》等一大批有中国元素的动画题材的优秀动画片。在 Flash 动画的制作过程中，如何进行原创是现在所面临的最急迫的问题，如何在故事情节中加入时尚元素和时代背景是创作者应该思考的。中华轩 Flash 动画短剧《女孩你的一分钟有多长》（图 3-4）属于典型的原创动画，该片以一对大学生的爱情作为整个故事的情节线索，先交代了男女主角的情况，然后介绍了两人如何发展成恋人关系和热恋后相互之间的故事，后来又面临现实痛苦地分手，最后两人在一次巧合中又再次相遇。该片主要以大学生的生活为背景进行展开，体现了当代大学生生活的某些方面，受众也主要针对青年大学生。该片一经播出，深受年轻人的喜爱，创造了中华轩自己的 Flash 动画特色。在中国 Flash 动画市场环境中，原创的动画制作公司很多，如中华轩、其卡通、彼岸天和拾荒等。

图 3-4　中华轩动画《女孩你的一分钟有多长》

### 3.1.3　Flash动画短片题材的发挥

Flash 动画短片题材如何进行发挥，取决于对动画故事情节的深刻认识和了解。不管是传统动画还是计算机动画，在学习和借鉴国外优秀动画制作技术的同时，我们应该走自己的路线，注重民族特色。Flash 动画在中国能够得到如此快的发展，是闪客们奋斗的结果，还有一大批热爱 Flash 动画的年轻人，他们的加入和努力使我们认清了我国 Flash 动画的发展方向。因此，在 Flash 动画题材的创新上要进行更多的原创，借鉴传统文化，形成自己的风格，才能在国际市场上具有一定的声誉。

## *3.2* 编写剧本

### 3.2.1　Flash动画短片剧本的写作要求

1. Flash 动画脚本编写的基本步骤

在 Flash 动画中，无论是对动画角色的形象刻画，还是整个影片的主题思想内涵，都必须有一个故事情节作为展开形式。作为 Flash 动画的编剧，首先要完成的任务就是寻找一个与动画题材相关的故事，故事内容的寻找主要从创意、故事梗概、剧本大纲和正式剧本 4 个方面进行。

（1）创意

Flash 动画剧本的创意就是让我们构思一个比较独特的故事情节，动画故事主要来源于我们所拥有的素材和动画策划人所准备的题材。素材是指未经过动画剧作家进行加工的原始素材；题材是指动画剧作家提炼、加工的素材。作为一位 Flash 动画剧作家，必须了解动画的主题，通过主题再来寻找相关的素材，并对素材进行加工处理，进一步挖掘题材。剧作家完成了上述工作后，接下来就要将所有的题材进行归纳总结，寻找与动画主题相匹配的题材，再运用一切艺术手法去完成这个故事的叙述。这个故事也就是 Flash 动画主题的一个创意。

Flash 动画所寻找的素材包罗万象，可以从剧作家自身的经历、别人的经历、对他们的采访和自身所拥有的历史知识中寻找，文学作品、历史典故和传统文化等都可以成为 Flash 动画素材。在选择素材的过程中要注意取舍，寻找与动画主题相近的切入点，要具备独特的视觉和讲故事的方式。

如何组织和切入素材，可以从如下几个方面去挖掘：

- 戏剧化的冲突和单纯的故事线索。在文学作品中，好的故事具有较好的戏剧冲突，故事的发生和发展都在冲突中产生，如何将故事的冲突与故事中的人物相互结合，是编剧所面临的最主要的问题，也是编剧的基本功。在 Flash 动画中，故事的情节线索都是比较简单的，有时就是很小的一件事，因此如何在这一段小故事中处理好故事框架，如何将故事的情节进行戏剧化处理，都要进行仔细的思考。

- 娱乐性思维。Flash 动画主要是让大家娱乐，因此，在编写 Flash 动画故事的过程中，添加娱乐成分是每一个动画片不可缺少的重要部分。不管是在动画的情节还是角色的动作上，娱乐环节要根据故事中的情境进行设置。娱乐情节的设置不是说只是把大家逗笑就可以了，更主要的是为故事的主题服务，体现角色的性格特征等，使影片的娱乐具有一定的深度，让观众回味。例如，拾荒的《小破孩》系列动画影片《射雕英雄传》，当小破孩用箭射向太阳时，裤子一下子掉了，让小破孩比较尴尬，设置这样的一个情节主要是因为当时观众担心小破孩的箭是否能够射下太阳，气氛比较紧张，这样可以调节一下气氛。

- 童心思维。我们在面对同样的问题时，由于经历和想法不一样，因此就有不同的看法。但在对动画作品的欣赏过程中，需要常常保持一颗童心去理解动画故事。有时虽然看上去比较幼稚的动作或者情节，我们都能够接受，是因为我们随时都有一颗童心。因此，在编写 Flash 动画剧本的过程中，关注的焦点可以放在儿童的视点，把儿童那种单纯、明朗、充满幻想的思维方式融入到动画剧本中，给动画添加趣味。

- 想象力。在 Flash 动画的编剧过程中，发挥想象力和创造力有很多种方法，在 Flash 动画的表现过程中可以将现实世界的情景、形象进行适当的夸张和变形，将这种夸张和变形应用到动画的角色动作和场景的升级中。但在 Flash 动画的剧本编写过程中，这种夸张的表现方法也不能没有节制、随意发挥，而要表达情感、阐述主题、体现创作者的审美意识等。所编写的故事情节也不能胡编乱造，而是要根据现实的题材进行改编和创造，在现实生活的基础上进行发挥。幻想主要来源于对现实生活的加工和提炼。例如，Flash 动画影片《大话李白》借用了历史人物李白、王维等，故事情节中融入了现代元素，整部影片的故事情节通过历史人物和现代元素的融合进行编造，也进行艺术的加工和处理。

（2）故事梗概

故事梗概是 Flash 动画编剧根据创意和素材的收集编写出整个影片的基本框架和大概的故事情节，为动画剧本的编写打下基础。

（3）剧本大纲

剧本大纲是根据故事的梗概，从编剧的角度出发编写的一个纲要。在编写剧本大纲中，要交代剧本中的场次、景别等，并对各个场景的情景进行简单的描述，不着重强调故事的细节，为下一步正式剧本的编写做好准备。

（4）正式剧本

在编写正式剧本前，编剧必须先对前面素材进行加工提炼，了解整个影片的故事梗概，分析剧本大纲的结构环节，按照动画剧本文学创作规范和特殊要求正式地进行剧本的编写。在编写时要对故事结构中的每一个场景进行详细描述，交代故事细节，为后面的动画文字分镜头做好准备。

2. Flash 动画剧本的结构

Flash 动画的故事剧情由多个情节构成，每一个故事情节是由角色与角色之间关系的具体事件来构成的，所有的事件之间有一定的内部联系，所有的时间通过故事的情节组合起来，展现给观众。和文学故事一样，每一个 Flash 动画故事包括开端、发展、高潮和结局 4 个部分。

（1）开端

在 Flash 动画故事中，一般在故事情节结构的开始就交代故事所发生的时间、地点和主要角色等。让观众能够对故事的开始有一个了解，从而继续后面情节的发展。Flash 动画的开端部分主要是反映作品中矛盾冲突的起点，引起主要矛盾的起因，为故事主要情节的继续发展打下基础，同时对主要角色在故事中的地位和特征进行详细的描述，体现故事的冲突。例如，拾荒动画《小破孩》系列之《射雕英雄传》，在故事的开端，使用字幕和画面结合的方式交代了故事的时间、地点和主要角色等，同时也体现了整个故事的主要矛盾是天上出现了 10 个太阳，地面生灵涂炭，小破孩和小丫的出现等。

（2）发展

在故事的开端中，已经展现出了故事情节的矛盾，主要矛盾的出现面临着将它与其他的矛盾冲突相互结合在一起不断地发展，使矛盾的冲突越来越大，不断地被激化，直到故事情节发展到高潮阶段为止。发展是整个情节的主干，是将故事的情节推向高潮的基础。在 Flash 动画剧本当中，发展的重要作用是积累矛盾冲突，为故事情节达到高潮积聚力量。将故事情节推向高潮，不是简单地平铺直叙，描绘故事情节，而是在编写的过程中制造悬念，不断地掀起小波澜，使故事的情节更加精彩。例如，拾荒动画《小破孩》系列之《射雕英雄传》中，小破孩射太阳的故事发展过程中设置了几个情节，第一箭小破孩的裤子掉了下来；第二箭射下了天蓬元帅，引出了古典名著《西游记》故事情节；第三箭终于射下了一个太阳，直至故事的高潮。

（3）高潮

高潮部分是整个故事最精彩的部分，此时，故事情节中的主要矛盾发展到最紧张、最激烈、最尖锐的阶段，在故事情节中决定角色的命运、故事的走向、事情的转折方向和故事的发展前景的关键环节。在 Flash 动画中，故事的高潮部分往往给观众留下的印象最深刻，是整个故事的精华。随着故事情节发展到高潮，整个故事的情感发展最强烈、张力最强大。为剧本设计一个精彩、有震撼力的高潮是作者需要考虑的重要部分，在故事的高潮部分中，故事的主要矛盾得到解决，同时也体现本片的主题。例如，拾荒动画《小破孩》系列之《射雕英雄传》，故事的高潮部分就是小破孩射下太阳的两个情节，第一个情节是 3 箭齐射，每支箭射下一个太阳，第二个情节是一箭射下 5 个太阳，将故事的情节推向了高潮，体现了本片的主题，使观众对这一情节印象深刻。

（4）结局

故事的结局是最后一部分，这时矛盾的冲突已经结束，角色的性格特征都已经清楚，故事的矛盾冲突有了一个结果，本片的主题完整地展现出来，标志着本片已经结束。在Flash动画编剧结束部分常常使用两种方式，一是故事的结局不能拖泥带水，一定要有一个完整的交代，使观众能够理解；二是在最后的结局处理上多留点悬念，使观众对故事有所回味。例如，拾荒动画《小破孩》系列之《射雕英雄传》，在故事的最后处理上，一只老鹰将小丫从后面抓到了月亮上，小破孩无助地傻傻望着，整个故事的最后留下一个悬念，大家都在思考小破孩如何去救小丫，使观众回味无穷，最后拾荒公司推出了《破孩奔月》这款Flash动画游戏。

## 3.2.2 Flash动画短片剧本的作用

Flash动画剧本的主要作用就是对故事情节的描述和对角色的塑造，下面主要描述对角色的塑造作用。

### 1. 对角色的特征分析

在Flash动画的剧本中，对角色的形象塑造是动画剧本的最基本任务。在对动画角色塑造的过程中，剧本有很大的创造空间，可以根据故事的情节和角色的特征分析描述。由于剧本独有的特性，也决定了通过文学的描述形式对角色的特征进行刻画。在对故事情节中的角色进行描述时，主要针对的是主要角色，不需要对所有的角色都进行深刻的描述，否则会适得其反。主要角色是整个故事矛盾冲突的主体和推动故事发展的轴心。Flash动画编剧在构造剧本的同时，心里面一定要明确主要描述的角色是什么，再根据角色的特征设置剧情矛盾。故事的发展和氛围都围绕主要角色来展开，它推动剧情的主要发展，所有的矛盾因为主角而产生，并随之发展变化。

Flash动画编剧在对角色的形象化过程中，通过浓缩、精炼和夸张动画角色，使之人性化，但比现实中的人物更戏剧化，更富有想象力，具有鲜明的性格特征。

### 2. 塑造角色的步骤

在Flash动画对角色的塑造过程中，我们从对角色的定位、选择提炼现实角色、夸张角色特点和为角色添加特色细节等来进行。

（1）角色定位

每一个动画角色都具有自己独特的性格特征和形象特征，是独一无二的，角色的定位主要从角色的特殊性上进行寻找，使故事中的角色能够吸引观众，使观众留下深刻的印象。

（2）提炼现实角色

在选择角色的塑造过程中，可以从现实中人的形象特征进行提炼分析，再进行夸张组合，使之具有鲜明的特点。同时，在Flash动画中对角色性格的刻画过程要尽量的简化，不需要将动画角色过于复杂化，选择角色所具有的典型性、鲜明性和富有表现力的个性特征进行提炼分析。

（3）角色性格特征的细节化

在对角色塑造过程中，需要对角色增添性格的细节化，通过这些细节去表现角色，让观众感受角色所独有的性格特征是善良还是丑恶、是激情还是低调、是古板还是幽默等。

对角色的刻画可以从设计角色的动作特征、行为逻辑和角色的动作等方面进行。

3. Flash 动画编剧的作用

一部优秀的 Flash 动画影片是从动画的编剧开始的。Flash 动画文学剧本是整部动画影片的基础，这不仅仅是因为编剧的工作是 Flash 动画创作的第一步，而是因为它是动画导演在后面的工作中进行再次创作的依据，是整部动画影片未来成败的前提。

Flash 动画编剧是为后面制作动画做准备、打基础。因此，编剧在创作动画文学剧本的过程中，一定要将故事讲好，主题找准，塑造好角色，同时，文学剧本在阅读的过程中要有一定的视听表现力，让观众能够明明白白地看懂该片的故事情节，也能够享受所带来的视听娱乐享受。

在动画编剧创作阶段，故事情节中的角色形象、故事环境设置、主题内涵和风格特征都确定下来后，在后面的动画创作过程中不能进行根本性的改变。因此，Flash 动画剧本的创造对整部动画影片的成败起到了非常重要的作用。因此，在编写 Flash 动画剧本的过程中一定要重视编剧的工作，在动画的编剧创作过程中，需要提供足够的时间和精力，保证能够很好地完成这一基础性的工作。另外，还要确定好本片的主题思想，使本片内涵具有一定的深度，并好好地认识 Flash 动画剧本的作用。

## 3.3 文字分镜头剧本

### 3.3.1 编写文字分镜头剧本的方法

文字分镜头剧本又称为文字分镜台本，是只有文字形式而没有画面的分镜台本，一般是导演按自己对剧本的研究和构思，将故事内容进行增加或取舍，并分成若干个镜头，依次编上镜头号，标明视距，写明摄影要求，确定对白内容，标上音响效果灯的文字分镜台本。文字分镜头剧本不能直接作为后面制作部门进行参考的依据。只有经过导演绘制并确定后的画面分镜头台本才能够作为后续部门工作的蓝本和依据。

文字分镜头剧本与动画剧本的区别在于它是由导演亲自完成的，属于导演的工作范畴。导演通过对文学剧本的主题思想和立意的理解与构思对原有剧本进行结构的调整和故事情节的删减，将故事情节分成一个个的拍摄镜头，并标明镜头号，写明每一个镜头的消息细节和画面需求等，为后面画面分镜头剧本的绘制提供详细的蓝本。

在 Flash 动画编写文字分镜头剧本的过程中，要求应用简单的语言、明了的故事情节、准确的画面需求。文字分镜头剧本是画面分镜头剧本创作的依据，不用像画面分镜头剧本一样将镜头组织得很细腻，需要考虑到每一个镜头之间的组织关系及设计镜头的具体位置和运动关系，突出主题、突出人物是文字分镜头剧本首要的任务。将镜头与镜头进行组合要在后面画面分镜头中进行。

1. 编写分镜头剧本的方法

分镜头的编写方法根据摄制内容和导演本人的创作习惯而定，大体可分为 3 种。

● 导演将 Flash 动画故事情节分为若干个场次，再将每场分为若干个镜头，从头到尾按顺序分下来，列出总的镜头数。然后进行斟酌，确定哪些地方该细节化、哪些地方可省略、总体节奏把握得如何、结构的安排是否合理，再给予必要的调整。

- 导演先将 Flash 动画故事情节中重要场次的镜头分出来，搭成基本框架，然后再分较次要的内容并考虑转场的方法，最后形成一个完整的分镜头剧本。
- 导演只写出分场景剧本，这种剧本要比分镜头剧本简单得多，它不是以镜头为单位，而是以场景来划分的，文字叙述也比较简洁。这种剧本可以一目了然地看出各场戏的场面和进程，到拍摄现场导演再具体分镜头，进行即兴创作。这种方法难度较大，需要导演具有较高的功力和随机应变的能力。

2. 分镜头剧本的内容

无论导演采用哪一种分镜头的方法，在创作分镜头剧本时都要考虑以下几个方面的内容。

- 根据拍摄场景和 Flash 动画故事情节分出场次（也可注明场景的名称），按顺序列出每个镜头的镜号。
- 确定每个镜头的景别。导演对景别的选择不仅是出于表达故事情节的需要，还要考虑不同景别对表现节奏的作用、物体的空间关系和人们认识事物的规律。一般根据视距的远近可分为远景、全景／中景、近景和特写等大小不同的景别。有时根据摄制的需要还可以分得更细，如大远景、中近景和大特写等。
- 规定每个镜头的拍摄方法和镜头间的转换方式。是固定镜头或运动镜头（推、拉、摇、跟、移、变焦推拉等）；拍摄高度是仰摄或俯摄；镜头间是直接切换或以淡、化、划方式转换；画面特技处理是内键、外键、色键、分割画面、重叠或数字特技。一般情况下，对固定镜头、平摄和镜头的直接切换不需要在分镜头剧本中特别说明。
- 估计镜头的长度。镜头的长度取决于阐述内容和观众领会镜头内容所需要的时间。同时还要考虑到情绪的延续、转换或停顿所需要的长度（以秒为单位进行估算）。
- 用精练、具体的语言描绘故事情节所要表现的画面内容，包括事件发生的时间和场所、情节的安排、人物和人物的主要动作、表情和心理状态以及细节的处理。
- 导演要充分考虑到声音的作用和声音与画面的对应统一关系。要配置好解说、音响效果和音乐等。

3. 文字分镜头剧本的基本格式

目前，文字分镜头剧本没有固定的格式，根据各位导演的创作方法和方式确定，但基本上都符合这样的规律：一场戏为一个大的段落，每一场戏内的镜头按照镜头的顺序来编写，也就是文学剧本的故事情节画面应用影视语言中的拍摄镜头顺序来编写，每一个镜头为一行。在编写每一个镜头的过程中，要写明镜头的拍摄方式、使用什么样的一个机位，但角度、运动、走位等可以不用着重强调。

具体方法如下。

（1）第一行：场号，概括地介绍场景。

（2）第二行：角色的基本状态和动作，然后再对每一个镜头的角色的动作和状态进行简要说明。

4. 文字分镜头剧本案例

《选择》的文字分镜头剧本（作者：重庆邮电大学传媒艺术学院邓玉霞）如下。

第一场：大雪纷飞的森林路上。

SC-1（大全景）大雪天的森林中有一条路，路两边的树和地上的草都盖着厚厚的雪，雪还在不停地下着，路的远处隐隐约约出现了 3 个身影，然后越来越近，他们都抱着手，身体不断地颤抖着（介绍故事发生的环境和季节）

SC-2（全景）3 个身影顺着路从左向右慢慢走着（从他们的侧面表现），在他们身后留下了 3 行大小不一的脚印，他们的表情比较焦急无奈，时不时地眨眨眼、咳嗽一声或者叹口气

SC-3（近景）特写无奈、沮丧、眨眼、叹气的表情

SC-3a（全景）（拉到他们 3 个的全景）中间的一个突然笑着说（独白），同时伸手接住了天空掉下来的一片雪

SC-4（特写）雪慢慢地融化掉

SC-5（全景）雪融化掉后他放下手，左右看看他身边的朋友说（独白），朋友还是沮丧地板着脸没理他，他摇摇头，然后低下头走自己的路，他们 3 个继续往前走着

第二场：森林中熊三兄弟的家。

SC-6（全景）他们来到了森林中有 3 幢小木房子的地方，（从左到右依次是熊弟弟、熊二哥和熊大哥的房子）（他们 3 个从画面的右边走过来，侧视他们）

SC-7（全景）（正视他们）还是中间的睁大眼睛喜出望外地叫到（独白），他身边的朋友都转过头来看看他，他翻了一个白眼，双手指向他右边的木房子

第三场：森林中熊三兄弟的家。

SC-8（近景）熊大哥的房门响了

SC-9（全景）熊大哥打着呼噜睡觉，然后睁开双眼，眼睛往左转

SC-10（全景）正视他起床走向房门

SC-11（特写）熊大哥的手开房门

SC-11a（全景）门口站着森林中出现的那 3 个人

SC-12（近景）熊大哥惊奇地看着他们，上下打量

SC-13（近景）中间的一个笑着说（对白），他周围的朋友还是抖擞着身体、沮丧着脸

SC-14（近景）熊大哥还是愣着看着他们

SC-15（近景）还是中间的一个说（对白，已说明他是开心果）

SC-16（中景）熊大哥眨眨眼说（对白）

SC-17（中景）开心果笑着说（对白），元宝也叹气了，健美也假装咳嗽了一声。开心果又笑着说（对白）

SC-18（全景）他们转身摇摇头走了（向熊二哥的房子走去）

SC-19（全景）熊大哥惊奇地走出房外，转头看看开心果他们，然后又进屋去了，把门关上

第四场：森林中熊三兄弟的家。

SC-20（近景）熊二哥的房门响了

SC-21（全景）熊二哥靠在桌子上，用手撑着头看着桌子上一毛钱的银币发愁

SC-22（近景）熊二哥愁着脸往门的方向看

SC-23（全景）他苦着脸走向房门

SC-24（特写）熊二哥的手开房门

SC-24a（全景）门口站着开心果、元宝和健美3个

SC-25（近景）熊二哥板着脸说（对白）

SC-26（近景）开心果说（对白）

SC-27（近景）熊二哥说（对白）

SC-28（近景）开心果说（对白）

SC-29（近景）熊二哥用手托着下巴，眼睛左右转了下，说道（对白）

SC-30（中景）开心果笑着说（对白），元宝也叹气了，健美也假装咳嗽了一声。开心果又笑着说（对白）

SC-31（全景）他们转身摇摇头走了（向熊弟弟的房子走去）

SC-32（全景）熊二哥瞪大眼说（独白）

第五场：森林中熊三兄弟的家。

SC-33（近景）熊小弟的房门响了

SC-34（全景）熊小弟在看书

SC-35（近景）熊小弟往门的方向看了一眼，放下手中的书

SC-36（全景）熊小弟起身走向房门

SC-37（特写）熊小弟的手开房门

SC-37a（全景）门口站着开心果、元宝和健美3个

SC-38（近景）熊小弟说（对白）

SC-39（近景）开心果说（对白）

SC-40（近景）熊小弟笑着说（对白）

SC-41（特写）开心果吃惊

SC-41a（近景）开心果吃惊地说（对白）

SC-42（特写）熊小弟愁了愁道（对白）

SC-43（近景）开心果笑着道（对白）

SC-44（近景）熊小弟用手抓脑袋思考了一会儿道（对白）

SC-45（全景）开心果他们都进了熊小弟的家

SC-46（近景）熊小弟吃惊地转头朝向屋里，正想说话的时候

SC-47（近景）开心果道（对白）

SC-48（全景）熊小弟的家突然变得豪华漂亮了，开心果他们也变成了一个漂亮的女孩子

SC-49（中景）女孩给了熊小弟一个吻

SC-50（全景）熊小弟变成了一个帅小伙

## 3.3.2　分镜头剧本的作用

当掌握了文字分镜头剧本的概念后，在 Flash 动画片中就不难发现前期制作文字分镜

头剧本的必要性。在策划一部优秀的 Flash 动画作品时，必须要拥有大量周密的计划和充分的准备，而文字分镜头剧本刚好能成为帮助导演完成工作的重要工具，它能简单地呈现出一部 Flash 动画故事情节，为将来的拍摄提供了重要的参考依据，避免了很多麻烦，同时节约了时间和制作成本。

导演在制作文字分镜头剧本的同时也能明确自己的想法以及拍摄风格，能够通过文字分镜头剧本和其他部门的制作人员进行良好的沟通。动画制作人员能够从文字分镜头剧本中了解到摄影机拍摄的角度、镜头运动的状态、人物的对白及动作，以确定两个镜头之间的衔接。还可以通过文字分镜头剧本的描述来绘制画面分镜头剧本，完成对场的定义、镜头的选择和每个镜头画面内容的概括等。

### 3.3.3　在Flash动画短片中编写文字分镜头剧本的原因

在 Flash 动画的制作过程中，文字分镜头剧本也就是导演通过文学剧本的故事情节，将 Flash 动画情节按照场次进行划分，及对每一场的拍摄镜头关系进行构思，为后面画面分镜头剧本的绘制提供依据。一般是先有文字分镜头台本，从中了解了故事情节的镜头情况和镜头构思思维，再进行画面分镜头剧本的创作。但文字分镜头剧本的创作对于 Flash 动画影片制作的过程也有不利的一面，在没有最初设定的 Flash 动画视觉画面形象出现之前，就将动画制作过程中的艺术处理固定了下来，同时标明了镜头的运用、镜头景别，将 Flash 动画的视觉画面只用文字的形式来表述说明，使后续制作过程中没有想象的空间，丧失了创作灵感。因此，在画面分镜头剧本的创造过程中，吸取文字分镜头有效的、有创意的、有启发的一些因素，在此基础上进行再次创作，进一步提高和完善，使其成为 Flash 动画影片制作的依据，及任何的全局组开展 Flash 动画制作的蓝图。

### 3.3.4　Flash动画短片中文字分镜头剧本与剧本的区别

在动画剧本创作过程中，文学剧本是编剧写的，分镜头剧本是导演完成的。作为一个编剧，只需要提供文学剧本。而文学剧本可以说是导演的素材，有了文学剧本，导演才能根据它来完成文字分镜头剧本，绘制画面分镜头，为 Flash 动画影片的制作提供制作依据。

文学剧本只需要描述 Flash 动画影片的故事情节，注重文学语言的描述和剧情的矛盾冲突。文字分镜头剧本主要是将文学剧本根据故事情节的环境分析，将其根据场景的情况分成不同的场次，对每一个场次中的镜头应用进行逐一分析，简单地说明每一个镜头的主要情况。

#### 知识巩固与延伸

（1）Flash 动画在创作题材的过程中应该注意哪几个方面？

（2）简述 Flash 动画剧本编写的基本步骤。

（3）简述 Flash 动画剧本的结构。

（4）简述文字分镜头剧本的创作方法。

（5）简述分镜头剧本的作用。

# 第 4 章

## 角色设计与场景设计概述

### 本章内容

# *4.1* 角色设计

Flash 动画角色的造型设计也就是动画制作过程中对故事角色的形体与动作进行设置的相关工作。

### 1. Flash 动画角色造型设计的含义

Flash 动画角色造型设计是指对动画影片中的角色的外在形象、服装服饰以及角色在动画影片中所使用的道具等根据故事脚本的要求或描述进行创作与设定。在角色的造型设计过程中必须充分考虑角色的性格特征和角色的动作，使其符合后期动画制作的技术要求。Flash 动画是一种特殊的动画形式，它依赖于传统动画的艺术表现方法，同时在设计的过程中又具有自己特有的艺术形式，在设计角色造型的过程中要将角色动作的因素考虑到其中。Flash 动画角色造型是对现实生活中相关形象的浓缩，是根据故事情节和画面分镜头剧本的要求进行选择、概括、提炼、综合后，塑造出具有鲜明的形象特征、独具个性的角色造型、同时又符合动画制作要求的视觉艺术形象，有时还考虑衍生产品的艺术美感。

Flash 动画造型总体上可以分为 3 类，包括人物角色造型、动物角色造型和其他角色造型。每种角色的造型设计根据其特点和相关的属性进行艺术化的处理和分析，再进行角色形象的塑造。

### 2. 角色造型设计的方法

（1）夸张与变形

在 Flash 动画的角色造型设计的过程中，对角色进行夸张与变形是最常用的方法之一。使用夸张与变形的方法可以使角色形象大大地超过现实中相关形象的范围，但这种夸张与变形是有一定尺度的，要根据角色的特性来确定角色造型设计的方法。在角色造型中抓住角色的典型特性加以夸张、变形，是塑造角色形象的有效方法。在对人物类角色造型的设计过程中，角色的夸张与变形有时大大超出了正常人的身体结构、比例关系和动作跨度等，但通过角色造型师的艺术处理，看上去会觉得形象特征和动作特征都在接受的范围内，并对角色的形象和动作都很满意。在对动物形象的造型过程中，给角色的形象赋予人的特性，动物角色在影片中常常和人的动作特征一样，它们能够完成人类所完成的动作，具有人类一样的思维特性，这些都是角色造型师对动物进行夸张、变形的艺术处理结果，也是 Flash 动画能够进一步吸引人的地方。其他的角色造型也是一样，赋予它们人类特征是常用的一种表现方式。因此，在 Flash 动画角色的设计过程中，常使用夸张与变形的手法，并赋予角色的人性化特性，使 Flash 动画更贴近生活，更容易被接受。

角色造型师在对动画角色造型的设计过程中，不仅需要了解导演的创造构思和动画的主题思想，还需要对自然形象的创作设计具有一定的想象能力。有时设计的角色造型在现实的生活可能不存在，或者形象特征不明确，这就需要角色造型师除了对角色形象的整体把握之外，还要进一步的想象，赋予它我们现实生活中具有的形象特征，给予它人性化的动作和思维，使观众能够容易地接受角色。因此，在对 Flash 动画角色造型设计过程中，必须以人类的思维去设计，并加以夸张和变形，进行联想和发挥，使观众能够接受并喜爱角色形象。

例如，中华轩《云端的日子》中，对角色的设计用了两种方法，分别为写实和夸张，通过夸张的方法描写每一位角色的内心活动。其中的形象如图4-1所示。

图4-1　《云端的日子》图片

（2）联想

在Flash动画中，联想也是常用的造型方法之一，当角色的形象不明确，或者在表现角色的某一动作特性时，希望它更具有戏剧化和艺术性，在角色的动作塑造上就可以联想到其他类型的角色动作形式，赋予它本身不具有的某些特征，从而使动画角色性格更具有独特的鲜明性。如何使角色的造型过程的联想方法运用得更好，就需要角色造型师对现实生活细致入微的观察和体会，是在Flash动画角色造型的过程中联想和想象的基础。一般情况下采用下面两种方法进行角色造型的联想。

- 再造性想象，根据故事情节和画面分镜头剧本所描述的角色的形象，通过剧本中对角色的描述进行的再塑造想象，对现实中相关形象的分析和理解，通过联想的方式对新的角色形象进行重构，使新的角色保持其原有的基本特征，又给予了它新的特性。
- 创造性想象，这种情况也就是我们现实生活本身没有的形象原型，只有通过对故事剧本的理解和导演的整体创作构思进行全新的理解和掌握，通过角色的性格特征进行分析，结合角色造型师的设计经验，进行全新的创造设计，给观众一个全新的视觉感受。

例如，拾荒《小破孩》动画系列中角色三戒的形象，如图4-2所示，该动画中对该角色的形象进行了联想的设计。

图 4-2 《小破孩》中三戒的形象

（3）简化

简化是在 Flash 动画的角色造型中必须使用的一种方法。角色造型师在 Flash 动画中设计的角色以最简洁的造型元素塑造出具有丰富内涵的形象，对角色造型中的每一根线条和每一个图形进行组合，使动画角色形象化、生动化。Flash 动画角色的简化造型方法必须建立在角色造型师对动画角色内涵的准确定位与造型语言的娴熟把握的基础上，一个好的 Flash 动画角色造型的内涵远远超过我们所观察到的外在形象，角色造型师的艺术修养、对现实生活的洞察能力和独特的造型能力，是动画角色造型师在角色的造型设计或创作过程中不可缺少的内在内容。

由于 Flash 动画的特殊性，因此在对角色的造型设计过程中，塑造角色的线条应尽量简化，除了做到保证形象的完整性外，线条不多一根，也不少一根，运用得恰到好处。在Flash 动画角色的造型设计中，线条多一根，那么在后续角色动作动画的制作过程中，就要花费更多的时间来做该线条在动作中的运动过程。

对动画中角色的简化不只针对角色的造型设计，在角色的动作设计上也常常使用，角色的动作设计必须在保证角色运动的特性上，进行有效的规划和简化处理，在角色动作完美的基础上适度地简化动画的复杂程度。

符号化在 Flash 动画中角色的造型上应用得非常合适，通过简单的符号特征来表现角色的某些部位造型，这样既简化了角色造型的复杂性，又使观众接受角色的新形象。通过对角色符号化的处理和再进一步细节的处理，使角色的造型更加逼真，这也是对 Flash 动画角色造型师的基本功的考验。运用符号化的处理方法，使动画角色的造型呈现明显的个性特征，也有利于动画影片整体造型风格的把握。

例如，彼岸天动画《2004 冰封太平洋》动画中，在窝里面的鸟的形状，在角色的形象上比较简化，但我们也能够分辨出角色的特征等，如图 4-3 所示。

图 4-3 《2004 冰封太平洋》中的鸟的形象

# 4.2 场景设计

## 4.2.1 Flash动画场景设计概述

在了解 Flash 动画场景的概念之前，要掌握 Flash 动画中的场景与影视中的场景的区别。影视中的场景主要指电影、戏剧作品中的各种场面，由人物活动和背景等构成，电影需要很多场景，并且每个场景的对象可能都是不同的；Flash 动画场景主要指可以将多个场景中的动作组合成一个连贯的电影。当开始编辑电影时，都是在第一个场景 Scene 1 中开始的，场景的数量是没有限制的。在 Flash 动画的制作策划过程中的场景概念与电影中的场景概念相似，主要指角色的活动场景设计或环境概述等，也就相当于动画角色所表演的舞台，在 Flash 动画中，场景是除了角色之外的所有画面部分内容，起到体现整个动画设计的风格、交代环境特征、时间背景及衬托角色关系等作用，是在 Flash 动画的制作过程中不可缺少的内容。

在场景的设计过程中，场景的数目很多，要根据故事情节设计的需要和画面分镜头剧本绘制的大体情况进行设计。Flash 动画影片的主体是动画中的角色，也就是主要对象。那么场景就是随着动画的故事情节的发展，围绕画面中角色的环境及角色之间的相互作用，交代角色所处的环境情况、生活场所、相关道具、社会环境、自然环境、历史环境等。有时环境中不一定非要是景物或者道具，人物也可以作为环境，它主要交代的是整个场面的环境氛围，作为主要角色的陪衬。

Flash 动画影片中的场景在设计的过程中与文学剧本一样，是将文学剧本的文字剧情环境转变成画面的形式，交代整个剧情的变化发展，刻画角色的特定空间环境。Flash 动画影片根据分镜头剧本的规划进行划分，场景设计师在设计画面的过程中一定要熟读剧本，掌握故事情节的发展情况，根据导演的构思和想法进行仔细推敲，对除了角色外的所有物体进行设计和位置的处理，了解场景与场景之间相互的衔接关系等来进行 Flash 动画影片中的场景规划和设计。

场景设计师在绘制场景的过程中要具有独特的创造性，同时也要兼顾故事的发展和故事画面的艺术性。场景设计也就是设计师通过绘画的手法进行艺术化的处理。

在 Flash 动画影片中，场景的分类主要分为 3 种情况，主要以室内外来进行划分，分为内景、外景和内外结合景。

在设计场景的过程中，还需要完成一些相关的辅助设计资料，包括场景效果图、场景平面图和场景细部图等，这些主要是方便设计师能很好地调度场景，对每一个镜头中场景所处的位置情况进行有效的把握和控制。

### 4.2.2　场景在整个Flash动画中的功能

在 Flash 动画影片中，场景设计主要的功能如何进行体现呢？主要场景在影片中的主要作用体现包括交代动画的时间和空间的关系、体现角色在影片中所处的环境氛围、对角色的性格创造和视觉心理空间进行刻画、推动影片的故事情节发展等。

1. 交代 Flash 动画影片的时空关系

在对影片的时间和空间的体现上，主要从现实物质空间和历史环境情况两个方面着手。在每一个动画场景画面的设计过程中，现实物质空间也就是动画角色所处的画面环境，在画面中有哪些物体、道具、陪衬的角色、是内景还是外景等，它是场景设计师对故事情节的理解和对导演的创造构思进行的再次创造，是通过设计师的思维和想象进行的绘制，可以借鉴现实的环境或者设计师自己的想象。它使影片的故事情节结构紧密联系在一起，体现时代特征、事件性质和特点，体现故事发生的地域特性、历史风貌及民族文化特点等，是体现动画影片的故事发生和发展的时间、地点情况，为角色在画面中的表现起到陪衬作用。观众通过观看现实空间对角色的影响作用进行延伸和联想，使画面的时空关系进一步升华，使观众对故事情节所发生的历史环境进行思考。

如图 4-4 所示为影片《彼男彼女》的图片，通过画面就可以知道故事的地点和年代，描写的是都市男女发生在公交站的一段故事。

图 4-4　《彼男彼女》图片

2. 体现角色在影片中的环境氛围

在 Flash 动画中，场景的设计主要是依靠文学剧本的描述进行再创造的设计过程。因此，文学剧本中描述的场景主要是营造特定的气氛效果。场景设计的过程从剧情和角色出发，根据故事情节的发展和故事的变化进行场景设计，每个情节中所要表现的环境氛围是什么、角色在该环境中的性格特征如何等，都是场景设计师必须考虑的内容。通过场景氛围的营造还能够对故事中的情绪基调进行把握，传达出故事的情绪环境，是痛苦还是悲伤、是凄凉还是恐怖、是温馨还是浪漫、是可爱还是幽默等。每一个场景都有自己独特的环境氛围，每个场景与场景之间的联系会体现整个影片的环境气氛。

例如，中华轩《女孩你的一分钟有多长》的最后一集中（如图 4-5 所示），男女主角在大街上相遇的场景，通过这样的一个场景烘托出角色之间的一种情感。

图 4-5 《女孩你的一分钟有多长》图片

3. 刻画角色性格和视觉心理空间

在 Flash 动画中，角色与场景的关系非常密切，整个动画画面除了角色之外就是场景，可见在 Flash 动画的制作过程中，对角色性格的刻画除了在外表和动作上进行深入之外，衬托角色的环境同样对角色的性格进行刻画有很重要的作用，场景对角色性格特征的刻画提供了客观条件。

场景的视觉心理空间主要分为主观心理空间和客观心理空间。主观心理空间通过对角色的想象、回忆和幻想等的直接描述，对精神幻觉空间进行描述，以虚实结合的艺术手段，塑造出与角色的心理活动密切相关的社会环境，刻画角色的内心世界。通过主观的场景的表现，使观众能够更清楚角色的内心世界，更容易了解动画中角色的性格特征。客观心理空间是通过物质空间的描述，使观众产生对角色性格、内心活动和情绪等的认知理解。也就是画面中所展现的实实在在的场景画面，使观众能够很容易联想到画面所要表现的寓意和角色的衬托关系。

在场景设计中，可以通过多种元素对视觉心理空间进行展现，包括色彩、光影、结构和镜头的角度等，这些都能够根据场景的特性和角色的性格特征进行详细的描述和展现。

4. 推动影片故事情节发展

在影视中，故事情节的发展常常通过角色之间的对话或表演来进行，但在 Flash 动画中，角色的动作和对话也能够起到推动故事情节发展的作用，但这是不完整的表象，推动故事情节的发展是在动画场景的基础上，角色之间的动画和动作才能够完整地表现故事的发展和变化，场景之间的变化也就代表故事情节的变化。在 Flash 动画中，有时通过一幅静态的场景画面就能够交代故事的剧情，通过该场景画面，就可以明白故事的发展时间和地点以及故事的发展情况等。

## 4.2.3　Flash动画中场景的特性

在 Flash 动画场景的设计过程中，必须掌握场景的特性。在 Flash 动画的制作过程中，场景的特性与角色的特性不相同，角色的特性主要表现在性格、剧情的发展中，而场景设计的特性主要体现在对动画的时间表述和故事情节的空间运动上。因此，在 Flash 动画的场景设计的过程必须进一步掌握其特性，并将其应用在动画的制作过程中。

### 1. 时间表述

Flash 动画影片是时间和空间共同表现的艺术，是时空共容的艺术形式。时间在 Flash 动画中是不可缺少的因素，它是故事发展的背景条件和叙述逻辑。在 Flash 动画的制作过程中，对动画时间处理已经比较成熟，借用影视语言的相关特性结合 Flash 动画本身的特点，可以对动画中的时间与现实中的时间进行压缩、延伸、变形、停滞，还可以通过后期的剪辑技术，以动画的故事情节的发展为基础，对动画时间进行更准确的把握。

在 Flash 动画中，时间的概念主要有 3 个层面，包括播放时间、事件时间和叙事时间。

- 播放时间：也就是动画的片长。Flash 动画常常是短片的形式，在片长的控制上没有严格的要求，根据故事情节的需要来进行设置。动画的播放时间主要是由每一个故事情节之间相互组合的总时间，也是每一个镜头之间相互组合的时间。在动画影片中，播放时间的长短及每一个段落和镜头的长短会直接关系到影片蒙太奇结构、动画的故事节奏以及影片的叙事风格等。
- 事件时间：也就是动画中事件展开的实际时间，如角色做完一个动作所需要的时间、场景画面在动画中某一角色事件中占有的时间等。事件时间也就是角色、场景画面每一个动作或每一个表意的具体时间数，由角色自身的动作特性和场景的叙事结构决定。
- 叙事时间：也就是指动画中用视听语言对影片内容进行交代、描述和表现的时间。

在 Flash 动画中，场景在表现叙述时间的变迁上，可以起到非常重要的作用。有时要表现某一段时间的变化，假如按照现实的时间进行创作，那么可能动画就没有艺术价值，在创作的过程中可以将很长的时间进行压缩处理，变长为短，更具有戏剧性，也更具有艺术性。例如，表现四季变化的场景，实际需要做一年的时间，但可以在场景的设计过程中应用艺术的处理，参照某一个物体进行表象刻画，如树叶的颜色大小变化等，使四季变化具有艺术性，观众也能够很直观地感受到。

### 2. 故事情节空间运动

Flash 动画称之为动画，因为它与传统动画一样，是通过表现角色行为活动表达某种意义的一种影片。动画是运动的绘画，时间因素、空间因素和运动是其基本特征。动画的造型是在时间流动的过程中展现的空间造型，运动是动画画面区别于传统绘画的最重要的特征。

动画是动的艺术，表现动才是动画最根本的意义。在 Flash 动画影片中，动画的动主要表现在两个方面，一是指空间中的角色和物体的运动以及由物体不同速度的移动引起的位移和变形，二是指镜头的各种运动。

Flash 动画中的运动包括角色的运动和场景的运动，角色运动表现角色的性格特征，而场景的运动是交代故事情节的发展变化和画面的镜头关系等。通过对场景的运动，使画面的时空关系能够更好地表现动画中的故事结构。

## 4.2.4 在Flash动画中场景设计的要求

Flash 动画场景设计的要求也就是对场景设计师的要求，主要包括场景设计师的基本能力和场景设计的依据两个方面。

1. 场景设计师的基本能力

- 绘画能力：作为 Flash 动画场景设计师，应该具备扎实的绘画功底和绘画表现技法，因此，Flash 动画场景设计师一般都要求具有一定美术基础的人员担任。

- 动画知识：Flash 动画的创造过程经历了很多环节，每个环节之间是相互联系、密不可分的。因此，场景设计师在绘制场景的过程中一定要掌握动画相关的理论知识，领会导演的创作意图，将画面分镜头剧本的画面进行具体化、精确化的处理，及时地调整画面分镜头剧本中的不足并进行改进。

- 摄影知识：作为场景设计师，必须懂得画面的艺术感。在 Flash 动画中，每一个画面也就相当于摄影中的画面，都是静止的表象，因此，需要设计师具有一定的摄影知识。在绘制场景画面的过程中，要注重画面的构图、镜头的表现形式、画面中的色彩与光线位置等，要具有镜头景深的意识。这些都为场景设计师绘制场景提供依据。

- 其他知识：动画是一门综合的艺术形式，因此在场景的设计中，设计师必须具备多样的外围知识、丰富的想象力、敏锐的观察力和高超的表现力。Flash 动画场景设计师必须具备一定的与动画相关的文学知识理论、艺术绘制技法知识、戏剧表演方法和其他的人文素质等。在绘制的过程中需要具备敏锐的观察能力，掌握场景中需要哪些元素、元素之间的组合和相互的位置关系等，并具有随时进行调整和修改的绘画动手能力。动画具有高度的艺术假定性，表现的内容包罗万象，涉及的范围和领域很广，外围知识、想象力和观察力等都是从事场景设计工作所具备的素质。

2. 场景设计的依据

Flash 动画影片的场景主要依靠剧本和画面分镜头剧本来进行绘制，是从现实生活中寻找素材，进行创造的过程。作为一名场景设计师，首先要熟读和理解剧本，明确故事发生的历史背景和时代特征；其次要明确其地域特点和设计特点，再对影片的风格进行分析；最后再深入生活收集素材进行创作。做到场景设计的风格与角色的风格保持一致，协调统一。

# *4.3* 绘制画面分镜头

## 4.3.1 画面分镜头的概念

画面分镜头剧本的创作是动画制作过程中的一个重要环节，其特点与电影、电视中实拍的镜头有很多共同点，它同样运用电影的语言和镜头技术处理方法。Flash 动画的画面分镜头与影视中的镜头相比，也有自己的独特特征，它集导演的艺术构思、美术设计、动作设计、角色表演艺术、镜头语言、特技处理、剪辑技术及对白、音效、音乐提示于一体，是后续工作的蓝本依据。Flash 动画制作的后续工作都是按照画面分镜头剧本所描述的内容来进行的。

画面分镜头是动画创作过程的一个重要步骤，它的作用就是把整个动画片的创作过程用画面表现出来。画面分镜头不可能面面俱到，但是至少每个镜头的运动都会有交代。

画面分镜头取决于文字分镜头和剧本，画面镜头的设计要根据动画剧本的要求来进行。只要是剧本中交代的内容，都要画面分镜头体现出来。

画面分镜头的设计要有镜头语言，所以画面分镜头的制作要求有美术功底或者镜头语言感的人担任。

画面分镜头对整个片子的创作起到领导指挥作用，一般是由导演亲自绘制，这样在导演领导的过程中，才有坚定的理论根据。即使不是导演亲自绘制的，导演也会再三审视。

画面分镜头剧本也称为画面分镜台本，是导演将文字分镜头剧本中的分镜内容落实到以镜头为单位的连续画面的剧本，画面分镜头剧本可以在文字分镜头剧本的基础上进行绘制，也可以在没有文字分镜头剧本的情况下将文字剧本做调整或增删后，直接构成画面并标明文字提示内容来进行绘制。

画面分镜头剧本要求画在规定的纸质画框内，绘制好画面中的场景与角色之间的关系，每个镜头都标明好虚拟机位关系，显示出景别的大小、角度的变化、虚拟摄影机的机位运动轨迹、角色在画面中的运动起止位置关系，绘制出角色表演的关键动作画面。

画面分镜头剧本在绘制的过程中一定要考虑到后期镜头的组接关系，光学转化、叠、划、淡出、淡入等都要在分镜头画面的文字表述栏中进行详细表述。

画面分镜头剧本的内容栏主要包括以下内容。

- 对白栏：画面中角色之间的对话，以及画外音、画面讲解词等。
- 音效栏：标明该画面中所需要的音乐、音效和音响等。
- 动作栏：描述画面中角色的运动情况和背景的运动轨迹，同时也可以描述镜头的运动情况等。
- 秒：主要标注该画面所需要的时间长度，精确到秒。
- CS：标注该画面所对应的场景号。
- 注：对动画画面中其他特殊情况的处理。

画面分镜头剧本一旦被确定，便是 Flash 动画制作各个环节的工作蓝本和依据，包括执行导演、原画、动画、背景设计与绘制、特效处理及声画合成等工作。

## 4.3.2 Flash动画中画面分镜头剧本的作用

在传统动画中，动画影片的画面分镜头剧本的形成是为满足动画创作者们长期生产实践的需要而出现的。一部优秀动画影片成功与否是由多方面的原因所决定的，但是，画面分镜头剧本的创作过程是否具有艺术性、画面是否具有一定的视觉效果、故事情节是否吸引人、画面之间的镜头衔接是否流畅等与动画影片的质量息息相关。一般情况下，只需要看画面分镜头剧本，再通过画面分镜头剧本音乐的搭配情况，经过后期剪辑后进行合成，就可知道影片最后的视觉效果。

因此，画面分镜头剧本是动画影片的最初视觉形象。在 Flash 动画的创作过程中，也常常借鉴传统动画对画面分镜头剧本的要求来进行，虽然 Flash 动画制作的动画常以短片为主，但是每一部 Flash 动画影片都具有自己独立的故事情节和风格，借用传统动画的一些制作方式是很正常的。

在 Flash 动画的制作过程中，画面分镜头剧本不仅决定了 Flash 动画影片的质量，而且还是后期制作过程中的创作依据，并对后续动画制作的每一个环节起到指挥作用，因此，在创作画面分镜头剧本的过程中一定要注重故事情节的取舍及画面的视觉效果等，并且一定要考虑后期制作的过程中所要遇到的技术问题和创作思路，才能够让后期的制作人员顺利地满足导演的创作意图和创作思想。只有将后续工作的所有问题考虑到画面分镜头剧本的创作中，才能够开始绘制分镜头剧本。

Flash 动画的制作过程与传统动画一样，是具有一定的流水线的制作过程，每一个制作环节之间相互协调好，生产出的 Flash 动画才具有一定的水平，同时也大大地节约了动画片生产的时间。画面分镜头剧本完成后，将进行设计稿的创作，包括角色创作和背景创作等。设计稿创作是按照画面分镜头剧本，把每一个镜头按照不同规格大小，将画面分镜头剧本中绘制的草图进行进一步的细化，并绘制出大的设计稿，方便后续工作中角色和场景的设计。设计稿要按照画面分镜头剧本所描述的景别情况、角色造型与动作情况、角色表情、场景的变化情况和机位设置情况等进行创作。

Flash 动画画面分镜头剧本最直接的影响包括原画、动画、场景设计、音乐搭配和校对工作。

### 1. 画面分镜头剧本对原画和动画的作用

画面分镜头剧本对原画和动画的创造和制作过程具有指导意义，Flash 动画制作的相关人员都应该很清楚，原画的创作是根据设计稿所规定的内容来进行设计绘制的，动画的运动过程也是以画面分镜头剧本为依据的。因此，在 Flash 动画的创造过程中，要熟悉和掌握画面分镜头剧本，包括了解故事主题、故事情节设置、角色的性格特征、镜头的处理情况和剧情的发展节奏等导演对该片的总体构思，才能进行原画的设计和动画的制作。在原画设计的过程中，必须掌握画面分镜头中自己所负责的内容，大到一场戏或者一组镜头的情绪控制，小到每个镜头中角色的情绪、节奏掌握都要做到心中有数。

### 2. 画面分镜头剧本对背景设计的作用

Flash 动画背景的绘制仅依靠设计稿是不能完成的，设计稿只是背景在绘制前的草稿图，绘制人员只有在阅读完整个动画画面分镜头剧本后，才能够掌握好动画中每一个镜头所需要的时间长度，如日景、夜景、室内景、室外景以及它们的具体情况。同时随着剧情的发展起伏和场景环境的不同，场景之间的色调关系、背景动作关系和背景透视关系等都依靠画面分镜头剧本来展示。

**3. 画面分镜头剧本对音乐搭配的作用**

Flash 动画影片中的音乐以画面分镜头剧本为依据，根据故事情节的发展和动画时间的长短来进行音乐的搭配，在后期的制作中，如何进行剪辑、音乐的搭配和角色对话等都按照画面分镜头剧本来进行制作，并贯穿于动画后期制作的准备阶段、制作阶段和最后核对阶段。

**4. 画面分镜头剧本对后期校对的作用**

Flash 动画最后必须有校对这一环节，主要用于检查动画中的动作是否合理、画面视觉是否符合导演的要求与故事的主题、动画的节奏是否恰当等。校对的依据也就是画面分镜头剧本，校对的所有工作是按照画面分镜头的要求逐一进行检查、更正的。

### 4.3.3　如何绘制Flash动画画面分镜头

在绘制画面分镜头剧本前，必须将前面的工作做好，否则在绘制画面分镜头剧本的过程中就不能够准确表达出主题思想。画面分镜头剧本常常由导演或对导演构思非常清楚的人员来负责。画面分镜头剧本不是简单的画面和文字标注的图解，而是要根据影片的整体风格进行总体的构思，运用动画的特殊表现手法，完成从文字转化为影片的一个简单视觉效果。绘制画面分镜头剧本的第一步是对其进行创作构思。

**1. 创作构思**

当绘制画面分镜头剧本的前期准备工作都完成时，首先要做的就是对 Flash 动画影片的故事情节进行划分，分成不同的场景、不同的镜头画面，每个镜头之间的组合就形成了每一个场面或段落，在划分这一个过程中还需要考虑各个故事情节在整个影片中的节奏控制，本片的重点故事情节是什么、高潮部分在哪、故事情节之间的联系是否紧凑等。画面分镜头剧本的镜头运用依赖于文字分镜头剧本，这样，就只需要考虑镜头与镜头之间的合理性和艺术性，不再对故事情节中的其他环节进行思考，减少了绘制的时间。

如果在绘制画面分镜头剧本之前没有编写文字分镜头剧本，而之前使用文学剧本时，在绘制的过程中常常会出现两种情况，一是在绘制画面分镜头剧本结束后，发现绘制的画面分镜头剧本的影片时间与预定的时间有差距，有时是镜头之间的联系不够紧密或镜头较少，达不到预想的镜头效果；二是在绘制的过程中，对整体的把握不足，绘制的镜头数过多，给后续的制作过程带来了不少的麻烦，会浪费更多的物力和财力，假如在后期进行处理，减少镜头数，使整个故事情节压缩，会直接影响到影片的剧情。因此，绘制画面分镜头剧本之前，必须完成文字分镜头剧本的准备工作，要对整部影片的制作工作有一个整体的构思和把握。

文字分镜头剧本主要是对 Flash 动画影片的故事情节进行归纳细分，主要描述每个镜头的故事情节，没有进行更多的详细编写。因此，在绘制画面分镜头的过程中，一定要考虑到镜头之间的关系和组合，应用电影的思维进行镜头之间的衔接。同时，在绘制的过程中一定要把握好影片的整体风格以及在不同场景中的角色性格，将影片的思想构思贯穿于整个画面分镜头剧本的绘制过程中。

Flash 动画影片与电影一样，在镜头的组接过程中必须考虑一个因素——蒙太奇。虽然蒙太奇思维在电影中主要体现在后期的剪辑上，但在 Flash 动画的制作过程中，对蒙太奇的应用要从绘制画面分镜头剧本就开始考虑，并将蒙太奇思维应用在绘制画面分镜头剧本的始末。

Flash 动画中的蒙太奇思维将在后面的镜头应用中进行详细讲解。

2. 绘制画面分镜头剧本的注意事项

（1）镜头蒙太奇应用

镜头蒙太奇也就是将镜头与镜头连接起来，在此过程中产生一种逻辑关系的组成方法，这种组接关系也就是蒙太奇的表现技法。在 Flash 动画影片中，每一个镜头也就相当于文学创作中的每一个语句，如何对语句之间的组合形成一个段落和一个故事，就需要使用蒙太奇表现方法。一般情况下，很多 Flash 动画影片在镜头的组接过程中都是按照故事情节的发展、角色动作方向和时间的先后顺序来进行的。如何使 Flash 动画影片更具有艺术性，除了在动画角色的造型和场景设计上来表现外，镜头与镜头之间的蒙太奇技术更重要。

（2）轴线原则

轴线原则也就是在 Flash 动画影片中，虚拟的摄像机在前后镜头之间的关系。遵守电影中的摄像机运动规律，在同一个故事场景中，镜头的运动和组接有一定的规律，不是想怎么摆放就怎么摆放，需要进行有效的镜头调度。例如，在拍摄电视节目的过程中，镜头机位的调度首先是交代嘉宾和整个现场的位置情况的全镜头，然后再进行每一个机位的调度。因此，在 Flash 动画影片中，虚拟镜头机位的位置设置，应首先交代角色或场景之间的位置关系，再进行虚拟机位的设置。在设置同一个场景的过程中，相互连接的镜头之间的机位调度不能大于 180°，否则就会出现越线的情况，使观众不清楚影片中角色与角色之间的位置关系。

在轴线的应用过程中，有 5 种镜头可以进行，分别是反打镜头、主镜头、切入镜头、切出镜头和反应镜头。这 5 种镜头方式是在 Flash 动画绘制画面分镜头剧本的过程中，对虚拟摄影机的位置关系的一个镜头基本规则。

（3）画面构图

在 Flash 动画中，画面的构图关系取决于很多因素，包括轴线关系、虚拟镜头机位、角度、镜头画面的大小、虚拟镜头的运动方向、角色动作方向、光影和色彩等，这些元素相互之间的组合不同，画面也就不一样。因此，在绘制画面分镜头剧本的过程中，一定要考虑到每一个镜头元素的组合关系是否协调统一、画面是否具有一定的逻辑性，同时还要考虑每一个镜头的组合是否将主题或画面内容表达出来，是否准确。

由于 Flash 动画影片的制作技术越来越好，与传统动画之间的视觉效果差距越来越小，因此，设计分镜头的思路更加开阔。在设计镜头画面的构图时，要以故事的情节为主要前提，镜头之间的角度也灵活了起来，画面中的纵深感越来越强烈，构图也越来越真实。特别是在处理一些剧情急剧变化和动作性较强的镜头时，常常在镜头画面与画面之间设置悬念，如一些特殊的镜头视觉方式，加上画面的构图也比较特殊，使画面产生强烈反差，形成一种特殊的艺术氛围，使画面的效果更好。

（4）镜头节奏

一部 Flash 动画片本身就具有一定的节奏感，矛盾冲突的变化本身也就是一种节奏感，这属于剧情节奏，属于影片内部节奏。画面分镜头的设置、镜头与镜头之间的组接关系、画面与画面之间组合的速度关系等属于影片外部节奏。在 Flash 动画影片中，内部节奏与外部节奏之间的有机配合使整个影片的节奏有效统一，为影片的最终视觉服务。当内部节奏比较舒缓时，镜头的组接就不能够太快；当故事情节过于激烈时，镜头的运用就要加快，给观众紧张感。

### 4.3.4　画面分镜头中的主要元素

按照传统动画国际案例划分，画面分镜头剧本的内容主要包括片名、集号（场次）、镜号、规格、时间、内容、对白和音乐等。

- 片名：标明是什么动画的分镜头剧本，写出影片名称。
- 集号或场次：注明是影片的第几集、第几场等。
- 镜号：标明是第几个镜头，是什么样的镜头方式。
- 规格：画面的大小。
- 时间：该镜头画面在动画中需要多少时间。
- 内容：故事的剧情。
- 对白：该画面中角色的对白或旁白等。
- 音乐：需要什么样的音乐及音乐名称等。

### 知识巩固与延伸

（1）简述 Flash 动画角色造型的含义。

（2）应用夸张变形的方法设计一个动画角色。

（3）简述场景在 Flash 动画中的功能。

（4）简述场景设计的要求。

（5）如何绘制画面分镜头剧本？

（6）画面分镜头剧本的主要元素包括哪些方面？

# 第 5 章

## 动画制作概述

**本章内容**

# *5.1* 动画制作

## 5.1.1 Flash动画的动作设计

在 Flash 动画制作的过程中，对动作的设计主要表现在角色的时空关系上，动作的表现通过动作的思维来指导动作的绘制工作。因此，在进行动画动作设计之前，一定要掌握动画中动作设计的思维和动作设计方法等。

### 1. 时间与空间的虚拟

在 Flash 动画的制作过程中，动画的动作是一个相对的概念。动画中的时间和空间的表现通过动画的制作来体现，存在于动画播放过程中。因此，对动画的时间控制和掌握必须了解其特性。在自然界，运动是物质的自然属性，每一个物质都存在绝对运动和相对运动，因此，对时间和空间的定义不是绝对的。Flash 动画的空间表现在制作过程，时间表现在动画的播放过程。Flash 动画的时间和空间是虚拟的，与现实的时间和空间有很大的区别。

Flash 动画的空间是通过编剧的描述、导演的构思及动画制作人员绘制和制作来完成的，空间的表现上不是实实在在的现实空间，是创作人员集体创作的成果，是通过想象绘制出来的，即使绘制的空间与现实的场景很相似，但不是真实的现实环境，只是借鉴现实环境的特点来进行绘制和设计。空间的虚拟使 Flash 动画的表现更丰富，在动作或场景的设计过程中，只需要能够使观众接受，可以进行适当的夸张和变形，以体现动画的娱乐性。Flash 动画空间的虚拟与影视空间的虚拟也有很大的区别，影视中对空间的虚拟是建立在现实环境的真实情况下进行的，是对现实空间的模拟，而 Flash 动画完全是靠想象进行虚拟，即使相似，但所表现的也是虚拟的环境，不可能做到完全相同，是人为创造出来的，是 Flash 动画制作软件所决定的。

时间、空间和速度是运动的三要素，Flash 动画的运动也遵循这三要素进行设计，因此，动画中的时间和空间、角色运动和场景运动以及场景和角色的设计等都不是凭空想象的，常常是参照现实中的环境加以夸张和变形。因此，在 Flash 动画的创作中，不仅仅是通过造型的方式将虚拟的时间和空间这种无形的概念作为真实的东西加以表现，而是以不同的造型方式，虚拟想象的事物，并绘制出来，再通过运动的节奏变化，进行再次创造，设计出观众信服的动作，这也是动画吸引观众的因素之一。

Flash 动画中的角色与场景的空间设计和时间节奏等，都是通过 Flash 动画制作软件创造出来的一种虚拟视觉表现，而这种描述是建立在一幅幅画面上，再通过动画的原理形成一个连贯的运动画面。动画中的时间和空间不像现实环境是看得见、摸得着的。运动不仅是它的形式或手段，更是构成其独特审美内涵和艺术表现力的主要内容和目的所在。也就是说，Flash 动画并非是所谓运动中的艺术，而是通过画面的虚拟时空结构来描述动作，是关于如何进行运动的艺术。Flash 动画中的运动是导演或编剧的构思，是制作者绘制出来的运动。

Flash 动画的虚拟性还表现在影视语言的运用上。在用虚拟的摄像机拍摄一个现实的场景或运动时，其在镜头运动等方面的能动性创造完全基于对客观的选择或把握，并受制于时空的局限。

因此，Flash 动画是一种高度假定性的艺术。它不仅表现在其造型的假定性上，而且也决定了电影语言的虚拟性特征。它的时空运动是由一张张的画面虚拟而成的，这是由动画艺术形式的特性所决定的。这种假定性赋予了动画在时空处理和镜头运动变化上更大的表现自由度，因而也具有更大的创造性，并构成了动画特有的电影语言属性和风格。

2. Flash 动画中时间和空间概念

时间和空间是物质世界的一种前后位置关系，它是绝对的。空间主要描述物体的位置情况以及形状特征；时间主要描述时间发生的先后顺序关系。对空间和时间的定义主要是针对事物的物理特征来确定和衡量的。物体的运动主要通过其运动的速度作为标准，速度大，物体运动快；速度小，物体运动慢。运动的速度就是物体位置在特定时间内的变化率大小。物体的运动快慢就产生了运动的节奏，因此，时间和空间是构成物体运动节奏的基本元素。节奏也就是物体在运动的过程中，由于时间和空间的变化而产生的一种有规律的运动情况。

在 Flash 动画中，时间和空间都是制作人员虚拟的。动画中的时间指物体在完成每一个动作时所需要的时间长度，也就是该动作在该镜头中所需要的完成时间。动画中的空间指的是画面中运动物体的活动范围和位置关系，也就是相邻画面之间物体在画面中的运动情况，以及运动物体在每一张画面之间的距离。

在 Flash 动画中，空间的概念包括两个方面，一是指动画运动形象在画面上的活动范围和位置所造成的视觉经验；二是指一个动作从开始到终止的距离以及对一个动作运动过程的形象化位移描述，即存在于每张画之中的产生动作幅度的距离变化。第一种属于审美上的传达范畴，第二种属于动作节奏的审美表现。Flash 动画的空间也就是动画中角色与场景运动的一个范围，动画中的画面有规律的变化也就产生了动画中的运动，动画中的空间可以自己去创造，包含创作者自己的思维和动画的运动节奏等，有很大的自主性和能动性，在有限的空间范围内可以进行画面的夸张和变形处理。

在 Flash 动画的制作过程中，对动画中的动作处理节奏都比较快，每一个镜头的长度也比较短，因此，导演在创作分镜头剧本时一定要将每一个动作需要的时间长度有所了解和掌握，动画制作者对每一个动作所需要的时间要进行仔细分析，每一个动作在保证动画动作效果的同时，需要的时间长度要精确设计，不能影响动作的节奏，还要符合角色的相关特性等。在 Flash 动画的制作过程中，动作时间的设置与传统动画有所区别，传统动画使用的是张数，每一秒钟需要绘制多张画面；而 Flash 动画使用的是格，即每一秒钟需要多少格。这里的格与传统动画的张数有所区别，每一格中都有画面，也就是说在 Flash 动画的制作中，每一秒有 24 张画面，在第几格设置关键动作画面就需要创作人员准确把握；而传统动画只是在每一秒钟要绘制多少张动画，不一定是必须绘制 24 张。它们之间在动作设计上的原理基本相同，只是在表现的方式上有所区别。

Flash 动画的制作对动作的时间掌握也就是按照每秒 24 格的要求来进行制作，也就是在制作过程中频率的设置。格也就是帧，Flash 动画的动作的时间长度也取决于在 Flash 动画软件中对帧的把握。一般情况下，一个动作连续的时间越长，所需要的帧越多；相反，动作连续的时间越短，所需要的帧就越少。另外，不一定是每一秒钟必须设置 24 帧，要根据具体的情况来设置，一般情况下设置的是 24 帧 / 秒。

可见，在 Flash 动画软件上绘制出来的画面代表空间的动作位置距离的画幅变化与代表时间长度的格数变化关系的一般规律构成了动画运动节奏的形成基础。时间和空间的关系决定着运动速度的快慢变化，从而造就了动作运动的不同节奏。

3. Flash 动画的速度概述

Flash 动画对速度的描述也就是在相同的时间内物体运动的时间长度，也就是说在相同的时间物体位置变化的快慢关系。

Flash 动画的制作原理是将一幅幅的画面在时间轴上一帧帧地绘制完成，帧的关系和特殊性决定动作的关系情况。画面中物体运动的快慢首先由两个方面决定，一是设置的帧频大小，设置的数字越大，相同的帧数运动速度越快，设置的数字越小，相同的帧数运动速度越慢；二是完成一个动作与正常时间的快慢关系，例如，完成一个正常跑步的一个循环动作需要 1 秒的时间，假如只用了 0.5 秒，则运动的速度就很快，用 1.5 秒运动，则速度就越慢。

在动画的制作过程中，一般对动作的设置按照一拍二的速度来进行，也就是说绘制一个一秒钟动画需要 24 格的画面，一般在这 24 帧中绘制 12 帧即可，绘制一帧空一帧再绘制一帧。采用这种方式可以保证画面的连贯性，也能够节约一半的绘制时间。在实际的制作过程中还可根据动作的速度情况来进行设置。表现一个快动作，可能在一秒钟要绘制 12 帧以上的画面，绘制一个慢动作，可能绘制 12 帧以下的画面。

Flash 动画速度的变化主要表现在物体的运动过程中，只要有运动就有速度。在 Flash 动画进行动作的速度设置过程中，首先要协调好画面的节奏，其次要安排好运动物体动作的幅度变化和画面中运动物体之间的位置关系。物体在完成一个动作的过程中，设计的运动弧度越大，运动的时间就越长；弧度越小，运动的时间就越短；在相同时间完成一个动作，弧度越大，速度越快；弧度越小，速度越慢。

设计动作的过程中，相邻画面之间物体的动态位置变化的距离不要过于太大，否则会影响动画的节奏和动作的真实性，很可能会出现跳帧的情况。因此，在 Flash 动画中设计动作时，应尽量将一个动作的画面在合理的范围内设置得越多越好，这样能使动作播放更加连贯，也使角色的表演更加流畅。

因此，在 Flash 动画动作的设计过程中，一定要掌握运动的节奏与运动时间和空间的关系，同时对完成某一动作所需要的时间、运动的速度要清楚地认识和掌握，这样才能够使动画的动作让观众接受，画面之间的衔接才会更好。

## 5.1.2 Flash动画的动作要素

Flash 动画的动作设计常常根据故事情节的发展和画面表现的需求来进行，必须掌握动画制作过程中动作的时间设计、空间环境设计和物体的运动设置。而运动是有一定规律的，有的动作比较长，有的动作比较短，长短的设置也就是对动画中节奏的把握。Flash

动画与传统动画一样，是描述运动的一种艺术形式，也就是通过每幅画面之间的运动节奏来表现的。动画的制作过程和最希望表现的目标也就是画面中角色之间、场景之间的一种动作关系。运动是动画的精髓，它不仅是动画的形式，更是表现动画的内容。动作的表现是一种技术和方法，不同的动作设计师都有自己的风格，每一个国家也都有自己的风格，其共同的特点就是如何掌握画面物体运动的节奏从而表现故事内容和绘制动画的风格等。因此，节奏是动画运动的形式，掌握好动画中动作的节奏也就是掌握了动画的本质。构成动画的节奏主要包括时间、距离、帧数和速度等。下面将对影响节奏的要素分别进行介绍。

1. Flash 动画节奏概述

节奏是一种有规律的、连续进行的完整运动形式。用反复、对应等形式把各种变化因素加以组织，构成前后连贯的有序整体即节奏，是抒情性作品的重要表现手段。节奏不仅限于声音层面，景物的运动和情感的运动也会形成节奏。在 Flash 动画中的节奏主要表现在物体的运动节奏、故事发展的节奏和声音的渲染节奏等。这里主要介绍运动的节奏。

在 Flash 动画的艺术表现过程中，节奏始终是动作设计和表现影片风格特征的一种要素。在动画的整个创作过程中都必须涉及节奏的把握。编写剧本的过程中要掌握故事发展的节奏，编写分镜头剧本时要注意画面之间的节奏，动作的制作过程中要注重物体运动的节奏感等。动画中的节奏贯穿于动画运动审美的各个层面。从影片的整体节奏、每个镜头之间组接的节奏，到每一个动作设计的节奏，都是在一个不同的时间空间关系上进行变换、互为统一的。

Flash 动画中的节奏主要包括故事发展的快慢、镜头之间组接的蒙太奇手法，角色动作设计的不同风格、角色的运动、虚拟镜头的位置关系、背景音乐和效果声音、影片的光影色彩等都需要节奏去控制和表现。可见，组成 Flash 动画的画面之间的时空关系的一切运动都必须服从于动画风格节奏。一部优秀的 Flash 动画影片，节奏的重要性可想而知，它涉及动画制作的每个环节，控制整个动画的制作要求和制作要素。

动画中的节奏和运动的动作关系是根本的，它构成了整部动画的节奏主体风格基础，并直接影响到剧情的发展和镜头之间的组接变换节奏。Flash 动画中角色动作的运动节奏主要包括动作的幅度、动作的力量强弱、运动的速度快慢关系、运动过程中的时间间隔和停顿等变化情况，在对这些动作设计的过程中，必须符合故事剧情发展的过程中角色的定位、风格的设计、性格特征和外在形象等。

节奏是通过人的心理效应感应的一种通过某种媒介作用于人的特定感觉。虽然在 Flash 动画的制作过程中有很多因素影响动画的节奏，但这些节奏之间存在的是一种有规律的变化过程。形成动画中节奏感的主要因素是物体运动速度变化过程以及运动过程中变化的幅度大小。也就是说，物体在运动过程中的快速、慢速、停顿是交替发生的，不同的速度变化会产生不同的节奏感。

2. 时间

Flash 动画中的时间是指动画中物体在完成某一动作时所需的时间长度，有时是完成某一镜头的时间长度或这一动作所占时间轴的长度（帧数）。Flash 动画计算时间的最小单位为帧。在制作动画的过程中，需要设置整个动画的帧频大小，也就是设置动画中每一秒钟需要多少帧的画面。帧与帧之间的关系连接物体的运动，物体的运动之间产生动画动作的节奏，节奏的快慢也就是通过 Flash 动画的时间特性来表现的。

### 3. 空间

空间也称为动画动作发生的场景，Flash 动画中的空间也可以运动和变化，场景与场景的变化也就是空间的变化，在变化的过程中具有一定的节奏感，有时快，有时慢，是根据动画所要表现的主题来决定的。

时间和空间构成运动的基本要素，运动的过程中一定要掌握好时间和空间的配合，这样动画的视觉效果才会更好，节奏感也紧凑，否则可能会出现画面拖沓的现象。

### 4. 距离

Flash 动画中的距离有抽象的距离和实际的距离之分。

- 抽象的距离主要指画面与画面之间的组接过程比较抽象，通过人们的认知心理去决定。例如，一个人从屋里走出去，后面的一个镜头到了另外的一个场景，可能后面的场景与前一个场景之间没有必然的关系，但通过这样一个组接，人们从视觉心理上就认为人物从前一个场景到了后一个场景。这是一种对画面组接的抽象认同。
- 实际距离也就是物体从位置甲到位置乙之间的一种关系，这种关系在动画的画面中能够实实在在地看到，它们的距离可以用一定的尺度去衡量。代表物体运动的姿态变化。

### 5. 张数（帧数）

张数也就是在 Flash 动画中完成一个动作所需要绘制的具体画面数。一般情况下认为绘制的张数越多，动画的动作时间越长；绘制的张数越少，动画的动作时间越短，这是对传统动画的认识。在 Flash 动画中，绘制的画面越多不代表动作的时间越长，首先要注意帧频的大小关系，还有完成一个动作需要最基本的画面数量等。在相同时间的情况下，张数越多，动作越细腻，运动越连贯，但绘制所需要的时间越长。控制确定好一个动作完成所需要的画面数量，需要绘制人员的工作经验和动画导演对动画的控制能力来决定。

### 6. 速度

Flash 动画的速度主要指第一个关键帧动画的画面（原画）到后一个关键帧画面的动态快慢。相邻两帧之间的距离越短，动画的动作速度越快；两帧之间距离越长，动作越慢。

因此，时间、空间、距离和张数对动画动作的速度节奏变化都有影响。一般情况下，时间越长，距离越远，张数越多，速度越慢，动画的节奏也越慢；反之，时间越短，距离越近，张数越少，速度越快，动画的节奏也越快。但在实际的制作过程中，它们之间的关系没有这样简单，它们相互影响、相互补充，控制着动画动作运动的节奏。

## 5.1.3　Flash动画的动作搭配

幽默与戏剧性是在 Flash 动画中角色动作设计的主要特征。因此，在对动画中角色的动作的设计过程中，一定要具备一定的表演知识。影视中的表演是对现实生活的一种升华，与现实生活的原型有一定的区别。因此，在 Flash 动画的动作设计过程中要加强对动画中角色的表演特点进行强调，动作的设计要具有一定的审美价值和趣味性。动作的设计风格与动画中角色的外在形象息息相关，在角色的造型设计上进行了夸张，那么在角色动作的设计过程中也需要进行夸张，这样才能进一步体现动画影片的整体风格特征。在动作设计的过程中，有时设计的动作常常让人们无法接受，会显得荒诞、离奇、匪夷所思。但由于它符合人们的幻想或潜意识中的形象样式，这种过渡也就是在艺术上的夸张与变形处理，符合艺术的创作规律。

### 1. 以人的基本结构、运动状态和规律为基点设计角色动作

动画中的角色是多样的，许多都进行了拟人化的设计和处理，有些在现实生活并没有生命的物体也赋予了它们生命。这些角色由于各自的结构不同，因此，运动的规律也是不相同的。但在动画中它们所要表达的都是人类的情感，有人类的一切思维活动，大多数形象是拟人化的角色。因此，它们的表情、动作都按照人类的活动方向进行艺术的夸张处理。这种方式在 Flash 动画中常常使用。

### 2. 按照全片的艺术表现风格和节奏确定动作风格

Flash 动画中角色的动作设计除了根据剧本中所描述的角色特性之外，角色与角色之间也有所区别，但在设计过程中要考虑全片的统一整体风格。因此，对角色的动作设计定位时，要对全片风格做充分的思考。全片的风格是一个综合的概念，包括美术设计、音乐、表演与节奏的风格等。无论是哪种风格的影片，对影片的整体定位关系到其他的动作细节设计。角色的动作设计是完成角色性格塑造的主要部分，既要使其个性突出，又能符合整体风格特征。

### 3. 动作的语言设计

人与人之间的交流可以通过语言和动作两种途径。语言是一种声音符号，而动作是一种表意符号，有时甚至超过了语言的功能。Flash 动画中，常常很多影片没有语言的交流，而是应用音效和动作来传情达意。设计动作时主要使大多数观众能够心领神会，使其具有普遍意义的共同特性。同时，动作还具有一定的符号性，每一个角色都有它的本质属性，通过本质属性的一些特殊动作就能使观众明白其要表达的意义。因此，动画的设计者在动作的设计过程中需要用心去观察、揣摩，大胆地取舍，才能将生活中的常态动作提炼出来并创造出既能准确达意又能令人耳目一新的动作符号。在 Flash 动画的创作过程中，动作的符号化不是说必须按照这一模式进行设计。每一部观众接受和喜爱的动画片都创造了自己独特的动作语言符号，观众对每一个动画形象的价值判断并不单纯在造型和审美上，还包括故事所赋予角色的人类心理感情，同时也包括动作设计在内的多种构成要素，用来综合体现角色的性格魅力。

## 5.2 上色

### 5.2.1 上色前的准备工作

在传统动画的制作过程中，上色的工作主要是在动画动作设计完成之后完成的，但上色的工作在角色设计和场景设计时已经开始，角色设计和场景设计为动画中的色彩提供了依据。动画制作完成的线条动画参照角色造型设计和场景设计进行上色。因此，动画中

的上色准备工作主要包括角色色彩设计和场景设计，同时对色彩的基本知识要有一定的了解。

1. 色彩基础知识

1）色彩的物理属性

在人类物质生活和精神生活发展的过程中，色彩始终散发着神奇的魅力。人们不仅在发现、观察、创造、欣赏着绚丽缤纷的色彩世界，还通过日久天长的时代变迁不断深化着对色彩的认识和运用。人们对色彩的认识、运用过程是从感性升华到理性的过程。所谓理性色彩，就是借助人所独具的判断、推理和演绎等抽象思维能力，将从大自然中直接感受到的纷繁复杂的色彩印象予以规律性的揭示，从而形成色彩的理论和法则，并运用于色彩实践。

实验证明，人类对色彩的认识与应用是通过发现差异，并寻找它们彼此的内在联系来实现的。因此，从人类最基本的视觉经验得出了一个最朴素也最重要的结论：没有光就没有色。白天人们能看到五色的物体，但在漆黑无光的夜晚就什么也看不见了。倘若有灯光照明，则光照到哪里，就又可看到该处的物像及其色彩了。

所谓光，就其物理属性而言是一种电磁波，其中的一部分可以为人的视觉器官——眼睛所接受，并作出反应，通常被称为可见光。因此，色彩应是可见光的作用所导致的视觉现象，可见光刺激眼睛后可引起视觉反应，使人感觉到色彩和知觉空间环境。可见光很普通，凡视觉正常的人都可感觉到它。光又神秘莫测、千变万化，因为除了看见之外，没有别的办法可以接触、稳定和认识。

真正揭开光色之谜的是英国科学家牛顿。17 世纪后半期，为改进刚发明不久的望远镜的清晰度，牛顿从光线通过玻璃镜的现象开始研究。1666 年，牛顿进行了著名的色散实验。他将一房间关得漆黑，只在窗户上开一条窄缝，让太阳光射进来并通过一个三角形挂体的玻璃三棱镜，结果出现了意外的奇迹：在对面墙上出现了一条七色组成的光带，而不是一片白光，七色按红、橙、黄、绿、青、蓝、紫的顺序一色紧挨一色地排列着，极像雨过天晴时出现的彩虹。同时，七色光束如果再通过一个三棱镜还能还原成白光。这条七色光带就是太阳光谱。

牛顿之后的大量科学研究成果进一步告诉我们，色彩是以色光为主体的客观存在，对于人则是一种视象感觉，产生这种感觉基于 3 种因素：一是光；二是物体对光的反射；三是人的视觉器官——眼睛。即不同波长的可见光投射到物体上，有一部分波长的光被吸收，一部分波长的光被反射出来刺激人的眼睛，经过视神经传递到大脑，形成对物体的色彩信息，即人的色彩感觉。

现代科学证实，光是一种以电磁波形式存在的辐射能，它具有波动性，又具有粒子性。光具有的这两种性质在光学上称为"二象性"。

阳光通过三棱镜时随着波长的不同，行进的线路也不相同：紫色光波长最短，行进速度最慢，曲折最大（折射角度最大），红色光波长最长，折射角度最小，其余各色光依次排列，形成七色光谱。光照射到不透明物体的表面时产生粒子碰撞，部分反射、部分被吸收，这种反射光作用于视觉器官，形成物体色的概念。这些便是光的色散现象和物体色彩本质的科学解答。

在整个电磁波范围内，并不是所有的光都有色彩。电磁波包括宇宙射线、X射线、紫外线、红外线、无线电波和可见光等，它们都各有不同的波长和振动频率。只有380～780毫微米波长之间的电磁波才能引起人的色觉，这段波长叫可见光谱，即常称的光。

其余波长的电磁波都是人眼所看不见的，通称为不可见光，实际上是不同的射线或电波。波长大于80毫微米的电磁波称为红外线，小于380毫微米的电磁波称为紫外线。各种光具有不同的波长，其大小都用毫微米来计量。

由三棱镜分解出来的色光，如果用光度计来测定，就可得出各色光的波长。因此，色的概念实际上是不同波长的光刺激人的眼睛所产生的视觉反应。

光的物理性质由光波的振幅和波长两个因素决定。波长的长度差别决定色相的差别。波长相同而振幅不同，则决定色相明暗的差别，即明度差别。

有光才会有色，光产生于光源。光源有自然的和人造的两种。现在我们知道，被认为是白色（或无色）的阳光和所有的灯光都是由各种波长与频率的色光组成的，这些色光依次排列，即所谓的光谱。不同光谱的灯，如白炽灯、荧光灯等所发出的光，其色彩感觉也不同。

同一物体在不同的光源下将呈现不同的色彩，在白光照射下的白纸呈白色，在红光照射下的白纸成红色，在绿光照射下的白纸呈绿色。因此，光源色光谱成分的变化必然对物体色产生影响，例如，电灯光下的物体带黄，日光灯下的物体偏青，电焊光下的物体偏浅青紫，晨曦与夕阳下的景物呈桔红、桔黄色，白昼阳光下的景物带浅黄色，月光下的景物偏青绿色。光源色的光亮强度也会对照射物体产生影响，强光下的物体本色会变淡，弱光下的物体本色会变得模糊晦暗，只有在中等光线强度下的物体本色最清晰。

光的作用与物体的特征是构成物体色的两个不可缺少的条件，它们互相依存又互相制约。只强调物体的特征而否定光源色的作用，物体色就变成无水之源；只强调光源色的作用而不承认物体的固有特性，也就否定了物体色的存在。同时，在使用"固有色"一词时，需要特别提醒的是切勿误解为某物体的颜色是固定不变的，这种偏见就是在研究光色关系和作色彩写生时必须克服的"固有色观念"。

2）色彩的生理属性

色彩的直接心理效应来自色彩的物理光刺激对人的生理发生的直接影响。

心理学家对此曾做过许多实验。他们发现，在红色环境中，人的脉搏会加快，血压有所升高，情绪兴奋冲动。而处在蓝色环境中，脉搏会减缓，情绪也较沉静。有的科学家发现，颜色能影响脑电波，脑电波对红色的反应是警觉，对蓝色的反应是放松。自19世纪中叶以后，心理学已从哲学转入科学的范畴，他们注重实验所验证的色彩心理的效果。

不少色彩理论中都对此作过专门的介绍，这些经验向我们明确地肯定了色彩对人心理的影响。冷色与暖色是依据心理错觉对色彩的物理性分类，对于颜色的物质性印象大致由冷暖两个色系产生。波长长的红光和橙、黄色光，本身有暖和感，因此光照射到任何色都会有暖和感。相反，波长短的紫色光、蓝色光、绿色光有寒冷的感觉。夏日，我们关掉室内的白炽灯，打开日光灯，就会有一种变凉爽的感觉。颜料也是如此，在冷食或冷的饮料包装上使用冷色，视觉上会引起消费者对这些食物冰冷的感觉。冬日，把卧室的窗帘换成暖色，就会增加室内的暖和感。

以上的冷暖感觉并非来自物理上的真实温度，而是与人们的视觉和心理联想有关。总的来说，人们在日常生活中既需要暖色，又需要冷色，在色彩的表现上也是如此。

冷色与暖色除去给人们温度上不同的感觉以外，还会带来其他的一些感受，如重量感、湿度感等。例如，暖色偏重，冷色偏轻；暖色有密度强的感觉，冷色有稀薄的感觉；两者相比，冷色的透明感更强，暖色则透明感较弱；冷色显得湿润，暖色显得干燥；冷色有很远的感觉，暖色则有迫近感。

一般来说，在狭窄的空间中，若想使它变得宽敞，应该使用明亮的冷调。由于暖色有前进感，冷色有后退感，可在细长空间中的两壁涂以暖色，近处的两壁涂以冷色，空间就会从心理上感到更接近方形。

除去冷暖色系具有明显的心理区别以外，色彩的明度与纯度也会引起人们对色彩物理印象的错觉。一般来说，颜色的重量感主要取决于色彩的明度，暗色给人以重的感觉，明色给人以轻的感觉。纯度与明度的变化给人以色彩软硬的印象，如淡的亮色使人觉得柔软，暗的纯色则有强硬的感觉。

3）色彩的本质属性

（1）色彩的分类

色彩主要从色彩的种类和色系两个方面来进行分类，每一种类型都有自己的特点和特征。

① 从种类上进行划分

色彩从种类上主要分为原色、间色和复色 3 种。

- 原色：色彩中不能再分解的基本色称为原色。原色能合成出其他色，而其他色不能还原出本来的颜色。原色只有 3 种，色光三原色为红、绿、蓝，颜料三原色为品红（明亮的玫红）、黄、青（湖蓝）。色光三原色可以合成出所有色彩，同时相加得白色光。颜料三原色从理论上来讲可以调配出其他任何色彩，同色相加得黑色，因为常用的颜料中除了色素外还含有其他化学成分，所以两种以上的颜料相调和，纯度就会受影响，调和的色种越多就越不纯，也越不鲜明，颜料三原色相加只能得到一种黑浊色，而不是纯黑色。

- 间色：由两个原色混合得间色。间色也只有 3 种，色光三间色为品红、黄、青（湖蓝），有些彩色摄影书上称为"补色"，是指色环上的互补关系。颜料三原色即橙、绿、紫，也称第二次色。必须指出的是，色光三间色恰好是颜料的三原色。这种交错关系构成了色光、颜料与色彩视觉的复杂联系，也构成了色彩原理与规律的丰富内容。

- 复色：颜料的两个间色或一种原色和其对应的间色（红与绿、黄与紫、蓝与橙）相混合得复色，亦称第三次色。复色中包含了所有的原色成分，只是各原色间的比例不等，从而形成了不同的红灰、黄灰、绿灰等（此处表示列举省略）灰调色。

② 从色系上进行划分

- 有彩色系：指包括在可见光谱中的全部色彩，它以红、橙、黄、绿、蓝、紫等为基本色。基本色之间不同量的混合、基本色与无彩色之间不同量的混合所产生的千千万万种色彩都属于有彩色系。有彩色系是由光的波长和振幅决定的，波长决定色相，振幅决定色调。

- 无彩色系：指由黑色、白色及黑白两色相融而成的各种深浅不同的灰色系列。从物理学的角度看，它们不包括在可见光谱之中，故不能称为色彩。但是从视觉生理学和心理学上来说，它们具有完整的色彩性，应该包括在色彩体系之中。

（2）色彩的属性

① 色相

色相是指色的相貌，这是依据可见光的波长来决定的。波长给人的感觉不同，就会产生不同的色相。最基本的光就是太阳光通过三棱镜分解出来的红、橙、黄、绿、蓝、紫6个光谱色。其他各种色的色相都是以这6个色的色相为基础。光谱中各色相发射着色彩原始的光辉，这使光给了自然一个美的世界。

从光学意义上讲，色相差别是由光波波长的长短产生的。即便是同一类颜色，也能分为几种色相，如黄颜色可以分为中黄、土黄和柠檬黄等，灰颜色则可以分为红灰、蓝灰和紫灰等。光谱中有红、橙、黄、绿、蓝、紫6种基本色光，人的眼睛可以分辨出约180种不同色相的颜色。

② 明度

明度是眼睛对光源和物体表面的明暗程度的感觉，主要是由光线强弱决定的一种视觉经验。

明度不仅决定物体照明程度，而且决定物体表面的反射系数。如果我们看到的光线来源于光源，那么明度决定于光源的强度。如果我们看到的是来源于物体表面反射的光线，那么明度决定于照明的光源的强度和物体表面的反射系数。

简单地说，明度可以简单理解为颜色的亮度，不同的颜色具有不同的明度，例如，黄色就比蓝色的明度高，在一个画面中如何安排不同明度的色块也可以帮助表达画作的感情，如果天空比地面明度低，就会产生压抑的感觉。任何色彩都存在明暗变化，其中黄色明度最高，紫色明度最低，绿、红、蓝、橙的明度相近，为中间明度。另外，在同一色相的明度中还存在深浅的变化，如绿色中由浅到深有粉绿、淡绿和翠绿等明度变化。

③ 纯度

通常以某彩色的同色名纯色所占的比例来分辨彩度的高低，纯色比例高为彩度高，纯色比例低为彩度低，在色彩鲜艳状况下，我们通常很容易感觉高彩度，但有时不易作出正确的判断，因为容易受到明度的影响，如大家最容易误会的是，黑白灰是属于无彩度的，它们只有明度。

2. 角色色彩设计

Flash动画中对角色的色彩设计不能够随心所欲，必须考虑角色的一些相关特性和影片的风格等，如角色的性格、年龄、生长环境。同时，影片的角色还需要考虑后续的衍生产品，这些都是对角色色彩设计的内部要求，在设计的过程中还需要考虑外部环境，如背景的色彩是什么样，是否与我们的角色相互搭配，同时还要结合影片的节奏，如动作节奏、音乐节奏等，这些都是在角色的色彩设计过程中必须考虑的。在对角色色彩设计有了一个简单的认识后，下面将对影响色彩设计的内部因素、角色与角色之间的关系、角色与背景之间的外在关系进行详细的介绍。

（1）内部因素

①角色的年龄

对 Flash 动画角色在色彩应用方面的认识中，我们清楚地知道，在设计过程中使用不同的颜色和不同风格的颜色都会产生一种不同的视觉心理。因此，在色彩的设计过程中，一定要对角色外部形象特征有一个完整的认识，角色的年龄阶段、文化层次不同，外部形象的设计过程也有所不同。因为在通过线条绘制了角色的外部轮廓之后，就清楚地了解了角色的相关特性，通过色彩的加工和处理，进一步深化角色本身的外部形象。幼儿在色彩的设计上趋向于温暖、柔和的色彩；少年趋向于活泼；成年的色彩设计最为丰富，必须考虑影片的风格和角色本身的性格特征；老年人一般都是比较灰暗的颜色。因此，设计角色的色彩首先必须清楚认识角色的年龄阶段，赋予它同龄人所拥有的特性。

②角色的性格

Flash 动画中的每一个角色都具有鲜明的性格特征，这也是 Flash 动画吸引观众的关键所在。如何来体现角色的性格特征呢？除了通过剧情和角色的动作反应外，色彩也同样能够对角色的性格特征进行描述。例如，一个比较外向的角色在色彩的设计中常常使用鲜艳、热烈的颜色，色彩的纯度较高；一个比较内向的角色常常使用淡雅、沉稳的颜色，色彩的纯度较低。

③角色所处的环境

常常说环境造就一个人的性格，那么在 Flash 动画中，不同的环境下，角色的色彩设计也有所不同。环境较亮时，角色的色彩也应该随之较亮；环境较暗时，角色的色彩随之较暗。也就是说，在动画的制作过程中，一定要考虑环境因素对角色的影响，不要使角色不管在什么环境下颜色都是一样的，没有任何的变化。同时，环境还要考虑角色的肤色，男性的肤色比较暗，女性的肤色比较亮；不同民族的角色色彩设计也不同。

因此，角色的色彩设计一定要考虑角色的本身因素，这样才能够使观众接受，色彩的取舍也尽量与角色在现实生活中的本质特征相互一致。同时，在设计角色的色彩过程中，一定要注意整体统一。

（2）角色与角色之间的关系

在 Flash 动画影片中，每一部影片都有几个不同的角色，角色之间有主次之分。因此在设计不同的角色时，色彩的搭配上主要角色要仔细考虑和分析后再进行上色，而次要的角色就不需要考虑太多，它主要起为主要角色陪衬的作用。因此，各个角色之间的个性和形态既独立又相关联。角色之间的色彩在对比中又相互统一。在 Flash 动画中，角色的色彩设计一定要考虑到角色与角色之间的相互关系，主要角色与次要角色之间有一定的区别，要使影片中的角色有主次之分，否则会产生视觉混乱的现象。

（3）角色与场景的关系

在 Flash 动画中，角色的色彩不是说永远不变的，它根据角色所处的不同场景而有所区别，这种区别不是说角色的色彩可以随便搭配，是对色彩的一种合理化的适当调整，受场景设计过程中的光线以及场景光的色彩心理影响。

3. 场景色彩设计

Flash 动画中的色彩与传统动画一样，它对影片的作用主要体现在帮助影片进行叙事，渲染影片的环境氛围，强化影片中的音乐节奏，更好地为影片的主题服务。Flash 动画中场景的风格多种多样，都是按照影片的特性进行设计的。下面主要介绍色彩对场景的作用。

（1）增强现实性

色彩能够通过线条绘制的轮廓进行写实的效果展现，使场景中所描绘的对象更接近人们的视觉接受心理，与现实生活中的场景有相近性。Flash 动画中的色彩与传统动画不同，它的色彩主要是块状的，不像传统动画的色彩一样与现实很接近。因此，在 Flash 动画的场景设计中，要尽量使场景的色彩搭配接近现实环境，把观众带入事先设定的动画场景中去。

（2）渲染气氛

由于色彩是具有感性的、本能的，通过视觉传达给观众，色彩的特性将直接影响观众的情绪。因此，在 Flash 动画的制作过程中，如何使用色彩使环境的氛围更浓，就需要设计师们深入的分析和探讨。应用色彩来渲染环境气氛是非常有效的，不同的色彩给人不同的心理感受。

（3）色彩节奏

色彩可以影响 Flash 动画影片的节奏，从色彩心理学来讲，不同的色彩给观众带来的是不同的感受。一部动画影片的剧情节奏有开始、发展、高潮、结束 4 个阶段。因此，在设计环境的过程中，色彩的处理要随着剧情的变化有所变化，使影片的色彩搭配更加活跃，以一定的节奏和规律进行变化，为表现影片的主题服务。

## 5.2.2　Flash动画的上色方法

1. 准备工作

准备工作包括熟读剧本和分镜头剧本，掌握影片的风格同时领会导演对影片的创作构思，熟悉分镜头剧本，掌握影片中角色的性格特征和场景的环境情况等。然后对绘制的轮廓进行分析和理解，开始进行上色。由于 Flash 动画的特殊性，上色主要是在计算机绘图软件中进行，因此进行上色之前，还必须熟悉计算机绘图软件，才能保证上色的顺利进行。

2. 从整体出发

从整体出发也就是说最开始的时候一定要分清每一个部分的颜色是什么，对其进行一个大致的了解后，再对每一个大的板块进行上色。这样做的目的是让设计师对每一部分色彩有一个清晰的认识，方便后面的细致刻画。

3. 刻画

刻画主要是对角色和场景进行细部刻画，使图形有立体感和质感，使观众能够深刻地接受。在这个过程中，一定要注意光线的处理和光线的方向，它们将直接影响色彩设计的准确与否。

4. 增删细节

增删细节是上色的最后一步，主要就是详细地刻画，包括处理色彩是否正确、色彩之间是否统一等。对一些不合理的地方进行详细的比较和修改，使画面中的场景和角色之间有一定的虚实关系，使画面的色彩更具有活力。

### 5.2.3　Flash动画的上色要点

- 由于 Flash 动画的色彩是在电脑上进行上色的，Flash 动画软件的色彩都是矢量图，因此在 Flash 动画软件中绘制的色彩可以任意地放大 / 缩小，不会影响影片的色彩质量，创作人员可以进行自由的发挥。
- Flash 动画绘制颜色有时是按照图层来进行绘制的，每个图层之间的颜色在绘制的过程中互不相干，都是独立的，将它们相互组合在一起就成了需要的图像，有时可能超过想象的效果。这样可以对每个图层中的颜色进行任意修改。
- Flash 动画支持计算机复制、粘贴功能，同时还可以在 Flash 动画软件中设置需要的基准颜色，方便随时使用，这样就大大地节约了上色操作的时间。

## *5.3*　测试影片

### 5.3.1　测试影片的原因

在 Flash 动画中，影片的测试也就相当于传统动画中的校对。审查校对工作在动画制作的中期阶段起到很重要的作用，设计稿、原画、动画、上色和合成等都需要进行校对。单个镜头的校对需要了解清楚角色运动、场景和分镜头剧本三者之间的关系。在动画的制作过程中，角色的动作和背景的绘制常常不是同一个人来进行的，虽然都是参照分镜头剧本来进行的，但由于每个人的理解和了解不一样，总是具有差异，因此校对的工作应该从细节上来进行，包括角色上色是否一样、整个影片的色彩风格是否统一、后期合成处理的情况是否恰当、是否按照导演的创作构思进行等。在处理镜头与镜头之间的关系时，一定要掌握好前后镜头之间的关系、相邻镜头之间角色的动作是否连贯、拍摄的机位是否正确等。

测试 Flash 动画影片与测试传统动画影片的原理差不多，但是测试 Flash 动画影片可以在动画的制作过程中进行，边制作边测试，比传统动画的校对方法更灵活，动画制作人员可以在制作的过程中随时测试，更方便、更容易及时找出问题。在 Flash 动画中，测试影片包括 3 个部分，分别是测试场景、测试影片和调试影片，它们之间有各自的分工，测试场景是对 Flash 动画中的场景进行测试，看场景中是否有需要修改的地方，制作人员在电脑上直接观看即可；测试影片也就是对整个动画的动作进行测试调整；调试影片就是对 Flash 动画的代码程序进行测试，测试语法是否有错误等。

### 5.3.2　测试影片的方法

测试 Flash 动画的方法很简单，制作完成后随时可以进行测试，直接在控制菜单中选择测试影片命令，之后会弹出对话框进行设置，调试影片需要在调试菜单中选择调试影片命令即可。

在校对的过程中，各自有自己的分工，主要分为逐一镜头的校对和校对组校对。

- 逐一镜头校对：也就是原画师进行原画校对后，再交给校对组进行再次校对。在校对的过程中一定要参照设计稿和分镜头剧本，将角色与场景对位好，要求原画师必须对自己所负责的角色动作范围内的角色与场景的统一和动作的连贯性是否恰当进行核对清楚。
- 校对组校对：也就是专门进行校对工作的人员，他们负责整部影片的总体校对工作。在进行总体校对的过程中，一定要把握好镜头与镜头之间的关系、动作的连贯性和色彩的统一3个方面，动画的每一个环节都要校对清楚，方便后期动画合成的顺利进行。

校对工作的主要注意事项如下：

- 首先要注意单个镜头角色运动和背景的走位关系是否正确；角色性格、动作是否到位；角色的表演是否到位等。
- 镜头上下之间的动作连接、镜头间镜头运动的衔接是否到位，整个动画中角色的动作表演是否到位。
- 在上色后，注意画面中色彩的准确性，色彩是否统一，画面中的光源应用是否准确等。

在完成一部 Flash 动画的制作后，常常将动画影片上传到网络上进行播放。在上传之前，必须对电影文件在网络中的播放情况进行模拟测试和优化，这样可以保证影片按照创作的意图顺利地进行播放。对 Flash 动画影片的测试主要是检查动画能否进行正常的播放，找出其错误的地方。优化主要是为了减少文件的大小，加快影片在网络中的播放速度。

### 5.3.3 测试影片实例

在 Flash 制作完成的动画中，可以测试模拟的下载速度。为了让 Flash 动画能够顺利播放，减少在下载的过程中出现的故障，可以对动画影片进行如下的动画测试操作：

（1）打开已经制作完成了的 Flash 动画源文件。选择"控制"菜单中的"测试影片"命令，会出现"正在导出 Flash 影片"对话框，如图 5-1 所示。

当影片导出完毕后，弹出的测试影片窗口如图 5-2 所示。

图 5-1 "正在导出 Flash 影片"对话框

图 5-2 测试影片窗口

（2）选择"视图"菜单中的"带宽设置"命令后，播放窗口如图 5-3 所示。

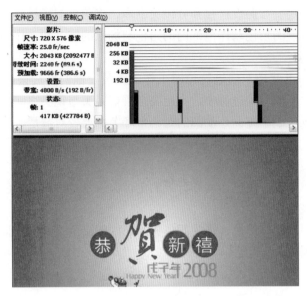

图 5-3　进行宽带设置

（3）在"视图"菜单中选择"帧数图表"命令，图表窗格中的块状图形变成条状图形。单击条状图形，则变成绿色，在左边的列表中会显示该帧中的数据大小。如果块状图形高于图表中的红色水平线，动画在浏览器中下载时可能会需要更长的时间，如图 5-4 所示。

（4）选择"视图"菜单中的"下载设置"命令，在打开的子菜单中选择一个下载的速度来确定 Flash 模式的数据流速率，如图 5-5 所示。如果要自定义下载的速度，可以选择"自定义"命令，打开"自定义下载设置"面板，在面板中根据预计的情况进行设置即可。

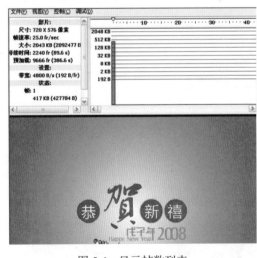

图 5-4　显示帧数列表

图 5-5　选择下载速度

（5）设置好数字并测试完毕后，关闭测试窗口，返回到 Flash 动画的制作模式后，即完成了影片的测试工作。

**知识巩固与延伸**

（1）简述 Flash 动画中时间和空间的概念。

（2）简述 Flash 动画中的动作要素。

（3）在 Flash 中如何进行动作的设计搭配？

（4）简述角色与场景色彩设计的方法。

（5）简述 Flash 动画上色要点。

（6）简述测试影片的方法。

# 第 6 章

## Flash 动画制作中的后期处理

**本章内容**

# *6.1* 动作校正

## 6.1.1 Flash动画的节奏

通常情况下，把 Flash 动画的节奏概括为动画中镜头的组接节奏。在电影中，题材、样式、风格、情节、环境氛围和人物的情绪等都是控制影片节奏的主要依据。影片的节奏除了通过演员的表演、镜头的转换运动、音乐的搭配和时间空间的变化等表现外，还需要运用一定的组接手段，掌握好每一个镜头画面的时间长度并了解影片的整个故事情节。

剪辑和蒙太奇一样，也与连接镜头和场景有关。在 Flash 动画中，剪辑和蒙太奇有所不同，Flash 动画在剪辑手法和剪辑技术上都很简单，只需要按照导演编写的分镜头基本顺序进行组接即可，主要是专注于镜头的剪辑技巧和镜头衔接时画面的顺畅性和流畅性的基本要求，不参与动画影片的内容结构的剪辑等。

在 Flash 动画中，如何控制好节奏需要在后期剪辑的过程中，按照分镜头剧本的要求来完成。导演在绘制分镜头剧本时就已经确定了动画的整个结构，同时对画面的组接技巧和要求已经做了详细的描述和要求。为了保证画面镜头的连续性和动画故事的需要，常常在中期的制作过程中，制作人员会根据分镜头剧本的要求对每一个片段或者镜头多做几帧的画面内容，保证后期剪辑的需要。因此，在 Flash 动画中，后期的剪辑按照前期分镜头的规定进行剪辑，依赖于中期动画制作的画面内容，最后在后期进行定型剪辑，控制动画的节奏、画面的组接规律和声音与画面之间的关系。一般情况下，Flash 动画在控制影片剪辑节奏上主要包括镜头之间的组接、场景之间的组接和声音与画面之间的组接。其中，镜头之间的组接是控制影片节奏的最关键部分，下面对 Flash 动画中的镜头之间的组接技巧进行简单的介绍，其他两种方式在其他章节中已经有所描述。

镜头之间的组接也就是在 Flash 动画中相邻两个镜头之间的一种组接方式，在 Flash 动画中常见的组接方式包括切、淡入、淡出、叠化、划出/划入和圈入/圈出 6 种。

（1）切

切这种镜头组接方式最常见，即两个镜头之间直接相连的镜头组接方式，也就是后面一个镜头根据故事内容的发展需要突然代替前一个镜头。使用这种方式组接的镜头形式简洁、链接紧凑，镜头的变化之间不留人为加工的处理，不做任何效果。使用这种镜头组接方式没有任何的技巧和方法，只是为了故事发展的需要进行的画面内容的转换。切组接方式对于一些抒情或者缓慢的画面转换不适用，会使画面转接较生硬。

（2）淡入

淡入镜头尺寸用在 Flash 动画的开始或新的段落开始部分，使画面的内容从一片空白进入到有内容的画面，一般在使用这种组接方式的过程中常常有音乐伴奏，画面之间有一个舒缓，伴有一点停顿。

（3）淡出

淡出的镜头组接技巧与淡入刚好相反，一般在影片的结束或段落结束使用，是一种画面的内容从有到无的组接方法。

淡入 / 淡出这种镜头在 Flash 动画制作过程中使用方法很简单，只需要将画面的内容转换为元件，然后设置元件的属性，制作两帧的补间动画即可。在制作淡入 / 淡出的动画过程中，时间上有一定的长度，常常用来表示时间的流逝，随着场景的变化，可以引领观众的情绪进入或情绪结束，同时还留给观众想象的空间，带动观众的情绪随故事的发展而变化。

（4）叠化

叠化即上一个镜头淡出的同时，下一个镜头淡入。相邻两个镜头叠印在一起，画面不出现黑屏或白屏现象。一般情况下，使用叠化组接效果主要是展现时间的推移或进入到上一个画面的想象空间中去，如角色的回忆、幻想和梦境等，也可以表现画面中内容在一段时间内的变化情况。

在 Flash 动画中，制作叠化效果的方法是：两个镜头分别建立在不同的图层，然后转换成元件，前一个镜头制作淡出的动画，后一个镜头制作淡入的动画。

（5）划出 / 划入

划出 / 划入是画面的镜头进行横向或纵向的运动构成相邻镜头之间的组接方式。应用划出 / 划入的镜头组接方式主要是刻意地表现镜头的转换，这是在 Flash 动画中的一种特有的组接方式，使用这种方式刻意地带动观众进行场景或空间的转换，有一定的喜剧效果。

（6）圈入 / 圈出

圈入 / 圈出也就是通过某种形状或梦中图像，使画面的内容从小的局部转换到整个画面，或者从大的画面转换到小的局部画面。圈入一般用于影片的开始，圈出用于影片的结束。

## 6.1.2　Flash动画中的动作

Flash 动画的动作主要包括画面的镜头运动、角色的运动、故事发展的结构运动和角色内心情绪的运动等。

在镜头的运动过程中，要把握好镜头的方向和节奏、控制好画面中的内容等，角色的运动要掌握好动画中角色的运动规律和方法，体现角色独特的运动方式和运动规律，使观众能够留下深刻的印象。

# 6.2　Flash 动画的优化

由于 Flash 动画的自身特点，文件不能过大，否则无法在网络中顺畅地播放。因此，为了减少 Flash 动画所占的空间，加快动画在网络中的播放速度，在导出动画影片前需要对动画文件进行优化处理。对 Flash 动画的优化主要是对动画制作过程中的一些画面构成元素进行优化处理，主要包括优化影片的大小和优化动画元素，下面分别进行介绍。

## 6.2.1　优化影片大小

在 Flash 动画的制作过程中，应该对动画影片的大小进行优化，一般情况下，在动画的制作过程中，影响影片大小的因素主要包括以下几个部分：

- 在动画的制作过程中，尽量多地使用补间动画，少用逐帧动画。补间动画的中间动画过程是 Flash 动画软件自身运算出来的，图片文件较少，而逐帧动画每一帧都是一张画面，占用的文件较大，导出影片后文件也较大，不利于网络播放。
- 将图片转换成元件，同时，凡是制作补间动画的图形、文字等，尽量转换成为元件，这样就可以减少 Flash 动画文件中的图形数量，也方便设计者调用类似的图形。
- 尽量少使用位图来制作动画，位图主要用于绘制动画中静态的背景元素。
- 尽可能在小区域内编辑动画。
- 动画中的声音文件尽量不要太大，在动画中使用较长的声音文件时尽量使用声音编辑软件进行处理后再添加。

## 6.2.2 优化动画元素

在制作 Flash 动画时，对制作动画过程中的元素进行优化特别重要，主要包括制作过程中文字、颜色和线条等的优化。

- 文字的优化：在制作动画的过程中，同一影片使用的文字字体要尽量少，文字也不能过大。需要一些特殊的字体文字时，可以选择好需要的字体后，将文字直接转换成为图片使用，这样就能够优化动画，同时也保留了特殊的文字字体要求。
- 颜色的优化：选择色彩的过程中，尽量使用颜色面板中所给出的颜色，方便计算机识别，减少识别颜色所占用的资源。尽量减少透明度等，少使用特殊效果，否则会增加文件的大小。
- 线条的优化：在动画的制作过程中，尽量少用特殊的线条，这样会减少影片播放过程中使用内存的大小。使用铅笔工具比使用画笔工具绘制的线条产生的文件小。

### 知识巩固与延伸

（1）Flash 动画的节奏是什么？

（2）简述相邻镜头之间的组接方式。

（3）简述 Flash 动画优化方法。

# 第 7 章

## Flash 动画营销

### 本章内容

# 7.1 网络营销

## 7.1.1 门户网站

下面主要介绍 Flash 动画和 Flash 制作技术的一些相关网站，在国内较有名气的两个网站是闪客帝国和闪吧。

### 1. 闪客帝国

闪客帝国（www.Flashempire.com）是一家专注于动画产业领域，优先服务中国大陆及全球华人社群，具有领导地位的大型新动画网络媒体以及动画娱乐内容的增值服务供应商，其主界面如图 7-1 所示。

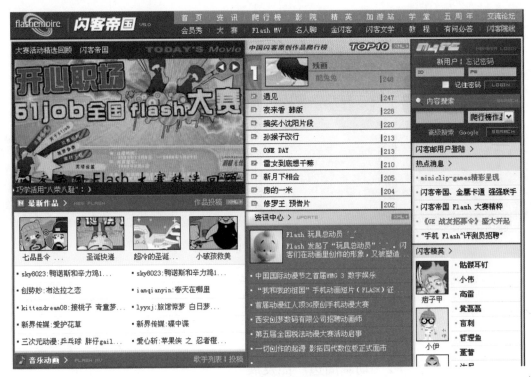

图 7-1 "闪客帝国" 主界面

在中国，闪客帝国被网民称之为 "中国闪客第一站"，被媒体评价为 "闪客文化的发源地"。它是一家被闪客、业界同行、媒体、企业多方同时认可的处于领先地位的 Flash 动画（新动画）网络媒体。闪客帝国的出现极大地推动了 Flash 等多媒体技术以及原创动画在国内的传播与发展。

网站成立于 1999 年 9 月 15 日，2003 年 1 月 28 日正式完成公司组建，成立北京闪客互动文化传播有限责任公司。目前拥有 1 个主站、2 个合作网站（天津热线、淄博信息港合作）、1 个交流中心、超过 100 万的活跃注册用户、8 个种类及 10000 多个 Flash 动画作品；单个作品点击率最高达到 150 万次；它掌握中国大陆 90% 以上闪客与 Flash 动画作品资源；每天有平均 200 万浏览量，高峰时突破 300 万；包含 P&G、HP 在内的 50 多家国内外知名企业广告客户；推出国内第一个，也是目前最权威的"中国闪客原创 Flash 动画排行榜"；第一家被专业动画机构认可并合作的 Flash 动画网络媒体；2003 年在旅游卫视推出国内第一档 Flash 动画电视节目《闪客阵线》，第一个实现跨媒体运营。

2．闪吧

闪吧（www.Flash8.net）是一家主要面向中国大陆用户及全球 Flash 行业用户的综合性 Flash 动画门户网站，其主界面如图 7-2 所示。

图 7-2 "闪吧"主界面

闪吧网站（www.Flash8.net）成立于 1999 年，2003 年成立上海闪吧网络科技有限公司。自闪吧成立以来，主要以 Flash 及相关技术为核心，一直致力于 Flash 内容的教学、传播和服务。经过多年的发展，闪吧内容建设不断深入，目前已经初步建成适应行业发展的完整的频道体系和完备的服务内容。通过 5 大频道框架体系提供作品展示、教学、商务信息交流和数字娱乐服务，形成了一个内容充实、功能完备的综合性网络服务平台，树立了良好的、备受业界大众欢迎的互联网 IT 品牌形象。经过 11 年的发展，闪吧影响力不断扩大，合作伙伴延伸至各个行业；目前已有超过 100 万注册用户，掌握了业界主要的资源；单个作品浏览量超过 300 万人次，平均每天浏览量突破 200 万人次，业界排名第一（ALEXA 数据）。闪吧网站一度被电脑报评为 2003 年度编辑选择奖，和国内众多知名创作群形成良好的伙伴关系，同时和国内 IT 门户新浪、搜狐、网易、互联星空和电脑报等媒体开展了富有成效的合作，成为搜狐动漫、新浪动漫和互联星空的内容合作伙伴。11年的发展，闪吧在技术和经验上都有了很好的积累和发展。新版闪吧采用 Web 标准，新近推出的 Flash 互动娱乐内容也应用了大量新的技术。闪吧还与清华大学出版社合作推出《Flash 技术专家门诊》、《网页设计专家门诊》系列丛书。在活动策划和业务开展等方面不断创新发展，并积累了丰富的经验，连续 5 届承办全国法制动漫作品大赛、网易网游、百事比赛和傲旗比赛等，积累了丰富的活动宣传与策划经验，行业优势地位进一步稳固。闪吧作为中国 Flash 行业网站门户，致力于中国动漫产业的发展，始终坚持以 Flash 为核心，不断推出新的 Flash 互动娱乐项目，努力实现 Flash 的跨产业发展。"我们一直在努力"是闪吧的发展理念，谨遵着这种踏实、努力进取的闪吧精神，闪吧一定会完善自己的内容和服务，与业界同仁一起更加高效、优质地服务于产业发展的需求。

### 7.1.2 网站中的Flash动画

应用 Flash 制作网站是现在很多公司和个人的趋向，使用 Flash 制作的网站可以按照自己的构思进行设计和布局，摆脱了传统制作网站的构图方式和模式，同时，在制作的过程中添加了更多的互动元素，可以与浏览者产生互动。一般在一些网站欢迎界面常常使用，同时，在一些大型网站中常常以 Flash 动画、广告等形式来进行展示。如图 7-3 所示为个人网站中的动画，如图 7-4 所示为网站中的 Flash 动画元素。

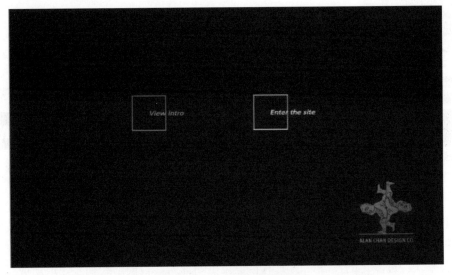

图 7-3　个人网站中的动画

图 7-4　网站中的动画

## *7.2* 动画周边产品发展

### 7.2.1 玩具

在玩具方面，上海拾荒公司的小破孩系列走在最前面，现在已经成为了拾荒动画公司的一个产业，该公司的动画周边产品系列主要包括公仔、服装、包袋、饰品、家具、图书图像、文具和手表等。在 Flash 动画衍生的产品中，拾荒公司的营销很成功。

如图 7-5 所示为拾荒小破孩系列动画的玩具产品。

图 7-5　小破孩系列玩具产品

### 7.2.2 服装

上海拾荒动画设计公司在对服装的设计上，除了进行传统的设计外，还根据顾客的需要进行个性化的设计和制作，可见其营销策略的创新。如图 7-6 所示为上海拾荒动画设计公司的服装产品。

图 7-6　拾荒动画设计公司的服装产品

### 7.2.3 音像制品

在国内的 Flash 动画制作公司中，音像制品走在最前列的是成都中轩数码娱乐有限公司，他们将《女孩你的 分钟有多长》制作成影像制品销售到海外，成为国内最先将 Flash 动画影像制品销售到国外的 Flash 动画制作公司之一，其海外的销售业绩也很不错。随后国内多家 Flash 动画制作公司也将自己的产品制作成为影像制品或图书进行销售。如图 7-7 所示为上海拾荒动画设计公司的图书、音像产品。

图 7-7 拾荒动画设计公司的图书、音像产品

### 知识巩固与延伸

（1）简述 Flash 动画的营销种类。

（2）分析闪客帝国与闪吧的特点。

（3）简述中国 Flash 动画今后的发展方向。

# 第 8 章

## Flash 动画中的角色设计技术

### 本章内容

# *8.1* 动画角色造型

## 8.1.1 Flash动画短片中角色设计的风格

在传统动画中，动画造型设计的总体艺术特性是简洁而有力。简洁也就是指应用尽可能概括的造型手段来塑造动画角色的形象。这里的有力指在动画角色的造型设计过程中，充分地表现出故事赋予动画角色形象所特有的性格、内涵和外在的特征。也就是对动画角色造型的设计，不仅要考虑角色的外在形象，还要充分地结合动画剧本和导演的创作构思进行设计，对角色的性格有深刻的认识，角色与角色之间的关系、动画的主题思想等都必须是动画造型设计师所掌握的内容。完成一个动画角色的造型设计还必须顾及到后续制作。设计一个角色，应该使用最简洁的线条来绘制角色的形象。一部动画短片角色的动作变化都是一张张地绘制和上色完成的，有的动画影片的画面有上万张的纸稿。从这一点可知，在对角色的设计中，如果多设计了一根线条，那么后面播放动画画面时就需要花费更多的时间去完成。因此，以最简洁的造型语言表现出丰富的视觉效果是动画造型设计的基本要求。动画角色造型师在设计过程中设计的每一个线条、每一色彩块面都必须能够体现出角色的形态、神态、结构和质感等，达到最好的艺术表现效果。

动画制作的手段逐渐地多样化，动画造型设计的风格也越来越丰富，但根据角色造型的外在形象大体上可以分为漫画风格和写实风格两个（或者两者的结合）。漫画风格也就是对角色的造型进行适当的夸张、变形处理，夸张角色的某一特征，强调角色的特性，是一种幽默、有趣的造型艺术形式，这种造型方式是现在动画最为流行的。由于动画本身就具有娱乐性，在造型的夸张过程中应该多考虑角色本身的属性和角色本身的特征。国家、地域、传统文化艺术的不同也直接影响角色的造型风格。不同角色设计师的角色造型设计风格也有所不同，根据设计师的经验和对动画故事的理解程度而决定。写实风格的动画造型也就是在角色的设计上，尽量与真实的角色形体相近、比例相近、形态相似等，这种角色造型青少年比较喜爱。

### 1. 漫画风格

从 Flash 动画诞生以来，漫画风格一直是动画角色造型的主流形式，它具有很强的娱乐性质，深受人们喜爱。传统动画中，特别是美国的动画，漫画风格的造型一直是主流，动画造型师借助现实生活中角色的原型进行再创造，使原本没有生命的物体有了生命，使本来讨厌的物体被观众喜爱。动画家可以将动物拟人化，把人物更加卡通化，把原本没有生命的物体赋予人的思维和动作等，设计时使角色不仅具有夸张的外部形象，同时每个角色还有自己鲜明的性格特征和丰富的内涵。这就是作为一名优秀的角色造型师的最基本能力，更是动画角色有漫画风格的主要原因。

在 Flash 动画中，对角色的造型设计使用漫画风格，一定要注意设计过程中对角色的造型进行的简洁和夸张处理。简洁也就是在设计中对角色使用最少的线条描绘生动的形象，要尽量提炼、概括，每一根线条都要有其留下的价值，不能多，也不能少，要用最简单的线条发挥角色最完整的形象特征。夸张也就是在角色的造型过程中，设计师发挥自己的主观能动性，对角色进行分析总结，适度地夸大角色的某些特征，为影片的故事情节和主题思想服务。

Flash动画中对角色造型的设计主要通过两种形式进行借鉴。第一种是通过设计师自己的分析，分析影片的特色，创造完全由自己凭空想象的角色，也就是现实生活中没有的角色原型。第二种是对现实生活中有的角色进行艺术的加工处理，使角色区别于现实，又具有一定的性格特征。但值得注意的是，漫画风格类型的角色设计也不是说就必须进行简单的变形和无目的的夸张。创造一个好的动画角色形象必须用心体会角色，每一部分的夸张必须符合影片赋予角色的性格特征和形象要求，同时还必须符合动画制作的特定要求，在对动画角色进行漫画风格设计的过程中，必须注意以下几个方面。

（1）简洁而丰富

简洁而丰富也就是说在设计动画角色时，角色的形状要尽量简洁，同时也要丰富，不是简单的几根线条关系，更注重角色外在形象的表现。不同的动画风格，使用的造型语言有很大的差距，但在造型艺术中注重"少则多"的规律，也就是造型语言简练而丰富，即以最少的造型元素表现出对象的形态、结构、情感和动态等最重要的特征，这也是动画造型的基本功。

（2）符号化

符号化指在Flash动画的角色设计中，每一个动画角色在塑造的过程中要区别于相同类型的其他角色而具有的一种特定样式，传达给观众角色本身独有的形象符号，使观众一看就知道是哪个角色。迪士尼动画角色唐老鸭就是一个典型的例子。

（3）表情刻画

每一个角色的造型形象有所区别，头部与面部的结构不同，因此对表情的刻画也有所区别。在漫画风格类型中，表情的刻画大多数采用的是夸张的表现手法。根据情节的需要，夸张的力度有大有小。不同的表情所要表达的意义不一样，在设计表情时也有所区别。但特别值得提出的是，角色的表情设计主要是以人类的表情刻画作为依据，使观众能够对角色表情产生共鸣和喜爱。

（4）联想

联想是动画设计和制作者的基本素质，能够为动画角色造型师提供创作方法。在Flash动画的角色造型中，有的角色是我们从来没有见过或者世界上不存在的，那么设计师就完全靠自己的丰富想象力去完成角色的设计。角色的设计也逐步以拟人的方式进行创造，符合人类的生产生活方式。

2. 写实风格

写实风格造型是指对客观现实中的一切事物如实地描绘的造型样式，漫画风格造型与写实风格造型的造型大多数都是以自然界中的形象为基础进行夸张、变形处理，但写实风格的角色造型偏重的是以自然形象的比例、形状和结构作为依据进行客观的绘制。

（1）人物造型

在写实风格的造型中，人物的造型占绝大部分，因为人物是动画中角色的主体。在Flash动画中，对人物的造型设计难度最大，因为在设计的过程中首先考虑的就是人物的结构、比例和形态，然后是角色的表情刻画。由于观众的特殊性，对人物类角色造型更加挑剔，对角色的性格、特征、性别、年龄、名字、地域特点和外部形象等都要求很严，一定要结合故事情节进行分析和理解。

（2）动物造型

对角色造型中动物类的设计主要考虑角色的外部形象和动作，外部形象可以分清角色的属性和形象特征，动作是掌握角色的性格。在设计的过程中首先要考虑角色的内在结构和外在形状，经过简化的形象更能够体现角色的准确结构。一定要符合现实中相同种类角色的基本特征。在动作和表情的设计中注重的是拟人化的处理方式。

3. Flash 动画中角色设计的特征

Flash 动画与传统动画在角色设计上基本相同，但在研究 Flash 动画角色的过程中，常常将它与影视中的语言进行对比。Flash 动画的角色形象与影视中的演员基本上是相同的概念。当欣赏一部电影后，除了对故事情节和画面效果很清楚外，其次就是演员，演员的表演和对话在我们的脑海中印象很深。Flash 动画也是一样，观众同样会对一部优秀的 Flash 动画影片的角色记忆犹新。但 Flash 动画的角色形象都是虚拟的，不管角色是什么形状，都将它们拟人化地处理，使观众更容易接受。

- 形象的虚幻性：动画的角色都是由动画角色设计师通过剧本和导演的构思进行创造的，使动画角色设计师对角色的认识通过绘画的手段绘制在纸张上的一幅幅画面，动画角色原本是没有生命的。Flash 动画中赋予角色生命是在动画师一张张地绘制角色连续动作的画面后，通过人的视觉暂留现象使绘制的一张张角色画面运动起来。因此，Flash 动画角色形象是虚幻的，与现实生活中的人物是有区别的。

- 创造的主观性：由于 Flash 动画的角色原本就没有生命，是在动画制作团队的合作下才有了视觉中的生命，它的生命是动画设计师赋予的，因此，动画设计师的生命很大程度上带有主观性，是代表动画师对角色的一个主观判断。角色所反映出来的性格、行动和心理特征等都是按照动画师对角色的认识而赋予的。

- 动作的机械性：毕竟动画角色不是现实生活中存在的，是动画师主观认识的表现，在角色的动作上，不可能像大自然一样随意自然，避免不了动作的重复和不搭配的现象。随着 Flash 动画制作技术的不断改进和认识的逐步提高，角色在动画上基本很少存在不搭配的现象，动作的重复性还是有的。例如，一段角色跑步的动画，动画师只需要绘制角色循环跑步的动作即可，后面的都是循环。虽然 Flash 动画动作的机械性使动画不是很形象，但与传统动画相比，在满足相同相关的情况下可以节约很多时间。

- 创造的无限性：虽然 Flash 动画在创作的过程中受到很多的限制，动画的效果看上去不是很完美。但是在 Flash 动画的创作过程中，它与传统动画相比在制作的时间上可以节约不少，动画角色的创造要发挥主观能动性，使动画角色形象更生动，更让观众接受。同时，Flash 动画制作的团队不需要像传统动画那么庞大，几个人就能构成一个小的团队，制作出优秀的 Flash 动画影片。

### 8.1.2 Flash动画短片中角色设计的要求

#### 1. 突出性格特征

每一个动画角色都有自己鲜明的性格特征，不管是外在的还是内在的，动画角色设计师在设计的过程中必须突出角色的性格，使观众能够通过短片认识和了解角色。

#### 2. 符合审美标准

Flash 动画的角色是虚拟的，是创造的主观性的表现。角色形象的审美标准首先遵循人类对事物的审美标准，使角色不管是静态的还是动态的，一定要符合人们的逻辑思维，使角色的造型比例适当、动作设计协调、动画节奏有序、画面和谐。

#### 3. 具有亲和力

Flash 动画主要面对的是年轻观众，因此，如何让年轻观众接受动画角色形象，就需要角色造型师通过剧本的分析和自己的创作思维来进行创造。在对角色的塑造过程中一定要把角色最美好的一面呈现给观众，使其与观众的距离接近。正面的角色一定要可爱、可亲，反面的角色主要用来反衬正面角色，使 Flash 动画影片有强烈的爱憎情感。

## *8.2* Flash 动画角色表情

在 Flash 动画的角色创作过程中，对角色的塑造不仅是外部的形象，角色的一些关键部位的设置也非常重要。例如，对角色对话时的口型、表情和情绪的塑造也同样很重要，它不仅是对角色形象的一个补充，更起到推动故事发展、体现角色性格特征的作用。在动画的制作过程中，与口型相对应的是动画中角色的对白，与表情相对应的是角色的面部表演，与情绪相对应的是角色的性格特征。一般情况下，在设计角色表情的过程中要进行模拟的表演，方便设计人员能够很好地掌握该表情的动作特征。在角色情绪上的设置主要根据角色的性格特征确定，从剧本和角色的表演方面来体现。在动画的制作过程中，对白在动画制作以前就录制好了，通过对录制好的对白进行分析确定角色口型设计的方法和要点。

在对动画角色表情设置的过程中，首先要保证口、眼睛和面部的其他部分表达出的对白的意义，角色的身体动作与手势也应该应用起来，进一步地配合好角色的表情，加强语气。因此，一个表情丰富的动画角色，它的面部表情和肢体动作都是密不可分的，共同为动画角色表情服务。

### 8.2.1 口型

口型也就是动画角色在说话过程中嘴的形状。在 Flash 动画的制作过程中，绘制角色的口型必须注意以下几个方面：

- 在做口型动画的过程中，首先要考虑角色的口型动作的变化要与脸部肌肉的变化、角色眼神的变化相互配合，还要考虑角色说话过程中语音的发音是什么等。动画中角色对话的每一个发音口型是有区别的，发音越长，角色的口型变化就越大，同时，每一个面部表情对应的角色口型也有所区别。表情比较复杂的角色，制作的口型要随着表情的变化而变化。

- 角色的口型不是可以随心所欲地进行变化的，必须符合角色的嘴部造型结构进行绘制，这样可以保证角色在口型变化的过程中不失原有的形象特点。
- 有时，在动画的制作过程中，口型的变化不是很复杂，可能两三个变化就可以与角色的对白相匹配，这种情况也有不好的地方，就是角色的表情单一，不够丰富。
- 在绘制角色口型的过程中，一定要熟悉角色先期录音的对白，这样才可以保证绘制口型时能够与对话内容相匹配。假如先期没有录音，那么设计师就必须计算好每个对话的时间，使口型与发音合拍、协调。

### 8.2.2 表情

动画角色的表情都经过造型设计师进行了艺术的夸张和变形处理，角色的表情动作进行了高度的概括，性格进行了深入的刻画。因此，动画角色的外部表情特征比较鲜明。在 Flash 动画的表情刻画过程中，必须从角色的性格出发，抓住角色在该特定环境中的典型表情特点。作为一位优秀的动画角色设计师，在日常的生活中，要多注意观察身边人物的表情特点，研究现实生活中人物在不同的环境和情绪下表情变化的特点，然后进行仔细的分析和总结，使设计师对动画角色的表情有一个深刻的认识，不断地积累素材。在角色表情的绘制过程中，设计师常常会在绘制桌前放一面镜子，这主要是为了方便设计师根据自己的表情进行分析，设计动画角色的表情。在绘制动画角色的表情过程中，要注重表现手法的夸张和概括，要使表情特征具有代表性和独特性。

同时，在设计角色表情的过程中，还需要结合角色当时的身体姿势来进行设计，这样才能够进一步充分表达出动画角色的情绪。

Flash 动画设计角色表情变化的过程主要通过 3 个部位来体现，分别为角色脸上的眉毛、眼睛和嘴巴的外形的变化。3 个部位对应 3 个区域，包括角色的额头部位、脸颊部位和下颌肌肉部位。因此，对角色表情的刻画也就是在这 3 个部位进行艺术的加工和处理，如何使角色的表情具有代表性，这就需要设计师的艺术表现手法和功底。

Flash 动画中角色的表情千变万化，角色表情的表现方法也各有不同，主要根据角色的外在形象特征、情绪、环境等的变化而发生变化。下面对 Flash 动画中角色常见的 4 种表情特点进行简单描述。

（1）愉快表情特点

愉快的表情特点是我们常常认为的笑，但动画角色在笑的过程中表情分为很多种，主要包括大笑、微笑、狂笑等，不同的笑，角色的表情也就不一样，主要表现在形态变化的弧度上，但有着共同的特征，主要表现在：头部稍微上仰，额头微有皱纹，眉毛上仰，眼睛闭合成弧形状，脸颊肌肉向上提起，角色的脸型变宽，嘴张开，可能露齿，嘴角向上翘起，下颌拉紧等。如图 8-1 所示为拾荒小破孩动画中破孩的愉快表情。

（2）悲哀的表情特点

悲哀也就是我们常常认为的哭，Flash 动画中角色哭的种类包括大哭、哭泣、悲哀等，其表现的不同主要是形态变化的弧度上。其共同的特征主要是：头颈软弱、微倾斜，眉梢和眼角下垂，脸颊肌肉下沉，嘴角下垂，下颌松弛等。如图 8-2 所示为拾荒小破孩动画中小破孩的悲哀表情。

图 8-1　小破孩的愉快表情　　　　　　　图 8-2　小破孩的悲哀表情

（3）惊吓的表情特点

惊吓主要是在角色受到外部环境的刺激而产生的一种特殊表情，这种表情与角色的愉快或悲哀的表情不同，但之间有一定的联系。惊吓的表情特点主要表现在：头部稍微前伸或者后缩，脖子僵硬，面颊肌肉拉长，眉毛吊起，眼睛极度睁大，嘴巴张开，下颌收缩，角色的整体形象拉长等。如图 8-3 所示为拾荒小破孩动画中小丫的惊吓表情。

（4）愤怒的表情特点

愤怒也是角色受到外部环境的刺激而产生的一种特殊表情，其特点主要表现为：角色的脸部肌肉的变化更加夸张，反应复杂，眉毛挤破，鼻子上提等，面部表情动态是皱纹互相交叠挤压在一起。如图 8-4 所示为拾荒小破孩动画中小丫的愤怒表情。

图 8-3　小丫的惊吓表情　　　　　　　　图 8-4　小丫的愤怒表情

Flash 动画角色的表情是通过角色脸部表情的几根线条的变化来体现的。注意在绘制的过程中角色脸部外形轮廓和五官形态上的变化，同时还可以根据需要适当增加几根表情的辅助线，以增强角色的表情特征。

## 8.2.3　情绪

情绪是身体对行为成功的可能性乃至必然性在生理反应上的评价和体验，包括喜、怒、忧、思、悲、恐、惊 7 种。普通心理学认为："情绪是指伴随着认知和意识过程产生的对外界事物的态度，是对客观事物和主体需求之间关系的反应。是以个体的愿望和需要为中介的一种心理活动。情绪包含情绪体验、情绪行为、情绪唤醒和对刺激物的认知等复杂成分。"

在 Flash 动画的制作过程中，对角色情绪的设计首先要考虑角色的外部表情特征，最主要的是角色的眼睛、眉毛和嘴的表现。但有时表现某个角色时，只用了角色的脸部表情或者身体特征来体现。Flash 动画对角色情绪的设计首先要考虑角色的头部结构特点和表情的变化等。角色的情绪主要通过五官、脸部肌肉和身体特征的变化来体现。

一般情况下，在表现角色忧郁、悲哀的情绪时，设计者对角色情绪的设置就必须慢一点；表现角色愉快、胜利的情绪时，角色的情绪设计就稍快一点。通过对角色情绪变化的设置，可以使观众了解动画角色在所处环境中的精神状态，通过对环境的渲染和故事情节的发展，可以使角色的情绪与观众产生共鸣。

在对角色的情绪设置过程中，情绪不仅可以通过对角色面部表情的刻画来体现，而且常常与角色的动作相互搭配。下面对 Flash 动画中常见的角色情绪的特点进行简单介绍。

- 沮丧的情绪：是一个慢动作的情绪表现，主要表现为没有精神，身体向前弯曲，头垂在胸前，膝盖弯曲，动作缓慢。在表现该动作的过程中，常对角色进行长时间的静止和叹息处理。
- 欢快的情绪：是一个快动作，表现角色兴高采烈的，具有活力，常使用夸张的处理方法来体现。

在 Flash 动画中，每个角色情绪的个性是动画艺术的最高成就，它是技术、表演和动画时间掌握的复杂混合体。面部表情是塑造角色性格的重要部分，但也常需要与身体的语言和表情进行配合，这样角色的情绪才生动，才能使观众更能够接受。

## *8.3* Flash 动画角色动作设计

在 Flash 动画中，角色走路的动作涉及设计师对人的动作的了解程度，包括人的肢体活动中人体骨骼、肌肉和关节的影响，以及人的年龄、性别和体型等外部特征等。因此，在设计动画角色动作的过程中，常常考虑到这些因素，使角色的动作设计更拟人化。

动画中的人物角色除了要完成剧本规定的相关动作任务外，常常遇到角色一些基本动作，包括角色的走路、跑步、转身和跳动等动作。虽然由于角色的性格情绪、体型的不同，在设计角色的动作过程中也有所不同，但其动作有一定的规律，就是角色的动作是按照人类的基本动作进行艺术的加工处理。下面对 Flash 动画中的 3 种基本动作设计进行详细介绍。

### 8.3.1 人物类走路设计

#### 1. 人的运动规律

人走路时左右两脚交替向前，双臂同时前后摆动，但双臂的方向与脚相反。脚步迈出时，身体的高度就降低，当一只脚着地而另一只脚向前移至两腿相交时，身体的高度就升高，整个身体呈波浪形运动。脚的局部变化在走路过程中非常重要，处理好脚跟、脚掌、脚趾及脚踝的关系会使走路更加生动。除了正常的走姿，不同的年龄、不同的场合、不同的情节，会有不同的走路姿态。常见的有昂首阔步的走、蹑手蹑脚的走、垂头丧气的走、踮着脚走、跃步等。在动画镜头中，走的过程通常有两种表现形式，一种是直接向前走，一种是原地循环走。直接向前走时，背景不动，角色按照既定的方向直接走下去，甚至可以走出画面。原地循环走时，角色在画面上的位置不变，背景向后拉动，从而产生向前走的效果。画一套循环走的原动画可以反复使用，用来表现角色长时间的走动。

角色在运动的过程中，跨步的那条腿从离开地面到朝前伸展落地，角色的膝关节是弯曲的，因此，脚踝与地面形成弧形运动线，这条弧线高低起伏，这与角色在运动过程中的情绪关系很大。情绪激动时，弧线起伏大；情绪平稳时，弧线起伏小。这里主要解释了角色头顶的弧线，但在角色手的摆动过程中也有弧线，其关系与头顶的弧线关系成正比。

2．人物类跑步设计

人跑步与走路的姿态有很大不同，跑动时身体前倾，双臂向上提起，双手握拳，双脚跨步较大，通常跑步时，双脚几乎没有同时落地的情形，在大步奔跑时，双脚会有一个同时离地的过程。双臂的摆动也因跑动速度的不同而变化，跑动时，身体高低起伏的波浪形幅度较正常走路时大，如图8-5所示。

图8-5　人物类跑步

除了一般的跑姿，不同的年龄、不同的场合及不同的情节，会有不同的跑步姿态，常见的有快跑、跑跳步等。

角色跑步主要有两种表现形式，一种是直接向前跑，一种是原地循环跑。直接向前跑是在设计过程中对角色的动作根据场景的情况进行绘制，不重复应用，在设计的过程中一定要计划好每一个动作所需要的时间和移动的距离大小等。原地循环跑也就是角色在奔跑的过程中位置不变，只变化角色的背景，通过背景的变化来实现角色跑的位置变化。原地循环跑在Flash动画中常使用，这样可以节约很多时间。

角色循环跑步动作主要分为8格、10格和12格3种情况。

8格的快跑循环给观众产生一种快而激烈的猛冲，以这样的速度，连续的腿的位置分得很快，常常需要速度线进行配合，使动作流畅。

10格和12格的快跑比8格的快跑循环要稍缓和一点，动作的速度也稍慢一点。假如动作少于16格之后，角色的跑步动作就很平常，缺少了冲刺。在动画的动作设计过程中，常常使用16格以上的动作设计，这样的动作更夸张，更容易体现动画的特点。

角色在奔跑的过程中，身体一般向前倾斜，具有一定的喜剧效果，但也有向后倾斜的情况，主要表现在角色奔跑即将完毕或者在奔跑的过程中出现摔倒的情况。

### 3. 人物类跳跃动作设计

人的跳跃运动是由身体屈缩、蹬腿、腾空、着地、还原等几个动作姿态所组成的。人在跳起之前身体的屈缩表示动作的准备和力量的积蓄，接着，单腿或双腿蹦起，使整个身体腾空向前，落下时，双脚先后或同时落地，由于自身的重量和调整身体的平衡，必然产生动作的缓冲，之后恢复原状。跳跃时的运动线呈抛物线状，这个抛物线的幅度根据用力的大小来决定。原地跳时，蹬腿跳起腾空，然后原地缓冲、落下，人的身体和双脚只是上下运动，不产生抛物线。

以上就是人的基本的运动规律。人的感情是丰富的，在高兴、悲伤、愤怒等情绪下所表现的状态是不同的，动作也是千变万化的，但离不开基本的规律，所以在熟练掌握基本规律后要多观察生活，多体验动作，这样动画人物才能更生动。

## 8.3.2 动物的运动规律

生活中动物是无处不在的，动画源自生活，所以让动画更有真实性，就有必要了解和掌握动物的运动规律。

首先了解动物的基本动作，这样更有助于了解动物的动作。动物的基本动作是：走、跑、跳、跃、飞、游等，特别是动物走路动作与人的走路动作有相似之处（双脚交替运动和四肢交替运动）。但是，由于动物大多是用脚趾走路（人是用脚掌着地），因此各部位的关节运动也就产生了差异。

### 1. 兽类动物的基本运动规律

（1）走路

大部分兽类均属于 4 条腿走路的"趾行"或"蹄行"动物（即用脚趾部位走路），它们走路的基本动作规律可以分解成以下 5 点：

- 四条腿两分、两合，左右交替成一个完步（俗称后脚踢前脚）。
- 前脚抬起时，腕关节向后弯曲；后腿抬起时踝关节向前弯曲。
- 走路时由于脚关节的屈伸运动，身体稍有高低起伏。
- 走路时，为了配合脚步的运动、保持身体中心的平衡，头部会上下略动，一般是在跨出的前脚即将落地时，头开始朝下点。
- 兽类动物走路动作的运动过程中，要注意脚趾落地、离地时所产生的高低弧度。

（2）跑

快速奔跑运动的基本规律可以分解成以下 3 点：

- 动物奔跑动作基本规律与走步时 4 条腿的交替分合相似。但是，跑得越快，4 条腿的交替分合就越不明显，有时会变成前后各两条腿同时屈伸。
- 奔跑过程中身体的伸展和收缩姿态变化明显（尤其是爪类动物）。
- 在快速奔跑过程中，4 条腿有时呈腾空跳跃状态，身体上下起伏的弧度较大。但在极度快速奔跑的情况下，身体起伏的弧度又会减小。

（3）跳和扑

兽类动物跳跃和扑跳动作的运动规律基本上和奔跑动作相似，不同之处是：在扑跳前一般有个准备阶段，身体和四肢紧缩，头和颈部压低或贴近地面，两眼盯住目标物体。跃起时爆发力强，速度快，身体和四肢迅速伸展、腾空，呈弧形抛物线扑向猎物。前足着地时身体及后肢产生一股向前冲力，后脚着地的位置有时会超过前脚的位置。如连续扑跳，身体又再次形成紧缩，继而又是一次快速伸展、扑跳动作。

2. 禽类动物的基本运动规律

为了方便掌握禽类运动规律，这里把禽类分为家禽类（以走为主）和飞禽类（以飞为主）。

（1）家禽

下面以鸡、鸭、鹅作为范例进行介绍。

① 鸡的走路动作规律

双脚前后交替运动，走路时身体向左右摇摆。

走步时，为了保持身体的平衡，头和脚互相配合运动。一般是：当一只脚抬起时头开始向后收缩；抬起的那只脚朝前至中间位置时，头收到最后面；当脚向前落地时，头也随着朝前伸到顶点。

要注意的是脚部关节运动的变化，脚爪离地抬起向前伸展时，趾关节的弯曲同地面必然呈弧形运动。

② 鸭、鹅划水运动规律

双脚前后交替划水，动作柔和。

左脚逆水向后划水时，脚蹼张开，形成外弧线运动，动作有力，右脚同时向上回收，脚蹼紧缩，成内弧线形，动作柔和，以减小水的阻力。

身体的尾部随着脚在水中后划和前收会略向左右摆动。

（2）飞禽

按翅膀长短，飞禽分为阔翼类和雀类。

① 阔翼类

如鹰、雁等飞禽属于阔翼类，一般是翅膀长而宽，颈部较长而且灵活，它们的动作特点是：

以飞翔为主，飞翔时翅膀上下扇动，变化较多，动作柔和。

由于翅膀大，飞行时空气对翅膀产生升力和推力（也有阻力），托起身体上升和前进。扇动翅膀时，动作一般比较缓慢，翅膀扇下时展得略开，动作有力，抬起时比较收拢，动作柔和。

飞行过程中，当飞到一定高度后，用力扇动几下翅膀，就可以利用上升的气流展翅滑翔。

阔翼鸟的动作偏慢，走路的动作与家禽相似，涉禽类（如鹤）腿脚细长，提腿跨步的屈伸动作幅度大而明显。

② 雀类

如麻雀属于雀类，一般，它们身体短小，翅翼不大，嘴小脖子短，动作轻盈灵活，飞行速度快。它们的动作特点是：

动作快而急促，常伴有短暂的停顿，琐碎而不稳定。

飞行速度快，翅膀扇动的频率较高，往往看不清动作（可以通过减少阔翼鸟的飞行动作张数来实现这个动作特点），飞行中形体变化少。

雀类由于体形小，飞行时一般不是展翅滑翔，而是夹翅飞窜。有的还可以在空中停留，这时翅膀扇动奇快。

雀类很少用双脚交替行走，一般都是用双脚跳跃前进。

3. 鱼类动物的基本运动规律

鱼类生活在水中，它们的动作主要是运用鱼鳍推动流线型的身体在水中向前游动。鱼身摆动时的各种变化呈曲线运动状态。

为了方便掌握鱼类运动规律，可以分为大鱼、小鱼和长尾鱼来分别进行分析。

（1）大鱼

如鲸鱼，鱼的身体较大、较长，鱼鳍相对较小，它们的运动特点是：

在游动时，身体摆动的曲线弧度较大，缓慢而稳定。停留原地时，鱼鳍缓划，鱼尾轻摆。

（2）小鱼

身体小而狭长。动作特点是：

快而灵活，变化较多。动作节奏短促，常有停顿或突然窜游。游动时曲线弧度不大。

（3）长尾鱼

如金鱼，鱼尾宽大，质地轻柔。动作特点是：

柔和缓慢，在水中身体的形态变化不大，随着身体的摆动，大而长的鱼鳍和鱼尾做跟随运动。

4. 爬行类和两栖类

（1）爬行类

爬行类可以分为有足和无足两类。

- 有足类运动规律是：爬行时四肢前后交替运动，有尾巴的随着身体的运动左右摇摆，保持平衡。
- 无足类运动规律是：以蛇为例，朝前运动时，身体向两旁做 S 型曲线运动，头部微微离地抬起，左右摆动幅度较小，随着动力的增大并向后面传递，越到尾部摆动的幅度越大。

（2）两栖类

以青蛙为例，运动特点是：陆地上以跳跃为主，水中时，以后腿的屈蹬作为前进的动力，注意脚蹼的变化和续力的时间掌握。

5. 昆虫类

昆虫种类繁多，以移动方式来分可以分为飞行类、爬行类和跳跃类。

（1）飞行类的运动特点

要掌握飞行类昆虫的运动轨迹，因为基本上昆虫的翅膀都是上下抖动或振动的，区别它们的是它们的运动轨迹。例如，蜜蜂的运动轨迹是规则的，呈 8 型、O 型等；苍蝇的运动轨迹则是混乱的。蝴蝶的运动轨迹是柔和、轻盈的。值得注意的是，像蝴蝶这样的昆虫的翅膀扇动要比其他昆虫慢，而且不是总上下扇动，偶尔有双翅合拢，不可千篇一律。

（2）爬行类的运动特点

靠身体下面的足交替运动向前爬行，有翅膀的会偶尔振翅。

（3）跳跃类的运动特点

以跳跃为主，需要注意的是细节的处理，如触须的曲线运动等。

以上所讲述的动物分类及它们的基本运动规律不属于专业性的动物学方面的研究，学习这些内容是为了了解各类动物的一般特性，找出它们的动作特点，以作为制作动画时的依据和借鉴。为了使动画中的各种动作更加丰富、生动、合理，平时还要多注意观察，熟悉各类动物的形象特征和动作特点，有时一些可以做到的动作，可以面对镜子亲身体验一下或用 DV 录下，逐帧观看。

# *8.4* Flash 动画短片角色设计的风格类型

Flash 动画的角色类型与影视中的角色类型一样，都是通过故事的描述来描绘人物的性格特征，有一定的主题思想。在动画角色类型的塑造上，主要通过角色的正面形象来进行划分，主要分为英雄型、智慧型和幽默型 3 种。但在实际的动画角色塑造上，角色可能有很多性格特征，是多样性的。例如，拾荒动画的小破孩就是一个典型，他在每一个动画故事中的类型都不一样，主要是根据故事的主题来体现。

## 1. 英雄型动画角色形象

什么是"英雄"？牛津字典里给英雄的定义有 4 点：第一是"具有超人的本领，为神灵所默佑者"；其次是"声名煊赫的战士，曾为国征战"；第三是"其成就及高贵性格为人所景仰者"；最后是"诗和戏剧中的主角"。在中国对"英雄"的解释主要是"非凡出众的人物。指见解、才能超群出众或领袖群众的人，总揽英雄"。可见，对英雄的定义各有不同，相同的地方就是并非常人、得天独厚、能人之所难能、具有大无畏的精神等。

英雄是人们都很崇拜的、值得学习的榜样。在 Flash 动画中，英雄从故事的情景上进行展现和发展，从角色的性格特征和行为动作去体现。在动画的制作过程中，可以对动画角色英雄的表现进行创造，使其符合观众的心理特点，使观众产生认知心理。

拾荒 Flash 动画影片《射雕英雄传》中的小破孩就是一个英雄形象，通过前面的故事概述和画面展现出当时的时代环境，借用中国古典传说加以改编，小破孩射掉多余的太阳来拯救人类，这就是一个英雄的形象和英雄的行为。

## 2. 智慧型动画角色形象

《博弈圣经》中，智慧就是文化进程中独创的执行力。当进一步了解智慧这一概念之前有必要分享一些智慧的成就，以便于追随智慧的人类全面掌握智慧存在的意义。因为这不是一个普通的词汇，其背后密切关联的一切一直超乎世人的想象，拥有智慧将可以发现许多不为人知的人世背景以及世界最神秘的知识。

智慧也就是聪明，人们都羡慕、敬仰聪明的人。因此在 Flash 动画中塑造智慧型动画形象的审美价值主要包括以下 3 个方面：

- 为观众塑造一个以聪明才智去帮助他人的动画角色形象，使大家对该角色产生敬仰的心理。

- 通过对智慧型动画角色形象的塑造，启示人们肯于动脑筋、善于动脑筋的潜能行为，使人们变得更聪明。
- 智慧型角色的设计过程中少了影响型角色的伟大，但它与我们的生活相关，或者只关心到动画角色本身的利益等。它令观众感到亲切、自然。智慧型角色通过直接的能力克服困难、化解矛盾，具有喜剧的效果。

### 3. 幽默型动画角色形象

幽默指通过影射、讽喻和双关等修辞手法，在善意的微笑中，揭露生活中的诙谐和不通情理之处。是古希腊语中"χυμός"一词演变来的西方语言相应词汇（英语、法语等：humour，西班牙语、德语等：Humor……）的半音译。民国早年，林语堂在《晨报》副刊上撰文将英文 humour 一词半音译为幽默，指使人感到好笑、高兴、滑稽的行为举动或语言，相当于风趣；幽默感则是运用或者理解幽默的能力。英语、法语中的 humour 一词来自古希腊医学，他们相信人类身体有 4 大类液体控制健康及情绪，称之为"χυμός"（chymos），大意是指汁液，它们包括血、黄胆汁、痰及黑胆汁，抑郁是由于体内"黑胆汁"过盛所致，而解决方法正是开怀大笑。英国人将 Humour 一词演化成有趣的意思，1924 年林语堂按照英文翻译成幽默一词。

幽默型动画角色形象是动画角色的造型艺术、色彩表现、动作设计和语言表达等多种元素塑造出来的综合性艺术形象。相比文学、戏剧、电影和漫画，动画的幽默型更形象化，幽默感更丰富。

幽默型的动画形象主要分为两种，一种是嘲笑型的幽默形象，也就是动画角色的表现使观众感觉可爱，不管是动作还是行为上的表现都让观众喜悦，同时动画角色的动作带有一定的讽刺意味，有憨态可掬的意味；一种是赞美性的幽默形象，此种形象中动画角色的动作和行为是观众所喜爱的，同时通过幽默的动作和行为使观众赞同、赞美该角色等。

## 8.5 动画短片的角色形状表现方法

### 1. 动画形象设计

在动画的创作过程中，对角色的形象设计首先在剧本中表现出来。在剧本的创作过程中就要考虑动画角色的形象如何、动画中有哪些角色、角色之间谁是主要角色、谁是次要角色及角色与角色之间的关系如何等。如何进行角色之间的关系设计、主要依据是什么等都直接影响动画角色的形象和性格特征的体现，也直接影响到影片的质量。

Flash 动画角色造型设计虽然是原画师设计并绘制出来的，但这些都是依照动画剧本中对角色形象的描述为依据进行创造的，使角色的形象符合动画创作中艺术的整体构思需求，动画的形象大体上可以分为以下几种。

- 角色的类似性：这种角色形象的设计相当于写实风格，也就是在设计 Flash 动画角色形象时以现实生活中的人物、动物、植物和事物等作为参考，使角色的形象与现实相近，设计师通过现实的形象进行艺术化的处理，使角色的形象更加生动。角色有自己独有的形象特征，观众一看便知。

- 再创造形象：这种角色的形象与角色的类似性有相同的地方，角色的创作过程以现实中的角色形象为依据，再进行艺术的改变、变形处理。在进行再创造的过程中，要对角色的原始形象进行加工处理，保留一些局部特征或者大体外形等，主要体现角色本身的个性。
- 虚化角色形象：这种形象的塑造完全由设计师根据剧本的描述进行自我创造。在创作的过程中没有参考的素材，完全依靠设计师主观想象力进行绘制。但注意在创作的过程中角色要尽可能地性格化，设计师主观意图也要形象化。

在对 Flash 动画角色形象的设计和绘制过程中，必须符合相应的原则，这样，角色的形象才更生动、更吸引观众。

首先在设计和绘制的过程中，一定要突出动画角色独特的性格特征，体现角色的心理描述和情绪表现；其次符合动画角色的审美标准，不管角色的形象是怎么样的，一定要注意角色的比例之美、和谐之美、运动之美和节奏之美的要求；最后角色的形象要具有亲和力，一般情况下正面角色的形象都是和蔼可亲、可爱，具有一定的幽默感、英雄感、智慧感等特点，反面角色主要用来陪衬正面角色的形象，因此在设计 Flash 动画角色形象时，一定要有强烈的爱憎情感。

2. 动画角色形象塑造技巧

Flash 动画角色形象塑造主要通过角色的动作表现、心理反应和角色的语言关系等技巧来表现。

（1）动作表现性格

著名电影大师黑格尔说："能把个人的性格、思想和目的最清楚地表现出来的是动作，人的最深刻方面只能通过动作才能实现。"Flash 动画的本质就是动画角色的动作表现艺术，因此，通过动作来表现角色的性格是动画创作过程中一个重要的艺术手段。一般情况下，对动作的设计主要通过以下两种形式来表现。

- 爆发式动作形象：动画动作矛盾冲突在高潮部分，动画角色的动作形象采取爆发式的动作，将对事物的发展、剧情的推进产生重大的影响。
- 渐进式动作形象：在动画形象之间存在着相互联结、吸引、爱慕、疏远、排斥和对立等复杂关系。通过角色动作形象的不断积累，达到一定的程度，可能产生突变性的动作。

角色动作形象的爆发或者渐近是相辅相成的，它们推动故事的发展和角色的形象性格体现，是动画角色动作的直接表现，也是动画角色性格的间接体现。

（2）心理描述角色形象

在 Flash 动画中，动画形象的外部动作、表情、眼神等揭示了动画角色形象的内心活动，推动角色的性格变化和心理节奏。在动画中，动画角色的内心活动常通过角色的外在形象来体现，使观众能够心领神会。揭示角色内心活动的方法主要是通过画外音和内心独白，通过角色的形象与之相配合，角色的心理活动能更丰富、更直接地展现给观众，同时动画角色的形象也更生动、更具有韵味。

动画角色形象的表现不是孤立的一个或者几个方法，在具体的运用中也并不是孤立的，只有相互作用、相互配合，才能达到更好的艺术效果。

## 知识巩固与延伸

（1）简述传统动画角色设计的风格。

（2）简述 Flash 角色设计的要求。

（3）简述角色口型设计的注意事项。

（4）简述动画角色表情的特点。

（5）简述 Flash 动画中人物角色的动作设计规律。

（6）简述 Flash 动画角色设计的风格类型。

（7）简述 Flash 角色形状的表现方法。

# 第 **9** 章

## Flash 动画短片中的场景设置艺术

### 本章内容

# *9.1* Flash 动画短片场景设计的要求

## 9.1.1 场景的概念

在 Flash 动画中，动画场景是在动画创作过程中一个非常重要的内容，场景为动画中的角色提供了一个虚拟表演空间。Flash 动画中的场景也就相当于影视中拍摄地点，只不过 Flash 动画场景是设计师通过一定的依据和参考进行绘制的。动画中的场景与角色之间构成了画面的所有视觉形象。Flash 动画的场景占整个动画画面的比例很大，是整部影片的画面主要内容，对动画片的整体艺术风格的形成起到非常重要的作用。有时，我们将Flash 动画的场景称为背景。

动画场景图是以剧本内容所描述的情况和导演对整部动画影片的构思创作的背景设计稿为基础绘制的。在进行场景设置的过程中，每一个镜头中的角色表演的空间范围，要与动画角色的风格保持一致，使影片整体统一。Flash 动画场景包括故事影片中体现环境氛围的具体造型形状和色彩色调等。动画场景必须符合角色所处的环境需求，具有时代特征和地域特点，能够为动画角色提供表演的空间，为动画角色服务。动画角色与动画场景一起构成了动画画面的主要视觉对象，场景是构成动画视觉效果的重要元素之一。场景为动画影片提供一个角色活动点的范围，一个使观众相信的真实可信空间，使观众身临其境。

绘制场景的过程在角色设计完成之后进行，处于动画制作过程的中期阶段。场景主要以画面分镜头剧本作为依据进行设置。在创作的过程中必须熟读剧本，领会导演的创作构思后才能进行再创作。这就意味着场景设计师在设计的过程中不必严格地按照所规定的内容去绘制，而是进行艺术再创作。场景设计师可以按照自己对剧本和导演意图的理解，对分镜头画面进行分析，根据自己的创作经验进行创造。一名优秀的场景设计师离不开对生活的观察和思考。

一部 Flash 动画影片的制作是一项集体的工程，它包括很多制作者的心血和创造力。因此，在动画制作的每一个环节，每一个动画制作者都必须付诸全力去完成，整个动画的制作水平和质量才能够有所提高。高质量的动画影片是各部门合作的结晶。在动画场景设计的过程中，场景设计师在了解导演的创作意图后发挥自己的主观能动性，对所表现的内容进行构思创意。每一场景必须首先进行构思再进行绘制，每画一笔都需要进行认真的考虑和分析，要体现动画主题，要考虑色彩是否与角色形象特征相互统一。

对 Flash 动画场景的定义主要可以从以下几个方面理解。

1. 虚拟空间

动画场景，是将设计稿的构想转化为一幅幅生动逼真的背景画，为角色的表演营造一个虚拟的表演空间。Flash 动画以塑造角色的形象为主要内容，在塑造角色形象的过程中，场景主要对角色起到映衬的作用。动画角色与动画场景之间的关系是主体与陪衬之间的关系。场景为动画角色交代其所处的时空环境。一般情况下，大家对场景的理解可能只局限于动画角色背景，这是一个误区，动画中的场景不仅包括角色表演的背景，还包括角色前方的景物、道具等，只要是画面中交代角色的时空关系、衬托角色表演的空间的物体都称为动画场景。

### 2. 场景功能

Flash 动画场景在影片中能够衬托出角色的性格情绪、渲染影片的氛围并推动故事情节的展开。一般情况下，在 Flash 动画中，通过对场景的补光设计和颜色运用来传达出角色的性格、情绪，同时交代角色活动的空间范围。通过对场景的刻画，体现出不同的意境，深化故事主题，渲染气氛，使观众通过场景氛围深入故事的发展过程中，产生共鸣。场景不断变化，动画的故事也随之变化，因此，场景对 Flash 动画故事情节的发展起到推动作用。

### 3. 影片风格形成

动画中的场景是画面中的造型元素之一，也是动画的重要视觉对象。Flash 动画中场景的风格设计与动画角色的风格设计一起构成了整部动画影片的艺术风格。场景的风格与角色的风格特征在设计过程中必须进行统一，这样才能够使动画的整体风格特征一致，体现动画主题，为观众完整地呈现影片艺术风格。

## 9.1.2 设置场景的方法

动画场景的设置也就是绘制一张张的静态画面，通过设计师的画笔绘制出动画角色表演的虚拟空间。如何进行这个虚拟空间的塑造，是场景设计师所面临的问题。因此，动画场景设计师在绘制动画场景的过程中必须具备一定的能力。

- 设计师必须具有一定的观察能力和表现动画场景绘制技法的能力。Flash 动画是动画制作者集体创作的艺术结晶，是一门使观众产生共鸣的艺术。因此，Flash 动画的创作过程与我们的生活密不可分，在动画中看到的环境都是现实生活中所熟悉的景色，这些都是设计师对现实环境的观察思考，再进行艺术化的处理而来的。

- 结构和明暗体积关系。任何物体都具有其独特的结构，如何将不同的物体合理地组合在一起，构成一个虚拟的现实环境，是设计师所面临的最大问题。因此，设计师在选择场景中的物体时，必须对其结构有一个完整的认识，对场景的设计结构可以从简单的几何体开始进行分析、理解，然后完成复杂的物体结构，通过从简单到复杂的过程，使场景更加丰富。体积明暗关系也就是塑造场景的体积感，这样才能使场景更真实。设置体积感首先要分析光线，规划好该场景中光线方向，同时也要考虑好角色在场景中的光影关系。

- 透视关系。通常对场景的透视理解为近大远小的关系，但在实际的场景绘制过程中，这样的思想一直要贯彻设计的始终，还必须注意一些相关的细节，主要包括近疏远密和近处清晰远处模糊两种关系。近疏远密也就是近处的场景物体视角开阔，景物显得比较散，远处的物体视角较小，物体之间的位置关系比较密。近处清晰远处模糊也就是在对场景设计的过程中，近处物体较少，但必须详细刻画场景物体的特征，远处的物体多，但必须注意物体之间的关系和前后的位置关系，不着重进行细致刻画，只要表达相关的位置和色彩关系即可，物体的特征比较模糊。

1. 场景绘制技巧

前面介绍了绘制场景的一些注意事项，那么成为一名优秀的 Flash 动画场景设计师，需要有哪些方面的相关技巧呢？下面进行简单的介绍。

（1）具有一定的想象力

Flash 动画中的场景基本上都是通过创作者的想象力创造出来的，动画场景的设计都是通过设计师对现实空间的理解和分析进行的再创造。因此，Flash 动画场景设计师必须具备良好的记忆力，将现实场景保存到记忆中，在创造的过程中可以随时进行创作。如何来收集这些素材呢？首先设计师必须具备扎实的绘画基本功，要对场景的形象有一个深刻的认识，其次就是对现实生活中的一些生活画面或者图片有深刻的记忆，通过这种记忆来绘制场景。

（2）绘制技法

每一位场景设计师的绘制技法都有所不同，都有各自的风格和经验。在 Flash 动画中，除了场景能传达影片的内涵和风格外，绘制技法中的笔触方法也能够表现影片的性格特征，相同的场景使用不同的技法，所表现的内容有所区别。

（3）类似与区别

类似与区别之间主要针对场景设计的外在形象。类似也就是绘制的场景与现实生活的环境有一定的相关性，是在现实生活环境的基础上进行想象而绘制的，与现实环境之间有一定的相似性，但这种相似有一定的区别。因此，在 Flash 动画场景的绘制过程中，要使场景设计与现实相关的环境类似，使观众能够接受，但又要有一定的区别，这种区别是设计师艺术再加工、创造的过程。

2. Flash 动画场景绘制要点

- 要明确该场景的光源位置关系，场景的色彩以光源的方向设计为依据，营造出场景的特征。
- 找准场景物体之间的组合关系和透视关系，必须确立好场景视平线的高度，找准透视关系，用固定的视点来明确各物体的高低、大小比例、前后位置和它们的远近关系。同时对场景中所涉及的物体结构要有所了解，对于结构复杂的物体要进行艺术化的简单处理。
- 设计师一定要带有饱满的热情，以体现自己的创作构思和想法。

## 9.1.3　设计场景的步骤

Flash 动画的创作是一个集体相互合作的过程，了解场景设计流程能够使参与人员在动画制作过程中更好地协作，提高动画创作的工作效率。动画场景的设计要求设计师从动画创作的实际出发，按照相关的流程来进行。对于场景设计中的一些大小、色彩和角度要有一定的规范和要求，这样才能够使后续工作顺利进行。场景绘制的步骤主要包括以下 5 个环节。

（1）理解导演创作意图。对 Flash 动画导演的创作意图的理解主要从 3 个方面去掌握，首先是熟读剧本，掌握故事情节的发展和情节中的具体环境要求；其次是阅读画面分镜头剧本，掌握场景设计相关的具体内容、镜头的运动、拍摄角度、光线关系、场景与角色的关系、场景与场景之间的关系及色彩关系等；最后就是与导演进行沟通，了解导演的创作风格等。

（2）构思内容。对导演的创作意图有了深刻认识后，设计师就开始绘制各个场景的画面内容。Flash动画的场景主要是为动画中的角色表演服务，也就是说，在场景的设计过程中，只绘制与角色表演相关的物体即可，以体现场景的特征和满足故事发展的需求。构图要考虑给予角色充分表演的虚拟空间，色彩要与角色相互统一，影片的风格特性要相协调，以烘托出场景的氛围。

（3）绘制草图。设计师构思好绘制内容后就可以开始绘制草图，草图是将设计师想象的场景内容用画面来体现，包括场景的形态、构图和色彩关系等。绘制草图是方便设计师对场景的构思进行具体化表现，为正式场景的绘制提供一个参考。

（4）修改草图。草图是设计师对场景形象的一个初步概括性的绘制，缺少细节和对场景深入的刻画。因此，要在草图的基础上对场景进行修改，使动画场景的形象更明确化和具体化，形成场景的线稿。

（5）上色。是场景设计的最后一步，也就是将绘制的线稿进行上色。一般上色分成铺大色、深入刻画、调整3个步骤，这样容易把握好画面的色彩关系。

# 9.2　Flash动画短片场景设计的空间表现

## 9.2.1　空间的概念

Flash动画对空间的定义为：在动画场景的设计过程中，场景中的物体形状之间所包围的空气形成的一个空间范围。空间是一个抽象的概念，与现实环境中空间的本质相同，是为动画角色提供一个表演的虚拟环境。在Flash动画中，如何在有效的空间范围内设计场景物体的形状与位置关系，来组合成一个角色表演的舞台，是场景设计师所面对的问题。

## 9.2.2　动画场景中的主要要素

场景是构成动画角色表演的空间范围，如何设置动画中的场景空间物体、每一个场景中需要哪些物体，都是设计师主观创造性的结果。Flash动画场景的组成要素主要包括以下部分。

### 1. 物质要素

物质要素是构成动画场景的虚拟物质形态，是场景空间形状表现的重要因素。场景中的物质要素主要包括景观、建筑、道具、人物和装饰等。

- 景观：主要指构成场景中的景色，包括内景、外景、城市景色和乡村景色等，承担对故事发生的环境展现。
- 建筑：一般在动画的场景设计过程中，建筑与景观相互补充，构成画面的重要载体，交代故事发生的时间和地域关系。不同的民族、区域、年代等，在建筑的表现上有所不同，可以推动故事的发展并交代时代环境。

- 道具：对场景的再现起到补充作用。道具与场景中的角色关系最为密切，用于在场景中配合动画角色的表演。
- 人物：主要指动画场景中除了主要角色以外的其他人物角色。但在 Flash 动画中，人物是一个抽象概念，不一定非要是具体的人物形象，其他的物体形象也可以称为人物，只要是在动画场景中有生命的物体，它对动画场景中的主要角色起到陪衬作用。
- 装饰：在 Flash 动画场景中主要包括环境空间的一些装饰物体或角色的一些服装、装饰等。它与道具有所区别，装饰主要起到对环境的点缀作用，道具用于配合场景的空间位置表现和角色动作表演等。

不一定是所有的场景都必须具备以上 5 种物质要素，要根据故事情节的发展需要、场景的设计需求和角色的动作表演来决定。

2. 效果要素

效果要素主要是为动画场景设计过程中特殊效果的表现服务的，Flash 动画的场景效果与影视效果有所区别，影视效果追求的是一种较强的视觉冲击力，体现在影视制作特效水平上。在 Flash 动画中，效果要素主要包括场景的外部形状特性、影片场景的色彩特征和场景中光影效果的处理。

3. 标准符号

在现在的 Flash 动画场景设计过程中，很多影片都开始注重自己的形象，常常在影片场景中添加一些标准型的建筑或符号，这样在宣传制作公司的前提下也不会影响到动画效果。有些就设计一些地方性、标志性的建筑，使观众能够一眼就明白故事发生的地点和时间等。

### 9.2.3 场景空间的构成

- 独立场景空间：这种场景比较简单，可以是几面墙加一些环境物体来构成，这种空间造型比较单调，可以利用的角度比较少，因此使用这种空间主要是体现角色与角色之间的关系，对场景的表现不过分强调。
- 纵向多层次场景：这种空间在表现上主要进行对场景的纵深感的体现，绘制过程中要注意环境的透视表现，常在推拉镜头中才需要，这样可以更好地表现角色在环境中的前后位置变化关系和镜头画面的远近关系。主要在外景、大礼堂、广场、城市和山林等地方使用。
- 横向排列场景：主要表现的是一个左右横向的场景，该场景的物体进行并列的对齐，组合的过程可能是横向的或曲线的。在 Flash 动画的制作过程中使用左右摇动或左右移动的镜头运动方式。在绘制该种场景的过程中一定要找准画面的视平线关系。
- 垂直场景：这种场景的主要镜头运动方式为升降镜头，可以体现场景的高度感。一般在绘制山体、高楼等时使用。
- 综合组合场景：这种场景比较复杂，包括多种场景构成方式，可以使场面更加丰富，要根据画面的情况和需求而定。

### 9.2.4 场景空间的作用

**1. 为影片塑造生动感**

动画是虚拟的，是动画师进行主观的艺术再加工处理。因此，在动画场景的设计过程中，要尽量使其生动、逼真，体现一定的场景空间感。在 Flash 动画场景的设计过程中，由于其绘制工具的特殊性，场景的设计过程无法达到很好的逼真效果，所以在对场景的设计上，要尽量接近观众的接受心理，在场景的艺术处理上，使场景处理更丰富、多变，为影片的故事发展和衬托动画角色服务，使场景不单调和协调，使画面更加生动。

**2. 为影片营造神秘感**

动画场景与现实的环境有一定的区别，是设计师对生活环境的一种艺术再现，它超越了现实环境的表现形式，设计师可以根据自己的主观意愿和导演的创作意图进行自己的独立构思和想象，在场景的表现上以现实环境为基础进行艺术再加工，为影片的故事发展和影片的艺术风格服务。特别是在一些科幻的场景中，动画的表现空间比现实的表现空间更大。因此，动画影片在故事情节、表现方法和视觉效果等方面，在现实环境的基础上融入其他元素，满足观众对影片的视觉审美需求。

**3. 危机环境表现**

在动画中制作一些大场景或大空间时，场景的设计在结构的表现上比较复杂，空间的立体感越强，环境空间塑造的变化越复杂，通过镜头的运动处理，视觉的危机感越强，可以给影片制造悬念。

但要注意的是，场景的塑造要为影片的故事情节服务，体现影片的艺术特征。不要一味地追求场景空间的真实性和复杂性。由于动画的制作是多个部门的合作，因此，在场景的设计过程中一定要考虑到后续工作的衔接和处理。Flash 动画中的场景设计就是在丰富的场景空间中能够最快地、最准确地传递出信息，突出主题，令观众在生动的视觉效果中了解创作者的意图。

## *9.3* Flash 动画短片场景设计风格

### 9.3.1 写实风格

写实风格的作品如图 9-1、图 9-2 和图 9-3 所示。

图 9-1 影片《女孩你的一分钟有多长》

图 9-2　影片《女孩你的一分钟有多长》

图 9-3　影片《遗失的枫林》

### 9.3.2　装饰风格

装饰风格的影片如图 9-4、图 9-5 和图 9-6 所示。

图 9-4　影片《yellow》

图 9-5  影片《芭比 GIRE- 卡布罗龙版》

图 9-6  影片《瞬间倾心，恒久钟情》东风本田汽车广告

### 9.3.3  漫画风格

漫画风格的影片如图 9-7 和图 9-8 所示。

图 9-7   影片《263 电子邮箱》广告

图 9-8   影片《2004 冰封太平洋》

### 9.3.4　幻想风格

幻想风格的影片如图 9-9 和图 9-10 所示。

图 9-9　影片《绿叶》

图 9-10　影片《云端的日子》

## 知识巩固与延伸

（1）简述对场景设计的认识。

（2）简述场景绘制技巧。

（3）简述 Flash 动画场景设计步骤。

（4）Flash 动画场景的主要要素有哪些方面？

（5）场景空间在 Flash 动画中的作用是什么？

# 第 10 章

## Flash 动画中的色彩表现

### 本章内容

# *10.1* 色彩表现基本知识

## 10.1.1 色彩对比关系

色彩对比主要指色彩的冷暖对比。电视画面从色调上划分可分为冷调和暖调两大类。红、橙、黄为暖调，青、蓝、紫为冷调，绿为中间调，不冷也不暖。色彩对比的规律是：在暖调的环境中，冷调的主体醒目；在冷调的环境中，暖调主体最突出。色彩对比除了冷暖对比之外，还有色别对比、明度对比和饱和度对比等。

（1）同时对比

当两种颜色同时并置在一起时，双方都会把对方推向自己的补色，红和绿并置，红的更红，绿的更绿；黑白并置，黑显得更黑，白显得更白。这种现象属于色彩的同时对比。

（2）连续对比

连续对比指在不同的时间条件下，或者说在时间运动的过程中，不同颜色刺激之间的对比。

（3）色相对比

不同颜色并置，在比较中呈现色相差异，称为色相对比。

- 原色对比：红、黄、蓝表现了最强烈的色相气质，它们之间的对比属最强的色相对比。令人感受到一种极强烈的色彩冲突，似乎更具精神的特征。
- 间色对比：橙、绿、紫为原色相混所得的间色，其色相对比略显柔和。
- 补色对比：在色环直径两端的为互补色。一对补色并置在一起，可以使对方的色彩更加鲜明。
- 邻近色相对比：在色环上顺序相邻的基础色相，如红与橙、黄与绿、橙与黄并置关系，属于色相弱对比。特征是具有明显的统一性，同时在统一中不失对比的变化。
- 类似色相对比：在色环上非常邻近的色，如蓝与绿味蓝这样的色相对比，是最弱的色相对比效果。
- 冷暖色相对比：从色环上看，明显有寒冷感的色是蓝绿至蓝紫的色，其中蓝色为最冷的色；明显有暖和感的色是红紫至黄的色，其中红橙色为最暖的色。冷暖对比产生美妙、生动、活泼的色彩感觉。冷色与暖色能产生空间效果，暖色有前进感和扩张感，冷色有后退感和收缩感。

（4）纯度对比

一个鲜艳的红色与一个含灰的红色并置，能比较出它们在鲜浊上的差异，称为纯度对比。

（5）明度对比

每一种颜色都有自己的明度特征。当它们对比时，视觉除了分辨出色相的不同外，还会明显感觉到明暗的差异，这就是色彩的明度对比。

### 10.1.2　色彩心理

（1）色彩的物质性心理错觉

冷色与暖色是依据心理错觉对色彩的物理性分类，对于颜色的物质性印象，大致由冷、暖两个色系产生。红色光、橙色光、黄色光本身有暖和的感觉，照射任何色都会产生暖和感。相反，紫色光、蓝色光、绿色光有寒冷的感觉。

冷色和暖色除了不同的温度感觉外，还会有其他感受，如重量感、湿度感等。暖色偏重，冷色偏轻；暖色密度强，冷色密度稀薄；冷色透明感强，暖色透明感较弱；冷色显得湿润，暖色显得干燥；冷色有退远感，暖色有迫近感。

色彩的明度与纯度也会引起对色彩物理印象的错觉。颜色的重量感主要取决于色彩的明度，暗色重，明色轻。纯度与明度的变化还会给人色彩软硬的印象，淡的亮色使人觉得柔软，暗的纯色则有强硬的感觉。

（2）颜色的表情

色彩的情感是因为人们长期生活在色彩的世界中，积累了许多视觉经验，视觉经验与外来色彩刺激产生呼应时，就会在心理上引出某种情绪。

- 红色：是强有力的色彩，是热烈、冲动的色彩，高度的庄严肃穆。在深红的底子上，红色平静下来，热度在熄灭着；在蓝的底子上，红色就像炽烈燃烧的火焰；在黄绿色的底子上，红色变成一促冒失的、鲁莽的闯入者，激烈而又寻常；在橙色的底子上，红色似乎被郁积着，暗淡而无生命，好像焦干了似的。

- 橙色：是十分欢快、活泼的光辉色彩，是暖色系中最温暖的色。橙色稍稍混入黑或白色，会成为一种稳重、含蓄又明快的暖色，但混入较多黑色，就会成为一种烧焦的色；橙色中加入较多的白色会带有一种甜腻的味道。橙色与蓝色搭配构成了最响亮、最欢快的色彩。

- 黄色：是亮度最高的色，在高明度下能保持很强的纯度。黄色的灿烂、辉煌有着太阳般的光辉，因此象征着照亮黑暗的智慧之光；黄色有金色的光芒，因此又象征财富和权力，是骄傲的色彩。黑或紫的衬托可以使黄色达到力量无限扩大的强度。白色是吞没黄色的色彩，淡淡的粉红色也可以像美丽的少女一样将黄色这骄傲的王子征服。黄色最不能承受黑色或白色的侵蚀，稍微渗入，黄色即刻会失去光辉。

- 绿色：鲜艳的绿色非常美丽、优雅，很宽容、大度，无论蓝色或黄色渗入，仍旧十分美丽。黄绿色单纯、年轻；蓝绿色青秀、豁达；含灰的绿色仍是一种宁静、平和的色彩。

- 蓝色：是博大的色彩，是永恒的象征。蓝色是最冷的色，在纯净的情况下并不代表感情上的冷漠，只不过是表现出一种平静、理智与纯净而已。真正令人情感冷酷悲哀的色是被弄混浊的蓝色。

- 紫色：是非知觉的色，神秘，给人印象深刻，有时给人以压迫感，并且因对比不同，时而富有威胁性，时而又富有鼓舞性。当紫色以色域出现时便可能明显产生恐怖感，在倾向于紫红色时更是如此。紫色是象征虔诚的色相，当紫色深化、暗化时又是蒙昧迷信的象征。一旦紫色被淡化，当光明与理解照亮蒙昧的虔诚之色时，优美可爱的晕色就会使我们心醉。用紫色表现混乱、死亡和兴奋，用蓝紫色表现孤独与献身，用红紫色表现神圣、爱和精神的统辖领域。简而言之，这就是紫色色带的一些表现价值。

- 黑、白、灰色：在心理上无彩色与有彩色具有同样的价值。黑和白是对色彩的最后抽象，代表色彩的阴极和阳极。黑白所具有的抽象表现力以及神秘感似乎能超越任何色彩的深度。康丁斯基认为"黑色意味空无，像太阳的毁灭，像永恒的沉默，没有未来，失去希望。而白色的沉默不是死亡，而是有无尽的可能性"。黑白两色是极端对立的色，然而有时又令人感到它们之间有难以言状的共性。白色和黑色都可以表达对死亡的恐惧和悲哀，都具有不可超越的虚幻与无限的精神。在色彩体系中，灰色是最被动的色彩，它是彻底的中性色，依靠邻近的色彩获得生命，灰色一旦靠近鲜艳的暖色，就会显出冷静的品格；若靠近冷色，则变为温和的暖灰色。

（3）色彩的象征性

色彩情感的进一步升华，在于它能深刻地表达人的观念和信仰，这就是色彩的象征性意义。

（4）对颜色的喜爱

有多种动机影响着人们对颜色的喜爱，如社会背景、年龄差异、心理的需求、场合的差异、用途的差异和流行色。

### 10.1.3　计算机色彩基础

计算机显示的形象与传统的绘画、制图的形象存在一定的差异。

在传统手工绘画、制图中，图的造型和色彩一般是分步绘制和相对存在的，图的外形（或外轮廓）和色彩是完全不同的两种概念和表达方式。

我们从显示屏上看到的所有照片、图形、符号和空白都是计算机以红、绿、蓝（R.G.B）3种基色显示的结果。在所有的数字图形中，从显示的角色来说，图形和色彩是合而为一的；色彩等同于图形，图形本身就由色彩构成，两者不可分离。

1. 基础色彩

理解基础色彩必须理解以下几个名词。

- 像素：是构成点阵图的基本单位，它由许多个大小相同的像素沿水平方向和垂直方向按统一的矩阵整齐排列而成。
- 点阵图：是由一定数目的像素组合而成的图形，也称为"图像"、"光栅图"。像素是构成点阵图的最小单位，点阵图的大小与精致取决于组成这幅图的像素数目的多少。由于像素的分布是沿水平和垂直两个方向矩阵式排列的，任何一个点阵图总是有一定数目的水平像素和垂直像素。
- 矢量图：是数字图形的第二大类别。矢量图的构成方式与点阵图不同，它不是像素的矩阵排列，而是计算机按矢量的数字模式描述的图形。矢量图本身没有构成图形的"像素"，只是在计算机的显示器或打印机上输出时，矢量图才被硬件以"点"

的方式呈现出来。因此，矢量图无论在显示屏或打印机上放大多少倍，它的边缘看上去都是光滑的，不会出现锯齿状。这也是矢量图最明显的优点之一。

矢量图也称"面向对象图形"，不含有点阵图的纯矢量图形占据的存储空间很小；把它转换成相同分辨率的点阵图后，文件可能会增大到这个矢量图的几十倍甚至几百倍。

矢量图的缺点是看上去不"真实"，有明显的人工绘制的痕迹，显得有些呆板和不自然。复杂的矢量图在某种场合下可能会出现打印问题，有时打印出的是乱码，有时只能打印出其中的一部分而漏掉另一部分。

2．矢量图与色彩

矢量图中的每个物件只有一个颜色值。因此，不受面积大小的影响，矢量图的色彩目前只能表示指定区域内平涂和规律性变化的色彩。而对于点阵图来说，物体的色彩信息必须加附在组成图像的每一个像素上，因此，图像的面积越大，像素越多，颜色的信息也越多，文件就越大。

3．数字色彩的几个基本问题

数字色彩源于经典艺用色彩，它以新的载体形式出现，形成了自己独特的技术标准、存在方式、色彩模型、颜色区域、色彩语言和变化规律等。学习数字色彩必须明确以下几个基本问题：

（1）经典艺用色彩是建立在"孟塞尔色彩系统"的颜料色彩之上的，是一个显色系统；而数字色彩是建立在"1931 CIE － XYZ 系统"的光学色彩之上的，是一个混色系统。两者的基础不同，前者是减色模式，只研究物体的反射光；后者是加色模式，以研究物体的发射光为主。

（2）艺用色彩学成熟于 20 世纪初，偏重色彩的心理属性研究；而现代色度学产生于 20 世纪 30 年代，偏重色彩的物理属性研究。

（3）经典艺用色彩是局限在一种色彩系统中（显色系统）的色彩理论；而数字色彩是包容了两种色彩系统（显色系统和混色系统）的色彩理论。

（4）数字色彩的理论以经典艺用色彩学为前提，艺用色彩学的色彩三要素、色彩的心理感应、色彩的对比与调和、色调等，都是数字色彩要涉及的基本内容。

（5）数字色彩与经典艺用色彩主要存在不同的色域、不同的色彩明度与饱和度界定及不同的表达方式。

## *10.2* Flash 动画中的色彩应用

### 10.2.1　色彩要素

在 Flash 动画中，色彩的应用和色彩的表现为影片增加活力和创作的艺术特性，是影片风格特征的外在形式。在色彩要素影片中对色彩的归类主要从色彩所表现的载体上进行划分，主要分为以下几类。

- 建筑色彩：构成动画影片中所有建筑的色彩元素，是体现影片空间感的主要因素。

- 道具色彩：影片中的道具、装饰物等的固有色彩，为影片的色彩表现进行点缀。
- 角色色彩：影片中角色的主要颜色表现形式。
- 环境效果色：由于环境的特殊性和独特性，每个场景的色彩不一样，不同的场景光影效果也不相同，隐性环境的效果色是塑造独特环境的重要载体。
- 主观色彩：是通过设计师对动画影片故事的理解，进行主观创作的色彩塑造，用于表现一定的情绪和风格特征。

## 10.2.2　色彩功能

色彩在 Flash 动画影片中的功能主要是进行形状的塑造和刻画，是一种客观的环境表现形式，具有一定的主观塑造特性。在 Flash 动画影片中，色彩的主要功能包括形象识别与刻画、形象的象征特性等。

### 1. 形象识别与刻画

在 Flash 动画中，形象主要包括场景、角色和道具等，这些形象都是动画设计师设计出来的，在最开始是使用线条绘制其结构特征，最后再添加颜色。因此，色彩的体现就在于如何进行形象的塑造，以及形象之间的区别和特征。例如，在绘制一个相同的结构形象的物体时，进行不同的色彩表现，最后物体的形象各不相同，有着自己独特的特征。

在形象的刻画上，色彩对于人物及情节情绪的刻画描写作用在影视作品中非常常见，不同的色彩表现不同的情绪特征。用影视色彩表现影片情绪是很多导演常用的一种艺术表现方式。在 Flash 动画影片中，色彩对人物性格情绪和心理活动的刻画作用很大，它可以使场景的情绪内容具体化、形象化。随着人物情绪的变化，光线和色调都起到很大的作用，用于刻画影片中的角色形象，升华故事主题。

### 2. 形象的象征

在 Flash 动画中使用色彩的象征性可能较多，这是一种对主观心理抽象的表现，是指色彩产生具有特定内涵、指示意义的象征和隐喻效果等。不同色彩其心理特征不同，因此在相同的场景或相同的环境中，使用不同的色彩，其表达的意义和主题可能不相同。色彩形象的象征性主要体现在环境色彩的塑造上。

## 10.2.3　色彩蒙太奇

色彩蒙太奇是电影蒙太奇的重要手段之一，在动画影片中的应用不是很多，但有时也会用到，应用好色彩蒙太奇，会对动画影片的艺术性提高起到不可缺少的作用。

在影视作品当中，画面的运动性带来的结果就是——色彩和色调也不是静态的，而是随着画面的变化而不断变化的。因为色调、影调和色彩的这种变化也带来了蒙太奇转换的可能。影视作品的色彩也因此可以配合剧作的内容和需要而进行主观处理。这种主观的处理就是色彩蒙太奇的依据。

最早的一个成功例子就是谢尔盖•爱森斯坦的最著名的影片《战舰波将金号》。在这部影片中，导演爱森斯坦首次有意识地运用了色彩蒙太奇的技巧。我们都知道，在当时，真正的三基色彩色故事片还没有诞生。而爱森斯坦在该片中，有意地把起义水兵升起的旗子染成红色，这在全片以黑白基调为基础，连声音都不能同步的影片中，这面红色的旗帜，在增强剧作内容上起到了怎样的作用就不言而喻了。据说在所有放映过这部影片的国家里，这面鲜艳的红旗都产生了强烈的视觉效果，所有的剧场内仿佛爆炸了似的，它使观众不仅看到了一面红色旗帜，更从理智上意识到这是起义水兵革命的象征。这种从视觉色彩强调而引起了情绪上甚至生理上的强烈反应就是色彩蒙太奇的魅力。另外，美国导演斯皮尔博格在电影《辛德勒名单》中，有意地将影片处理为黑白效果，同时在刻画辛德勒从一个战争投机商变为同情犹太人，并愿意倾尽全力帮助犹太人的心理转变过程中，就大胆地使用了一位穿红色裙子的女孩的造型。在影片当中，辛德勒看着一群被德国人驱赶的犹太人，毫无表情，直到看见人群中走来一位像是被父母遗弃，走失的女孩——她的红色裙子引起了辛德勒的好奇。镜头，再转换，辛德勒抬头无意中发现，在一辆由德国兵拉着的托运尸体的架子车上，再次看见了红裙子，此刻红裙子女孩已经成为了一具童尸。辛德勒震撼了，观众震撼了。其实镜头只是短短的几秒钟，但是那鲜红的颜色给所有人强烈的印象，让观众和辛德勒都不得不为残暴的德国人而愤怒。

这种色彩的运用，就是色彩蒙太奇想要达到的加强叙事为目的的效果。如果仅仅依靠演员的对话、形体动作是无法完成这种心理巨变的转承的。在这里，色彩蒙太奇的运用却使这个段落具有不掷一词却力拨千军的效果。

色彩蒙太奇的组合可以有许多方式，如色彩对比的方式。例如，在爱森斯坦的《伊凡雷帝》下集中，有一场戏用了色彩对比的表现手段。在这部片子当中，全片均用黑白胶片拍摄。但是，导演在"狂饮"一场戏中，大胆地采用了彩色方式，画面上充满了疯狂的、跳动的色彩，这一连串迅速闪现的光怪陆离的彩色"万花筒"，大大加强了密谋杀害伊凡的恐怖气氛。突然，背景音效没有了，一切都安静了下来，画面又变成单色影调。这种突然的彩色休止，有一种强烈的感染力，使观众禁不住要屏息注视银幕上蹑足潜行的凶手，一颗颗悬着的心预感到悲剧即将来临。这也是色彩蒙太奇的一种形式，而不仅仅是单色的变化。

此外，在剪辑当中，色彩蒙太奇还能够担当色彩转换，使影片衔接自如、更加流畅。例如，一个盛大的毕业舞会上，人声鼎沸。剧情需要从灯火辉煌的大厅内景，转到室外黑暗的庭院外景。为了使这两个强烈对比的场景、色彩对比鲜明的画面进行平滑地转换，就需要采用蒙太奇色彩细节衔接的方式来处理。具体方式可以这样表现，先将摄影机推近大厅内某种接近冷调的器皿，可以是蓝色的窗帘，也可以是绿色酒液的酒杯，然后再转换为月色朦胧的室外景色，这样就使观众避免了色彩刺眼的不适和不协调，使得画面的色彩得以流畅地转换，平滑地连接了上下镜头。当然，反之亦然。其实，深刻地了解了色彩蒙太奇的这种作用，就能够在创作中运用自如。在这里，色彩蒙太奇的这种衔接方法有时不仅仅具有技术作用，它还可以含有剧作意义。

# 10.3 Flash 动画中的光影表现

## 10.3.1 光影的种类

光主要分为自然光和人造光两种，可以根据其不同的需求来进行设置。

自然光常常称为太阳光，因为现实生活中所获取的光线都来自于直接或间接的太阳光。

除了自然光以外的所有光都归纳为人造光，人造光比较好进行控制，可以根据自己的需要进行设置。

1. 光线介绍

无论是黑白胶片还是彩色胶片，如果把摄影师的照相机比作"画笔"，那么光线就是他的"油彩"。摄影师用光来涂抹照片，就像画家挑选他的油彩一样，会仔细地选择所要用的光。

下面将介绍如何创造性地使用光，并更好地了解阳光的不同特性。

您将开始感觉光的不同形态：正午灿烂阳光下的灼热光；多云天气里天鹅绒般柔软的光；透过树叶间隙闪烁的斑斓的日光；部分灿烂耀眼，而部分被云遮挡的阳光；戏剧性神秘怪异的月光。

您将真真正正开始观察光。当您走在街上，当您坐在车里，您将用一种新的、令人兴奋的眼光来观察光的世界。

2. 光的基本特性

所有的光，无论是自然光或是人工室内光，都有其特征。

- 明暗度：明暗度表示光的强弱，它随光源能量和距离的变化而变化。
- 方向：只有一个光源时，方向很容易确定；而有多个光源时，如多云天气的漫射光，方向就难以确定，甚至完全迷失。
- 色彩：光根据不同的本源，并根据它穿越物质的不同而变化出多种色彩。自然光与白炽灯光或电子闪光灯作用的色彩不同，而且阳光本身的色彩也随大气条件和一天时间的变化而变化。

3. 光的基本方向

根据光源所处的方位，可分为 5 种基本类型的光线。

（1）正面光

正面光的光线，是业余快照摄影师教您所使用的光线——拍照片时太阳在你的身后。正面光使被摄体对象没有一点阴影。被摄体的所有部分都直接沐浴在光线中，朝向相机的部分全有光。其结果是展现出一个几乎没有色调和层次的影像。由于深度和轮廓靠光和阴影的相互作用来表现，正面光制造出一种平面的二维感觉。因此通常被称为平光。

正面光可以是低位的，像清晨或傍晚的太阳；也可以是高位的，像正午的太阳，每种位置都产生出不同的效果。当拍摄面部时您会发现，使用高位正面光线可能在眼窝和鼻子下面投下很深的阴影；而使用低位正面光时，可以平射脸部，不会引起眯眼。

（2）侧面光

① 45°侧光

45°侧光出现在上午九、十点钟和下午三、四点钟，被许多人认为是人像摄影的最佳光线类型。事实上，室内拍摄人像使用的主要光线，多数为 45°侧光。

45°侧光能产生良好的光和影的相互作用，比例均衡。形态中丰富的影调体现出一种立体效果，表面结构被微妙地表现出来。因此，45°侧光被看作是"自然"光。

② 90°侧光

90°侧光是用来强调光明和黑暗强烈对比的戏剧性光线。被摄体朝向光线的一面沐浴在强光之中；而背光的一面掩埋进黑暗之中，阴影深重而强烈。表面结构由于每一个微小突起而突出地表现出来。因此，这种光有时被称作"结构光线"。

（3）逆光

当光从相机对面被摄物的后面照过来时，会获得极具艺术效果的逆光。如果就此曝光，被摄物就会变成一个黑色的剪影。如果采用兼顾曝光，尽管被摄物与背后的光反差强烈，仍然可以捕捉到影像的细节。如果光源处于高位，就会在被摄对象的顶部勾勒出一个明亮的轮廓，被称作"轮廓光"。采用逆光，背对光的剪影物体，可以创造出既简单又有表现力的高反差影像。

（4）顶光

顶光即来自顶部的光线，与景物、照相机成90°度左右的垂直角度。人物在这种光线下，其头顶、前额、鼻头很亮，下眼窝、两腮和鼻子下面完全处于阴影之中，造成一种反常奇特的形态。因此，一般都避免使用这种光线拍摄人物。

（5）底光

底光也就是从底部照射的一种光线。在Flash动画中使用这种光线一般用于体现阴险的角色或者阴森的环境，有时也用于表现高大的形象等。

## 10.3.2　光影的作用

在Flash动画中，光影的效果主要体现在动画场景的设计上，通过场景的光影塑造，体现其环境特征。那么光影在Flash动画场景中的主要作用是什么呢？

首先，好的光影表现对Flash动画影片的空间形象的塑造很重要。在动画场景中，环境的空间感、立体感、物体的结构和层次关系等，都是用光线的关系来体现的。光线构成了五彩缤纷的世界，我们的生活离不开光线。动画中的光线是设计师主观添加上的，对光线的控制要注意其合理性，通过对光线方向的合理利用，能够弥补动画场景设计上空间感表现的不足。

其次，营造动画场景气氛。Flash动画中的气氛除了靠场景物体形象的结构、色彩和质感等营造外，还可以靠光影营造，光影是环境气氛营造的一个重要手段。场景气氛是观众通过画面所感受出来的，通过对光影的安排和色彩搭配，就形成了不同的环境氛围。

最后是制造悬念和刻画动画角色。在Flash动画中，应用光影的处理方法，使观众对故事情节的发展产生浓厚的兴趣，给影片制造各种悬念。在对动画角色的刻画上，使用光影的效果有时不是直接进行表现，而是通过间接的方式来刻画动画中角色的形象特征，交代角色的外部形象，起到画龙点睛的效果。

## 知识巩固与延伸

（1）色彩心理的含义是什么？

（2）了解计算机色彩基础知识。

（3）Flash 动画中的色彩要素是什么？

（4）简述光的基本特征。

（5）简述 Flash 动画中光影的基本作用。

# 第 11 章

## Flash 动画短片中的声音艺术

### 本章内容

# *11.1* Flash 动画短片中的声音特征

Flash 动画中的声音都是人为添加进去的，同电影或者电视的声音有很大的区别，因为电影、电视中的声音既有画面中现场环境的声音，也有后期编辑人员添加进去的声音，而 Flash 动画中的声音完全是根据画面中显示的环境和意境添加声音，反映现场环境，体现动画主题。

Flash 动画作为影视动画中的一类，其除了具备影视的语言元素之外，在其他的方面有其独特的处理效果。有时把声音称为动画的灵魂，在动画的欣赏过程中假如没有声音，那么在观看时这部动画将失去一半的感染力。可能这部动画将不再具有欣赏的趣味性。可见，声音在 Flash 动画的制作过程中的作用是相当重要的。那么声音在 Flash 动画中有哪些主要特征呢？下面将进一步介绍。

## 11.1.1 声音的分类

从影视语言视听媒介的表现形式出发，一般将声音分为人声、音乐和音响三大类。每一部 Flash 动画中都存在这三种类型的某一种或者多种并存。选择什么样的声音形式要根据动画制作的需要确定。

### 1. 人声

人声指角色在表达思想和喜怒哀乐等情感时所发出的具有音调、音色、力度和节奏等特征的声音，具体来说就是在制作的过程中，给角色附加一种表现人类思想感情的人类声音，使欣赏者产生共鸣。通过人声来反映动画中的生活环境或者是塑造动画角色的艺术形象等。

人声在动画短片中是常见的一种形式，如 Flash 动画《女孩你的一分钟有多长》中的人声，整个动画片中贯彻了角色之间的语言对话，通过角色的声音让欣赏者知道故事的发展，对故事画面起到一个准确的说明和表现的作用。原因在于，在 Flash 动画短片的制作中，主要是以角色的故事作为叙事主体的艺术形式，叙事形象的主体都是动画设计的角色，通过电脑技术让角色动起来，赋予其生命，通过动画中角色之间沟通交流的对话来使角色表达自我、传达信息等。其次，人声具有独特的音调、音色、力度和节奏等多种因素，而具有了表达情绪、塑造人物、推进故事和营造氛围的丰富表现。因此，在 Flash 动画的制作过程中，如何将人声与角色的动作结合将角色要表达的意图反映出来，需要在 Flash 动画的制作过程中好好把握和选择。

人声由于其表现的方式不同，可分为对话、旁白和独白 3 种表现方式。

### 1）对话

对话称为对白，指在 Flash 动画中角色与角色之间的交流和谈话。一般来说，在动画制作中，有时动作难以表现的方式可以通过角色之间的对话来推进剧情的发展。所以，对话在传递信息、交代时空背景、提示情节方面起明显的作用。同时，不同的对话代表不同的对话主体，在什么时候说、说什么、怎么说等内容的选择中，都能体现角色的性格特征和情感心理，对于刻画角色的心理有重要作用。

作为动画，主要表现的是角色的动作，通过动作来表现角色之间的相互关系，那么在对角色赋予人声时，一般要遵循以下原则。

（1）真实性

也就是说，在 Flash 动画中，要为一个角色进行配音，就一定要符合角色在动画中的身份、年龄段、环境和剧情内容的发展等。例如，在制作一个方言类 Flash 动画时，在为角色配音时就一定要反映该地方的特色和风俗等，这样故事就会更吸引观众、更具表现力。在 Flash 影片《女孩你的一分钟有多长》中，主角在开始是学生身份，对话就是充满校园气息的对话，反映出角色所处的环境，男主角总是一个痞子类型的对话，而在最后，他们都毕业后，主角之间由于接触社会，体现的是社会工作者的形象，因此在对话中角色之间不再是以前学生身份的对话环境，出现了一个转变。

（2）性格化

在 Flash 动画制作的过程中，角色的语言要与角色真实性格的准确性相一致，什么类型的角色就说什么样的话，要符合角色独特的性格特征。例如，在动画中，一个角色在整个故事中是一个圆滑的类型，那么在其对话中角色的语言就应该相应地体现，但不能为尖酸刻薄。例如，Flash 影片《云端的日子》中，角色小哲是一个在自己喜欢女孩面前不敢表白的形象，体现角色的胆小，因此，影片中对小哲的角色对话安排也反映出来，向喜欢的女孩表达爱情时支支吾吾，最后还是没有说出心里的爱意，如图 11-1 所示。

图 11-1 《云端的日子》中的小哲

（3）意蕴化

意蕴化也就是潜台词，在角色的对话配合影像来表达信息、刻画人物形象等基本内容完成的基础上，要在自然朴实中更加深化，蕴含和表达丰富的内在含义，为角色的心理透视和影片的表达主题服务。例如，Flash 影片《女孩你的一分钟有多长》中，由于男主角龙洗与系花小可分手被汽车撞伤出院后，朋友为了鼓励龙洗，说小可给他来信，结果龙洗识破，最后朋友鼓励他，他却回答了这么一句话"我只想尽快过完剩下的岁月"，这样的一句话意蕴出龙洗对失去小可后心里的痛苦和对生活的无所谓态度，如图 11-2 所示。

图 11-2　意蕴化的语言

2）旁白

旁白是角色的语言以画外音的形式出现。旁白的发出者比较自由，可以是动画中的某一个角色，也可以是与剧情角色完全不相关的声音，以局外人的方式出现。例如，Flash 影片《女孩你的一分钟有多长》中，影片的开始是主角龙洗的一段旁白："外面的天空很静，有长风吹过，在这个关于系花和她的美丽朝代之中，我默默地走着，却不回头。"影片一开始就用低沉的语言表现这一旁白内容，体现出故事的主题及对主角之间的爱情一个暗示，如图 11-3 所示。

图 11-3　旁白

3）独白

独白又称为内心独白，包括剧中角色以画内音的形式直接对观众抒发个人情感和愿望，或者以画外音的形式出现来抒发情感和展示内心活动的语言。一般情况下，应用独白都是以第一人称的方式出现，讲述正在进行的故事，与角色心理活动同步。例如，Flash 影片《云端的日子》第一集，角色小哲一个人躺在房间的地上，说出了这样一段话："又是同样的梦，现在的我遇到一个非常麻烦的问题……其实我们很小就认识，比普通朋友要好，但还不是恋人，就像路边的野花，仰望数年也盼不到大树的眷顾，那就要回到三年前。"本片以这样的一个开场白开始，通过小哲内心的独白，我们知道小哲对久久的爱慕，可那不是现实，现实中他们只是好朋友，从而通过小哲的独白把故事推到三年前，如图 11-4 所示。

图 11-4　内心独白

### 2. 音乐

音乐在 Flash 动画影片中是不可缺少的元素，大多数 Flash 动画都有音乐。从 Flash 动画开始，很多闪客都把其做成贺卡形式，动画其实都很简单，加上一段音乐后，整个动画将更有生气。因此，Flash MV 特别流行。

音乐在 Flash 动画中用于体现整个动画影片艺术构思，是动画影片声音造型的重要组成部分。音乐在 Flash 影片中常常是连贯的或者不连贯的两种形式组成形态。在整个音乐的组成中，必须要与整部 Flash 影片的风格相统一，并通过音乐元素来体现 Flash 影片中角色的心理或渲染某种氛围，实现声画统一的效果。

在 Flash 动画影片中，音乐从形态上分为假有声源音乐和无声源音乐两种。

（1）假有声源音乐

假有声源音乐也称为画内音乐、现实性音乐和客观音乐，音乐是画面中的场景物体传出来的，由于 Flash 动画中的声音都是由配音师最后组接合成在一起的，为了与影视中的有声源音乐和无声源音乐分开，因此在这里称为假有声源，是音乐模拟画面中发声体发出的音乐。例如，Flash 影片《我不想说我是鸡》中，画面是一只小鸡在舞台中唱歌的场景，小鸡就作为影片音乐的假发声体，所以在这里通过影片中场景的角色作为发声体，再由配音师最后添加音乐来组成一个假有声源音乐，如图 11-5 所示。

图 11-5　小鸡的假有声源音乐

（2）无声源音乐

无声源音乐称为画外音乐、功能性音乐或主观音乐，Flash 影片中的音乐并非来自画面中的某个发声体，而是在影片音乐组接的过程中主观添加的音乐。例如，Flash 影片《女孩你的一分钟有多长》第八集中，盖茨无意间听到龙洗被遣返老家，当龙洗从老师办公室走出来后，盖茨对龙洗说出了一段挑衅的话，两人差点动起手来。影片在这段情节中插入了一段比较急促的音乐，表现角色之间的冲突，最后两人没有打起来，龙洗一个人走开了，背景音乐又换了一段比较悠长的音乐，表现龙洗心里的忧伤和矛盾，如图 11-6 和图 11-7 所示。

图 11-6 配比较急促的无声源音乐

图 11-7 配悠长的无声源音乐

但从音乐的形式上分，Flash 影片中的音乐又分为器乐和声乐两种。

（1）器乐

器乐主要指单纯地由乐器演奏的音乐。也就是说，在 Flash 中，音乐的出现是由器乐演奏出来的，在 Flash 影片中体现最明显的就是《大学自习室》，该影片从头到尾都由音乐加上说唱组合而成，其中音乐给我们的感觉就是动画中的乐器演奏而来的。很多 Flash 动画的音乐都是由器乐组成的，即便是伴有人声的演出，音乐很多是由器乐演奏相结合在一起形成的，如图 11-8 所示。

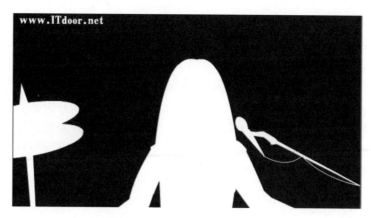

图 11-8 《大学自习室》的器乐

（2）声乐

声乐在音乐中指由人声演唱的音乐形式。在 Flash 影片中，特别是 Flash MV 中，基本上都是应用人声演唱的形式。例如，Flash 影片《女孩你的一分钟有多长》中的主题曲"让这一分钟停留"，通过歌手的演唱更能体现本片的主题与整体感情等，如图 11-9 所示。

图 11-9 《女孩你的一分钟有多长》中的声乐

3. 音响

音响简称音效，在 Flash 影片中指除了人声和音乐以外的所有声音。音响在 Flash 影片中是一种独特的表现方法，对 Flash 影片的艺术创作起到重要的作用。它包括除了人声和音乐以外的在 Flash 影片中出现的画面场景中的自然环境和社会环境中的所有声音，在 Flash 影片中主要体现在音效上。

Flash 动画音响由不同的种类组成，分为动作音响（角色在运动中发出的声音）、自然音响（大自然的声音）、机械音响（场景中的机器发出的声音）、电子音响（各种电子设备发出的声音）、背景音响（环境声音或者环境音乐）以及特殊的音响（通过处理后的声音）等。

音响的功能主要是创造一个真实的环境空间。由于 Flash 动画中的环境都是人类设计和创造的，因此，Flash 动画中的音响都是在后期配音师组合的。如何让观众通过影片的画面了解动画的环境氛围，并通过音效的声音来了解故事的剧情发展，角色的动作刻画提供了逼真的真实感和创造感。动画是动作的艺术，声音的添加与组合都为动画的艺术创作提供了更高的想象空间。例如，在描写一段战争场面时，在动画的制作过程中如何把该战争场面逼真地做出来，可能要花费动画师很长的时间，但通过添加音效的方法，把战争场面减去，直接应用音响反映环境氛围也能够体现出战争的场面，达到预期的影片效果。

在音响中还有一个特殊的效果——静默效果。静默就是在影片中某一个场景片段中突然没有任何声音，感觉影片就像突然停滞了一样。使用这样的效果使影片的节奏停滞，动感视听时间一长就会产生一种视觉和听觉上的疲劳，突然的停滞反而更具有想象力和表现力，更能体现创作者的主观意图，增加观众的注意力和接受力，使影片更具有艺术深度。

## 11.1.2　声音的功能

在 Flash 动画影片中，声音主要包括人声、音乐和音响，每一种声音在 Flash 影片中都具有其独有的影视艺术功能，同时声音还对剧情的发展和剧情的推动具有相应的功能。在 Flash 动画影片中，声音主要有以下功能。

### 1. 再现功能

在 Flash 动画影片中，声音可以为影片的场景营造一个真实的环境，可以让角色复制现实生活中的环境和动作语言，展现出一个真实的、观众可以接受的假现实空间，并通过角色之间的声音特色展现角色之间的不同性格和身份等。例如，影片中要反映一个集市的环境时，在动画的制作过程中可能会直接绘制集市中的人们买东西的动作，或者更细致地描绘一个角色在集市的动作画面，通过这样的一个画面我们也许能够明白角色在集市的动作或环境，但当应用了声音后，把从集市中采集的声音搭配到这一段动画画面中，这样不仅使画面更具有真实性，还使画面内容更加丰富，声音在影片中将现实的画面再现，使影片更生动，观众更容易接受。

### 2. 参与剧作功能

在 Flash 动画中，声音是不可缺少的重要元素，有时声音的功能比画面的功能更为重要，声音对影片的剧情发展和角色性格的刻画起到推动作用，特别是 Flash 影片中的音效，更能够推动剧情的表现空间范围。在 Flash 影片中，最能体现声音参与剧作的功能的是角色之间的对话，动画的制作方面主要展现角色之间对话的环境和角色之间的动作，后期将角色之间的对话内容添加上去，就明白角色之间说的是什么内容，对话后角色之间的关系和剧情的下一步变化都一一呈现在观众面前。

### 3. 表情达意功能

作为动画，Flash 影片动画的声音不是孤立存在的，不管是人声、音乐还是音响，它们之间都相互联系又相互区别，都具有一定的动作性和变化性，对角色的内在心理和情绪情感的表达非常重要。音乐的功能常常是抒发角色感情和推动故事情感发展。例如，影片《女孩你的一分钟有多长》中，当男主角与女主角再次相见后，一直没有停止走动的大钟停了下来，两人相互对视，最后两人转向看大钟。画面是两位主角的手牵在一起的特写，背景主题音乐《让这一分钟停留》响起，抒发了角色之间的感情，同时与前面两人分手时的说话内容相呼应，如图 11-10 所示。

图 11-10　声音的表情达意功能

### 11.1.3　声画关系

　　Flash 动画影片作为影视片的一种类型，是一种视听相结合的综合性艺术种类，在 Flash 动画影片中，只有将动画场景画面与声音相结合在一起，才能体现动画的造型艺术和声音描绘艺术的有机结合。Flash 动画影片中声音与画面是不可缺少的重要元素，有时声音的表现空间远远大于画面的变化空间，给观众更大、更广的想象范围。它们之间以己之长补己之短，扬长避短，锦上添花。在 Flash 动画中把声音应用好了，可能产生让观众难以想象的、更为丰富的视觉与听觉空间。在 Flash 动画影片中，声音与画面的关系主要体现在声画合一、声画分离和声画对位 3 种关系上。

　　1. 声画合一

　　声画合一也称为声画同步，这是在 Flash 影片中最常见的一种形式，也就是声音与画面之间保持同步关系，使场景画面中的角色动作或者语言与角色的声音呈现同步，两者之间吻合一致，这样的关系也是观众最能接受的一种声画关系，画面中的声音和发声体同步传达声音，更能体现声音与画面的真实感、逼真性和再现。

　　2. 声画分离

　　声画分离也称声画分立，指声音与画面的角色或者环境不匹配、不同步、不相吻合。也就是说，画面的声音不是画面内的角色或者环境发出来的，而是主要以画外音的形式出现的。通过声画的分立，直接突出声音的表现作用，使它在场景画面之外以独特的艺术表现形式出现，提高影片的艺术内涵，同时在一定程度上加强了声音与画面之间的内在联系。应用声画分离，还可以有效地发挥声音的主观化作用，以连续的声音作为一种叙述手段，将不同场景画面或者不同角色相互联系在一起，使声音与画面有时空转换，达到一种独特的表现剧情和展现故事发展的叙事手段。

　　3. 声画对位

　　声画对位指声音与画面相互独立又相互作用的结构形式。严格地讲，声画对位也是声画分离的一种，指声音与画面在形式上不同步、不吻合，并且相互独立的一种表现形式。场景画面与声音有时还相互矛盾、对立。虽然存在矛盾与对立，在声音与画面之间交代故事剧情、描绘角色性格时，它们之间又有相互融合、不可缺少的内在联系。应用声画对位，为影片巧妙地承担冲突性强的叙事任务，能够鲜明地刻画角色内心和环境氛围，为直接地表现影片的深刻寓意起到不小的作用。

Flash 动画影片是有声有色、生动感人、具有一定幽默感和感染力的。在 Flash 动画影片中，声音的应用好坏直接关系到影片是否吸引观众。随着动画技术的发展和人们对动画内容的更进一步要求和审美需求，必然对声音的要求更加严格，声音的造型艺术也将进一步地发展和转换其相应的功能特征。

## *11.2* Flash 动画短片声音的编辑

在 Flash 动画中，可以使用不同的方式在 Flash 软件中编辑声音，这样会使动画影片更加生动和有趣。可以导入声音并在导入后对声音进行编辑处理，使其为我们需要的声音和声音出现的时间等，具体情况取决于所需的效果和方式。

Flash 动画中处理声音主要有两种，分别是事件声音和音频流。

事件声音必须完全下载后才能开始播放，除非明确停止（通过代码和时间轴来实现），否则它将一直连续播放。音频流在前几帧下载了足够的数据后就开始播放，而且音频流要与时间轴同步以便在动画影片中播放。因此，在使用声音的过程中，常常选择音频流形式，这样就不会出现声音在动画播放过程中乱播放的现象。

由于 Flash 软件本身的限制，对声音的格式有一定的要求，那么在 Flash 动画制作的过程中，支持哪些声音格式呢？下面将进行详细介绍。

### 11.2.1 Flash动画中支持的声音格式

在 Flash 动画的制作过程中，主要支持的声音格式有 WAV、MP3、AIFF 和 QuickTime。

Flash 动画都是在库中保存声音，所以只需声音文件的一个副本就可以在文档中以多种方式使用该声音文件。

如果想在 Flash 文档与文档之间共享声音文件，把声音包含在共享库中即可。

声音在动画制作和导出影片的过程中，要使用大量的磁盘空间和 RAM。MP3 声音数据经过压缩，比 WAV 或 AIFF 声音数据小。通常，使用 WAV 或 AIFF 文件时，最好使用 16 ~ 22kHz 单声，而 Flash 可以导入采样比率为 11kHz、22kHz 或 44kHz 的 8 位或 16 位的声音。当将声音导入到 Flash 时，如果声音的记录格式不是 11kHz 的倍数，将会重新采样。在导出时，Flash 会把声音转换成采样比率较低的声音。

如果要向 Flash 中添加声音，最好导入 16 位声音。如果 RAM 有限，应使用短的声音剪辑。

在选择声音格式时常出现正确的声音文件格式导入不到 Flash 文档中的情况，这主要是由于声音文件的编码格式或采样率与计算机编码和采样率不同，解决的方法就是使用其他音频处理软件将该声音文件重新处理导出一次即可。

## 11.2.2　声音格式简介

### 1．WAV

WAV 是录音时用的标准 Windows 文件格式，文件的扩展名为 WAV，数据本身的格式为 PCM 或压缩型。

WAV 文件格式是一种由微软和 IBM 联合开发的用于音频数字存储的标准，它采用 RIFF 文件格式结构，非常接近于 AIFF 和 IFF 格式，符合 RIFF（Resource Interchange File Format）规范。所有的 WAV 都有一个文件头，这个文件头是音频流的编码参数。

WAV 文件作为最经典的 Windows 多媒体音频格式，应用非常广泛，它使用 3 个参数来表示声音，分别为采样位数、采样频率和声道数。

声道有单声道和立体声之分，采样频率一般有 11025Hz（11kHz）、22050Hz（22kHz）和 44100Hz（44kHz）3 种。WAV 文件所占容量 =( 采样频率 × 采样位数 × 声道 )× 时间 /8（1 字节 =8bit）。

WAV 对音频流的编码没有硬性规定，除了 PCM（脉冲编码调制）之外，几乎所有支持 ACM 规范的编码都可以为 WAV 的音频流进行编码。多媒体应用中使用了多种数据，包括位图、音频数据、视频数据以及外围设备控制信息等。RIFF 为存储这些类型的数据提供了一种方法，RIFF 文件所包含的数据类型由该文件的扩展名来标识，能以 RIFF 文件存储的数据包括音频视频交错格式数据（.AVI）、波形格式数据（.WAV）、位图格式数据（.RDI）、MIDI 格式数据（.RMI）、调色板格式数据（.PAL）、多媒体电影（.RMN）、动画光标（.ANI）及其他 RIFF 文件（.BND）。

WAV 文件可以存储大量格式的数据,通常采用的音频编码方式是脉冲编码调制（PCM）。由于 WAV 格式源自 Windows/Intel 环境，因而采用 Little-Endian 字节顺序进行存储。

WAV 文件作为多媒体中使用的声波文件格式之一，它是以 RIFF 格式为标准的。RIFF 是英文 Resource Interchange File Format 的缩写，每个 WAV 文件的前 4 个字节便是 RIFF。WAV 文件由文件头和数据体两大部分组成，其中，文件头又分为 RIFF/WAV 文件标识段和声音数据格式说明段两部分。

常见的声音文件主要有两种，分别对应于单声道（11.025kHz 采样率、8bit 的采样值）和双声道（44.1kHz 采样率、16bit 的采样值）。采样率是指声音信号在模 - 数转换过程中单位时间内采样的次数。采样值是指每一次采样周期内声音模拟信号的积分值。

对于单声道声音文件，采样数据为 8 位的短整数（short int 00H-FFH）；而对于双声道立体声声音文件，每次采样数据为一个 16 位的整数（int），高 8 位和低 8 位分别代表左、右两个声道。

WAV 文件数据块包含以脉冲编码调制（PCM）格式表示的样本。WAV 文件是由样本组织而成的。在单声道 WAV 文件中，声道 0 代表左声道，声道 1 代表右声道。在多声道 WAV 文件中，样本是交替出现的。

WAV 文件的每个样本值包含在一个整数 i 中，i 的长度为容纳指定样本长度所需的最小字节数。首先存储低有效字节，表示样本幅度的位放在 i 的高有效位上，剩下的位置为

0，这是 8 位和 16 位的 PCM 波形样本的数据格式。

WAV 音频格式的优点包括简单的编 / 解码（几乎直接存储来自模 / 数转换器（ADC）的信号）、普遍的认同 / 支持以及无损耗存储。WAV 格式的主要缺点是需要音频存储空间。对于小的存储限制或小带宽应用而言，这可能是一个重要的问题。WAV 格式的另一个潜在缺陷是在 32 位 WAV 文件中的 2G 限制，这种限制已在为 SoundForge 开发的 W64 格式中得到了改善。

### 2. MP3

MP3 的全称是 Moving Picture Experts Group, Audio Layer III，它所使用的技术是在 VCD（MPEG-1）的音频压缩技术上发展出的第三代，而不是 MPEG-3。MP3 是一种音频压缩的国际技术标准，于 20 世纪 80 年代中期（1987），在德国 Erlangen 的 FraunhoFer 研究所开始研究的，研究致力于高质量、低数据率的声音编码。在 Dieter Seitzer 一个德国大学教授的帮助下，1989 年，FraunhoFer 在德国被获准取得了 MP3 的专利权，几年后这项技术被提交到国际标准组织（ISO），整合进入了 MPEG-1 标准。

MPEG 声音标准提供 3 个独立的压缩层次，分别为层 1（Layer 1）、层 2（Layer 2）和层 3（Layer 3），用户对层次的选择可在复杂性和声音质量之间进行权衡。

- 层 1 的编码器最为简单，编码器的输出数据率为 384kbps，主要用于小型数字盒式磁带（Digital Compact Cassette，DCC）。
- 层 2 的编码器的复杂程度中等，编码器的输出数据率为 256 ~ 192kbps，其应用包括数字广播声音（Digital Broadcast Audio，DBA）、数字音乐、CD-I（Compact Disc-Interactive）和 VCD（Video Compact Disc）等。
- 层 3 的编码器最为复杂，编码器的输出数据率为 64kbps，主要应用于 ISDN 上的声音传输。

MPEG-1 lay 3 支持的采样率为 32、44.1、48kHz，比特率支持 32 ~ 320kbps；MPEG-2 lay 3 支持的采样率为 16、22.05、24kHz，比特率支持 8 ~ 160kbps。FraunhoFer 对此又进行扩展，将原来 MPEG-2 所支持的低采样率再除以 2，得到 8、11.025 和 12kHz，比特率和 MPEG-2 相同，称为 MPEG 2.5。

MP3 文件可以以不同比特率进行编码，比特率越小，压出来的文件也越小，当然失真也越大。至于它的品质，只要不是太夸张的压缩比，一般人的耳朵是听不出来的，一般来说 128kbps 已经相当于 CD 的音质了。

MP3 的突出优点是压缩比高、音质较好、制作简单、交流方便。

音质是人们关心的一个焦点。虽然 MP3 对原始信号进行了高压缩比处理，但因为去除的大多是一些无关紧要的信号，因此单纯从听感上说，MP3 压缩几乎对音质没有影响。事实上，制作精良的 MP3 音乐碟，在专门的数字随身听（如 MPMan）中播放，完全可以达到普通 CD 唱机播放 CD 唱片的音质水平。但最吸引人的还是 MP3 制作和交流上的方便。只要有一台电脑，就可将 CD 节目录入电脑硬盘，然后压制成 MP3 格式。也可直接从 Internet 网上下载 MP3 音乐，网上有取之不尽的 MP3 音乐资源。还可把自己制作的 MP3 音乐上传到网上进行交流。良好的音质和丰富的节目源将使 MP3 成为最佳的大众音乐媒体。

当然，MP3 的高压缩比是以牺牲细微的音质换来的，这样无疑会对音质产生一定的影响。

### 3. AIFF

AIFF 是 Apple 电脑上的标准音频格式，属于 QuickTime 技术的一部分。这一格式的特点就是格式本身与数据的意义无关，因此受到了 Microsoft 的青睐，并据此推出 WAV 格式。AIFF 虽然是一种很优秀的文件格式，但由于它是 Apple 电脑上的格式，因此在 PC 平台上并不是很流行。但由于 Apple 电脑多用于多媒体制作出版行业，因此几乎所有的音频编辑软件和播放软件都或多或少地支持 AIFF 格式。只要 Apple 电脑还在，AIFF 就始终占有一席之地。由于 AIFF 的包容特性，所以它支持许多压缩技术。在 Apple 平台上产生的流媒体压缩技术是 QDesign 公司的 QDMC（QDesign Music Codec）。据官方资料介绍，QDesign Music Codec 2 能在全带宽立体声的设置下将音频压缩为原来的 1% 大小。与其他纯粹基于知觉音频编码技术（MP3 等）不同的是，QDesign Music Codec 2 使用了新的专利的算法技术，因此，在 modem 的速度上可以达到相当的音频质量。该技术最大支持 128kbps。不过在笔者的实验结果看来，该技术的唯一过人之处就是在任何比特率下都能提供 44kHz 立体声的输出。不过脱离了音质的输出又有什么意思呢？

### 4. QuickTime

QuickTime 是 Apple 公司提供的系统级代码的压缩包，它拥有 C 语言和 Pascal 语言的编程界面，更高级的软件可以用它来控制时基信号。在 QuickTime 中，时基信号被称为影片。应用程序可以用 QuickTime 来生成、显示、编辑、复制、压缩影片和影片数据，就像通常操纵文本文件和静止图像那样。除了处理视频数据以外，QuickTime 3.0 还能处理静止图像、动画图像、矢量图、多音轨、MIDI 音乐、三维立体、虚拟现实全景和虚拟现实的物体，当然还包括文本，它可以使任何应用程序中都充满各种各样的媒体。

QuickTime 是建立在一些与时基数据相关的概念基础之上的，如原子（Atom）、媒体结构（Media Structures）、组件（Component）、时间管理（Time Management）和动画图像（Sprites）。QuickTime 是一个跨平台的多媒体架构，可以运行在 Mac OS 和 Windows 系统上。它的构成元素包括一系列多媒体操作系统扩展（在 Windows 系统上实现为 DLL）、一套易于理解的 API、一种文件格式、一套诸如 QuickTime 播放器、QuickTime ActiveX 的控件以及 QuickTime 浏览器插件这样的应用程序。

QuickTime 不仅是一个媒体播放器，而且还是一个完整的多媒体架构，可以用来进行多种媒体的创建、生产和分发，并为这一过程提供端到端的支持，包括媒体的实时捕捉、以编程的方式合成媒体、导入和导出现有的媒体、编辑、制作、压缩、分发以及用户回放等多个环节。

QuickTime 可用于实现如下一些具体的任务：
- 播放电影和其他媒体，如 Flash 或者 MP3 音频。
- 对电影和其他媒体进行非破坏性的编辑。
- 在不同格式的图像之间进行导入和导出，如 JPEG 和 PNG 之间。
- 对来自不同数据源的多个媒体元素进行合成、分层和排列。
- 把多个依赖于时间的媒体同步到单一的时间线上。
- 捕捉和存储来自实时源的数据序列（sequence），如音频和视频输入。
- 以编程的方式将制作完成的数据制作成电影。

- 使用智能化和脚本化的动画制作精灵。
- 创建与阅读器、远程数据库和应用程序服务器相互交互的演示。
- 创建包含定制形状的窗口、皮肤以及各种控件的电影。
- 在网络或者因特网上实时生成电影流。
- 广播从诸如照相机和麦克风这样的直播源得到的实时流。
- 分发位于磁盘、网络或者因特网上的可下载媒体。

### 11.2.3 音效

音效在 Flash 动画中的应用非常广泛，那么对音效是怎么定义的呢？

音效也就是数字音效或者音乐效果，简称 EQ 模式，即不同的声音播放效果。不同的 EQ 模式带给听者不同的声音播放效果，同时 EQ 模式也最能突出个人的个性，给使用者带来更多的音乐享受。也就是说对不同的音乐或者声音，通过电脑数字处理后就成了不同的音乐效果。可以把这种声音效果处理得低沉或者高调、欢快或者忧伤等，还可以通过不同的民族或者爱好等来进行处理。对于音效的处理在 Flash 中是不能完成的，只能通过一些音频软件进行处理加工。

### 11.2.4 Flash动画中声音的编辑方法

在 Flash 动画中对声音的编辑主要包括导入声音、添加声音、设置声音的属性、对声音进行编辑和声音的导出等。

1. 导入声音

1）导入声音的方法

选择"文件"菜单中的"导入"→"导入到库"命令，弹出"导入"对话框。在其中选择并打开所需的声音文件，即可将声音导入到库中，方便后面制作动画时调用。

2）导入声音实例

（1）新建一个 Flash 动画文档，命名为"声音导入"。

（2）选择"文件"菜单中的"导入"→"导入到库"命令，在弹出的对话框中选择"音效与音乐"文件夹，选择音乐文件 1，如图 11-11 所示。

图 11-11　选择音乐文件 1

（3）单击"打开"按钮，音乐就导入到"库"面板中，最后，在库面板中查看文件，效果如图11-12所示。

图11-12　在库面板中查看音乐文件1

这时，音乐文件1就直接导入到了Flash文档中，方便直接调用和选择。

2．添加声音

1）添加声音的方法

给动画添加音乐主要指在Flash的时间轴上为影片添加声音，添加声音的方法有很多种，传统动画制作时常常是先有声音再添加动作，在Flash动画制作的过程中，一般都是把动作制作好后，最后再添加声音。下面介绍一般情况下添加声音的方法：

（1）先将声音导入库中，这样会方便以后调用和选择。

（2）选择"插入"菜单中的"时间轴"→"图层"命令，在时间轴上添加一个新的图层来作为声音图层。

（3）选定新建的声音层后，将声音从库面板中拖到舞台中，声音就会添加到当前层中。

（4）可以把多个声音放在一个图层上，但一定要注意该图层关键帧的应用和声音效果的设置，建议每个图层只放一段音乐，这样在时间轴上可方便地找到。

（5）在时间轴上选择包含声音文件的第一个帧。

（6）选择"窗口"→"属性"命令，打开属性面板，对声音的属性进行设置。

（7）在属性面板中，从"声音"下拉列表框中选择声音文件。

（8）在"效果"下拉列表框中选择效果，包括无、左声道、右声道、从左到右淡出、从右到左淡出、淡入、淡出和自定义8个选项。

（9）从"同步"下拉列表框中选择"同步"选项，同步包括事件、开始、停止和数据流4个选项。

下面对同步的4个选项分别进行介绍。

- 事件：会将声音和一个事件的发生过程同步起来。事件声音（如用户单击按钮时播放的声音）在显示其起始关键帧时开始播放，并独立于时间轴完整播放，即使SWF 文件停止播放也会继续。当播放发布的 SWF 文件时，事件声音会混合在一起。如果事件声音正在播放，而声音再次被实例化（如用户再次单击按钮），则第一个声音实例继续播放，另一个声音实例同时开始播放。
- 开始：与"事件"选项的功能相近，但是如果声音已经在播放，则新声音实例就不会播放。
- 停止：使指定的声音静音。
- 数据流：将同步声音，以便在网站上播放。Flash 强制动画和音频流同步。如果Flash 不能足够快地绘制动画的帧，就跳过帧。与事件声音不同，音频流随着 SWF文件的停止而停止，而且音频流的播放时间绝对不会比帧的播放时间长。当发布SWF 文件时，音频流混合在一起。数据流的一个示例就是动画中一个人物的声音在多个帧中播放。

注意　　　如果使用 MP3 声音作为音频流，则必须重新压缩声音，以便能够导出。可以将声音导出为MP3 文件，所用的压缩设置与导入它时的设置相同。

（10）选择"重复"选项，输入一个值，设置声音循环播放的次数，或者选择"循环"选项，设置声音以连续播放的方式重复。

（11）若要测试声音，则在包含声音的帧上拖动播放头，或者使用控制器或"控制"菜单中的命令。

2）为影片添加声音实例

（1）准备工作

首先准备一段动画和一段该影片的音乐，可参看"源文件"文件夹中的"为影片添加声音"文件和声音文件"声音"。

（2）打开文档

打开"为影片添加声音"Flash 动画文档，该文档是一小段动画，下面的任务就是为这段动画添加音乐，与动画角色的动作节奏保持一致。

（3）导入音乐

在该文档中选择"文件"菜单中的"导入"→"导入到库"命令，会弹出一个对话框，在其中选择"源文件"文件夹中的"声音"文件，这样音乐就导入到了库面板中，方便后面调用，最后整个库面板如图 11-13 所示。

（4）为影片添加音乐

回到舞台的编辑中，首先在时间轴上新建一个图层，命名为"音乐"，然后选择"音乐"图层，从"库"面板中把"音乐"拖到舞台中的任意位置上，这样就完成了为时间轴添加音乐的操作，最后时间轴的图层顺序如图 11-14 所示。

图 11-13　库面板

图 11-14　时间轴的图层顺序

此时，可以预览影片，影片中已经有了音乐。预览时，音乐没有按照想象的效果进行播放，当动画播放完毕后，音乐还继续播放，没有停止，而且重复播放动画时音乐又从开始进行播放，这个影片中的声音十分混乱。解决这种情况必须对声音的属性进行编辑和处理。

（5）编辑音乐属性

对音乐属性的编辑主要是对声音的播放形式进行选择，即声音的同步。在对声音的属性进行设置前，首先在声音的时间轴上单击该声音的任意一帧，这样就对声音进行了选择。然后，在属性面板中的"同步"下拉列表框中选择"数据流"选项，这样声音的播放就按照时间轴的长度进行播放，不会出现杂乱。声音的属性设置如图 11-15 所示。

图 11-15　声音的属性设置

假如对声音的效果还不够满意，可以单击"编辑"按钮对声音进行编辑处理，如调整声音的大小和声音播放的长度等。

（6）测试影片和导出影片

影片的声音搭配好后，就可以对声音和动画进行测试，也就是测试影片。选择"控制"菜单中的"测试影片"命令，或按 Ctrl+Enter 组合键进行测试。如果影片测试后没有问题，就导出影片。导出影片的方法为：选择"文件"菜单中的"导出"→"导出影片"命令，在弹出的"导出影片"对话框中选择影片保存位置和导出的格式即可。

3. 声音的编辑

在 Flash 动画中对声音的编辑主要是对声音编辑器进行处理，即声音的封套，方法如下：

在"属性"面板中的"声音"下拉列表框中选择库面板中保存的音乐，然后单击"编辑"按钮，进入"编辑封套"对话框，如图 11-16 所示。

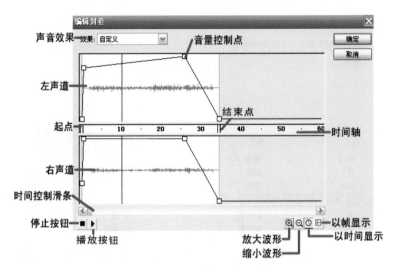

图 11-16　"编辑封套"对话框

下面对"编辑封套"对话框中的各选项进行介绍。

（1）"播放"与"停止"按钮

单击"播放"或"停止"按钮，可以对编辑的声音文件进行播放和停止操作，方便我们在编辑的过程中对声音进行一边听一边编辑处理的操作。

（2）左声道与右声道

左声道与右声道主要指声音在播放的过程中是左声道、右声道或左右声道同时播出。左右声道的播放取决于声音音量大小控制的选择。

（3）起点与结束点

起点和结束点的作用是显示声音文件的总时间长度，如果在动画中选择的声音时间总长度大于动画的时间长度，那么就可以在这里设置声音的起点和结束点的位置，以减少声音的播放时间或者应用音乐的某一段。

对起点和结束点的操作为：将起点向右拖动，可以缩短声音文件的播放时间，向左拖动，增加声音的播放时间，如图 11-17 所示。

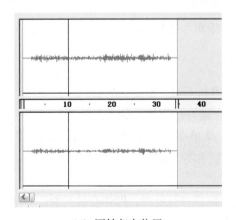

（a）原始起点位置

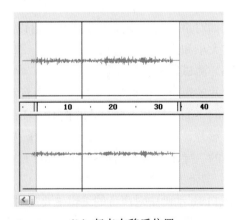

（b）起点右移后位置

图 11-17　对起点的右移操作

将结束点向右拖动，可以增加声音的播放时间；向左拖动，可以减少声音播放的时间，如图 11-18 所示。

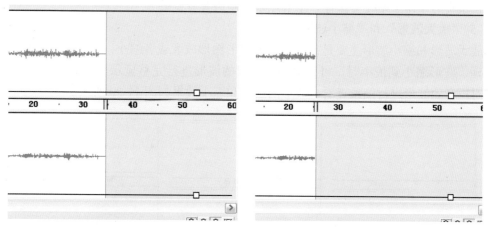

（a）原始结束点位置　　　　　　　（b）结束点左移后位置

图 11-18　对结束点的左移操作

双击刻度，就会恢复声音起点和结束点的原始位置关系。

（4）音量控制点

在原始的状态中，左、右声道都具有一个原始的音量控制节点，不管如何移动单个的节点，在相同时间上，对应的相关声道节点都随之变化。上下移动只能单独改变某一个声道的音量的大小，不影响另一个声道。也就是说，只要在其中一个声道上添加一个音量控制节点，另一个声道也会在相应的位置添加一个同样的位置音量控制节点。

①加入音量控制节点的方法

假如想添加一个新的音量控制节点，那么只要在音量的指标线上单击一下即可，新增的音量控制节点的位置可以根据需要进行改变，如果改变，对应的另一个声道也随之相应改变。但值得注意的是，声音节点也不是想加多少就加多少，在编辑的窗口中最多只能添加 8 个节点，添加节点前后的时间轴如图 11-19 所示。

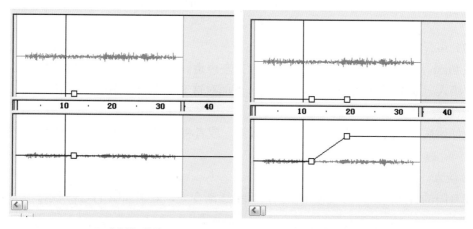

（a）未添加节点　　　　　　　　　（b）添加了新节点后

图 11-19　添加音量控制节点前后的时间轴

② 移除音量控制节点

移除音量控制节点的方法很简单，只要单击需要移除的节点并向编辑的窗口外拖动即可。在编辑的窗口中始终会保存一个节点来控制声音音量的大小。

（5）"放大波形"和"缩小波形"

放大波形和缩小波形主要是指把声音的波形图形放大或者缩小，方便在编辑时进行操作处理，波形缩小到最小时，可以对整个声音的波形进行完整显示，波形放大到最大时，可以对声音的波形进行细致查看。波形的放大和缩小效果如图 11-20 所示。

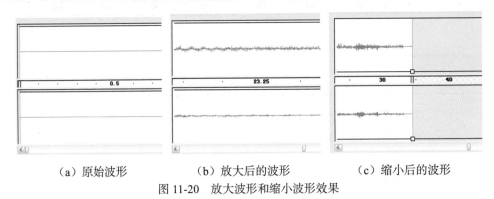

（a）原始波形  　　　　（b）放大后的波形　　　　（c）缩小后的波形

图 11-20　放大波形和缩小波形效果

（6）"以帧显示和以时间显示"按钮

主要指编辑窗口中显示的方式是时间还是帧，使用哪种方式显示根据编辑者的需求进行选择。时间轴的两种显示方式如图 11-21 所示。

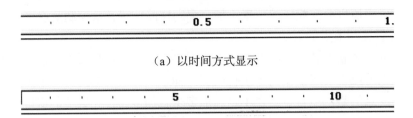

（a）以时间方式显示

（b）以帧的方式显示

图 11-21　时间轴的两种显示方式

（7）声音效果

在 Flash 动画中，对声音效果的添加包括左声道、右声道、从左到右淡出、从右到左淡出、淡入、淡出、自定义和无 8 个选项。下面对这 8 个选项分别进行介绍。

① 无

选择该选项，就是不使用声音文件的效果，或者将使用了效果的声音删除，如图 11-22 所示。

② 淡入

在有限的时间内，声音慢慢地淡入，音量逐渐变大，效果如图 11-23 所示。

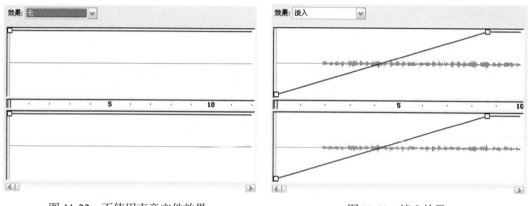

图 11-22　不使用声音文件效果　　　　　　　图 11-23　淡入效果

③ 淡出

声音在有限的时间内声音逐渐变小为淡出的效果，如图 11-24 所示。

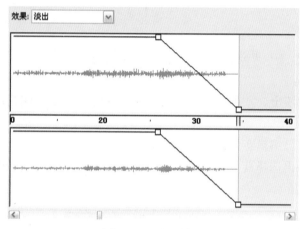

图 11-24　淡出效果

④ 左声道

声音播放时只有左声道有声音，右声道没有声音，如图 11-25 所示。

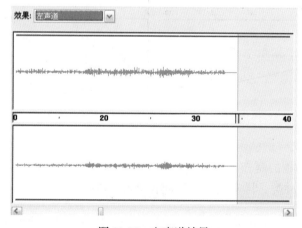

图 11-25　左声道效果

⑤ 右声道

声音在播放时只有右声道有声音，左声道没有声音，如图 11-26 所示。

⑥ 从左到右淡出

声音将以从左边声道向右边声道淡出的效果进行播放，也就是声音左边声道音量逐渐变小，右边声道音量逐渐变大，如图 11-27 所示。

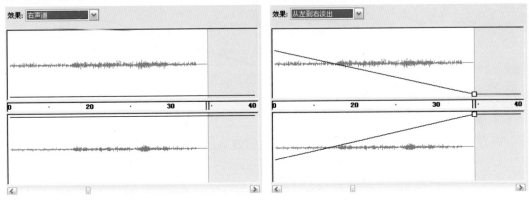

图 11-26　右声道效果　　　　　　　　　　图 11-27　从左到右淡出效果

⑦ 从右到左淡出

声音将从右声道淡出、左声道淡入，与从左到右淡出相反，如图 11-28 所示。

⑧ 自定义

自定义指可以自己编辑音量控制节点来改变声音的大小或淡入淡出的效果等，但当使用了自定义后，如果再选择其他效果，自定义将取消，声音按照选定的效果进行播放。自定义效果如图 11-29 所示。

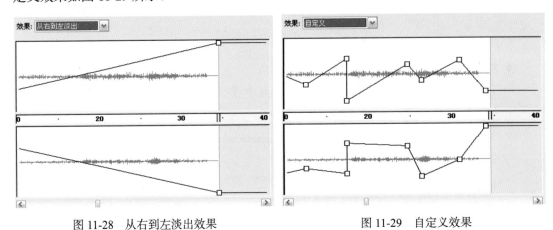

图 11-28　从右到左淡出效果　　　　　　　　图 11-29　自定义效果

4. 对导入声音文件的认识

每一个声音在动画的制作过程中应用了后，在属性面板中都会显示声音文件的信息，如声音的采样频率、种类、样本大小和时间长度等，如图 11-30 所示。

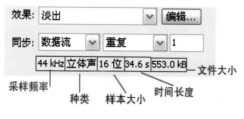

图 11-30　声音文件的信息

下面对声音文件的相关信息进行介绍。

（1）采样频率

采样的频率越高，声音的品质就越好，同时声音的文件大小也相应地变大，采样的常用频率一般有 11kHz 、 22kHz、44kHz。

（2）种类

种类主要指声音的效果种类是单声道还是立体声效果，单声道的声音效果没有立体声声音的音质好，但是单声道声音的文件大小比立体声声音的文件小。

（3）样本大小

样本大小也就是声音文件的位数，用 bit 表示，常见的有 8bit、16bit 和 32bit。数值越大，声音文件的大小越大。

（4）声音的时间长度

声音的长度也就是声音的时间长度，单位用秒表示。

（5）声音文件大小

声音文件大小也就是声音的大小，单位常用 KB 或 MB 表示。

5．声音的输出

在 Flash 动画的制作中，声音添加完后，必须考虑声音在输出时的相关设置，这样处理后可能会使动画的文件大小和声音的音质效果发生变化等。那么对声音输出的设置主要是对声音的压缩进行设置，声音的压缩方式主要有 ADPCM 压缩方式、MP3 压缩方式、原始压缩方式和语言压缩方式。默认状态下根据声音原有形式进行压缩。下面对每一种压缩方式分别进行介绍。

在选择声音压缩方式之前，首先要打开"声音属性"对话框，对声音导出进行设置，这里的"声音属性"对话框不是在舞台下的属性面板。

打开"声音属性"对话框的方法是：首先在库面板中选择声音文件后单击鼠标右键，在弹出的快捷菜单中选择"属性"命令，弹出"声音属性"对话框，如图 11-31 所示。

在"声音属性"对话框中显示了声音文件的相关信息，这里不再一一介绍，此处主要介绍声音导出设置。在声音的"导出设置"栏中可以选择声音压缩的方式，下面对声音的压缩方式分别进行介绍。

1）ADPCM 压缩方式

在"压缩"下拉列表框中选择 ADPCM 压缩方式，使用 ADPCM 压缩算法来输出声音设置，这种压缩方式最适用于一些声音较短的动画音效或按钮声音。选择这种压缩模式有 3 个参数选项，如图 11-32 所示。

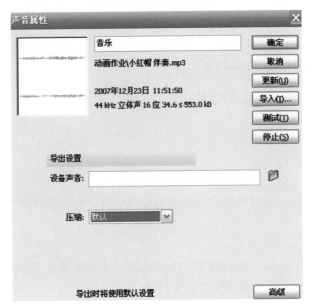

图 11-31 "声音属性"对话框

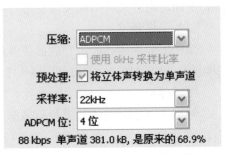

图 11-32 ADPCM 压缩方式的 3 个参数选项

下面对这 3 个参数选项分别进行介绍。

（1）预处理

选中"预处理"复选框可以将立体声转换为单声道，这样就可以把立体声的音乐文件缩小。如果该声音文件本身就是单声道的，则不受影响。

（2）采样率

选择声音在压缩的过程中采样的大小，有 5kHz、11kHz、22kHz 和 44kHz 4 个选项，采样率数值越高，声音的音质就较好，但声音占用的文件就越大。

（3）ADPCM 位

选择在进行该方式压缩时使用的位数，位数越大，声音音质越好，但文件相应越大，要根据需要进行设置和选择。

2）MP3 压缩方式

设置声音的压缩方式为 MP3 的格式进行输出时的参数选项如图 11-33 所示。

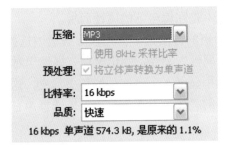

图 11-33 MP3 压缩方式的参数选项

（1）比特率

设置声音在压缩输出过程中每秒播放的位数，Flash 动画支持从 8kbps ～ 160kbps 之间的位数值，当输出的是音乐时，位数值要求在 16kbps 以上。

（2）品质

可以设置声音在压缩输出时的速度和声音品质，分为快速、中、最佳 3 种。

如果声音文件原本为 MP3 格式，那么声音的压缩方式选项只能选中"使用导入的 MP3 品质"复选框，如图 11-34 所示。

图 11-34　选中"使用导入的 MP3 品质"复选框

3）原始压缩方式

应用原始压缩方式可以设置声音的预处理效果和声音的采样率，如图 11-35 所示。

"预处理"复选框用于决定是否将立体声转换为单声道音乐。在"采样率"下拉列表框中，选择其中的一个选项可以控制声音的音质和声音文件的大小。

4）语音压缩方式

"语音"压缩方式主要适用于在 Flash 动画中对对话导出进行设置，这样既不减少声音的音质，又不影响对话的效果，如图 11-36 所示。

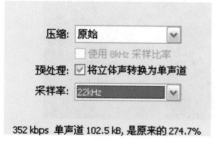

图 11-35　选择"原始"压缩方式

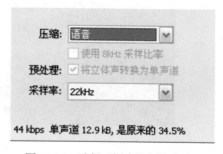

图 11-36　选择"语音"压缩方式

在 Flash 动画中，把声音编辑处理好后，可以使声音产生不同的效果，掌握了在 Flash 动画中声音的编辑技术，那么在动画中声音的搭配将怎么实现呢？如何将声音之间搭配得更好，使声画结合达到一个新的艺术高度呢？下面将对声音的搭配技巧进行介绍。

## 11.3　声音的搭配

在 Flash 动画影片中，声音的搭配也就是声音的剪辑，常把声音剪辑成为声音蒙太奇，将蒙太奇这样一种影视镜头艺术应用到声音语言中时，也遵循蒙太奇的剪辑规则和剪辑技巧。由于 Flash 动画影片中的声音都是通过后期处理和剪辑的，除了交代故事的剧情发展和表意外，声音还具有它独到的艺术表现。声音通过剪辑形成新的语义的情况是多种多样的，在这里主要分析声音之间搭配可以表现哪些形式。作为听觉艺术的声音，在搭配上主要分为利用声音的有与无、常与变和断与连。

### 11.3.1　利用声音的有与无

由于在 Flash 动画中，声音是后期添加和处理的，声音的存在与否主要根据场景画面的氛围塑造和导演的主观创作意图来决定。

在声音的无上，如在 Flash 动画中表现两个角色在大街上对话，现实中的声音应该是在嘈杂的大街中的各种声音，但在动画的声音搭配上，可能常常把环境的声音淡化处理掉，突出角色之间的对话来交代故事的发展。例如，Flash 动画影片《云端的日子》第五集中，小哲和小千在外面守夜，当时是晚上，在两人的对话中，还有环境中夜晚的声音，虫声不断，给观众夏天夜晚的感觉，如图 11-37 所示。

图 11-37　《云端的日子》中守夜画面

在声音的有上，主要体现在应用生活的再现功能，从客观上应用声音的真实来反映故事的真实感和意向感，使观众深入其中，产生共鸣。

对于声音的有与无的搭配，以角色的声音与画面之间的关系为例，可以分为以下几种情况。

（1）画面上有角色的形象，同时也有相应的声音，这是最常见的一种形式，属于声画同步或声画同一，同样这个时候可以利用背景声音来交代环境气氛。例如，Flash 动画影片《云端的日子》，小哲与小千在外面守夜时，小千对小哲说不想只是守夜，想去走走，问小哲愿意不愿意去。通过这样一段对话，影片交代了两个角色之间所处的环境和即将发生的场景画面是什么等，如图 11-38 所示。

图 11-38 《云端的日子》中体现声音有与无搭配的画面

（2）画面上有角色形象，但把角色的声音去掉，造成画面与声音的分离效果。这样的情况反映的是一个主观镜头，声音与画面不同步，观众通过第三者的身份来了解故事。这种情况主要是用第三人称来讲述故事或者交代故事的发生与发展，让观众通过画面与第三者的讲解来了解故事的发生和发展。

（3）画面上有角色形象，但没有对话或者描述的人声出现，只有背景音乐。使用这样的方法主要是应用音乐的表意功能来展现画面中角色的情感，或者带动观众对故事感情的深入或者理解。这种情况常常出现在一些抒发感情或者描绘角色的内心感受的画面场景中，通过音乐来突出角色的心理变化和心理感受，从而突出角色的性格特征并刻画角色。

（4）画面中没有角色的形象，但观众却能听到角色的对话。使用这样的方法需要前后画面场景加以说明或补充作为铺垫。这种方式还包括角色的内心独白，使观众的心境通过角色的独白来了解故事的情节或者故事的感情发展。这种情况一般以画外音的形式出现，用来展现故事或者交代故事背景等。在 Flash 动画影片《女孩你的一分钟有多长》MV 中的开始表现最为明显，影片中男主角的一段旁白交代了故事的发展与整个故事的感情线索等。

使用声音的有与无的搭配常常与声画的关系联系起来，用于表现声音与画面之间的联系和区别，声音的应用和处理常常以画面作为依据进行变化和补充，共同参与故事的发展和故事的推进。

## 11.3.2　利用声音的常与变

在 Flash 动画中，首先要求声音的表现是真实的，什么样的画面搭配什么样的声音，也就是声音的正常表现，称为常。利用常的搭配方式可以使观众产生对故事的共鸣，调动观众的情绪，推动故事的进一步展开。

对真实的理解不是完全地按照现实进行搭配，而是通过艺术的再加工进行处理和变化。这里的变也就是不按照常规的方式进行声音的搭配，使声音不符合实际画面环境或画面背景等。应用声音的变主要分为对声音的技术处理，包括对它的时值差处理和改变声音的频率和波幅等来实现声音的怪，超出观众能接受的范围，出现新奇的表现形式。

### 11.3.3　利用声音的断与连

Flash 动画中声音的断与连指的是角色的声音或音响、音乐不是自然停止或出现的，是通过配音师或者导演的主观意图进行后期有意识的编辑和处理，把原本该断的声音连接在一起，把原本该连接的声音进行分断处理。严格来讲，应用声音的断与连才是声音的剪辑艺术。通过剪辑的方式来实现声音的功能和表现。

Flash 动画中声音的组接方法实质就是按照同步的方式，与场景画面保持同步关系，声音的剪辑也根据画面的剪辑进行变化和转变。

Flash 动画中声音的组接实质上就是将人声、音乐、音响和音效 4 者进行有机的结合处理，按照画面镜头的前后关系进行重叠、交替和衔接处理，以构成一个完美的混合旋律，为故事和剧情的发展服务。

在 Flash 动画中声音的断与连不是随意的，对每一个声音的应用或者处理都具有一定的动机，是对故事叙述的动机，还是对角色描绘或者刻画的动机，还是对故事的抒情表意等，都必须有一定的规律和要求。以故事的发展和故事的推进作为基础，这样才能把声音的处理与剪辑应用得更恰到好处，表现导演意图，体现观众的心声和需求。

### 知识巩固与延伸

（1）声音的分类有哪几种？

（2）简述 Flash 动画中声音的功能。

（3）Flash 支持的声音格式有哪几种？对各种声音格式进行简单介绍。

（4）Flash 动画中导入声音的方法是什么？

（5）Flash 动画中编辑声音的方法是什么？

（6）如何进行声音的搭配？

# 第 12 章

## Flash 动画短片中的影像艺术

### 本章内容

## 12.1 Flash 动画短片中的景别

### 12.1.1 景别的概念

景别，在影视语言中主要指镜头画面中所涵盖的区域范围，也可以理解为被摄的主题对象在镜头中的相对位置、大小关系等。因此，影视中的景别主要指摄像机镜头画框所包含的范围。景别的大小是由摄像机和被摄对象之间的距离所决定的。如果摄像机进行镜头变焦操作，那么景别还与摄像机的光学镜头的焦距有一定的关系。

在 Flash 动画中，景别指的是虚拟的摄像机与画面中被摄对象的距离关系，也就是舞台中的对象所展现的视觉空间范围大小。

### 12.1.2 景别的划分依据

在影视中的景别划分主要以镜头表现的主体在镜头画面中所出现的范围作为依据，取决于导演对影片的创作构思。在 Flash 动画中主要以动画角色或其他物体在画面中的大小关系来决定。在 Flash 动画中，景别的划分诞生于文字分镜头剧本，表现在画面分镜头剧本中。一般将动画画面的景别分为远景、全景、中景、近景和特写 5 种。

景别的区分是相对的，但主要体现在以下两点：

（1）景别的划分只是一个大概的参考，在实际的动画制作过程中，一定要注意如何处理每个画面的关系，有时我们无法对很多景别进行某一种定义，它可能包括多种景别关系或者在两个景别之间，这时就需要设计师进一步领会导演的创作意图来进行画面的设计。

（2）景别随着画面中表现的主体的改变而改变。确定主体就需要分析前后镜头之间的关系和故事的发展等。

### 12.1.3 各种景别的功能

（1）远景

在 Flash 动画中，远景主要用于介绍环境，表现与环境有关的剧情内容的景别。在动画的制作中，远景主要用于交代故事发生的特定时间和空间，交代社会氛围，或者用于剧情需要转折和停顿的地方。应用远景绘制的场景比较大，角色在画面中占据的范围比较小，常常用于表现某种宏大场面。例如，彼岸天动画影片《大海》中的远景，如图 12-1 所示。

（2）全景

全景指在舞台中能清楚地表现角色全身，又能展现其环境氛围的景别。全景一般包括角色主体和空间环境两个方面。远景场景的视觉范围比较狭窄。全景视觉范围比较广阔，能将角色和场景融合在一起，所以常常用于表现人物较多的场面或者打斗场面等。例如，中华轩动画影片《女孩你的一分钟有多长》中的全景，如图 12-2 所示。

图 12-1 《大海》中的远景图片

图 12-2 《女孩你的一分钟有多长》中的全景图片

（3）中景

画面中角色的 3/4 范围可见，相对于全景角色它在画面中占据的范围进一步增大，环境的范围减小。应用中景常常能够展现画外空间范围，因为场景的范围减小，但又有一部分环境范围，因此在相对的画面中，可以想象延伸的场景空间。中景常运用于过渡镜头，用于远景和全景向近景和特写的转换，能够避免景别变化的跳跃感。例如，彼岸天动画影片《大海》中的中景，如图 12-3 所示。

图 12-3 《大海》中的中景图片

（4）近景

近景是能够展现角色 1/2 以上范围的镜头画面。这时环境就比较小，甚至模糊不清，角色的表情细微动作比较清晰，比较能够引导观众进入角色的心理活动，认同于角色的情感。例如，彼岸天动画影片《大海》中的近景，如图 12-4 所示。

图 12-4 《大海》中的近景图片

（5）特写

特写用于表现角色的局部范围。在特写的镜头画面中，可以把场景省略掉，只显示角色的局部细节和动作，在呈现的状态或变化的过程中产生与剧情相关的联想。例如，中华轩动画影片中的特写，如图 12-5 所示。

图 12-5　中华轩动画影片中的特写

上述 5 个画面景别在动画的制作过程中是相互交替出现的，这样可以避免画面过于单调。同时，通过不同景别画面的组接会产生不同的画面效果，有时甚至会超出画面所要表达的范围。

# 12.2 在 Flash 动画短片中应用好景别的方法

应用好动画中各个画面需要的景别，也就需要对画面的主体进行分析、对故事的发展进一步的了解、领会导演的创作意图等。每一种景别所表现的内容和要表达的思想有所不同。下面介绍 Flash 动画中每一个景别的应用。

## 12.2.1 远景的应用

远景在画面中主要用于展现广阔的场景。场景的应用主要体现在画面中的主要角色所占的位置较少，有时甚至没有角色。远景所表现的主要是大场景，对画面的细节要求不是很严格，只需要交代好画面的场景特点和位置关系即可。远景能够渲染影片的环境气氛，具有较强的抒情效果。

远景的应用主要使用在以下几个地方：

（1）在动画影片的开头和结尾。一般来说，在动画影片的开始就需要交代地形、事件和地理环境等，使用远景就可以烘托故事的氛围。在结尾上使用远景主要是给观众一个想象空间，去回味故事。

（2）描写角色心理时。使用远景表现角色，从某种程度上来说是不可取的，应用远景不能对角色的外在特征进行仔细的表现，同时对角色的表情特征无法进行刻画。使用远景对角色的心理表现主要是通过角色在画面中的极小位置关系来表现角色的渺小或悲观的心理特征。

（3）抒情。使用远景对影片进行抒情是常使用的方法之一。这是远景所特有的一种表现手法，由于远景所表现的空间广阔，着重对画面中的环境进行展现，具有诗情画意，能够烘托气氛，令人遐想。

### 12.2.2　大全景的应用

应用大全景主要是在动画画面中，除了主要角色以外，还需要交代一些动画的环境空间。但值得注意的是，大全景的应用必须具有动画角色。角色不需要进行刻画，主要是在行动上进行区别，描写动画场景画面中角色之间的行为动作关系（包括角色与角色之间、角色与环境之间）。大全景与远景相比，在动画故事情节的描述上胜过远景。大全景主要应用在表现角色与空间关系和角色与角色之间的位置关系等情况，大全景主要是确立画面中场景的总体空间关系。如图 12-6 所示，在动画影片《女孩你的一分钟有多长》中，利用一个大全景首先交代场景的特点以及角色之间的关系，为故事的发展提供一个表现空间。

图 12-6　《女孩你的一分钟有多长》中的大全景应用

### 12.2.3　全景的应用

全景的表现范围以主要角色为依据，包括角色的全身。对角色的刻画也更细，包括面部表情的刻画、行为动作等。使用全景通常用来展现角色的形体动作，表现具体环境中角色与角色之间、角色与环境之间的相互关系。

全景在动画中主要应用在角色的动作和性格的表现上，同时还可以交代角色与环境的关系。常常将全景称为基准镜头，因为它包括了画面中角色的全部，初学动画和对景别不了解的读者一般情况下都喜欢应用全景景别交代故事的发展环境和与角色之间的关系。如图 12-7 所示，动画影片《国宝》应用全景景别交代了周围的环境关系，又把画面中角色之间的位置关系展现了出来。

图 12-7　《国宝》中的全景应用

### 12.2.4　中景的应用

中景在动画中主要用于表现角色上半身的动作和行为，包括角色在动作表现过程中的手势和神态等。中景常常用作叙事性描写。交代角色之间的关系，角色之间的交流和对话等使用中景表现最好。

中景画面中的环境和角色的整体形象不再是画面的中心，它着重表现画面所呈现的故事情节和角色动作。使用中景具有强烈的故事叙事性，可用于表现角色关系、情节、行为等。在使用中景表现角色之间的交流关系的同时，场景和空间的位置较少，但保留一些局部，用于交代故事环境的变化和角色之间的位置关系。如图12-8所示，在动画影片《米黄色衬衫》中，应用中景表现小丫在张望破孩能够回来的急切心情。画面既表现出角色所处的环境空间，也表现了角色的表情和心理特点。

图 12-8　《米黄色衬衫》中的中景应用

### 12.2.5　近景的应用

使用近景主要表现角色的面部表情和角色上半身动作和手势。使用近景时，周围的环境和空间关系有时可以省略，主要给观众展现角色的表情和上半身动作的搭配，使观众产生一种置身于事件之中的参与感。近景的表现方法有时也对物体进行刻画，使观众对物体的某种特征有一个深刻的认识和了解。

近景的应用主要体现在对角色的神态、情感和景物的细致刻画上。角色在画面中占的面积较大，充分体现角色的表情、眼神和视线的运动方向等。角色的表情通过神态、情绪等都可以通过表情的细微变化来体现，反映角色的内心活动和心理特征。使用近景使画面更接近观众，拉近角色与观众的距离，主要表现角色神情交流的特点。如图12-9所示，在动画影片《情人节》中，小丫等了破孩很久，很生气的场景，使用近景镜头表现角色的表情特征，交代故事的发展。

图 12-9 《情人节》中的近景应用

### 12.2.6 特写的应用

特写也就是对画面中的角色或物体进行局部的刻画和描写。使用特写镜头，角色的表情得到了进一步的强化，从而更有力地刻画了角色的性格、情绪和内心。在表现物体时，通过对角色局部的刻画，交代其特征，渲染某种情感。如图 12-10 所示，在动画影片《燕尾蝶》中，表现角色伤心的表情，应用特写镜头才能够更好地将这一点体现出来。

图 12-10 《燕尾蝶》中的特写应用

特写主要适合表现一种思想意识、一种情绪和心情。特写镜头主要应用在展现角色细节动作、表现角色性格上；通过对局部动作的展现，延伸到整个动作行为；描写角色的细微表情，揭示角色的内心情绪；强化画面的视觉冲击力等。

在 Flash 动画中，景别的应用不是说只需要某一种或两种景别就可以了，多种景别之间要相互联系和相互作用。每一种景别都具有不同的表现意图，以体现导演的创作意图和影片的整体风格等。在动画影片中，景别的应用主要应注意以下两点：

（1）景别的选用必须有表现意图。以叙述与表现内容为选择景别的出发点，以景别的作用为选择准则。必须对故事剧本进行详细的阅读并分析导演的创作构思，以表现影片特有的风格特征。

（2）景别的连接必须遵守一定的规则。动画中画面的景别关系是不断变化的，在变化中要按照一定的规律和观众的接受心理特征进行组接，体现一定的镜头感，为影片的剧情发展服务。

# 12.3 Flash 动画短片中的镜头

## 12.3.1 镜头的概念

镜头是构成画面的最小单位，是为了传达各种信息、表现情感的需要，通过动画的制作手法设计并完成的具有各种效果的、不间断的一段影像内容。通过镜头之间的组接构成一部动画影片。也就是说，镜头也就是一段段的动画画面。动画中的镜头诞生于导演创作的分镜头剧本中，分镜头剧本将动画剧本的故事分成若干的小故事，每一个故事分成若干个画面，通过画面的组接形成一部动画影片。

动画中的镜头是为了模拟不同角色的视点，展现不同的画面重点，表现不同的画面内容。因此，景别、角度、焦距和运动等构成了镜头的主要因素。

## 12.3.2 镜头的分类

### 1. 景别

景别是镜头的一个要素，是镜头画面中所表现的内容相对于动画角色和场景的整体形象的一个画面展现范围，景别构成镜头画面的主要内容，是导演对动画画面的一个构思。

景别通过选择对象的表现范围给观众在画面中展现相关的故事内容。在 Flash 动画的创作过程中，一个角色或一个场景使用不同的景别，所表现的意义就有所不同，可能故事的重点、内容就有一定的侧重表现。因此，在确定 Flash 动画每一个分镜头画面的过程中，动画导演在创作分镜头剧本时一定要考虑清楚。每一个镜头画面的内容都是通过画面中的每一个景别的内容的作用和故事剧本要表达的情感所决定的。有时只看某一个镜头画面的景别，就能够了解导演的创作意图与故事画面的构思。

在 Flash 动画影片中，通过各个景别之间的组合关系形成一部完整的动画镜头，这种组合关系在各个景别的相互作用下才能发挥各自的作用，构成一个整体，是 Flash 动画影片叙事和情感的表现。

景别的划分和每个景别的作用前面已经介绍过，这里不再赘述。

### 2. 角度

前面介绍了根据在镜头画面中展现的 Flash 动画主体在画面中的位置比例关系范围而产生的景别变化，各种景别有着各自不同的表达含义。Flash 动画通过各个景别的组合使镜头画面在变化的过程中完成故事的叙事功能和情感的表述。在对故事内容和情感的表述过程中，Flash 动画还可以通过不同的镜头拍摄角度来体现。角度必须借用影视中的摄像机来进行表述。在 Flash 动画中，将摄像机称为虚拟摄像机或模拟摄像机。

画面镜头的角度是虚拟的画面摄像机和画面中主要角色之间的一种相对的高度与方向形成的水平方向与垂直方向的角度关系。理解角度时，首先要明白 3 个关系，分别为虚拟摄像机与画面主体之间的关系、摄像机的高度和与画面主体之间的水平方向关系、相对于画面主体面对观众的水平方向和垂直方向角度。因此，理解 Flash 动画中的角度，必须掌握好摄像机和画面主体这两者之间的相互联系。在本书中，着重对摄像机与画面主体之间的水平角度和垂直角度的关系进行详细介绍。

1）水平方向

水平方向是以画面主体正面为中心，虚拟摄像机从不同的水平角度对其拍摄的位置角度关系。水平方向主要分为正面、侧面和背面 3 个部分。一般情况下，在绘制动画角色转身动作时会着重强调。水平方向中不同的角度表现出的角色与景物的造型特点有所不同，所表达的意义也有所不同。

（1）正面

正面也就是虚拟的摄影机与画面主体的正面相对，主体形象在画面中正对着观众，能够使观众对画面中的主体特征有一个清楚认识。主体对象如果是动画角色，主要表现角色的面部特征和形状特征，给观众一个亲近感。如果使用正面的角度拍摄角色，再使用小的景别，那么就很明显地是向观众展现角色的面部特征，表达角色的情感和心理变化等。主体对象如果是物体，主要体现物体肃穆庄严的气氛，给人一种压迫感。但在动画中，使用正面表现物体形状时，不利于物体的空间感和立体感的呈现，有时会使画面显得呆板，如图 12-11 所示。

图 12-11　影片《女孩你的一分钟有多长》中人物的正面

（2）背面

背面是画面中的主要形象背对观众。以角色为例，主要指角色的面部背对观众，观众无法看到角色的面部表情，角色的形状外部轮廓成为表现的主体，角色轮廓形成的姿态成为表现角色情感和内心的载体。有时，应用背面来表现角色的形象，表达出另外一种思想，比使用正面来表达画面含义更含蓄，常常使观众对画面的角色和故事的发展陷入沉思。以物体为例，正面和背面常常无法进行判别，那么如何才能分清是正面还是背面，主要有两种方式，一是前面交代了物体的正面形象，通过对话或者画面的转化关系来显示物体背面形象；二是通过光线的效果来体现物体的背面，一般情况下正面是顺光，背面是逆光。

在 Flash 动画中，使用背面不符合人们的日常生活习惯，因此，使用背面的角度来刻画主体形象常常是在一些特殊的情况下才使用，如表现惊险、制造悬疑等故事画面的过程中，应用背面的表现方法效果比较好，使观众更容易紧张和好奇。同时与画面中其他物体或角色的正面形成强烈的反差关系，增加了画面的表现效果和吸引力，如图 12-12 所示。

图 12-12　影片《燕尾蝶》中人物的背面

（3）侧面

在 Flash 动画的创作中，以正面物体角度面对观众，使之与观众的距离拉近；以背面物体角度背对观众，使观众产生好奇感；而侧面是结合正面和侧面的画面角度来表现物体与观众的一种关系，侧面角度的物体形象对表现轮廓特征和动作姿态有着独特的艺术魅力。在设计物体侧面角度的过程中，一定要注意给物体的视觉方向留点视觉空间，防止画面"堵"或者"偏"的情况出现。物体的侧面角度根据绘制角色转身动作的主要画面来划分，分为前侧面、正侧面和背侧面 3 种。其划分的依据是物体侧面的视觉方向与物体正面视觉方向所形成的角度，小于 90°称为前侧面，等于 90°称为正侧面，大于 90°称为背侧面。下面将对不同的侧面分别进行介绍。

① 前侧面

使用前侧面角度的物体画面形象，既体现了物体的正面形象特征，也体现了物体的侧面特征，通过正面和侧面特征的表现，使画面具有一定的透视感，从而体现了物体形象的立体感和纵深感，如图 12-13 所示。

图 12-13　影片《女孩你的一分钟有多长》中人物的前侧面

在 Flash 动画中应用前侧面角度表现动画角色，可以使角色的正面形象完整地展现在画面中，同时又具有侧面形象，使角色形象的透视效果更明显，画面更具有美感。

使用前侧面表现事物形状时，打破了正面表现时的呆板，使画面的立体感更强烈，使事物的画面形象更生动，再与画面中的角色或其他物体相配合，使画面的结构错落有致，具有透视感，增加了画面的层次，使画面构图丰富饱满，有生气。

② 后侧面

后侧面角度和前侧面一样，也是表现画面物体形象的侧面角度，只是后侧面变化的内容是物体的背面内容多于正面内容，同样使物体更具有强烈的立体感和透视感。使用后侧面角度镜头多用于角色后侧面作为前景来展示环境和背景特征，如图 12-14 所示。

图 12-14　影片《女孩你的一分钟有多长》中人物的后侧面

前侧面和背侧面由于画面主体视觉方向与观众之间的镜头角度与形式的相似性，可以统称为斜侧面镜头，能够更好地表现角色或者景物的立体感和透视感，使画面构图更具有活力，是在 Flash 动画中常见的镜头角度。

③ 正侧面

正侧面在表现角色形象的过程中，兼顾角色的背面特征和正面特征，使角色的形象更直接地展现给观众，正侧面角度的镜头在 Flash 动画中应用比较少，常常使用在角色转身走出画面的过程。在表现景物过程中，使用正侧面的时候较多，它可以完整地交代景物的前后关系，在透视感上与常见的透视有区别，基本上都是亮点透视或者多点透视，如图 12-15 所示。

图 12-15　影片《天籁之心》中人物的正侧面

在 Flash 动画画面中，不同的镜头角度有不同的造型特点和视觉表现力。正面角度的镜头画面能够更直接地表现画面中的物体形象和表情特征，使画面的情绪表现更为直接。背面角度的镜头画面使观众对画面的含义陷入思考，带动观众的兴趣，制造悬念。侧面角度镜头在表现画面物体形状的过程中，立体感更加强烈，画面的视觉效果更好。因此，在 Flash 动画制作的过程中，设置好镜头的角度，需要对画面前后故事内容的关系和导演的创作风格进行设计，为 Flash 动画影片体现影片的主题和全面地表现故事情节的发展服务，更需要多种画面镜头角度之间的组合和相互作用。

2）垂直方向

垂直方向主要是 Flash 动画中虚拟的摄像机与画面中的主体形成的一种垂直角度关系。镜头垂直角度的变化可以形成画面中角色与背景之间的不同关系，也可以使画面中景物产生不同的透视效果，通过这种变化可以产生不同的画面情绪和气氛。在 Flash 动画中，镜头角度垂直方向主要划分为平视、仰视和俯视 3 种。下面将对每一个垂直方向的角度进行简单介绍。

（1）平视

平视角度镜头与前面讲的水平方向角度镜头有很大的相似性，画面中的物体形象与观众之间没有垂直角度的变化，与观众的视线在垂直方向上平行，给人一种亲近感，一般没有较强的画面戏剧化效果。

使用平视镜头有其优点和缺点，在这里主要介绍其不足。首先，在画面中，平视的过程中，看到的物体都是在同一水平线上，画面的前后层次感比较弱，缺乏空间透视效果，不利于表现层次较为丰富的场景画面，主要应用在单一物体的情况下。其次，在色彩的表现上，应用平视角度的镜头，画面的色彩层次也相对较弱，画面比较单一，不能够丰富画面层次效果。

（2）仰视

观众在观看画面物体形象时，视线点低于物体，给人一种压迫感。在 Flash 动画中，仰视角度的画面镜头一般情况下用于表达高耸、威严、具有气势感的物体形象。在仰视角度的镜头画面中，其他物体在画面中的位置较少，有时甚至没有，只有天空，然而根据其仰视的程度，天空在画面中占有的比例有所不同，气势感越强，天空在画面占有的比例就越少。

使用仰视镜头，画面中的角色或景物显得高大、雄伟，这种画面常给人一种强烈的压迫感，使人产生一种敬畏心理，画面的情绪张力较大，有着特别的象征意义，更具有力量感。在动画中，假如表现正面的角色形象，则有赞美歌颂的意义；表现反面角色形象时，则表现黑暗力量较大，有压迫感和危险感，如图 12-16 所示。

（3）俯视

给观众站在高处观看画面内容的感觉。画面中的大部分内容是地面，天空内容占很少的部分，也很简洁，有时几乎没有天空。在 Flash 动画中，使用俯视角度镜头表现画面物体形象时，物体显得低矮、渺小等。

图 12-16 影片《云端的日子》中的仰视镜头

应用俯视镜头表现独立角色时，显得角色较小、无力的神情，使用俯视镜头配合好场景，使观众可以很清楚地掌握角色所处的位置情况和周围的环境情况，了解故事的发展。在表现多个角色时，画面的感觉就变得气势磅礴，一般在表现一些大的场面时才会用到。

俯视角度镜头表现景物时，经常使用全景或大全景的景别来表现，使画面视觉开阔，交代景物的位置情况，画面中的物体位置关系具有强烈的层次感和透视感，如图 12-17 所示。

图 12-17 影片《燕尾蝶》中的俯视镜头

在俯视角度镜头中，有一个特殊的角度是鸟瞰，这种角度几乎使观众垂直观看画面内容。使用鸟瞰镜头可以表现平时很难看到的角度，使观众的视野更加开阔，气势更加磅礴，视觉冲击力更强。

在 Flash 动画中，常常综合应用水平方向和垂直方向角度的镜头表现画面的内容，这样使画面更加丰富，更接近观众的视觉心理。不同角度的组合和衔接，不仅丰富了画面的视觉效果，还同时表达了不同的画面情绪，为完整地塑造 Flash 动画影片服务。

### 12.3.3 影响镜头表现性的要素

在 Flash 动画的制作过程中，镜头主要是虚拟的画面镜头摄影机。因此，有时在进行画面镜头设计的过程中，要使画面更加真实和可信，就要对镜头画面进行特殊的处理，让观众更能接受画面的内容。在影视中，影响镜头表现的主要因素是焦距和感光材料等，在Flash动画中，影响镜头表现的因素主要为虚拟焦距和镜头画面的运动。

### 1. 虚拟焦距

有时为了表现故事的需要，常常将主要角色周围的物体进行模糊化处理，使画面的内容更直接，丰富画面的主题。而在Flash动画中，模拟焦距效果是动画师在制作过程中根据分镜头剧本和导演的创作构思来进行制作的，通过Flash动画软件的参数设置来实现。与影视中的调节摄影机镜头的焦距不同，Flash动画设置焦距更加复杂。

### 2. 画面的运动

画面的运动主要分为两个部分，分别是画面内容的运动和画面镜头的运动。画面内容的运动也就是Flash动画中画面的角色或者景物随着故事发展的需要做出的运动；画面镜头的运动也就是镜头运动的方向。

## *12.4* Flash 中镜头的运用

对于一般的Flash动画制作者来说，也许在动画的制作过程中应用影视电影是比较困难的，但又不得不去应用那些效果来让动画达到出人意料的影视效果，这不仅能表现动画制作者的技术水平，同时也反映了制作者的艺术修养和艺术表现力，使动画作品达到一个更高的境界。

作为Flash动画，离不开动画的语言，更离不开影视元素。那么在Flash动画中应用到了哪些影视语言呢？

Flash动画中最直接表现的影视元素包括镜头拍摄技巧、蒙太奇表现手法、表演动作和色彩等。一部好的Flash动画，在影视元素上应用得好一定能做出吸引人的动画效果，可以与传统动画媲美。下面对Flash动画中的镜头应用进行介绍。

镜头的技巧主要指镜头的运动，也就是镜头相对于画面中的内容的位置变化关系。在Flash动画中把舞台中的内容运动状态与舞台的关系呈现出来。镜头的运动形式主要有推、拉、摇、移、跟和升降6种。

### 12.4.1 推镜头

推镜头在影视语言中主要指摄影机沿着光轴方向逐渐接近被摄体的镜头运动形式。在Flash动画中主要应用在从远处向近处缩小舞台中画面的范围，达到一个从全景、中景、近景到特写的画面显示效果。推镜头时，取景范围由大变小，逐渐排除背景和陪衬物体，被摄主题所占画面比例越来越大，同时细部特性也逐渐清晰醒目。

在Flash动画中应用推镜头主要有两个作用，一是简化背景，突出主体，表现重点，构成视觉冲击的效果。在Flash动画制作过程中，应用推镜头来简化画面达到一种效果，这样可以在不影响画面的情况下减少画面中的内容，既可以节约时间，又可以使画面丰富。二是通过镜头的运动来表现一种观念和想法，突出动画表达的思想内容。

### 12.4.2 拉镜头

拉镜头在影视语言中主要指摄影机沿着光轴方向逐渐远离被摄体的镜头运动形式。在 Flash 动画应用中主要指从近处向远处逐渐扩大舞台中画面的范围，达到一个从特写、近景、中景到全景的画面显示效果。拉镜头主要是舞台中画面的范围越来越大，背景和陪衬物体逐渐显示出来。

拉镜头的特性与推镜头正好相反，拉镜头在 Flash 动画中主要用于表现画面主体环境，体现环境与环境、环境与主题之间的关系，常用于表现动画一个画面的结束或开始。

永远不要让推镜头和拉镜头成为一种惯用的镜头，特别是镜头中有许多物体，而且这些物体必须体现景深的感觉时。推镜头和拉镜头比较呆板，它们最好用在要表现某个物体的细节或者和周围的物体对比体现这个物体的大小时。在景深起关键作用时，不应该对人物或物体应用这种镜头，也要避免对多个物体采用推镜头和拉镜头，使用这种镜头时，如果只用一个符号，而把其他元素隐藏起来，就会让推镜头和拉镜头看起来比较机械，像一个真正的缩放过程一样，事实上，切换镜头或者推移镜头比推镜头和拉镜头更合适。

### 12.4.3 摇镜头

摇镜头在影视语言中称摇摄或摇拍，是指摄影机固定不动，借助三脚架的活动底座、以固定的轴点为中心，进行上下或者旋转式摇动镜头的运动形式。

在 Flash 动画中，应用摇镜头时，舞台中画面的内容主体将发生转移，可以比较明显地表现人眼环视周围环境的模仿。通过多方面的摇运动，不仅可以在广阔的空间中逐一展示物体或逐渐扩展环境视野，比较有效地突出时空的统一性，而且可以保持多个物体之间的因果关系，变小主体在空间环境中的位置关系和构成关系，突出其之间的一体性和相关性，有时可以跟随画面中的某一对象描摹出一个完整的运动过程，最大限度地保持运动的连贯性。

### 12.4.4 移镜头

移镜头指摄影机在空间范围内沿水平面按照一定的轨迹做各个方向的移动。移镜头主要有 3 类，分别为横移、斜移和纵身移。在 Flash 动画制作的过程中，移镜头的运动方式是多种多样的，它可以改变景别、方向、视点、主体和背景等。因此，在 Flash 动画中，运用移镜头最能表现舞台中的主体运动，最能展现空间环境复杂结构关系的镜头运动形式，可以有效地保持影片时空的统一性和完整性。

在 Flash 动画中表现移镜头时，必须对某个片段中的所有元素采取不同速度的动画处理，离镜头越近的物体，移动的速度就越快。

### 12.4.5 跟镜头

跟镜头即跟拍和跟摄，指摄影机跟随运动的被摄主体的拍摄方式。在 Flash 中运用跟镜头不仅可以突出画面中运动主体的地位，将主体与环境分割开，而且交代了运动中的主体的运动方向、运动速度、运动状态及其与环境之间的关系，有利于表现主体在整个运动过程中的全貌和整个状态。

### 12.4.6　升降镜头

升降镜头指摄影机做上、下空间位移的镜头运动方式。

在 Flash 动画中,升降镜头是在舞台中物体上下升落的一种形式,在 Flash 动画中比较难体现,因为这个镜头大部分要依靠所画的图像图形。在 Flash 动画中表现这个镜头,首先需要创建一个扭曲的背景图片以适合镜头的运动,这样通过镜头观察时显得比较自然。更高级的升降镜头往往伴有镜头的旋转。

### 12.4.7　Flash动画短片中镜头应用的技巧和方法

如何使用好 Flash 动画中的镜头技术和方法,是一名动画制作师最基本的动画制作能力。表现 Flash 动画镜头的推、拉、移和升降镜头画面,是在 Flash 动画制作中最简单的动画制作技术,一般情况下通过画面内容的放大、缩小和上、下、左、右移动就能够完成。在制作摇镜头和跟镜头时比较复杂,常常要根据画面中物体的形状和结构特征进行一张张画面的绘制。

在 Flash 动画中镜头的快慢根据故事情节的发展和导演的艺术创作构思来进行处理。慢镜头常常用来表现角色超凡的动作和能力,常进行动作分解,以表现角色的动作美感,还用来表现强调个人的情绪,刻画角色的心理特征,创造出特殊的意境效果等。快镜头主要表现角色或者物体的运动速度,形成一种特殊的喜剧效果和紧迫感。在 Flash 动画中,慢镜头和快镜头是动画师预算每一个动作所需要的时间,再进行一帧帧地绘制完成的。表现动作越快,动画师绘制角色运动画面就越少,表现越慢,绘制的画面越多,相隔画面之间的变化越小。

## 12.5　蒙太奇表现技法

### 12.5.1　蒙太奇概念

蒙太奇是法文 montage 的音译,原本是建筑学领域的术语,意思是组合、安装、装配和构成。简单地讲,蒙太奇就是将每个镜头按照一定规律组接的方式、方法。在 Flash 动画制作过程中,不一定非要按照时间的先后顺序来制作,这样很浪费制作时间(独立制作 Flash 动画除外)。在制作 Flash 动画时,常常是一个团队共同协作,每位员工制作的任务不同,将每位员工制作的动画最后组接起来,按照镜头的一定方式方法进行组接。蒙太奇大体上分为叙事蒙太奇、表现蒙太奇和理性蒙太奇 3 大类。

### 12.5.2　蒙太奇分类

#### 1.　叙事蒙太奇

叙事蒙太奇也称叙述蒙太奇,是以展示事件、展示情节、表现冲突为主的蒙太奇手法。

叙事蒙太奇的核心作用就是叙述故事，基本按照情节发展的时间流程、因果关系来组合镜头、场面和段落，来引导观众理解剧情。叙事蒙太奇又分为线性蒙太奇、平行蒙太奇、交叉蒙太奇和重复蒙太奇。

（1）线性蒙太奇

沿着一条单一的情节线索，按照事情发展的时间先后顺序和逻辑顺序，有节奏地讲故事。例如，Flash 影片《女孩你的一分钟有多长》讲述的是一位即将毕业的大学生和校花的故事。通过在校园两人相爱到毕业两人分开到最后又相遇这样的一个故事线索，展现了当代大学生的一些生活状态和对爱情中的缘分的理解。

线性蒙太奇在 Flash 影片中的应用非常广泛，是推动剧情发展和情绪演绎的基本手段。但有的时候由于故事缺乏情节张力，使整个故事平铺直叙。

（2）平行蒙太奇

平行蒙太奇指相同时间同一地点，或同一时间不同地点，或不同时间不同地点中发生的两条或两条以上的情节线索并列展现，既分头叙述又统一在同一完整故事框架中，或者指多个表面毫无联系的情节或事件相互穿插表现又统一在共同的主题中。简单地说，就是两个故事线索最后组合在一个故事中。例如，Flash 影片《彼男彼女》中讲述的是住在同一楼，每天都坐同一班公交车上班的一男一女，通过平行蒙太奇的手法表现各自对对方的想法，最后两个人彼此敲开了对方的那扇紧锁的门。

应用平行蒙太奇的表现手法，可以将故事剧情发展的整个过程集中，既扩大影片的信息量，又加强情节段落的紧张节奏，整体上增强了影片的艺术效果和情绪感染力。

（3）交叉蒙太奇

交叉蒙太奇是平行蒙太奇的延伸和发展，指将同一时间、不同地点发生的两条或两条以上的情节线索迅速而频繁地交替剪辑在一起，各个线索之间存在明显的因果关系，既相互依存，又彼此促进，其中一条线索的发展往往影响或者决定其他线索的发展，最终多条线索汇集在一起的蒙太奇手法。例如，Flash 影片《米黄色衬衫》，这是小破孩系列的一个 MV 动画短片，故事讲述了小破孩和小丫的爱情、小破孩和三戒的冲突、买主和小丫的关系等。三戒阻挡小破孩保护小丫，小丫被买主买去，最后小丫逃出，三戒阻挡小丫回来，破孩打晕三戒，小丫和破孩一起牵着手离开，三戒被恶心的买主买去当劳力。通过多个故事线索的组接，最后组成一个完整线索的故事。本片最精彩的部分在小破孩打晕三戒救出小丫。

交叉蒙太奇手法一般用在剧情高潮段落，可以营造紧张激烈的气氛，加强矛盾冲突的尖锐性，提高影片艺术表现力。

（4）重复蒙太奇

重复蒙太奇又称复现式蒙太奇，指某个镜头在画面中重复出现，起到强调、对比、呼应的艺术效果。例如，Flash 影片《燕子》在故事中重复出现燕子，起到强调作用。第一次是少爷欺负小女孩母亲时出现燕子，第二次小女孩母亲和少爷在一起出现燕子，第三次少爷见到自己的女儿后出现燕子。多次的重复出现起到对影片的强调作用，展现了一对母女的命运。

2．表现蒙太奇

表现蒙太奇是将前后不同形式、不同内容的镜头进行排列和组接，通过相连或相叠相互对照、对比或冲突，从而产生单个镜头本身不具有的丰富含义，来表达思想情感、心理情绪的蒙太奇手法。简单地说，表现蒙太奇就是以加强艺术表现力和情绪感染力为主旨的蒙太奇类型，重在表情达意功能。表现蒙太奇分为隐喻蒙太奇、对比蒙太奇、抒情蒙太奇和心理蒙太奇。

（1）隐喻蒙太奇

隐喻蒙太奇指通过镜头或场面的排列或者交替表现进行类比，达到含蓄而形象地表达某种寓意或事件的某种情绪色彩的效果。例如，Flash影片《燕子》中小女孩被少爷的母亲训斥时，女孩摸了下肚子，这一个动作隐藏的意义是小女孩已经怀了少爷的孩子，当少爷的母亲把小女孩赶出去以后，一个下雨天空的镜头组接衬托出小女孩命运的悲惨。

隐喻蒙太奇中，拥有比喻的事物应该在情节发展、人物刻画的有机结合当中，要求应用自然、贴切、含蓄、新颖，不能脱离情节主体生硬插入、牵强附会，要具有巨大的概括力和简洁的表现力。

（2）对比蒙太奇

对比蒙太奇指通过镜头、场面或段落之间在内容上或者形式上的强烈对比，产生相互冲突、相互强调。例如，Flash影片《女孩的日记》通过现实的世界颜色与女孩眼中世界的颜色进行对比，反映出女孩内心的灰暗。

（3）抒情蒙太奇

抒情蒙太奇指在一段叙事段落完成之后，适当地插入带有情绪的一维空镜头，或者通过画面、声音或声画之间的组接，创造出独特的诗情画意。例如，Flash影片《河》的结尾展现了小镇的全貌，而且小镇的河流组成一个英文字母的图形，再通过画面的字幕和配音，抒发作者的感情，向观众解说影片主题。

抒情蒙太奇重在通过诗意的画面插入，展现人物的情感心理和影片的情感基调，更好地感染观众。

（4）心理蒙太奇

心理蒙太奇指通过镜头组接或声画的有机结合，直接而生动地展现人物丰富多样的心理活动，如回忆、梦境、幻觉、潜意识等。Flash影片《女孩日记》中应用女孩梦境反映出女孩渴望色彩的心理，后面女孩被闪电带入仙境，给女孩注入了一个物体后，女孩的世界变成了有颜色的世界。

心理蒙太奇是影片对角色心理描写的重要手段，多用交叉、穿插的方式出现，主要特征是声音画面的片段性、叙述的断断续续性和节奏的跳跃性，并带有浓郁的主观色彩。

3. 理性蒙太奇

理性蒙太奇指不通过环环相扣的连贯性叙事，而通过画面与画面之间的组接关系表情达意的蒙太奇手法。理性蒙太奇分为杂耍蒙太奇和思想蒙太奇两种。

（1）杂耍蒙太奇

杂耍蒙太奇指为了表达作者某种抽象的思想观念和主题意义，而在影片中刻意使用脱离叙事情节、人物轨道的画面镜头，来传达具有视觉冲击力的、表意明确的文本手法。例如，Flash影片《河》中女孩开始对周围事物的漠不关心，通过在河边一个神奇效果的出现，一个不明物拉了下女主角的手，女孩一下就明白了很多事。影片通过这样的一个杂耍蒙太奇的手法来让女主角明白社会。

使用杂耍蒙太奇的作者一般主观的思想感受比较重，有时很难让观众理解和认同，所以会产生令人费解的效果。但只要处理得当就能给影片添加一种神奇的艺术效果。

（2）思想蒙太奇

思想蒙太奇主要指将一些旧的思想或画面编排起来表达特定中心意义的蒙太奇手法。思想蒙太奇完全是一个抽象的形式，需要观众理解和参与，将自己的思想、情感和智慧与银幕形象联想起来，才能真正地理解影片的思想内涵。Flash 影片《河》的主题思想就是这样，假如作者不添加解说词和字幕，可能观众很难理解最终作者要表达的意义。

在 Flash 动画的制作过程中，镜头的组接非常重要，那样 Flash 动画不仅是简单的闪客作品，还能成为影视艺术作品。让 Flash 动画不仅能在网络中传播，还能发展到电视、电影中，展现 Flash 动画的魅力。

# 12.6 Flash 动画蒙太奇

由于 Flash 有着和电影相似的特征，蒙太奇也就作为一种技巧运用在 Flash 动画里面。蒙太奇作为电影中的一种语言，也就是将多镜头按照一定的规律组接起来。在 Flash 中组接画面时，可以应用一些转场特效和淡入淡出效果等来实现电影中的蒙太奇效果。

在 Flash 动画中，要使制作出的画面流畅地按照影视语言的规律进行播放，产生一种强烈的视觉冲击，它的创造性的难度比电影中的相同情况要大。蒙太奇从最基本的意义说，是组成视觉的文章，把不同的镜头或画面组接在一起，传达出一定的内容意义，使它们成为视觉、思想和感情的整体。它最基本的要求是让观众能进入画面理解设计者的想法。因此，这种组接就不是随意的，而是有目的的、有章法的（即便是艺术短片）。蒙太奇组接的心理基础是人们日常生活中的视觉体验和心理体验。当注意力集中在一个物体上时，它周围的事物就变得模糊了，只有被注意到的事物是清晰的。当把视线从这个事物转移到另一个事物上时，几乎省略了中间的过程，注意力从一个事物直接跳到另一个事物上，这就是电影中的切镜头，把一个画面切到另一个画面，这就是视觉体验的基础。当你看到一个全景时，不是一下子能看清楚所有的东西，实际上是视线不停地流动。当有一个物体吸引了你时，你就会把注意力集中到这一物体上，这就是变换景别的视觉体验和心理反应的基础（这里提到景别，就是画面所表现的视域范围，一般分为远景 - 广远的大环境；全景 - 完整的主体、人或者物；中景 - 主体的大部分，人的腰以上；近景 - 主体的小部分，人的胸以上；特写 - 某一局部，人或者物）。

Flash 是运动的艺术，它的特点就是动作性强，当然不是那种一帧帧的动作，这里可以认为它是画面的运动。在屏幕上表现事物的发展过程时，一般来说，不可能也没必要完整无缺地记录，而是经过重新安排，通过剪辑来重现的，这种重新安排主要围绕两个方面进行，一是如何分解动作，二是如何组合动作。选择角度和景别做出每个镜头画面就是动作的分解过程。选择具有代表性又相互联系的动作高潮点进行编辑，注意不同景别的造型，要有意识地用一组镜头去表现一个动作过程。把单独零散的动作按照一定的顺序重新组合成连续活动的视觉形象整体，这就是动作的组合过程。通过组合，这个动作整体就变成精练、有代表性、但又不破坏视觉连贯性的屏幕动作。动作的分解和组合是叙事的基本方法，通过画面组接，建立连贯的视觉形象，使观众在明了清晰的形象中清楚地了解设计者要描述的事情，并接受设计者的思想，这也是蒙太奇的任务。视觉形象的连贯不只是一种机械的镜头连接，它还受到内容要求和作者意图的制约，这种组合方法是多种多样的。

  Flash 动画作为视听艺术种类之一，也是由视觉的画面元素和听觉声音元素所构成的，只有将两个要素有机融合并不断发展，才能成就 Flash 动画丰富的表现力和广泛的实际用途。画面需要声音的补充和丰富，声音也不能离开画面而单独存在，动画画面的直观生动和声音的独特质感相互配合、扬长避短，这样就形成了浑然一体的视听表现力，形成了从二维空间到多维空间的全新的审美创造。这种视听组合又被称为视听蒙太奇。

## 知识巩固与延伸

  （1）景别的划分依据是什么？

  （2）各种景别的功能是什么？

  （3）简述 Flash 动画中各种景别的应用。

  （4）影响镜头的因素有哪些方面？

  （5）Flash 动画中镜头的应用方法有哪些方面？

  （6）蒙太奇的分类是什么？

# 第 13 章

## Flash 动画图形技术

### 本章内容

# *13.1*　Flash 动画文件

### 13.1.1　新建Flash动画文件

在打开 Flash 程序时，首先要建立一个 Flash 制作文档，这样才能开始制作动画，建立一个新的 Flash 文档的方法如下：

选择"文件"→"新建"命令，将弹出"新建文档"对话框，如图 13-1 所示，选择"常规"选项卡中的"Flash 文件（ActionScript 2.0）"选项，单击"确定"按钮即可新建一个 Flash 文件。

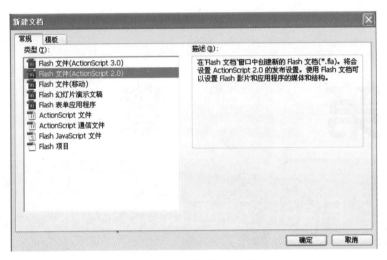

图 13-1　"新建文档"对话框

### 13.1.2　属性设置

当建立了一个新文档后，Flash 的界面如图 13-2 所示。

默认情况下的 Flash 界面包括菜单栏、工具栏、舞台、属性面板、时间轴、动作面板、颜色面板、库面板等。下面分别进行介绍。

- 菜单栏：包括制作时应用的很多操作，如文件、编辑、视图、插入、修改、文本、命令、控制、窗口和帮助。
- 工具栏：主要是在制作 Flash 动画时所应用的图形绘制和处理工具。每一个工具有各自不同的选项操作。
- 舞台：就是指制作动画时的画布大小，也就是动画显示的区域。
- 属性面板：用于设置舞台中选中图形对象的属性和舞台属性。
- 时间轴：包括制作动画时的帧和层。
- 动作面板：主要用于编写 Flash 动画语言代码。
- 颜色面板：配合工具栏中的"填充"工具，可以给动画对象添加颜色。

● 库面板：用于放置制作动画时应用的元件和一些位图图片。

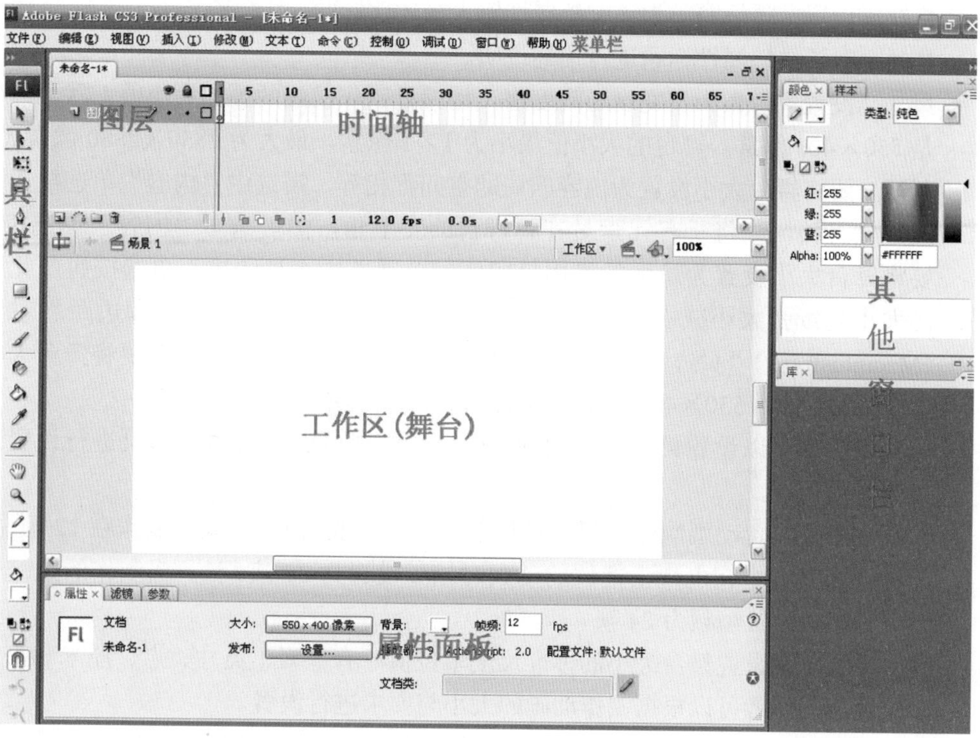

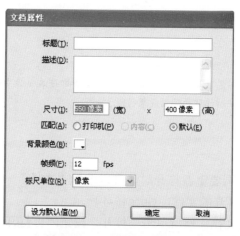

图 13-2　Flash 的界面

设置属性的方法如下：

（1）使用选择工具单击舞台中的空白处，此时可以在属性面板中对舞台设置背景颜色、画布大小和帧率等。画布的大小根据制作动画的要求进行设置，默认大小为 550×400 像素。

（2）在属性面板中单击"550×400 像素"按钮将打开"文档属性"对话框，如图 13-3 所示。

图 13-3　"文档属性"对话框

"文档属性"对话框中的选项设置包括标题、描述、尺寸、匹配、背景颜色、帧频和标尺单位等。具体介绍如下。

- 标题：设置文档标题，为该文档属性输入描述性标题。
- 描述：对该文档属性标题进行描述说明。
- 尺寸：设置舞台大小及宽度与高度值，也就是制作动画的画面大小值，默认情况下是 550×400 像素。舞台的大小值最小为 1×1 像素，最大为 2880×2880 像素。
- 匹配：要将舞台大小设置为内容四周的空间都相等，需选中"内容"单选按钮；要最小化文档，则将所有元素对齐到舞台的左上角，然后选中"内容"单选按钮；要将舞台大小设置为最大的可用打印区域，则选中"打印机"单选按钮，此区域的大小是纸张大小减去"页面设置"对话框（Windows）或"打印边距"对话框（Macintosh）的"页边界"区域中当前选定边距之后的剩余区域；要将舞台大小设置为默认大小（550×400 像素），则选中"默认"单选按钮。
- 背景颜色：可以设置舞台背景的画面颜色。单击后面的 按钮即可进行设置，默认为白色背景。
- 帧频：用于设置动画制作中每一秒钟多少帧。一般的 Flash 动画制作在 12 帧左右。当制作的是一个在电视上播放的动画时帧频设置为 25 帧/秒，当制作的是一个电影动画时，设置帧频为 24 帧/秒。
- 标尺单位：是设置舞台大小的标准尺度单位值，有像素、英寸、点、厘米和毫米等单位值。制作者可以根据制作动画的大小与要求进行设置。

如果单击"设为默认值"按钮会将设置的属性恢复为默认属性，以后的设置将以该默认设置为基准，要改变其设置只需在"文档属性"对话框中改变相关设置即可，最后单击"确定"按钮。

### 13.1.3 保存文件

当设置好属性后就可以开始制作动画了，这时可不要忘记将设置好的 Flash 文档进行保存，保存方法如下：

- 选择"文件"→"保存"命令。
- 按 Ctrl+S 组合键。

**注意**　　在制作动画时，一定不要忘记随时保存文件，这样即使在制作中电脑突然出现了问题也不用担心文件丢失，否则辛苦制作好的劳动成果将毁于一旦。

### 13.1.4 打开文件

当制作好的 Flash 动画要重新打开时，可以选择"文件"→"打开"命令，在弹出的"打开"窗口中选择需要打开的文件，如图 13-4 所示。

选择要打开的 Flash 文档，然后单击"打开"按钮即可打开。

图 13-4 "打开"窗口

# 13.2 Flash 动画工具介绍

## 13.2.1 直线工具

可以选择直线工具 ╲ 在舞台中绘制直线，绘制前应该在属性面板中对要绘制的直线进行颜色和粗细设置，直线工具的属性面板如图 13-5 所示。

图 13-5 直线工具的属性面板

下面介绍直线工具的属性面板中的选项。

- 直线颜色：选择"直线"工具，在属性面板中单击"笔触颜色"按钮 ■，在弹出的调色板中即可设置直线颜色。默认情况下是黑色。
- 直线粗细：设置直线粗细有两种方法，一是直接在直线工具的属性面板的"笔触高度"文本框 1 中输入数值，二是直接拖动大小值后面的滑动条进行设置。
- 线段类型：在 Flash 中可以绘制出很多不同样式的线段。一般在"笔触样式"下拉列表框 实线 中选择。单击其后的"自定义"按钮可以设置不同样式的直线类型。
- 端点：用于设置直线端点的形状。单击"设定路径终点样式"按钮 ⌐，可以设置端点为圆角还是方形；选择无，设置的端点样式与以前设置的端点的颜色和形状相同。

在直线工具属性面板中，还有"对象绘制"按钮◙和"贴紧至对象"按钮⋂。当单击"对象绘制"按钮时，绘制的图形将独立为一个图形形状，和其他图形不能同时进行编辑和自动组接在一起，要删除该图形的一部分时会把该图形全部删除，所以建议在绘制图形时不要轻易地单击该按钮，否则在后面编辑图形时会遇到问题。当单击"贴紧至对象"按钮时，绘制的直线将与其他直线自动贴紧在一起，方便后面对图形的填充，有时使用该按钮系统会自动地让图形与其他图形按照设置的系统对象间隔值贴紧，不能使图形自由地贴紧，达不到想要的效果。因此，在绘制直线时应该考虑图像与图像之间的贴紧程度。

选择直线工具后，按 Shift 键，在舞台中拖动，可以绘制水平、垂直或者成 45°角的直线，如图 13-6 所示。

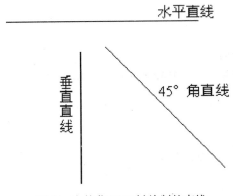

图 13-6　按住 Shift 键绘制的直线

### 13.2.2　绘制虚线

选择直线工具后，可以通过在属性面板中设置直线的样式来绘制虚线。首先选择直线工具，然后在属性面板中单击"自定义"按钮，会弹出"笔触样式"对话框，如图 13-7 所示。

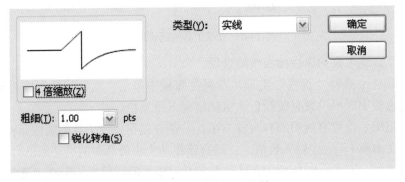

图 13-7　"笔触样式"对话框

在其中的"类型"下拉列表框中对虚线的样式进行选择，包括虚线、点状线、锯齿状、点描线和斑马线等类型（当选择不同样式的线段时，线段的选项将不同，可以根据自己的需要进行相关的设置）。选中"4 倍缩放"复选框，线段将以 4 倍大小浏览方式浏览。"粗细"下拉列表框用于设置线段的粗细程度。选中"锐化转角"复选框可以对线段转角处进行锐化处理。

### 13.2.3　矩形工具

选择矩形工具 ▣，可以在属性面板中对矩形属性进行相关设置，矩形属性面板如图 13-8 所示。

图 13-8　矩形工具的属性面板

可以设置矩形线框样式和线条大小及颜色，其设置与直线设置相似，这里不再赘述。

除了需要对矩形线段进行设置外，还需要对矩形内部进行颜色填充和矩形边角半径进行设置。

1. 填充颜色

选择矩形工具，单击属性面板中的"填充颜色"按钮 ▣，可以设置其图形的内部颜色，对其颜色的设置方法如下。

- 直接选取颜色：可以在弹出的调色板中选择系统准备好的颜色，直接选择即可。
- 输入数值：当要对图形的色彩数值编码时，直接在颜色面板上方的色彩数值输入框 **#6600FF** 中输入色彩编码，在其左边会显示输入数值编码所对应的色彩颜色。
- 在颜色面板中选择颜色：参看后面的"填充"工具介绍。
- 设置色彩透明值：当对色彩颜色进行选择后，可以对设置好的色彩进行透明度设置，方法为，在颜色面板上方的 Alpha 文本框中输入透明度值或拖动其后的滑动块进行设置。

2. 矩形边角半径

相关设置可参看绘制圆角矩形中的介绍。

设置线条为黑色，线条样式为实线，填充颜色为 #0066CC，最后在舞台中绘制一个矩形，如图 13-9 所示。

选择矩形工具，按住 Shift 键可以绘制正方形，相关属性设置同矩形一样，最后在舞台中绘制一个正方形，效果如图 13-10 所示。

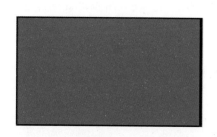

图 13-9　绘制矩形并设置属性　　　　　图 13-10　绘制正方形

### 13.2.4　绘制圆角矩形

圆角矩形同矩形工具的区别在于圆角矩形绘制的图形的角是圆形的,不过矩形是直角。圆角矩形分为两种,分别为向外圆和向内圆。

选择基本矩形工具,对其属性进行相关设置,在属性面板中设置矩形边角半径值。默认情况下只设置一个值,矩形 4 条边一起变化。当单击矩形半径锁 🔒 时,可以对其设置半径值大小,其 4 个值可以设置矩形 4 条边的圆形大小和方向。其值大小在 -100 ～ 100 之间,当值为正值 0 ～ 100 时,其值对应的矩形角为外圆形状;当值为负值 -100 ～ 0 之间时,其值对应的矩形角为内圆形状。绘制图形效果如图 13-11 所示。

（a）正值矩形形状　　　（b）负值矩形形状　　　（c）不同数值矩形形状

图 13-11　绘制效果

基本矩形工具与矩形工具最大的区别在于,用基本矩形工具绘制的矩形有紫色的边框和调节支点,设置基本矩形的形状不仅可以在属性面板中设置,还可以通过在图形上直接拖动节点来调节。

当单击属性面板中的“重置”按钮时,所有的数值将变为 0,这时所绘制的矩形的 4 个角将为直角。

当设置为最大值 100 时,按住 Shift 键绘制正方形将出现一个正圆。

### 13.2.5　椭圆工具

选择椭圆工具 ○,在属性面板中可以对椭圆的线条样式及大小和颜色进行相关设置。设置线条颜色值为 #0000FF,大小为 1,样式为实线;设置其填充颜色值为 #FFFF66;最后在舞台中任意拖动绘制椭圆,如图 13-12（a）所示。

同矩形工具一样,按住 Shift 键可以绘制正圆。绘制正圆的属性设置同绘制椭圆一样,最后效果如图 13-12（b）所示。

选择基本椭圆工具可以绘制基本椭圆,如图 13-12（c）所示,其属性面板如图 13-13 所示。

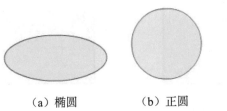 

（a）椭圆　　　　　　（b）正圆　　　　　　（c）基本椭圆

图 13-12　绘制椭圆

图 13-13　基本椭圆工具的属性面板

下面介绍基本椭圆工具的属性面板中的相关选项。

- 起始角度和结束角度：用于指定椭圆的起始点和结束点的角度。使用这两个选项可以轻松地将椭圆和圆形的形状修改为扇形、半圆形及其他特殊的图形形状。
- 内径：用于指定椭圆的内径（即内侧椭圆）。可以在文本框中输入内径的数值，或单击滑块相应地调整内径的大小。允许输入的内径数值范围为 0 ～ 99，表示删除填充的百分比或者椭圆内径圆的比例大小。
- 闭合路径：用于指定椭圆的路径（如果指定了内径，则有多个路径）是否闭合。如果指定了一条开放路径，但未对生成的形状应用任何填充，则仅绘制笔触。默认情况下选中"闭合路径"复选框。
- 重置：单击该按钮将重置所有基本椭圆工具控件，并将在舞台上绘制的基本椭圆形状恢复为原始大小和形状，所有的数值恢复到 0。

基本椭圆工具绘制的图形与椭圆工具绘制的图形的区别在于，基本椭圆工具绘制的图形可以在舞台中通过调节节点任意调节大小、起始角度、结束角度与内径大小等。

## 13.2.6　多边星形工具

在 Flash 动画制作中，如何来绘制多边形和星形的图形呢？用直线工具或矩形工具绘制是很麻烦的，下面介绍一种简单的方法。

### 1. 绘制多边形

选择矩形工具，按住鼠标左键不放，这时矩形工具的下拉菜单将出现多角星形工具，在属性面板中可以对其相关属性进行设置，如图 13-14 所示。

图 13-14　多角星形工具的属性面板

设置线段大小值为 1，样式为实线，颜色值为 #0000FF，填充颜色值为 #FFCC33。然后单击属性面板中的 选项... 按钮，弹出"工具设置"对话框，如图 13-15 所示，在"样式"下拉列表框中选择"多边形"选项，在"边数"文本框中输入相应的多边形边数值。最后单击"确定"按钮，然后在舞台中拖动鼠标绘制出设置好的正多边形。在这里设置边数值为 7，最后的效果如图 13-16 所示。

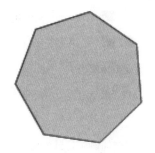

| | |
|---|---|
| 样式: 多边形 ▼ | |
| 边数: 5 | |
| 星形顶点大小: 0.50 | |
| 确定 取消 | |

图 13-15 "工具设置"对话框 　　　　　　图 13-16 七边形

**注意**　　"星形顶点大小"文本框在绘制多边形时不用进行设置，因为它对多边形不起作用，只对多边星形起作用。

2. 绘制多边星形

选择矩形工具，按住鼠标左键不放，这时，矩形工具下拉菜单中将出现多角星形工具，在属性面板中对其相关属性进行设置，然后单击"选项"按钮，弹出"工具设置"对话框，在"样式"下拉列表框中选择"星形"选项，在"边数"文本框中输入相应的星形边数值，在"星形顶点大小"文本框中输入相关大小值（"星形顶点大小"值在 0 ~ 1 之间，数值越大，绘制的多边星形越接近多边形，数字越小绘制的多边星形形状越尖）。最后单击"确定"按钮，然后在舞台中拖动鼠标绘制出正多角星形。这里，设置图形线条和填充同绘制多边形一样，只是在"工具设置"对话框中分别设置"星形顶点大小"值为 0.2 和 0.9，具体效果如图 13-17 和图 13-18 所示。

图 13-17 "星形顶点大小"值为 0.2 的星形 　　　图 13-18 "星形顶点大小"值为 0.9 的星形

### 13.2.7　铅笔工具

铅笔工具 在 Flash 动画制作中主要用来绘制图形，与直线工具不同的是，铅笔工具在绘制过程中更加灵活，可以根据绘制者的需求完整地进行绘制，比直线工具更加方便、直接。

选择铅笔工具，在工具栏的选项面板中可以在绘制完成后对图形的光滑度进行选择，有 3 种模式，分别为平滑、直线化和墨水，如图 13-19 所示。

图 13-19　铅笔工具的光滑度选项

下面对这 3 种样式分别进行介绍。

1. 直线化

选择"直线化"模式 ↳ 主要是用铅笔工具绘制完后，线条的路径不光滑，在线段转角处会出现棱角，选择"直线化"选项可以消除棱角，使直线光滑，效果如图 13-20 和图 13-21 所示。

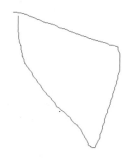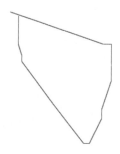

图 13-20　鼠标直接绘制的图形　　　　图 13-21　使用"直线化"后的线条

从上面两个图的对比可以看出，使用"直线化"模式，绘制的图形很容易出现棱角形状，直线不够圆滑。

2. 平滑

选择"平滑"模式 ꙅ 时，应用铅笔工具绘制的线条比较光滑，系统将尽可能地消除所绘制的线段的棱角。在选择"平滑"模式时，在线段的属性面板中可以设置其平滑度，平滑度大小值在 0 ～ 100 之间。值越大，平滑度越高；值越小，平滑度越小，当平滑度为 0 时，趋近于"直线化"模式，效果如图 13-22 和图 13-23 所示。

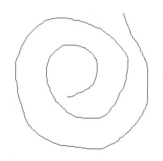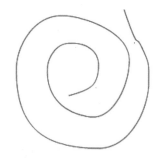

图 13-22　鼠标直接绘制的效果　　　　图 13-23　图形"平滑"后的效果

3. 墨水

选择"墨水"模式 ꙅ，在绘制线段时，系统会让线条路径尽量沿着在舞台中绘制的路径，效果如图 13-24 和图 13-25 所示。

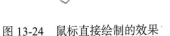

图 13-24  鼠标直接绘制的效果          图 13-25  图形"墨水"处理后的效果

从上面两个图可以看出，使用"墨水"模式后，图形一样被平滑了，但是它没有"平滑"模式下绘制的图形圆滑，基本上沿着鼠标的路径进行处理。

**注意**　　当选择铅笔工具的某种绘制模式后，需要在属性面板中设置线条的颜色、大小和线条是虚线还是实线，最后才在舞台中进行绘制。

### 13.2.8  钢笔工具

应用钢笔工具 ✎ 可以在舞台中绘制直线、折线、曲线和闭合的图形，其中，前面 3 种是未闭合的线段。下面对绘制这 4 种线段的方法分别进行介绍。

1. 绘制直线

选择钢笔工具，在属性面板中设置线段的属性，属性设置完成后，开始在舞台中绘制图形，首先在舞台中选择线段的起始点并单击一下，然后在线段结束点单击一下，这时会出现一条用绿色显示而且线段两端有小节点的直线，这时一条直线就已经绘制完成，效果如图 13-26 所示。

结束钢笔绘制的方法有以下 3 种：

- 单击最后一个节点可以结束绘制。
- 单击钢笔工具结束绘制。
- 按着 Ctrl 键再单击舞台中任意的一个位置结束绘制。

绘制完成的直线效果如图 13-27 所示。

图 13-26  绘制直线          图 13-27  绘制完成的直线

2. 绘制折线

选择钢笔工具，在属性面板中设置线段的属性，然后在舞台中选择线段的起始点并单击一下，然后在线段第二点位置再单击一下，依次单击多个点，最后按照绘制直线的方式结束最后一点的绘制，效果如图 13-28 所示。

3. 绘制曲线

绘制曲线与绘制直线的方法不同，首先选择钢笔工具，在属性面板中设置线段的属性，然后在舞台中选择线段的起始点并单击一下，再在舞台中单击第二点位置，注意在单击第二个点时鼠标不要放开，直接按住鼠标不放，拖动到想要的曲线形状再放开鼠标，再依次绘制后面的点，这样就可以在舞台中绘制想要的曲线形状，效果如图 13-29 所示。

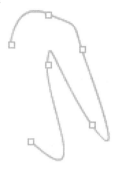

图 13-28　绘制折线　　　　　　　　图 13-29　绘制曲线

4. 绘制闭合图形

绘制前在钢笔工具的属性面板中对线段和填充的颜色进行设置，闭合图形需要结合前面绘制的直线、折线和曲线的方法进行绘制，只是闭合线段是要闭合的，因此最后一点要回到起始点的位置，用鼠标单击线段起始点位置节点，这时钢笔工具绘制的线段将闭合，同时中间会填充预先设置好的填充颜色，效果如图 13-30 所示。

图 13-30　绘制闭合图形

上面是对钢笔工具绘制图形的介绍，图形绘制好后，可以对其进行编辑，可以在绘制好的图形上增加或删除节点。

● 增加瞄点工具：如果要在绘制好图形后添加节点，可以在绘制完成后单击"增加瞄点工具"按钮，将鼠标光标移动到图形中需要增加节点的位置，当光标显示为时，单击就可以添加节点，效果如图 13-31 所示。

图 13-31　增加节点

- 删除瞄点工具：如果要删除绘制好的图形上多余的节点，可以单击"删除瞄点工具"按钮 ，将光标移到该节点上，当光标显示为 时，单击该点就可以将它删除。
- 转换瞄点工具：单击"转换瞄点工具"按钮 ，可以将不带方向线的转角点转换为带有独立方向线的转角点。若要启用转换锚点指针，使用 Shift+C 组合键切换到转换瞄点工具即可。

### 13.2.9　笔刷工具

笔刷工具 和铅笔工具都可以在舞台中绘制颜色，只是铅笔工具绘制的是线段样式，笔刷工具绘制的是填充样式。

选择笔刷工具，在选项面板中设置笔刷的大小和形状，然后在属性面板中设置笔刷的颜色和平滑度，最后在舞台绘制笔刷路径的图形，如图 13-32 所示。

图 13-32　笔刷的路径

笔刷有 5 种不同的绘制模式，分别为标准绘画、颜料绘画、后面绘画、颜料选择和内部绘画。下面对这 5 种绘制模式分别进行介绍。

- 标准绘画：选择该模式，绘制的图形会直接覆盖下面图层中的线段和填充。
- 颜料绘画：选择该模式，可以在图形的填充区域内或没有填充的区域添加颜色，但下面图形的线段不会受到影响。
- 后面绘画：选择该模式，可以在图形的后面添加颜色，而不会影响到上面图形的填充颜色和线条颜色。
- 颜料选择：选择该模式，只能对选择区域的图形填充颜色，未被选择的区域将不受影响。
- 内部绘画：选择该模式，笔刷工具的绘制区域取决于绘制图形时落笔的位置，如果落笔在图形之内，那么就对图形内部进行绘制，如果落笔在图形外，则对图形外部进行绘制，如果在图形内部区域的空白区域，那么就对图形空白区域进行绘制，而不会影响到现有的填充区域（该模式下的绘制同样对线条不起作用），最后的效果如图 13-33 所示。

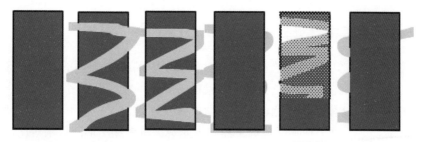

原始图形　　标准绘画　　颜料绘画　　后面绘画　　颜料选择　　内部绘画

图 13-33　笔刷工具的 5 种模式的效果

**注意**　　在用笔刷工具对绘制好的图形添加颜色时，需要设置好自己需要的笔刷颜色，笔刷的颜色不能与开始状态图形的颜色相同。

## 13.2.10　橡皮擦工具

使用橡皮擦工具 可以对舞台中的任何矢量图形进行擦除，也可以擦除笔触和填充区域。选择橡皮擦工具，可以对橡皮擦工具的擦除模式进行设置，在橡皮擦工具的选项面板中可设置橡皮擦的形状和大小，可以对舞台中需要使用橡皮擦擦除的地方进行操作。在选项中有 5 种不同的擦除模式，分别为标准擦除、擦除填色、擦除线条、擦除所选填充和内部擦除，下面对这 5 种模式分别进行介绍。

- 标准擦除：选择该选项，将对同一图层中鼠标经过的地方区域擦除，包括笔触和填充。
- 擦除填色：选择该选项，只对舞台中对象的填充进行擦除，对笔触不起作用。
- 擦除线条：该选项与擦除填色相反，只对笔触起作用，对填充不能进行擦除。
- 擦除所选填充：选择该选项，只对舞台中选中区域中的填充进行擦除，对未选中和笔触不起作用。
- 内部擦除：选择该选项，只擦除橡皮擦工具开始处的填充，如果从空白区域开始，那么将不会擦除任何内容，而且该模式下的擦除同样对笔触不起作用。

最后效果如图 13-34 所示。

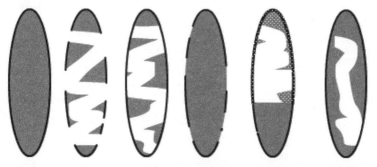

原始图形　　标准擦除　　擦除填色　　擦除线条　擦除所选填充　　内部擦除

图 13-34　橡皮擦工具的 5 种模式的效果

### 13.2.11　水龙头工具

在橡皮擦工具的选项面板中选择水龙头工具，可以对舞台中的对象进行逐一擦除，它与橡皮擦工具的区别在于，水龙头工具擦除的方式是一段线段或者一片区域填充进行擦除，不会影响到其他线段或者填充，而用一般的橡皮擦工具擦除稍不注意将会对其他线段或者填充进行擦除。下面是应用橡皮擦工具和水龙头工具擦除图形的效果对比，如图 13-35 所示。

（a）原始图形　　（b）应用橡皮擦工具擦除　　（c）应用水龙头工具擦除

图 13-35　应用橡皮擦工具和水龙头工具擦除的效果对比

从上面的图形可以看出，应用橡皮擦工具擦除图形容易把其他部分擦除掉，应用水龙头工具就可以单独地擦除单个线条，对其他图形没有影响。

### 13.2.12　任意变形工具

选择任意变形工具之前，先在舞台中绘制一个图形，然后用选择工具选择需要变形的部分。最后再选择变形工具对图形进行变形操作。下面对变形工具进行详细介绍。

- 对象的中心点：图形中的空心圆圈就是选择对象的中心点，对象的中心点在变形中可以以该点为中心进行选择拖动或缩放变形，对象的中心点是一个空心的小圆，可以对其位置进行变换，也就是可以改变图形的中心点。具体对中心点操作如下。
  - ☆ 改变正在编辑图形的中心点：用鼠标单击拖动中心点到要改变的位置即可。
  - ☆ 重新使经过改变后的中心点回到默认的情况：双击该中心点即可。
  - ☆ 切换缩放或倾斜变形的原点：可以在变形时按住 Alt 键进行拖动。
  - ☆ 旋转与倾斜：主要是对图形进行旋转或倾斜操作，需首先选择任意变形工具选项面板中的旋转与倾斜工具，然后把鼠标放在图形上进行操作，旋转时把鼠标放在图形的 4 个角上，将出现旋转符号后，再根据图形的中心进行旋转；倾斜时把鼠标放在图形的边上，出现倾斜符号后拖动鼠标，图形将按照对底边进行倾斜。最后效果如图 13-36 所示。
- 缩放图形：主要是对图形进行放大、缩小，不对舞台大小起作用，选择任意变形工具，在选项面板中选择工具后，将鼠标放在图形的砝码上进行拉动即可放大、缩小图形。

（a）原始图形　　　　　（b）旋转后的图形　　　　（c）倾斜后的图形

图 13-36　旋转与倾斜图形

 注意　针对不同的图形方式有不同的缩放规律，对于元件，将以图形的中心点为中心向两边或四面进行放大、缩小，对于矢量图形，将以该图形的对角或对边为基准进行单方向的放大、缩小。

- 扭曲图形：主要是对图形进行扭曲变形，对组合图形和元件不起作用。选择任意变形工具，在选项面板中选择扭曲工具 ，对对象变形时，拖动边框上的角手柄或边手柄，可以移动角或者边。按住 Shift 键，可以对图形进行锥化处理，最后效果如图 13-37 所示。

（a）原始图形　　　　　（b）扭曲后的图形　　　　（c）锥化处理后的图形

图 13-37　扭曲变形效果

- 封套图形：可以对矢量图形进行任意形状的变形和修改，对组合图形和元件不起作用。使用封套工具 ，可以看到图形对象上有很多的控制点，显示为方形实心的控制点是对图形形状位置进行改变；显示为圆形的实心点是对图形形状进行扭曲，效果如图 13-38 所示。

 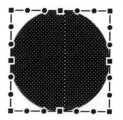 

（a）原始图形　　　（b）选择封套工具后的图形　　　（c）变形后的图形形状

图 13-38　封套工具变形效果

### 13.2.13　视图的缩放与移动

- 视图放大、缩小：对视图的放大、缩小主要是对舞台界面进行放大、缩小，选择缩

放工具 🔍，再在选项面板中选择放大工具 🔍 或缩小工具 🔍 即可进行视图缩放操作。

- 移动视图：用于移动舞台视图。选择手形工具 ✋，然后在舞台中按住鼠标左键不放进行拖动即可实现对视图的移动。

### 13.2.14 选择工具

选择工具的主要功能是对选择的图形进行选择、移动和改变形状。

1. 选择功能

直接选择选择工具 ▶，在舞台中对图形进行选择。矢量图被选择后将出现点阵状，元件或组合图形被选中后出现蓝色外框，文字被选择后也出现蓝色外框，但四角有实心方形砝码，效果如图 13-39 所示。

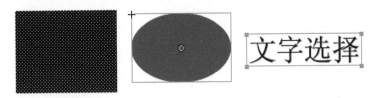

（a）矢量图选择　（b）元件和组合图形选择　（c）文字选择

图 13-39　选择后的情形

多个图形可按住 Shift 键进行连续选择；同时选择工具还具有拖选功能，就是在舞台中通过拖动选择图形，但这种选择方式选择的图形范围是规则的方框形状。

2. 移动功能

当选择了图形后，可以对图形进行任意方向的移动，改变图形的位置。要将图形进行水平或垂直移动需按住 Shift 键。

3. 改变形状功能

应用选择工具可以改变线段和图形形状。改变线段形状的方法为：绘制好线段后，选择选择工具，将鼠标放在线段上，鼠标上出现弧形形状样式时拖动对象就可以进行弯曲变形；按住 Alt 键可对线段进行尖角变形。改变图形形状的方法为：操作方法和改变线段形状相同，最后效果如图 13-40 所示。

（a）原始线段　　（b）变形后的线段　（c）按住 Alt 键后的变形线段

图 13-40　改变形状功能应用

### 13.2.15 套索工具

套索工具 ♭ 主要用来选择对象，分为魔术棒、魔术棒设置和多边形模式 3 种。

- 魔术棒：在套索工具的选项面板中选择 ❧ 选项，对图形对象进行自由圈套选择。也就是说，使用魔术棒工具可以任意地选择图形形状，不像选择工具那样只能选择规则的四边形形状。

**注意**　使用魔术棒时，按住鼠标左键不放选择任意形状，当松开鼠标左键时，系统自动将所选择图形进行封口。

- 魔术棒设置：选择"魔术棒设置"选项 ❧，将弹出"魔术棒设置"对话框，如图 13-41 所示；包括"阀值"和"平滑"两个选项，阀值的范围在 0 ～ 200 之间，值越大，颜色选取的范围就越大；值越小，颜色选取的范围就越小。"平滑"下拉列表框中有像素、粗略、一般和平滑 4 个选项。魔术棒设置选项只针对位图格式打散（分离）后的图形颜色值的选取范围。

图 13-41 "魔术棒设置"对话框

- 多边形模式：选择 ❧ 选项，可以对图形进行多边的选择，绘制的选择区域都是直线的边。

当选择好图形后，双击鼠标就可以结束选择，但注意最后的选择点将会和开始点自动闭合。

## 13.2.16 填充工具

填充工具 ❧ 在 Flash 中的主要作用是对图形或线段填充颜色，选择颜色的方法主要有如下 3 种：

- 在工具栏下方的颜色面板中选择颜色。
- 在属性面板中根据选择的对象选择颜色。
- 在"窗口"菜单中选择"混合器"或"颜色样本"命令，或者在舞台的右方颜色面板中选择，这两个选项的区别在于混合器面板选择颜色填充的方式比较多样。

**注意**　在颜色面板中只有部分颜色，要添加其他颜色时在颜色面板右上方单击 ❡ 按钮，将出现一个调色板，在其中可以进行各种不同颜色的选择，如图 13-42 所示。

调色板中主要选项介绍如下。

- 基本颜色：主要指计算机颜色中最基本的颜色，颜色明度和纯度的变化以这几种颜色为基准。
- 自定义颜色：就是指在制作动画过程中定义的自己的颜色方案。在右边的调色板中选择颜色后单击"添加到自定义颜色"按钮，自定义的颜色将出现在"自定义颜色"中。单击"确定"按钮即可。

图 13-42　调色板

颜色填充主要有 5 种模式，分别为无填充、纯色填充、线性填充、射线填充和位图填充。下面对这几种模式分别进行介绍。

- 无填充：就是对图形不填充颜色或去掉图形的颜色。对图形不填充颜色主要是指用填充工具对图形不添加颜色；去掉图形的颜色主要是指对已经有填充颜色的图形去掉颜色。操作方法为，首先选择填充工具，再在颜色面板中选择"填充色"选项 ，选择颜色中的□选项，这样就对图形进行了无填充操作。同对线条不填充的方法一样。
- 纯色填充：主要是指对图形或线条填充单种颜色。
- 线性填充：主要指对图形或线条填充线性渐变颜色。在这种模式下，只能在混合器面板中选择"线性"类型。双击砝码□设置"线性"类型颜色。假如要在线性颜色条上添加其他颜色，直接单击要添加的位置，然后选择自己需要的颜色即可。既然能够添加砝码，同样可以减少砝码的数量，方法为直接选择多余的砝码并向外拖。
- 射线填充：主要指填充的模式为发射形状。同样要为其在砝码中添加颜色。注意，左边的颜色填充后在里面，右边的颜色填充后在外面。添加或删除砝码颜色的方法同线性填充一样。
- 位图填充：是将一张图片作为填充方式添加颜色。当库中没有图片时必须导入图片到库中，然后才能进行位图颜色的填充。注意，位图填充的图片的位置不可控制，必须对其规律进行掌握才能够进行很好的运用。

颜色的填充方式主要有 4 种，根据颜色的封口空隙大小来进行填充，分为不封闭空隙、封闭小空隙、封闭中等空隙和封闭大空隙。当绘制图形时，要根据线条与线条之间接触空隙的大小来决定选择哪种方式填充颜色。线条之间接触距离越大，选择的填充封闭的空隙就越大。

> **注意**　填充的方式的空隙模式只是相对的，因为它是指线条与线条之间的距离，其实在绘制时它们的距离很小的才能进行填充，当空隙的距离达到一定的距离后不管选择哪种方式的填充都不能对其添加颜色。

### 13.2.17　墨水瓶工具

墨水瓶工具主要用来改变线条或轮廓的笔触颜色、宽度和样式等，选择墨水瓶工具 ，在属性面板中可以设置墨水瓶使用的笔触颜色、笔触高度和笔触样式等，然后再对图形进行相应的操作。

假如添加的是一个没有轮廓线的图形，那么使用墨水瓶工具将自动给该图形添加轮廓线；如果有轮廓线，那么将会按照在属性面板中设置的样式添加新的轮廓线样式。

### 13.2.18　文本工具

在 Flash 动画制作中，文字是不可缺少的内容，文字可以是文本形式或图形形式，它们都具有自己独特的功能。

在 Flash 中，可以用文字制作动画或按钮，首先需选择文本工具 **T**，然后在属性面板中设置文字的属性，包括字体、大小、颜色、排列和文本形式等。下面对文本的一些属性设置进行相关介绍。

1. 文本形式

静态文本主要指静态文本字段在发布影片后显示为不动和不可选择的文本形态。

可以设置静态文本的字体、大小、颜色、加粗、斜体、对齐方式、文字排列方式、文字间距、文字上标还是小标、消除锯齿和文字连接等。

动态文本字段显示动态文本，在影片发布后可以对文本进行选择，与静态文本的不同之处是，动态文本可以设置文本的行模式（包括单行、多行和多行不换行）、可选（文本在发布后可以进行选择）、将文本呈现为 HTML、在文本周边显示边框和变量等属性。

2. 输入文本

输入文本主要是影片发布后可以将文本输入到发布后的影片中，替换以前的文本字段。其属性与静态文本和动态文本相比，在行模式下多了密码（也就是输入密码形式的文本显示字段）和最多字符数（对文本字段的字符数多少进行设置）两个选项。

3. 文本区域宽度

在属性面板中进行文字格式设置后，还可以对文字边框区域宽度大小进行设置，方法为：选择文本工具，然后在舞台中直接拖动文本区域范围就可以设置文本边框区域宽度大小，选择后的文本宽度将以虚线的形式显示。

4. 文本链接

在属性面板中输入链接网址，注意邮箱链接应在前面加入 mailto，正确的地址为"mailto:+ 邮箱地址"，在链接地址后面的目标选项中选择打开网页的显示方式即可。

5. 文本图形

在 Flash 中，文本图形其实就是文本分离后其将呈现为图形的形式。这样可以方便对文本图形进行修改和设置。分离后的文本将不再具有文本的属性，而是以图形的形式存在。

选择文本工具，然后选择"修改"菜单中的"分离"命令对文本进行图形化设置，这样文字将变成矢量图形而进行编辑。注意，对多个文字分离时必须分离两次以上才能达到矢量效果。

# *13.3* 应用 Flash 对图形进行编辑

## 13.3.1 修改文档属性

修改文档也就是对文档的属性进行修改，可以设置 Flash 动画文档的画布大小、帧频和背景颜色等。动画的制作常根据自己的要求和需要进行设置，因此每个文档的属性常常不一样，在 Flash 动画中，同时只能设置一个文档的属性，不能对一个 Flash 动画文档进行多个文档属性的设置。

修改文档属性的方法有两种，下面分别进行介绍。

（1）在"修改"菜单中选择"文档"命令，弹出"文档属性"对话框，在其中对相关属性进行设置即可，如图 13-43 所示。

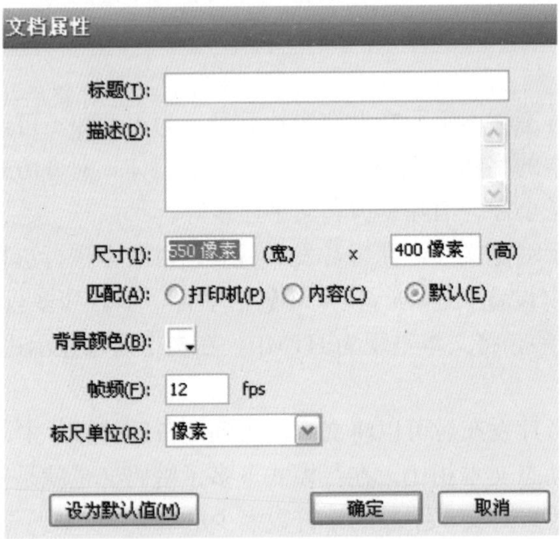

图 13-43 "文档属性"对话框

（2）用选择工具单击舞台中空白处，然后打开属性面板，在其中单击"大小"后的按钮也可弹出"文档属性"对话框，在其中进行相关设置即可。用这种方法可以对文档的背景和帧频在属性面板中直接进行设置，不用在"文档属性"对话框中进行设置。

修改文档的大小也就是设置舞台大小，默认为 550×400 像素，在 Flash 动画制作的过程中，文档大小要根据制作的动画适合应用的范围来设置，例如，网页中的动画就根据网页动画框架的大小进行设置；要到电视上播放，大小就应该设置为 720×576 像素；假如是电影，就要注意电影的长宽比例设置即可。

"帧频"文本框主要用来设置动画一秒钟播放多少帧，默认为 12 帧 / 秒。在动画制作中，帧频也要根据动画的使用范围进行设置，一般网页动画选择默认的帧频即可，电视格式的动画为 25 帧 / 秒，电影为 24 帧 / 秒，有时也不完全是这样的一个固定设置，在 Flash

动画中帧频可以在 0.01 ～ 120 帧 / 秒之间。

在 Flash 动画制作中，所有场景的背景颜色只有一个，而且是一片纯色的背景，因此，在动画制作中对背景颜色有特殊要求的就要自行绘制，并且新建一个图层，使它在其他图形最下方。

其他的文档属性设置可以参见工具介绍中的属性设置。

## 13.3.2 图形变形

图形变形主要是对舞台中的对象进行变形操作，包括对象的旋转、倾斜、缩放、扭曲和改变对象的中心点等操作。在变形的过程中，可以对对象进行改变并添加新的对象。变形的对象为舞台中的图形对象、组合对象和元件对象等，而且每一种对象的变形操作的类型不同，变形的选项也不同。图形的变形操作可以与变形工具配合使用，"图形变形"命令比变形工具更丰富，对图形变形的操作更详细、具体。

修改舞台中的对象，在"修改"菜单中选择"变形"命令，在其子菜单中进行选择相关变形操作。变形的操作包括任意变形、扭曲、封套、缩放、缩放与旋转、旋转与倾斜、顺时针旋转 90°、逆时针旋转 90°、垂直旋转、水平旋转和取消变形。

同时可以对对象进行变形的快捷操作，方法为：选择对象后再应用变形工具  变形即可。

### 1. 变形中心点

在应用变形中，所选对象的中心会出现一个变形点。变形点最初与对象的中心点对齐。可以移动变形点，将其返回到它的默认位置，还可以移动默认原点。

对于缩放、倾斜或旋转图形对象、组和文本块，默认情况下，与被拖动的点相对的点就是原点。对于实例，默认情况下，变形点是原点。可以移动变形的默认原点。

### 2. 任意变形

选择舞台中的对象，再选择"修改"菜单中的"变形"命令，再在其子菜单中选择"任意变形"命令即可。

可以对对象单独执行单个的变形操作，也可以将移动、旋转、缩放、倾斜和扭曲等多个变形操作组合在一起执行。

> **注意** 任意变形操作不能变形元件、位图、视频对象、声音、渐变和文本。如果选择的对象包含以上任意一项，则只能扭曲形状对象。要将文本块变形，首先要将字符转换成形状对象（分离文字）。

任意变形操作的相关说明如下：
- 在所选内容的周围移动指针，指针会发生变化，指明哪种变形功能可用。
- 若要使所选内容变形，可拖动手柄。
- 要移动所选内容，将指针放在边框内的对象上，然后将该对象拖动到新位置，千万不要拖动变形中心点。
- 要设置旋转或缩放的中心，可将变形中心点拖到新位置。
- 要旋转所选内容，将指针放在角手柄的外侧，然后拖动。所选内容即可围绕变形点旋转；按住 Shift 键并拖动可以以 45° 旋转。

- 若要围绕对角旋转，可按住 Alt 键并拖动。
- 要缩放所选内容，沿对角方向拖动角手柄可以沿着两个方向缩放尺寸；按住 Shift 键拖动可以按比例调整大小。
- 水平或垂直拖动角手柄或边手柄可以沿各自的方向进行缩放。
- 要倾斜所选内容，将指针放在变形手柄之间的轮廓上然后拖动。
- 要扭曲形状，可按住 Ctrl 键拖动角手柄或边手柄。
- 若要锥化对象，可将所选的角及其相邻角从它们的原始位置起移动相同的距离，同时按住 Shift 键和 Ctrl 键并单击和拖动角手柄。
- 若要结束变形操作，可单击所选项目以外的地方。

3. 扭曲对象

扭曲对象的步骤如下：

（1）在舞台上选择一个或多个图形对象。

（2）选择"修改"菜单中的"变形"→"扭曲"命令。

（3）将指针放到某个变形手柄上后拖动。

（4）若要结束变形操作，可单击所选择对象以外的地方。

对选定的对象进行扭曲变形时，可以拖动边框上的角手柄或边手柄，移动该角或边，然后重新对齐相邻的边。按住 Shift 键拖动角点可以将扭曲限制为锥化，即该角和相邻角沿相反方向移动相同距离。相邻角是指拖动方向所在的轴上的角。 按住 Ctrl 键单击拖动边的中点，可以任意移动整个边。

可以使用"扭曲"命令扭曲图形对象，还可以在将对象进行任意变形时扭曲它们。

**注意**　　　"扭曲"命令不能修改元件、图元形状、位图、视频对象、声音、渐变、对象组或文本。

4. 封套对象

封套对象的步骤如下：

（1）在舞台上选择一个或多个图形对象。

（2）选择"修改"菜单中的"变形"→"封套"命令。

（3）拖动点和切线手柄修改封套。

（4）若要结束变形操作，可单击所选择对象以外的地方。

"封套"功能允许弯曲或扭曲对象。 封套是一个边框，其中包含一个或多个对象。 更改封套的形状会影响该封套内对象的形状。可以通过调整封套的点和切线手柄来编辑封套形状。

**注意**　　　"封套"功能不能修改元件、位图、视频对象、声音、渐变、对象组或文本。

5. 缩放对象

缩放对象的步骤如下：

（1）在舞台上选择一个或多个图形对象。

（2）选择"修改"菜单中的"变形"→"缩放"命令。

（3）若要结束变形操作，可单击所选择对象以外的地方。

可以沿水平方向、垂直方向或同时沿两个方向放大或缩小对象。

要沿水平和垂直方向缩放对象，可拖动某个角手柄。缩放时长宽比例仍旧保持不变。按住 Shift 键拖动可以进行不一致缩放。要沿水平或垂直方向缩放对象，可拖动中心手柄。

6. 旋转对象

旋转对象的步骤如下：

（1）在舞台上选择一个或多个图形对象。

（2）选择"修改"菜单中的"变形"→"旋转"命令。

（3）若要结束变形操作，可单击所选择对象以外的地方。

旋转对象会使该对象围绕其变形点旋转。变形点与注册点对齐，默认位于对象的中心，但可以通过拖动来移动该点。

7. 倾斜对象

倾斜对象的步骤如下：

（1）在舞台上选择一个或多个图形对象。

（2）选择"修改"菜单中的"变形"→"倾斜"命令。

（3）若要结束变形操作，可单击所选择对象以外的地方。

倾斜对象可以通过沿一个或两个轴倾斜对象来使之变形，还可以通过拖动或在变形面板中输入值来倾斜对象。

8. 顺时针旋转 90°和逆时针旋转 90°

顺时针旋转 90°和逆时针旋转 90°的步骤如下：

（1）在舞台上选择一个或多个图形对象。

（2）选择"修改"菜单中的"变形"→"顺时针旋转 90°"或"逆时针旋转 90°"命令。

（3）若要结束变形操作，可单击所选择对象以外的地方。

可以对对象沿垂直或水平轴翻转，而不改变其在舞台上的相对位置。

9. 垂直翻转与水平翻转

垂直翻转与水平翻转的步骤如下：

（1）在舞台上选择一个或多个图形对象。

（2）选择"修改"菜单中的"变形"→"垂直翻转"或"水平翻转"命令。

（3）若要结束变形操作，可单击所选择对象以外的地方。

10. 取消变形

取消变形的步骤如下：

（1）在舞台上选择要进行变形操作的对象。

（2）选择"修改"菜单中的"变形"→"取消"命令。

取消变形就是取消对对象进行的所有变形操作，恢复到原始图形状态，与原始图形相比，恢复后的图形可能在位置上有所变化，但图形的形状不会有变化。

### 13.3.3 图形排列

在 Flash 动画中，对图形的排列是对在同一图层中的图形的前后顺序关系进行排列，可以方便了解在动画的制作过程中图形之间的层叠关系，如同在影视中场景道具摆设的前后关系。

注意    图形的排列层叠顺序只是对相同图层的对象进行排列，对不同图层的对象还是按照图层的上下关系进行排列。

1. 图形排列的对象

图形排列的对象不是任何图形，组合对象、元件和文字才能进行前后顺序排列。

图形排列主要有将选择的对象移到顶层、移到底层、上移一层、下移一层、锁定、解除全部锁定操作。锁定指将该对象的排列进行锁定，不再改变该对象的层叠顺序。解除锁定指将所有的锁定对象进行解锁。

2. 图形排列的操作

（1）选择对象。

（2）执行下列操作之一：

● 选择"修改"菜单中的"排列"→"置于顶层"或"置于底层"命令，将对象或组移动到层叠顺序的最前或最后。

● 选择"修改"菜单中的"排列"→"上移一层"或"下移一层"命令，可以将对象或组在层叠顺序中向上或向下移动一个位置。对对象的上下移动层叠关系还可以按 Ctrl+ ↑、↓ 键实现。

● 选择"修改"菜单中的"排列"→"锁定"或"解除所有锁定"命令，可以将对象进行层叠锁定或者将锁定的对象进行解锁。

如果选择了多个组，这些组会移动到所有未选中的组的前面或后面，而这些组之间的相对顺序保持不变。

### 13.3.4 图形对齐

图形对齐是在 Flash 动画中将绘制的对象进行对齐操作，对象进行对齐包括对象之间进行对齐和以舞台作为基准进行对齐两种方式。

图形的对齐包括左对齐、水平居中对齐、右对齐、顶对齐、垂直居中对齐、底对齐、按宽度均匀分布、按高度均匀分布、设为相同宽度、设为相同高度和相对于舞台分布。

● 相对于舞台分布：选择了该选项，选择的图形将以舞台为基准进行对齐。如果没有选择该选项，则图形的对齐方式将以选择的第一个图形作为基准。

● 左对齐：选择的对象之间左边对齐。

● 水平居中对齐：选择的对象之间水平居中对齐。

● 右对齐：选择的对象之间右边对齐。

● 顶对齐：选择的对象之间上对齐。

- 垂直居中对齐：选择的对象之间垂直中间对齐。
- 底对齐：选择的对象之间下对齐。
- 按宽度均匀分布：根据对象之间的宽度来分布所有对象的位置。
- 按高度均匀分布：根据对象之间的高度来分布所有对象的位置。
- 设为相同宽度：将所选择对象的宽度设为一致，以最宽的对象作为参考。
- 设为相同高度：将所选择对象的高度设为一致，以最高的对象作为参考。

图形对齐的方式还可以在对齐面板中选择，如图 13-44 所示。

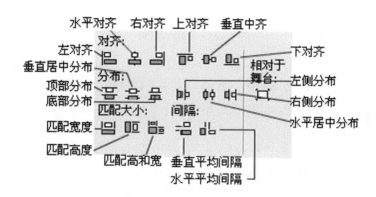

图 13-44　对齐面板

使用对齐面板操作更方便、直观，下面介绍对齐面板中的对齐方式。

对齐面板的对齐方式分为对齐、分布、匹配大小、间隔和相对于舞台 5 种。

- 对齐：对齐的方式主要有左对齐、水平中齐、右对齐、上对齐、垂直中齐、下对齐。
- 分布：分布主要是指图形在舞台中的位置分布关系，分为顶部分布、垂直居中分布、底部分布、左侧分布、右侧分布和水平居中分布。
- 匹配大小：指舞台中的对象相对于其选择的基准的大小关系，分为匹配高度、匹配宽度和匹配高和宽。
- 间隔：设置舞台中对象之间的间隔方式，分为垂直平均间隔和水平平均间隔。
- 相对于舞台：选择后舞台中对象的基准为舞台，任何对齐方式都以舞台为基准进行变化。

## 13.3.5　图形组合与分离

### 1. 图形的组合

图形的组合也称为组合对象，就是将一个以上的对象组合成单一的对象，方便在动画的制作过程中进行移动、缩放和旋转等操作。

注意，使用"组合"命令必须满足两个条件，第一，组合的所有对象必须在同一个图层当中；第二，必须是在同一帧上的多个对象。符合上述两个条件才能成功组合对象。

组合对象的操作如下：

首先选择图形；然后选择"修改"→"组合"命令，或者按 Ctrl+G 组合键，这时，选择的对象将组合在一起，如图 13-45 所示。

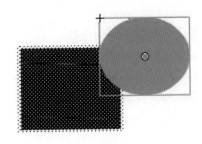

（a）组合前　　　　　　　　　　　　（b）组合后

图 13-45　图形的组合

2. 图形的分离

图形的分离也就是将组合的对象、元件、文字进行分离，使其成为可进行形状编辑的矢量图形。

图形的分离操作如下：

首先选择图形；然后选择"修改"→"分离"命令，或者按 Ctrl+B 组合键，这时，选择的对象将分离成可编辑的矢量图形，如图 13-46 所示。

（a）分离前　　　　　　　　　　　　（b）分离后

图 13-46　图形的分离

注意　　图形分离后，分离前叠加在一起的图形组合在一个图形中，不能恢复原本的独自形状，两个文字以上的图形要进行两次"分离"才能完全变成可编辑的矢量图形。

### 13.3.6　图形形状修改

图形形状的修改主要是对图形的形状进行平滑、伸直和优化处理，并将线条转换为填充、扩展填充对象形状（柔化填充边缘）等。

图形的平滑、伸直和优化处理主要针对的是线条，平滑将坚硬的线条或端接比较多的线条进行圆滑组合处理。伸直也就是进行一些直线化处理。优化可以对不规则的线条进行最大化的规则处理。

线条转换为填充也就是将线条转换成可编辑的矢量图形。柔化填充边缘是将图像的边缘进行模糊化的处理，一般在制作太阳或灯光图形时使用。

### 13.3.7　合并对象

合并对象是将绘制的多个图形以一定的方式进行合并，不同的合并方式所获取的图形不一样。

合并对象的操作步骤为：首先选择合并对象图形，然后选择"修改"→"合并对象"命令，最后选择合并的方式。如图13-47所示为不同合并方式的最后图形效果。

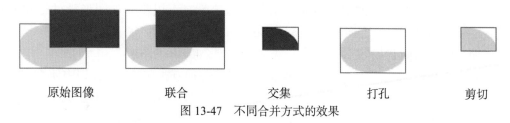

| 原始图像 | 联合 | 交集 | 打孔 | 剪切 |

图13-47　不同合并方式的效果

### 13.3.8　位图处理

1. 位图的概念

位图图像亦称为点阵图像或绘制图像，是由称作像素（图片元素）的单个点组成的。这些点可以进行不同的排列和染色以构成图样。当放大位图时，可以看见构成整个图像的无数个单个方块。扩大位图尺寸的效果是增多单个像素，从而使线条和形状显得参差不齐。然而，如果从稍远的位置观看它，位图图像的颜色和形状又是连续的。由于每一个像素都是单独染色的，可以通过以每次一个像素的频率操作选择区域而产生近似相片的逼真效果，如加深阴影和加重颜色。缩小位图尺寸也会使原图变形，因为这样是通过减少像素来使整个图像变小的。同样，由于位图图像是以排列的像素集合体形式创建的，所以不能单独操作（如移动）局部位图。

作为位图，与Flash动画中的矢量图有其本质上的区别，那么，如何将位图应用到Flash动画中而又感觉不出两种不同类型的图形有所差异呢？在制作处理的过程中应该如何去注意这一特征呢？

2. 导入位图

将位图应用到Flash动画中已经是很常见的事情，也是现今制作Flash动画的一个发展趋势，由于Flash动画在处理图形效果时的限制和缺陷，因此，Flash动画制作者常常将一些唯美效果的图形应用其他图形软件处理好，然后直接导入到Flash动画中应用，这样既增加了Flash动画的美感，又提高了Flash动画的制作要求和艺术价值。下面介绍如何将位图应用到Flash动画中。

选择"文件"→"导入"→"导入到库"命令，将弹出"导入"对话框（可以在"文件类型"下拉列表框中选择所要导入图形的文件格式，方便快速选取图形），在其中选择所要导入的图形，双击或单击后单击"打开"按钮，这样即可将所需要的图形导入到库中，方便使用时调度。

**注意**　在选择导入方式的过程中，也可以选择"导入到舞台"，这时对象将直接在舞台中显示，同样在库面板中显示该对象，方便以后调用。

在对象文件夹中选择对象，直接拖动到Flash动画文档的舞台中也可以导入对象，使用这种方法比较快捷、直观，只是在拖动的过程中不要松动鼠标左键。

导入位图时需注意以下几点。

（1）导入位图的文件不能小于 2×2 像素。

（2）Flash CS3 增加了与其他 Adobe 软件的兼容性，可以将其他图形软件正在编辑的图形直接复制到舞台中，还可以导入 Adobe Illustrator（版本 10 或更低版本）、Adobe Photoshop、Fireworks PNG 文件等，这样就大大丰富了 Flash 的图形。

将位图导入 Flash 时，该位图可以修改，并可用各种方式在 Flash 文档中使用它。如果 Flash 文档中显示的导入位图比原始位图大，则图像可以应用变形工具进行扭曲。若要确保正确显示图像，则预览导入的位图。

3. 设置位图在库面板中的属性

在位图的编辑过程中，可以对导入的位图应用消除锯齿功能，平滑图像的边缘。也可以选择压缩选项以减小位图文件的大小，还可以格式化文件，以便在网页中快速显示。位图的这些操作，在库面板中设置其属性即可实现。

在库面板中选择位图，单击鼠标右键，在弹出的快捷菜单中选择"属性"命令，进入"位图属性"对话框。

压缩有以下两个选项。

- 照片：以 JPEG 格式压缩图像。若要使用为导入图像指定的默认压缩品质，则选中"使用文档默认品质"复选框。若要指定新的品质压缩设置，可取消选中"使用文档默认品质"复选框，并在"品质"文本框中输入一个 1 ～ 100 之间的值（设置的值越高，保留的图像就越完整，但产生的文件也会越大）。

- 无损：将使用无损压缩格式压缩图像，这样不会丢失图像中的任何数据。

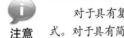

　　对于具有复杂颜色或色调变化的图像，如具有渐变填充的照片或图像，可使用"照片"压缩格式。对于具有简单形状和相对较少颜色的图像，可使用"无损"压缩。

若要确定文件压缩的结果，则单击"测试"按钮。若要确定选择的压缩设置是否可以接受，可将原始文件大小与压缩后的文件大小进行比较。

最后单击"确定"按钮，位图将应用刚刚选择的设置。

　　在"发布设置"对话框中选择"JPEG 品质"选项，则不会为导入的 JPEG 文件指定品质设置。需要在"位图属性"对话框中为每个导入的 JPEG 文件指定品质设置。

4. 在舞台中对位图属性进行编辑

将导入的位图拖入到舞台中或者将位图导入到舞台中，选择位图，在属性面板中进行位图的宽度、高度、位置、图形交换和图形编辑设置。

- 设置位图宽度和高度以及位置：选择位图，在其属性面板左下角输入位图宽度、高度和位置即可。

- 交换：当文档中有多个位图图形时，选择一个位图后可以将其他位图与该图形进行交换，以应用其他图形。

● 编辑：可以应用外部图形软件对该位图进行编辑。方法为，在库面板中选择位图，单击鼠标右键，在弹出的快捷菜单中选择"编辑方式"命令，在弹出的"选择外部编辑器"对话框中选择外部其他图形编辑软件的应用程序即可，选择后，Flash 文件的位图以后编辑时就会使用刚选择的外部图形编辑软件。

5. 分离位图

分离位图会将图像中的像素分散到离散的区域中，可以分别选中这些区域并进行修改。分离位图时，可以使用 Flash 绘画和涂色工具修改位图。使用套索工具的魔术棒功能，可以选择已经分离的位图区域。若要使用分离的位图进行涂色，则用滴管工具选择该位图，然后用颜料桶工具或其他绘画工具将该位图应用为填充。

分离位图的方法如下：

（1）选择舞台中的位图，在"修改"菜单中选择"分离"命令即可对选择的位图进行分离。

（2）更改分离位图的填充区域。

分离的位图配合套索工具中的魔术棒进行使用，应用魔术棒可以设置颜色取值范围与平滑程度。方法为，选择套索工具，选择魔术棒功能，然后设置以下选项。

① 在"阈值"文本框中输入一个介于 1 ~ 200 之间的值，用于定义将相邻像素包含在所选区域内必须达到的颜色接近程度。数值越高，包含的颜色范围越广。如果输入 0，则只选择与用户单击的第一个像素的颜色完全相同的像素。

② 在"平滑"下拉列表框中选择一个选项来定义选区边缘的平滑程度。

③ 若要选择一个区域，可单击该位图。若要添加到选区，可继续单击。

④ 若要填充位图中的所选区域，可选择要使用的填充。

⑤ 若要应用新的填充，可选择颜料桶工具，然后单击所选区域的任意位置。

6. 应用位图填充图形

若要将位图作为填充应用到图形对象，则需使用颜色面板。将位图应用为填充时，会平铺该位图，以填充对象。渐变变形工具可以缩放、旋转或倾斜图像及其位图填充。

若要将填充应用到现有的插图，可在舞台上选择一个或多个图形对象。然后，在颜色面板中选择位图填充模式，之后选择位图，则该位图成为当前的填充颜色。如果已经选择了位图，则该位图会作为填充应用到该图形中。

应用位图进行填充实例如下：

（1）导入位图。首先准备一张位图，在 Flash 程序中选择"文件"→"导入"→"导入到库"命令，这样就把位图导入到了库中，方便以后调用。

（2）绘制图形。选择矩形工具，在舞台中绘制一个矩形，大小适量。

（3）将图形进行位图填充。选择刚刚绘制的图形，再选择填充工具，在颜色面板中选择填充颜色的类型为"位图"，这时，在位图填充的颜色选择区域中就出现刚刚导入的位图，选择该位图即可对刚绘制的图形进行位图填充。

注意　　应用位图进行图形填充，可能刚开始会填充得不理想，不是想象填充的区域范围，可以选择填充图形，然后在工具栏中选择渐变变形工具，对图形进行修改，使其达到理想的效果。

7. 位图转换为矢量图

将位图转换为矢量图形在现在的动画制作中常常应用到，直接应用外部的图形将其转换后稍作修改应用到动画中去，不仅可以节约时间，而且效果往往比自己绘制的还要好，但不提倡使用这样的方法，特别是初学者，因为这样常常会控制不住色彩和色彩的配合，很难与其他方法绘制的图形相协调。

"转换位图为矢量图"命令可以将位图转换为具有可编辑的离散颜色区域的矢量图形。将图像作为矢量图形处理，可以减小文件大小。

将位图转换为矢量图形时，矢量图形不再链接到库面板中的位图元件，而成为独立的一个矢量图形。

**注意**　如果导入的位图包含复杂的形状和许多颜色，则转换后的矢量图形的文件比原始的位图文件大。若要找到文件大小和图像品质之间的平衡点，可尝试"转换位图为矢量图"对话框中的各种设置。

对分离后的图形还可以使用 Flash 工具修改图像。

1）位图转换为矢量图的方法

（1）选择当前场景中的位图。

（2）选择"修改"→"位图"→"转换位图为矢量图"命令。

（3）输入一个颜色阈值。

（4）当两个像素进行比较后，如果它们在 RGB 颜色值上的差异低于该颜色阈值，则认为这两个像素颜色相同。如果增大了该阈值，则意味着降低了颜色的数量。

（5）对于"最小区域"，输入一个值设置为某个像素指定颜色时需要考虑的周围像素的数量。

（6）对于"曲线拟合"，选择一个选项来确定绘制轮廓所用的平滑程度。

（7）对于"转角阈值"，选择一个选项来确定保留锐边还是进行平滑处理。

2）位图转换为矢量图实例

（1）导入位图

① 在"文件"菜单中选择"导入"→"导入到舞台"命令。

② 在弹出的对话框中将需要转换为矢量图的位图导入到舞台中。

③ 位图导入到舞台后，对其大小和形状进行修改，使其到达合适的位置。

（2）将位图转换为矢量图

在舞台中选择位图，在"修改"菜单中选择"位图"→"将位图转换为矢量图"命令，会弹出"位图转换为矢量图"对话框。

（3）位图转换为矢量图转换设置

在"位图转换为矢量图"对话框中对相关选项进行设置，颜色阀值设置为 40，最小区域设置为 20 像素，曲线拟合选择"一般"，角阀值选择"较少转角"，最后单击"确定"按钮。

（4）转换完成

在舞台中的该图形已经变成矢量图形，可以对其进行相关的编辑和操作。

图形转换前与转换后的效果对比如图 13-48 所示。

图 13-48 图形转换为矢量图前后的对比

注意

　　在位图转换为矢量图的设置中，把颜色阀值与最小区域的值设置得越小，转换后的图形越接近原始图形，但转换的过程中电脑运行较慢，常常会出现转换死机现象，从而无法进行转换，因此在转换的过程中要根据需要进行设置，以免无法进行转换。

### 8. 位图与矢量图形在 Flash 动画中的比较

在为移动设备创建对象时，由于应用位图需要耗费的 CPU 比较少，因此最好使用位图。

在动画制作过程中，位图使用过多将增加 Flash 动画最后的文件大小，在导出的过程中会耗费更多的 CPU 和内存，电脑配置过低、文件过大常常无法导出文件，也无法体现 Flash 软件本身的导出文件小的优越性。

在绘制矢量图形线段的过程中，要尽量少使用笔触，因为使用过多的笔触会增加行数，影响动画的制作。

在制作动画的过程中，什么时候用位图、什么时候用矢量图，要根据创造者自己的需要和电脑的配置来考虑，最终为动画的创作服务。

## 13.4 Flash 图形特效制作

### 13.4.1 时间轴特效

#### 1. 时间轴特效基本知识

在制作动画时，常常要制作一些特殊的动画效果，例如，要让某个图形变模糊，按照一般的制作方法，会建立很多图层来制作一个半透明的动画，但通过时间轴特效制作就很简单，只要添加时间轴特效，设置几个值就可以完成该效果。应用时间轴特效的好处就是用最少的步骤制作比较复杂的动画，为制作该动画效果节约时间。

#### 2. 时间轴特效应用范围

时间轴特效对 Flash 动画中的文本、图形、组合图形、图形元件、影片剪辑元件、按钮元件和位图等都适用。但值得注意的是，当时间轴特效应用于影片剪辑元件时，Flash 将把特效嵌套在影片剪辑元件中。

3. 添加时间轴特效

（1）图层变化

向对象添加时间轴特效时，Flash 将创建一个图层并将该对象移至此新图层。对象放置于特效图形内，而且特效所需的所有补间和变形都位于该新创建的图层上的图形中。

该新图层自动获得与特效相同的名称，而且在其后会附加一个数字，代表在文档内的所有特效中应用此特效的顺序。例如，在该 Flash 动画文件第一次应用了分离特效，则在该动画的时间轴上将显示"分离 1"，假如后面再应用其他效果，会显示"某某特效 2"，依次类推。

（2）库变化

添加时间轴特效时，将向库中添加一个该特效文件夹和一个该特效名字的元件，特效名字的元件命名与时间轴的命名保持一致；在该特效文件夹中包含了在创建该特效时所使用的元素；在该特效元件中包含了该特效的动画。

（3）添加特效的方法

① 添加特效。在舞台中选择要为其添加时间轴特效的对象。选择"插入"菜单中的"时间轴特效"命令，选择某一类特效，然后从列表框中选择一种特效。时间轴特效包括 3 个方面，分别是变形与转换、帮助、效果。不同的类别选项又有不同的效果，后面将分别进行介绍。

② 修改特效设置。当选择了某种特效后，在特效设置面板中会显示该图形的默认特效效果；修改默认设置后，单击"更新预览"按钮会显示修改后的新设置的特效。

③ 完成特效。修改好其设置后，单击"确定"按钮即可。

（4）编辑特效

当某个对象应用了某种特效后，对该特效还不满意，希望进行修改设置，可以在舞台中选择该对象，然后在属性面板中选择"编辑"选项，这时会弹出该特效的设置面板，进行修改后单击"确定"按钮即可。

（5）删除特效

当应用了某种特效后，感觉效果不好，可以对其删除，删除特效的方法有以下两种：

- 选择应用了时间轴特效的图形，选择"修改"菜单中的"时间轴特效"→"删除特效"命令。
- 选择应用了时间轴特效的图形，单击鼠标右键，在弹出的快捷菜单中选择"时间轴特效"→"删除特效"命令。

4. 时间轴特效介绍

1）变形

（1）变形特效介绍

变形特效的功能有调整选择对象的位置、缩放比例、旋转、Alpha 和色调。使用变形工具可应用单一特效或特效组合，从而产生淡入 / 淡出、放大 / 缩小以及左旋 / 右旋特效。

（2）应用变形设置

- 效果持续时间：单位为帧数，用于设置该效果在时间轴上持续的时间长度。此处设置多少帧的动画，时间轴上的变形效果将持续多少帧。

- 更改位置方式：指图形的变化方法以该图形的中心点为基准进行改变，分为 X 轴和 Y 轴位置关系移动，单位为像素，用于设置动画最终效果与开始位置之间的位置移动关系。选项中有"移动位置"，同样分为 X 轴和 Y 轴位置关系移动，用于设置动画最终效果与开始位置之间的位置移动关系。"更改位置方式"与"移动位置"之间的区别在于，"更改位置关系"是以图形的中心改变图形位置关系，"移动位置"是以舞台为中心改变图形位置关系。

- 缩放比例：用于设置变形效果最后图形效果与开始图形之间的百分比关系，百分比为 0，图形最终消失；百分比为 100，图形大小不改变。打开缩放比例前面的锁按钮，可以对图形最终宽度和高度的不同缩放比例进行设置。

- 旋转：分为度数和圈数设置。可以对图形的旋转度数进行设置，也可以对图形旋转的圈数进行设置，它们彼此相互联系在一起，设置其中一个，另一个将相应地发生改变。同时，旋转还分为顺时针和逆时针旋转，要根据对图形旋转的要求进行设置。

- 更改颜色：设置图形变形后最终颜色值，选中后在后面最终颜色中选择最终颜色。

- 最终效果 Alpha 值：用于设置图形变形后最终透明度大小，可以直接在后面输入数值，还可以拖动下面的滑块进行设置。

- 移动减慢：设置图形在变形过程中的快慢关系，分为开始时缓慢、结束时缓慢。可以输入数值设置，其值的范围在 -100 ~ 100 之间，负值为开始时缓慢，正值为结束时缓慢。同时也可以拖动滑条进行设置。

- 更新预览：当改变了图形变形特效相关值后可以预览效果，单击"更新预览"按钮即可。

（3）变形特效实例

① 创建文字

首先，选择文字工具，设置文字字体为"华文新魏"，大小为 60，颜色为黑色，输入"变形效果"。

其次，选择文字，对文字进行分离，分离两次，使文字完全变成可编辑的矢量图形。

最后，选择文字图形填充方式为线性填充方式，左边颜色砝码值为 #01024F，右边颜色砝码值为白色，最终效果如图 13-49 所示。

图 13-49　创建文字

② 插入变形特效

首先，选择图形，用选择工具框选文字图形。

其次，插入变形特效，选择"插入"菜单中的"时间轴特效"命令，在"变形与转换"选项中选择"变形"，弹出"变形"对话框。

③ 设置变形特效

设置效果持续时间为 20，更改位置方式不变，以图形中心点为基准，缩放比例为 0%，旋转 3 次，逆时针旋转，最终 Alpha 值为 0%，移动减慢为 -100。这时单击"变形"对话框右边的"更新预览"按钮即可观看最终效果，如图 13-50 所示。

图 13-50 "变形"对话框

④ 预览动画

单击"确定"按钮，该动画效果已经在时间轴上显示 20 帧的动画，但与其他动画在时间轴上的显示不同，名称显示为"变形 1"，时间轴上显示的是第一帧为关键帧，将时间延长到第 20 帧的位置。动画在库元件保存好后，按 Ctrl+Enter 组合键可以预览动画。

最后动画实现了一个旋转变小效果。

使用变形效果在动画的制作过程中，常常应用到场景的转换效果及图形的放大、旋转等。

2）转换

（1）转换特效介绍

使用淡变、擦除或两种特效的组合可以向内擦除或向外擦除选定对象效果，还可以同时对对象的效果实现的方向先后进行设置。

（2）应用转换设置

● 效果持续时间：单位为帧数，用于设置该效果在时间轴上持续的时间长度。设置多少帧的动画，时间轴上的变形效果将持续多少帧。

● 淡化：有方向选项，分为"入"和"出"两个选项，用于设置图形是淡出还是淡入效果。

● 涂抹：右边有方向按钮，用于设置图形涂抹的方向，有上、下、左、右 4 个方向。

● 移动减慢：用于设置图形在变形过程中的快慢关系，分为开始时缓慢，结束时缓慢。可以输入数值设置，其值的范围在 -100 ～ 100 之间，负值为开始时缓慢，正值为结束时缓慢。

（3）转换特效实例

① 新建图形元件

首先，新建一个图形元件，命名为"转换效果"。

其次，添加文字，选择文字工具，设置字体为"方正姚体"，大小为60，字体为黑色、加粗。

然后，将文字分离，选择文字，将文字分离两次，使其成为可编辑的矢量图形。

最后，对文字变化颜色，用现在的工具框选文字上半部分，将填充颜色值设置为#FFCC00。

图形元件最终效果如图13-51所示。

图 13-51　新建图形元件

② 插入时间轴转换特效

首先，回到场景中，在库中将"转换效果"元件拖到舞台中，选中图形元件。

然后，选择"插入"→"时间轴特效"命令，在"变形与转换"选项中选择"转换"，弹出"转换"对话框。

③ 设置特效值

设置持续时间为20，淡化方向选择"入"，涂抹方向选择"右"，注意，要选中"淡化"和"涂抹"复选框，移动减慢为0。最终设置效果如图13-52所示。

图 13-52　设置特效值

④ 预览动画

单击"确定"按钮后在场景中即可预览动画，该动画实现一个文字从左向右逐步显示，并伴随淡入效果。

该动画效果主要应用在动画图形的淡入淡出效果上，并可以伴随动画图形从上到下逐步显示和从左到右逐步显示，可以用来实现动画中场景的转换和镜头的应用。

3）分散式直接复制

（1）分散式直接复制介绍

直接复制选定对象在设置中输入的次数，以第一个元素为原始对象的副本，对象将按一定增量发生改变，直至最终对象反映设置中输入的参数为止。应用该特效可以实现很多奇特的效果。

（2）分散式直接复制设置

- 副本数量：设置复制图形的数量。数量越多，分散复制的数量就越多。
- 偏移距离：设置分散的图形偏离原图形的 X 轴、Y 轴方向的位置关系，单位为像素。
- 偏离旋转：设置图形分散后与原图形的旋转角度。
- 偏移起始帧：设置使用一个分散式直接复制特效的动画开始和结束总共的帧数为多少。这不代表最后时间轴上显示的帧数，最终时间轴显示的帧长度为"副本数量"值乘以"偏移起始帧"值。
- 指数缩放比例：按照设置的缩放比例递增或递减复制的副本图形。
- 线性缩放比例：先从设置的比例值中间缩小，然后再按照比例放大。缩放比例在其下面设置百分比，打开百分比前面的钥匙，可以对图形缩放的 X 轴、Y 轴方向百分比大小进行设置。
- 更改颜色：设置图形变形后最终的颜色值，然后在后面"最终颜色"处选择最终颜色。
- 最终效果 Alpha 值：设置图形变形后最终透明度大小，可以直接在后面输入数值，还可以拖动下面的滑块进行设置。

（3）分散式直接复制实例

① 创建图形

选择多角星形工具，绘制一个六边形，星形顶点大小为 0.2，填充颜色为 #00FF00，无线条。图形如图 13-53 所示。

图 13-53　创建图形

② 插入特效

首先，选择图形，用选择工具框选刚刚绘制的星形图形。

然后，选择"插入"菜单中的"时间轴特效"命令，在"帮助"选项中选择"分散式直接复制"，会弹出"分散式直接复制"对话框。

③ 分散式直接复制特效设置

设置副本数量为 30，偏移距离 X、Y 的方向像素都为 45，偏移旋转 15°，偏移起始帧为 0，选择"线性缩放比例"方式，缩放比例为 0%，最终颜色值为 #00FF00，最终的 Alpha 值为 0%，如图 13-54 所示。

④ 预览动画

最后单击"确定"按钮即可，在时间轴上将显示该效果的静态图形效果（因为没有设置偏移起始帧数值），最后图形效果如图 13-55 所示。

图 13-54 设置分散式直接复制特效　　　　图 13-55　最后的图形效果

　　可能在图形绘制大了或者副本数量比较多时，设置好特效后图形比较大，这时可以将舞台缩小到较小比例值，再将该特效图形用变形工具缩小到合适大小即可。

4）复制到网格

（1）复制到网格介绍

按照选定的图形的列数直接复制，然后乘以行数，以便创建元素的网格图形。

（2）复制到网格设置

- 网格尺寸：分为行数和列数，主要指将对象复制多少行、多少列，单位为正整数。
- 网格间距：分为行数和列数，主要设置对象复制后行距和列距的大小值，单位为像素。

（3）复制到网格实例

① 创建图形

首先，添加文字。选择文本工具，在舞台上输入文字"FLASH"，设置文字颜色值为 #0066FF，颜色透明度为 30%，字体为"方正舒体"，大小为 50。

其次，设置文字滤镜。选择文字图形，在"滤镜"对话框中添加模糊滤镜效果，设置模糊值 X、Y 为 5，品质为高。

最后，移动图形位置。将文字 FLASH 移到舞台左上角位置，效果如图 13-56 所示。

图 13-56　创建图形

② 添加特效

应用选择工具选择文字 FLASH，在"插入"菜单中选择"时间轴特效"命令，在"帮助"选项中选择"复制到网格"，会弹出"复制到网格"对话框。

③ 设置参数

设置网格尺寸，行数为 7，列数为 3；设置网格间距，行数为 4，列数为 3，如图 13-57 所示。

图 13-57 设置参数

④ 预览效果

单击"复制到网格"对话框右上角的"更新预览"按钮即可观看到效果，但设置的模糊效果在预览中不显示。最后单击"确定"按钮，舞台中将显示出复制好的图形，是文字 FLASH，有 7 行 3 列，模糊效果的图形。最后效果如图 13-58 所示。

图 13-58 复制到网格最终效果

在 Flash 动画中应用该效果，可以制作很多类似的图形或动画重复，而且有很规律的排列效果。当感觉该效果的排列很规则时，可以对每一个复制对象进行位置改变，达到预想的效果。缺点是过于雷同，特别是在动画的动作上，完全是相同的动作，很机械。

5）分离

（1）分离特效介绍

分离特效可以使人产生一种对象发生爆炸的错觉，应用于文本或复杂对象组（元件、形状或视频片断）的元素裂开、自旋和向外弯曲情况。

（2）分离特效设置

● 效果持续时间：设置分离效果将应用多少时间，单位为帧。

● 分离方向：设置图形分离后的方向，分为右上、左上、中心向上、右下、左下和中心向下 6 个方向。

- 弧线大小：设置图形分离后沿着 X、Y 方向的偏离最大值，单位为像素。
- 碎片旋转量：设置图形分离后，分离的碎片从起始到结束位置的旋转角度。
- 碎片大小更改量：设置碎片大小幅度，分为 X、Y 方向，单位为像素。
- 最终效果 Alpha 值：设置图形变形后最终透明度大小，可以直接在后面输入数值，还可以拖动下面的滑块进行设置。

（3）分离特效实例

① 创建图形

首先，选择文本工具，输入文字"分离"，大小为 96，字体为"方正姚体"，颜色为 #0066FF。

其次，将文字打散，选择文字，在"修改"菜单中选择"分离"命令。

**注意**　　这里的分离是将文字打散，变成可编辑的图形。把文字打散是因为将文字打散变成图形后，后面的分离效果才能很好地体现，否则就会出现只将文字分离的效果，达不到预想的爆炸效果。

② 插入分离特效

选择文字，在"插入"菜单中选择"时间轴特效"命令，在"效果"选项中选择"分离"，会弹出"分离"对话框。

③ 设置分离特效值

设置效果持续时间为 15 帧，分离方向为中心向上，弧线大小 X 为 100 像素、Y 为 300 像素，碎片旋转量为 180°，其他设置为默认值，如图 13-59 所示。

图 13-59　设置分离特效值

④ 预览动画

最后单击"确定"按钮，在场景中即可预览动画。动画效果是文字"分离"，沿着中心点上方两边爆炸消失效果。

在 Flash 动画中，应用该特效可以制作一些图形的爆炸或者分开效果。因此，在制作该类型的动画时，可以考虑该特效应用方法，可以节约单独制作类似动画的时间。本特效的缺点在于制作中爆炸的碎片是系统默认的，不能按照预想的路径和规律进行运动。

6）展开

（1）展开特效介绍

展开特效是在一段时间内放大、缩小或者放大和缩小对象。此特效组合在一起或在影片剪辑或图形元件中组合的两个或多个对象上使用效果最好，在包含文本或字母的对象上使用效果也很好。展开特效对可编辑的打散图形不能使用，其他的图形类型都可以使用。

（2）展开特效设置

- 效果持续时间：设置展开特效最终要使用多少时间来完成，单位为帧。
- 展开方式：分为展开、压缩和两者皆是。
  - ☆ 展开：使用该特效时，图形将根据设置的方向展开。该特效设置后的第一帧为原始图形，最后一帧为最后展开的图形，也就是图形从原始图形开始展开到最后一帧的最大效果。
  - ☆ 压缩：使用该特效时，图形将根据设置的方向来压缩图形。该特效设置后的第一帧为展开的效果，最后一帧为原始图形，也就是图形从展开的效果向原始的效果压缩。
  - ☆ 两者皆是：图形既具有展开效果又具有压缩的效果，先展开然后再压缩。
- 移动方向：移动的方向分为左、右和中心，设置后图形将沿着该方向进行展开。
- 组中心转换方式：设置图形中心偏移位置，分为沿 X、沿 Y 方向偏移，单位为像素。中心位置设置，以图形摆放的位置为中心按照 X、Y 方向移动位置。
- 碎片偏移：设置图形在展开后单个碎片之间的位置距离，单位为像素。
- 碎片大小更改量：设置图形最后展开后的大小改变量，分为沿 X、沿 Y 方向改变大小，单位为像素。当设置后，图形将根据该值大小，在展开的过程中逐渐沿 X、Y 方向变大。

（3）展开特效实例

① 绘制图形

首先，使用绘制工具绘制一个图形，如图 13-60 所示。

图 13-60　绘制一个图形

**注意**　　在绘制该图形时，也可以使用文字工具和直线工具，这样更容易操作，只是在输入文字时要将文字分离。

其次，将图形组合。选择该图形，在"修改"菜单中选择"组合"命令，将绘制的图形组合成一个图形。

最后，复制多个图形进行排列。选择刚组合好的图形，复制、粘贴5个一样的图形，排列在一起，然后对右边3个图形进行180°旋转，最后效果如图13-61所示。

②插入特效

选择全部图形，在"插入"菜单中选择"时间轴特效"命令，在"效果"选项中选择"展开"，会弹出"展开"对话框。

③设置特效

设置效果持续时间为10帧，方式为"展开"，移动方向为"中心"，碎片偏移为50像素，碎片大小更改量的宽度和高度都为100像素，其他保持默认值，如图13-62所示。

图13-61　复制多个图形进行排列　　　　　图13-62　设置特效

④预览动画

最后单击"确定"按钮即可在场景中预览动画，动画效果是一个图形按照设定的方向和偏移值进行放大的效果。

该特效在Flash动画的制作过程中主要用来制作一些场景的视觉效果，给人一个冲击力，还可以使文字和图形不断变化。

7）投影

（1）投影特效介绍

使用投影效果，可以使对象产生一个相同大小的投影，可以设置投影的颜色和透明度，同时也可以设置投影的位置。

（2）投影特效设置

● 颜色：设置对象投影的颜色，直接在后面的调色板中进行选取，默认为灰色。
● Alpha透明度：设置投影的透明度大小，可以在后面数值框中直接输入，还可以拖动下面的透明度滑块进行设置。
● 阴影偏移：设置阴影与对象的位置关系，分为X、Y两个方向，单位为像素。

（3）投影特效应用实例

①绘制图形

应用绘制工具绘制图形，本例中的图形如图13-63所示。

② 添加特效

选择图形，在"插入"菜单中选择"时间轴特效"命令，在"效果"选项中选择"投影"，会弹出"投影"对话框。

③ 设置投影效果值

设置颜色值为默认值，透明度为 60%，阴影偏移 X 为 50 像素、Y 为 0 像素，如图 13-64 所示。

图 13-63　绘制图形　　　　　　　　　图 13-64　设置投影效果值

④ 预览动画

最后单击"确定"按钮，在舞台中就能看到最后图形的效果，如图 13-65 所示。

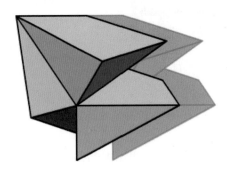

图 13-65　投影效果

投影效果主要用于为对象添加一个图形的投影，模拟一种灯光照在图形上的情景，根据设置的阴影偏移方向来确定光的方向。但要注意的是，本效果为对象添加投影时，对象的所有轮廓线条都反映在了投影上，因此在使用该特效时，尽量不要用线条，这样会更真实。

8）模糊

（1）模糊特效介绍

可以通过更改对象在一段时间内的 Alpha 值、位置或比例创建运动模糊效果。

（2）模糊特效设置

● 效果持续时间：设置使用该特效最终要使用多少时间来完成，单位为帧。

● 分辨率：设置对象模糊效果的图形动画数量，数量越大，模糊的动画就越多。

● 缩放比例：设置对象的第一帧大小与最后一帧图形大小之间的百分比。

- 选中"允许水平模糊"和"允许垂直模糊"复选框：对象可以进行水平方向和垂直方向模糊，若取消选中，则该方向不允许模糊。
- 移动方向：设置对象模糊的方向，有 8 个方向再加上中心点。选择哪个方向，图形就按照哪个方向进行模糊，选择中心点，图形将沿 8 个方向同时模糊。

（3）模糊特效实例

① 创建图形

首先，应用线条工具绘制图形：设置线条为黑色，高度为 6，样式为"实线"，长度为 150。

然后，将绘制的线条复制 3 次，将所有的线条组合成如图 13-66 所示的形状。

 **注意**　在复制线条时不要连续复制，最好是复制一条改变其位置后再复制。另外，旋转该线条时，按住 Shift 键，这样线条就选择为特殊角度，以便组合图形。

其次，在线条上、下、左、右添加圆，效果如图 13-67 所示。

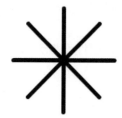　　　　　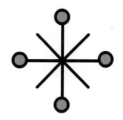

图 13-66　将线条组合　　　　　图 13-67　在线条上、下、左、右添加圆

② 插入特效

选择图形，在"插入"菜单中选择"时间轴特效"命令，在"效果"选项中选择"模糊"，会弹出"模糊"对话框。

③ 设置特效参数

设置效果持续时间为 15 帧，分辨率为 20，缩放比例为 0.1，其他选项保持不变，如图 13-68 所示。

图 13-68　设置特效参数

④ 预览动画

最后单击"确定"按钮即可在舞台中预览动画，最后的动画效果是一个图形变大的幻影动画效果。

该特效主要应用于对图形产生一种幻影的特殊效果，如一些慢动作、梦幻场景中可以使用该特效。

### 13.4.2 Flash滤镜

1. Flash 滤镜介绍

Flash 滤镜也就是为 Flash 动画中的图形添加一些在 PS 中的特殊视觉效果。但不是所有的图形都能够添加特殊的效果，只有 Flash 中的影片剪辑元件、按钮元件和文字才能够添加特殊效果。同样可以对滤镜效果制作补间动画，使其能够动起来，使动画达到更好的视觉效果。

2. Flash 滤镜的应用

Flash 的滤镜能够制作很多神奇的视觉效果图形或者动画，那么如何来应用 Flash 滤镜呢？

首先，要满足应用滤镜的条件。也就是说，必须让舞台中要应用滤镜的图形为影片剪辑元件、按钮元件或文字，才能为其添加滤镜。

其次，选择图形，添加滤镜。当选择图形后，可以在属性面板旁边的滤镜面板中单击 + 按钮添加滤镜效果，如图 13-69 所示。

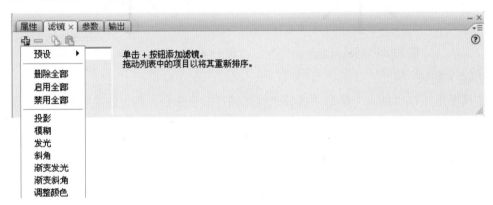

图 13-69　添加滤镜效果的方法

**注意**　　有时滤镜面板没有打开或者没有显示出来，这样就无法对其添加滤镜效果。打开滤镜面板的方法为：选择"窗口"菜单中的"属性"→"滤镜"命令。

（1）删除滤镜效果

如果在添加的过程中添加了错误的效果或者对该效果还不满意，可以将添加的效果删除。选择要删除的滤镜，单击 + 后面的 - 即可删除选择的滤镜。

（2）复制和粘贴滤镜

首先选择要复制滤镜的对象图形，然后打开滤镜面板。

- 复制滤镜：在面板中单击"复制滤镜"按钮，对选择的滤镜效果进行复制，复制有两个选项，一是复制对象所选择的滤镜效果，二是复制该图形的全部滤镜效果。

● 粘贴滤镜：选择要应用滤镜的对象，然后单击"粘贴滤镜"按钮 ，就可以将复制的滤镜效果应用到选择的对象上。

（3）预设滤镜效果

在制作的过程中，可能对某个滤镜效果要重复使用多次，则可以使用前面复制和粘贴滤镜的方法来满足要求，但当图形比较多或者不容易找到前面已经应用到的滤镜效果时，可以使用滤镜预设效果来方便制作。

首先选择要应用滤镜预设的对象，然后打开滤镜面板。再单击 + 按钮，然后选择"预设"选项。如果该动画文件为第一次设置预设滤镜，则选择该选项中的"另存为"选项，会弹出"将预设另存为"对话框，在其中输入预设效果的名字，单击"确定"按钮，如图 13-70 所示。

图 13-70   "将预设另存为"对话框

设置好了一个预设滤镜后，可以对预设滤镜进行重命名或删除的操作。

只要在后面的动画制作过程中要应用到该预设的滤镜，直接从预设菜单底部的可用预设列表中选择即可。

（4）删除全部滤镜、启用和禁用滤镜

在滤镜的效果中对滤镜可进行全部删除、启用和禁用滤镜操作，下面分别对这 3 个操作进行简单介绍。

● 删除全部滤镜：也就是对选择的对象所应用的全部滤镜进行删除，而不是将动画文件中的其他未选择的对象的滤镜删除。

● 启用和禁用滤镜：启用滤镜和禁用滤镜是相互联系在一起的，当对图形中的某一个滤镜禁用后，该滤镜效果在对象中将不显示，要重新显示该滤镜效果，只能选择启用滤镜。

下面对滤镜的每一个效果进行详细的分析介绍。只要将这些效果处理好，可以让 Flash 动画中的图形达到 PS 处理后的图形效果。

3. 投影滤镜

（1）添加投影滤镜

选择要应用投影滤镜效果的对象，然后打开滤镜面板。在其中单击 + 按钮，然后选择"投影"选项即可。投影滤镜效果设置面板如图 13-71 所示。

● 如果要设置投影的宽度和高度，可以拖动"模糊 X"和"模糊 Y"滑块进行设置即可，默认为 5，改变其中的某一个值，另一个值将随之变化。当单击其后面的锁图标时，会打开设置关联的锁，可以对模糊宽度和高度的值任意设置，两个值不再关联在一起。其最大值为 100，最小值为 0。

图 13-71 投影滤镜效果设置面板

- 如果要设置阴影与对象之间的距离大小，拖动"距离"滑块即可，其值的范围为 -32 ~ 32。
- 如果要设置阴影的颜色，打开调色板选择颜色即可。
- 拖动"强度"滑块可以设置阴影暗度。数值越大，阴影就越暗，其最大值为 1000%，最小值为 0%。设置阴影的强度也就是设置阴影的透明大小。
- 设置阴影的角度，也就是设置模拟的光从哪个方向射入，输入一个值或者单击角度选取器按钮在打开的角度盘中拖动进行设置即可。
- 选中"挖空"复选框可挖空对象的填充颜色和线条颜色，并在挖空图像上只显示投影，被挖空的对象颜色将完全透明，后面的投影颜色只在图形外显示。
- 如果在对象边界内应用阴影，则选中"内侧阴影"复选框。
- 若要隐藏对象并只显示其阴影，则选中"隐藏对象"复选框。使用"隐藏对象"可以更轻松地创建逼真的阴影效果，显示该对象的所有阴影部分，图形内部填充位置也显示投影颜色。
- "品质"选项用来选择投影的质量级别。设置为"高"则近似于高斯模糊；设置为"低"效果不会很好，但可以方便预览动画效果，要根据自己的要求来设置。

注意

　　该面板中所有数值均为像素值，设置为多大的数值就为多大的像素值。

（2）投影滤镜应用

下面进行一个实例操作，设置文字 flash 的投影效果。

① 输入文字"flash"。在舞台中输入文字"flash"，设置颜色值为 #FF6600，大小为 60，如图 13-72 所示。

② 添加投影滤镜。选择文字 flash，在滤镜面板中选择投影滤镜效果并添加，添加后的效果如图 13-73 所示。

图 13-72　输入文字　　　　　　图 13-73　添加投影滤镜

③ 设置滤镜值。设置投影高度和宽度为 11，强度为 150%，品质为"低"，颜色为黑色，角度为 162，距离为 3，取消选中"挖空"、"内侧阴影"和"隐藏对象"复选框，如

图 13-74 所示。

最后，文字 flash 投影效果如图 13-75 所示。

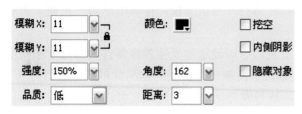

图 13-74　设置滤镜值 图 13-75　文字的投影效果

4．模糊滤镜

（1）添加模糊滤镜特效

选择要应用模糊滤镜效果的对象，然后打开滤镜面板。在其中单击 + 按钮，然后选择模糊选项即可。

- 可以拖动"模糊 X"和"模糊 Y"滑块设置模糊的宽度和高度。
- 选择模糊的质量级别。设置为"高"则近似于高斯模糊；设置为"中"取高低值的中间范围值；设置为"低"可以实现最佳的回放性能。

（2）模糊滤镜应用

下面进行一个实例操作，设置文字"模糊特效"的模糊效果。

① 输入文字"模糊特效"。在舞台中输入文字"模糊特效"，设置颜色值为 #0033FF，大小为 60。

② 添加模糊滤镜。选择文字模糊特效，打开滤镜面板选择模糊滤镜效果并添加。添加后的面板效果如图 13-76 所示。

③ 设置滤镜值。设置模糊宽度和高度均为 8，品质为"高"，如图 13-77 所示。

图 13-76　添加模糊特效 图 13-77　设置滤镜值

最后，文字"模糊特效"模糊效果如图 13-78 所示。

图 13-78　模糊效果

5. 发光滤镜

（1）添加发光滤镜特效

选择要应用发光滤镜效果的对象，然后打开滤镜面板。在其中单击＋按钮，然后选择"发光"选项即可。

- 拖动"模糊 X"和"模糊 Y"滑块，可以设置发光特效在舞台中的宽度和高度范围大小。值越大，发光的范围就越大；值越小，发光的范围就越小。取值为 0，不发光；取值为 100，发光值最大。解开发光值大小后的锁，可以对发光的宽度和高度分别进行设置。

- 对发光的颜色也可以进行设置，默认为红色，在调色板中可以对发光的颜色进行自定义设置。

- 拖动"强度"滑块，可以设置发光的清晰度；强度大小在 0% ～ 1000% 之间，值越大，发光强度越强；值越小，强度越低。

- 选中"挖空"复选框则将对象的颜色去掉，只显示对象发光的颜色，对象本身的颜色将被隐藏，如图 13-79 所示。

未挖空对象　　　　　　　挖空对象

图 13-79　"挖空"效果

- 选中"内侧发光"复选框，会在对象边界内应用发光特效，效果对比如图 13-80 所示。

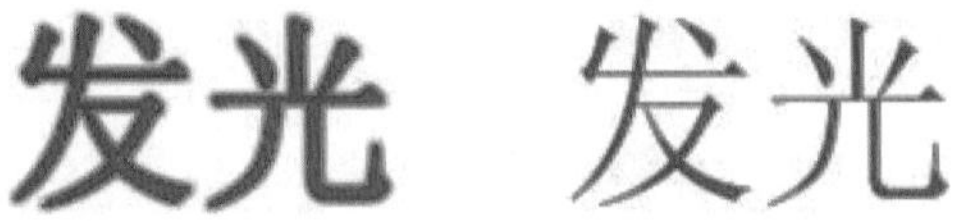

未选择内侧发光效果　　　　选择内侧发光效果

图 13-80　"内侧发光"效果

- 选择发光的品质，设置发光特效显示质量级别。设置为"高"则近似于高斯模糊，设置为"低"可以实现最佳的随时预览效果。

（2）发光滤镜应用

下面介绍一个使用发光特效的图形效果。

① 建立影片剪辑元件图形。选择椭圆工具绘制一个正圆，设置颜色为 #FF0000，无须设置线条边框色，舞台背景设置为黑色。图形效果如图 13-81 所示。

② 将图形转换为影片剪辑元件，添加发光滤镜。

首先选择刚绘制的图形，选择"修改"菜单中的"转换为元件"命令，将该图形转换为影片剪辑元件，或者按 F8 键将图形设置为影片剪辑元件。

然后添加滤镜效果，选择刚转换为影片剪辑的图形，在滤镜面板中选择发光滤镜并添加。

③ 设置发光滤镜值。设置发光模糊的宽度和高度值均为 49，强度为 260%，品质为"高"，发光颜色为 #FFFF00，取消选中"挖空"和"内侧发光"复选框，如图 13-82 所示。

图 13-81　建立影片剪辑元件　　　　图 13-82　设置发光滤镜值

该图形最后的发光滤镜效果如图 13-83 所示。

图 13-83　发光滤镜效果

### 6. 斜角滤镜

（1）添加斜角滤镜

选择要应用斜角滤镜的对象，然后打开滤镜面板，单击＋按钮，然后选择"斜角"选项即可。

- 设置滤镜的类型，可以选择"内侧"、"外侧"和"整个"。"内侧"指图形斜角从内侧方向进行；外侧指图形斜角从外侧方向进行；"整个"指图形斜角内侧、外侧方向都进行。
- 拖动"模糊 X"和"模糊 Y"滑块即可设置斜角模糊的宽度和高度。值越大，模糊度越大；值越小，模糊度越小。
- 阴影：设置图形斜角的阴影颜色，在后面的调色板中可以选择颜色。
- 加亮：设置斜角亮度颜色值，同样在后面的调色板中可以选择颜色。
- 强度：设置图形斜角部分颜色的强度值。值越大，阴影越暗，亮度越大；值越小，阴影和亮度的颜色值就越少，越接近图形固有颜色。
- 角度：设置阴影和加亮的方向，可以输入值，也可以自己拖动转盘设置。
- 距离：设置斜角的宽度范围值，值越大，范围就越大；值越小，范围就越小。值的范围在 -32 ～ 32 之间。
- 选中"挖空"复选框则将对象的颜色去掉，只显示对象斜角部分的颜色，对象本身的颜色将被隐藏。

- 品质：设置发光特效显示质量级别。设置为"高"则近似于高斯模糊；设置为"低"可以实现最佳的随时预览效果。

（2）斜角滤镜应用

下面介绍一个斜角特效图形效果。

① 建立一个按钮元件图形。使用基本矩形工具绘制一个矩形，颜色为 #0000FF，矩形边角半径四边均为 21。

② 将图形转换为影片剪辑元件，添加斜角滤镜。

首先，转换为元件。选择刚绘制的图形，选择"修改"菜单中的"转换为元件"命令，将该图形转换为按钮元件，或者按 F8 键将图形设置为按钮元件。

其次，添加滤镜效果。选择刚转换为按钮的图形，在滤镜面板中添加斜角滤镜。

③ 设置滤镜值。

设置斜角模糊宽度和高度均为 19，强度为 240%，品质为高，阴影颜色值为 #000066，加亮颜色值为 #FFFFCC，角度为 49，距离为 8，取消选中"挖空"复选框，类型为"内侧"，如图 13-84 所示。

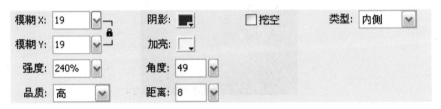

图 13-84　设置滤镜值

最后的图形效果如图 13-85 所示。

图 13-85　斜角滤镜效果

7. 渐变发光

（1）添加渐变发光

选择要应用渐变发光滤镜的对象，然后打开滤镜面板，单击 + 按钮，然后选择"渐变发光"选项即可。

应用渐变发光特效，可以在对象表面上产生带渐变颜色的发光效果。渐变发光要求渐变开始处颜色的 Alpha 值为 0。但不能移动此颜色的位置，可以改变该颜色。

- 拖动"模糊 X"和"模糊 Y"滑块即可设置斜角模糊的宽度和高度。值越大，模糊度越大；值越小，模糊度越小。
- 强度：设置图形斜角部分颜色的强度值。值越大，阴影越暗，亮度越大；值越小，阴影和亮度的颜色值就越少，越接近图形固有颜色。

- 角度：设置阴影和加亮的方向，可以输入值，也可以拖动转盘设置。转盘中小圆圈的方向在哪边，对象发光的方向也就指向哪方。
- 距离：设置斜角的宽度范围值，值越大，范围就越大；值越小，范围就越小。值的范围在 −32 ～ 32 之间。
- 选中"挖空"复选框则将对象本身的颜色去掉，只显示对象斜角部分的颜色，对象本身的颜色将被隐藏。
- 颜色滑块：设置渐变光的颜色，直接在滑块上面的调色板中选择颜色；渐变颜色包含两种或多种可相互淡入或混合的颜色。选择的渐变开始颜色称为 Alpha 颜色，其值永远为 0，不能改变其 Alpha 颜色数值，只能变换颜色。在后面的颜色滑块中单击滑块即可添加颜色，把颜色滑块拖出其范围即可删除颜色。从渐变定义栏选择该颜色滑块，拖动滑块即可调整该颜色在渐变中的位置。颜色滑块的添加不能多于15 种颜色，多于 15 种时将无法再添加。
- 品质：设置发光特效显示质量级别。设置为"高"则近似于高斯模糊；设置为"低"可以实现最佳的随时预览效果。
- 设置滤镜的类型，可以选择"内侧"、"外侧"和"整个"。"内侧"指图形斜角从内侧方向进行；"外侧"指图形斜角从外侧方向进行；"整个"指图形斜角内侧、外侧方向都进行。

（2）渐变发光应用

下面介绍一个渐变发光的滤镜效果实例。

① 输入文字"flash"。设置文字大小为 30，颜色为 #00FF00，字体为"行楷"。效果如图 13-86 所示。

图 13-86　输入文字

② 添加渐变滤镜。选择文字，在滤镜面板中添加渐变发光滤镜特效。

③ 设置滤镜值。

模糊宽度和高度为 14，强度为 250%，品质为"低"，角度为 199，距离为 7，选中"挖空"复选框，类型为"外侧"，颜色渐变定义栏中将右边的颜色设置为文字颜色 #00FF00，如图 13-87 所示。

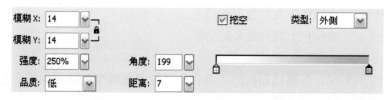

图 13-87　设置滤镜值

最后效果如图 13-88 所示。

8. 渐变斜角

渐变斜角与渐变发光的设置差不多，唯一的设置区别就是在设置颜色渐变定义栏时，渐变斜角多了一个颜色值，其作用主要是应用渐变斜角可以产生一种凸起效果，使得对象看起来好像从背景上凸起的，而且斜角表面有渐变颜色。

应用上面的例子，将颜色渐变定义栏左右两边的颜色设置为 #00FF00，其他的设置不变，效果如图 13-89 所示。

图 13-88　渐变发光效果　　　　　　　　图 13-89　渐变斜角效果

- 对比度：调整图像的加亮、阴影及中调。
- 亮度：调整图像的亮度
- 饱和度：调整颜色的强度。
- 色相：调整颜色的深浅。

如果将所有的颜色调整重置为 0 并使对象恢复其原来的状态，单击"重置"按钮即可。

### 13.4.3　混合模式

1. 混合模式应用对象

混合模式只适用于影片剪辑元件和按钮元件，对图形元件和其他类型的图形都不适用。

2. 混合模式介绍

混合模式可以为对象创建复合图形，复合就是改变两个或两个以上重叠对象的透明度或者颜色相互关系的过程。使用混合模式，可以混合重叠影片剪辑中的颜色，从而创造独特的效果。由于混合模式不仅取决于要应用混合的对象的颜色，还取决于基础颜色。因此，在使用的过程中，对于不同颜色的对象，即使选择了同一种模式，可能得到的效果是不同的，因此，建议在使用的过程中，对不同的模式进行试验，以获取自己所需要的效果。

混合模式包含以下元素。

- 混合颜色：应用于混合模式的颜色。
- 不透明度：应用于混合模式的透明度。
- 基准颜色：混合颜色下面的像素的颜色。
- 结果颜色：基准颜色上混合效果的结果。

3. 使用混合模式

选择舞台中的对象，在属性面板的"混合"下拉列表框中选择不同的混合模式。下面对每一种模式效果分别进行介绍。

- **一般**：为正常应用颜色，与基准颜色没有相关关系。
- **图层**：可以层叠各个影片剪辑，而不影响其他颜色。
- **变暗**：只替换比混合颜色亮的区域，比混合颜色暗的区域不变。
- **色彩增值**：将基准颜色复合以混合颜色，从而产生较暗的颜色。
- **变亮**：只替代比混合颜色暗的像素，比混合颜色亮的区域不变。
- **萤幕**：将混合颜色的反色复合以基准颜色，从而产生漂白效果。
- **叠加**：进行色彩增值或滤色，具体情况取决于基准颜色。
- **强光**：进行色彩增值或滤色，具体情况取决于混合模式颜色，该效果类似于应用点光源照射对象。
- **增加**：在基本颜色的基础上增加混合颜色。
- **减去**：在基本颜色的基础上减去混合颜色。
- **差异**：从基色减去混合色或从混合色减去基色，具体取决于哪一种颜色的亮度值较大。该效果类似于彩色底片。
- **反转**：反转基准颜色，取决于基准颜色。
- **Alpha**：应用 Alpha 遮罩层。
- **擦除**：删除所有基准颜色像素，包括背景图像中的基准颜色像素。

> **注意**　"擦除"和 Alpha 混合模式要求将"图层"混合模式应用于父级影片剪辑。不能将背景剪辑更改为"擦除"并应用它，因为该对象将是不可见的。

### 4. 混合模式实例

（1）创建两个影片剪辑元件。

① 从外部导入一个图片，转换为影片剪辑元件。

② 在舞台中绘制一个矩形，设置填充颜色为红色，转换为影片剪辑元件。

③ 将两个影片剪辑元件交叉摆在一起，效果如图 13-90 所示。

图 13-90　创建两个影片剪辑元件

（2）添加混合模式。

选择矩形元件，在属性面板中选择不同的混合模式效果并进行对比。

（3）不同模式进行对比。

不同混合模式对比效果如图 13-91 所示。

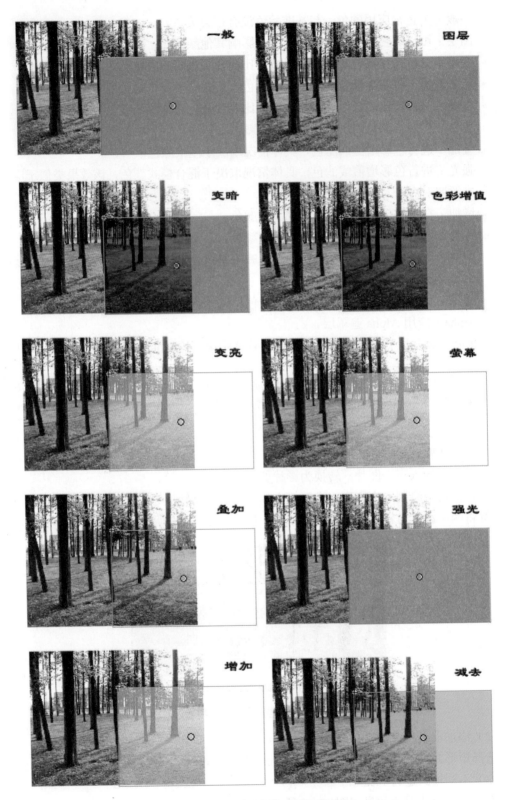

图 13-91　不同混合模式的效果对比

图 13-91　不同混合模式的效果对比（续）

　　从上面的模式对比中可以看出，相同的图形选择不同的模式时，可能会出现相同的效果，这取决于基础颜色与混合模式的类型。因此，在使用混合模式时，对模式的选择要多试验几个，取自己想要的独特效果。有时也许不希望是这样的效果，可以改变对象应用该模式的基础颜色来满足自己处理图形效果的要求。

### 13.4.4　综合实例

　　前面对 Flash 的滤镜进行了详细介绍，下面讲解一个综合实例，制作一个如图 13-92所示的效果图形。

图 13-92　实例效果

　　制作步骤如下：

　　（1）设置舞台属性。设置一个舞台，大小为 200×200 像素，背景颜色为白色。

　　（2）绘制影片剪辑元件图形。首先选择椭圆工具，去掉线条颜色，填充颜色为#A92201，按住 Shift 键，绘制一个合适的正圆；然后选择该图形，按 F8 键或者选择"修改"菜单中的"转换为元件"命令，将刚绘制好的图形转换为影片剪辑元件。

　　（3）添加影片剪辑元件图形滤镜。首先选择该图形，在滤镜面板中添加投影（如

图 13-93 所示）、斜角（如图 13-94 所示）、渐变斜角（如图 13-95 所示）、渐变发光（如图 13-96 所示）和调整颜色滤镜（如图 13-97 所示）效果。

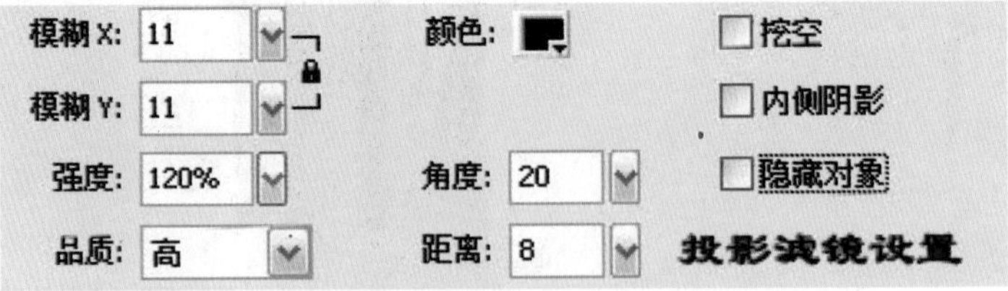


图 13-93　投影滤镜设置

其中颜色值为 #000000。

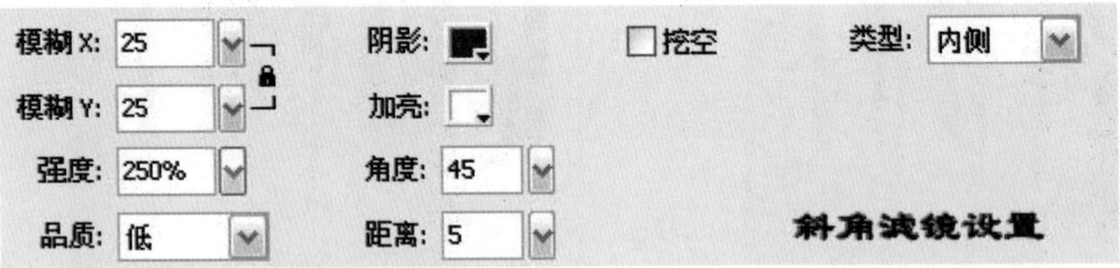


图 13-94　斜角滤镜设置

其中颜色值阴影为 #330033，加亮为白色。

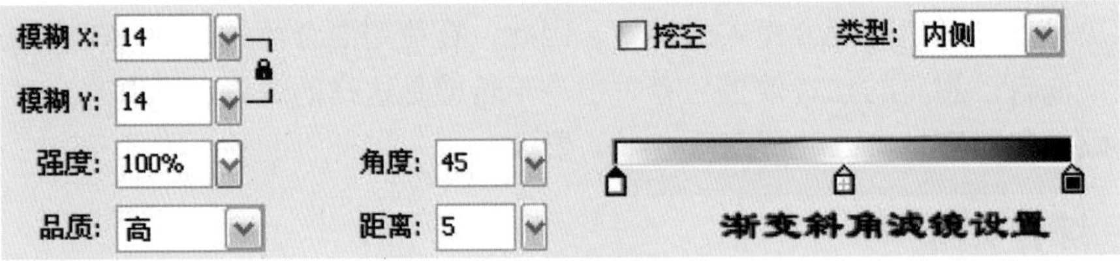


图 13-95　渐变斜角滤镜设置

颜色砝码值从左到右分别为白色、白色、黑色。

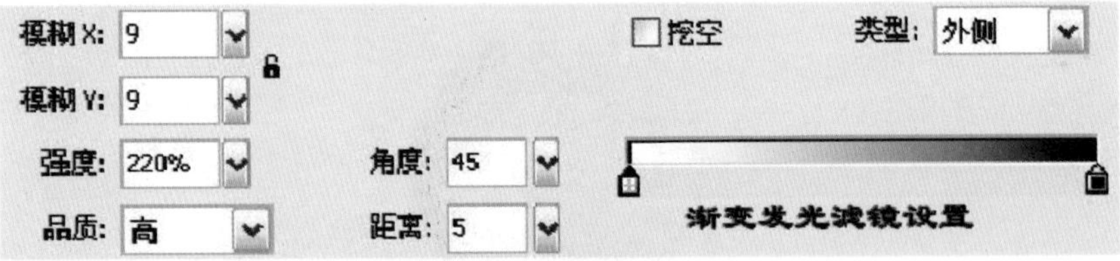


图 13-96　渐变发光滤镜设置

颜色砝码值从左到右为白色和黑色。

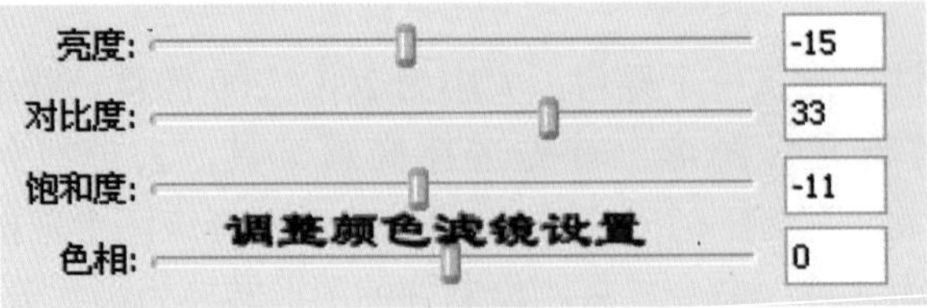


图 13-97　调整颜色滤镜设置

最后圆形效果如图 13-98 所示。

图 13-98　应用滤镜后的圆形

（4）添加文字 ENTER。选择文字工具，在刚设置了滤镜效果的影片剪辑图形上输入文字"ENTER"，其文字字体为"隶书"，大小为 15，颜色为白色，并将文字加粗。

（5）设置位置滤镜效果。首先选择文字，在滤镜面板中添加斜角（如图 13-99 所示）、投影（如图 13-100 所示）和发光滤镜（如图 13-101 所示）效果。

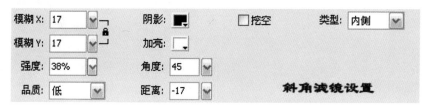

图 13-99　斜角滤镜设置

其中阴影颜色为黑色。

图 13-100　投影滤镜设置

其中颜色值为 #000033。

图 13-101　发光滤镜设置

其中颜色值为 #FFFF00。

这样整个滤镜效果制作完毕，图形效果如图 13-92 所示。

## 知识巩固与延伸

（1）掌握 Flash 动画文档属性设置与修改的方法。

（2）掌握 Flash 动画绘制工具。

（3）掌握 Flash 动画图形编辑的方法。

（4）掌握图形的组合图分类方法。

（5）掌握 Flash 动画中时间轴特效制作方法。

（6）掌握 Flash 动画中滤镜的使用方法。

# 第 14 章

## Flash 动画制作基础

### 本章内容

# *14.1* Flash 动画图形基础知识

对于一个 Flash 爱好者来说，了解 Flash 基础知识是很重要的，对于以后动画的创造与制作是必不可少的。一位合格的 Flash 动画师，应该了解相关的理论知识和基本知识。

## 14.1.1 矢量图

### 1. 矢量图概念

计算机中显示的图形一般可以分为两大类——矢量图和位图。矢量图使用直线和曲线来描述图形，这些图形的元素是一些点、线、矩形、多边形、圆形和弧线等，它们都是通过数学公式计算获得的。例如，一幅画的矢量图形实际上是由线段形成外框轮廓，由外框的颜色以及外框所封闭的颜色决定图形显示出的颜色。由于矢量图形可通过公式计算获得，所以矢量图形文件体积一般较小。矢量图形最大的优点是无论进行放大、缩小或旋转等都不会失真；最大的缺点是难以表现色彩层次丰富的逼真图像效果。

### 2. 矢量图特性

矢量图像也称为面向对象的图像或绘图图像，在数学上定义为一系列由线连接的点。像 Adobe Illustrator、CorelDRAW、CAD 等软件是以矢量图形为基础进行创作的。矢量文件中的图形元素称为对象。每个对象都是一个自成一体的实体，具有颜色、形状、轮廓、大小和屏幕位置等属性。既然每个对象都是一个自成一体的实体，就可以在维持它原有清晰度和弯曲度的同时，多次移动和改变它的属性，而不会影响图例中的其他对象。这些特征使基于矢量的程序特别适用于图例和三维建模，因为它们通常要求能创建和操作单个对象。基于矢量的绘图同分辨率无关，这意味着它们可以按最高分辨率显示到输出设备上。

因为矢量图形与分辨率无关，所以可将它缩放到任意大小和以任意分辨率在输出设备上打印出来，都不会影响清晰度。因此，矢量图形是文字（尤其是小字）和线条图形（如徽标）的最佳选择。

### 3. 矢量图形的规律

- 可以无限放大图形中的细节，不用担心会造成失真和色块。
- 一般的线条图形和卡通图形，保存成矢量图文件比保存成点阵图文件要小很多。
- 存盘后文件的大小与图形中元素的个数和每个元素的复杂程度成正比。而与图形面积和色彩的丰富程度无关（元素的复杂程度指的是这个元素的结构复杂度，如五角星比矩形复杂、一条任意曲线比一条直线段复杂）。
- 通过软件，矢量图可以轻松地转化为点阵图，而点阵图转化为矢量图就需要经过复杂而庞大的数据处理，而且生成的矢量图的质量绝对不能和原来的图形相比。

在 Flash 中可以将位图转换为矢量图，这对动画制作和软件之间的相互联系提供了很好的衔接，更好地为动画的制作服务。

## 14.1.2 舞台

舞台是创作影片中各个帧内容的区域，也是实现动画和制作的平台。可以在舞台中勾画图形，也可以导入素材、制作动画、安排页面等。舞台与场景的概念容易混淆，舞台通俗地讲就是对动画中的对象进行编辑、修改的区域，同时也是动画播放的区域，离开舞台区域的动画在影片导出后不能显示出来，如图 14-1 所示。

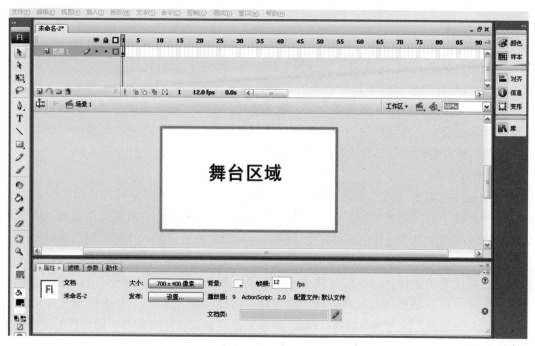

图 14-1 舞台

舞台的属性设置主要是设置舞台的颜色和大小。单击舞台的空白区域，在属性面板中可以设置其颜色和大小，其设置与 Flash 文档的设置一样。

### 14.1.3 场景

场景也就是话剧中所说的"幕"，一部话剧由多个"幕"组成，那么 Flash 中同样可以让影片分成不同的场景来制作，应用场景主要的功能就是可以更方便地管理和编辑动画。每个场景之间的播放顺序按照场景面板中的顺序依次播放，假如添加了时间轴控制代码，则场景的播放顺序可按照时间轴代码的安排用鼠标单击进行播放，如图 14-2 所示。

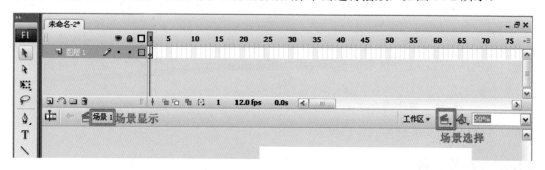

图 14-2 场景

# *14.2* 元件基本知识应用

## 14.2.1 元件

作为元件，在 Flash 动画制作的过程中是不可缺少的，而且元件具有可连续应用和嵌套的功能，Flash 动画区别于其他动画的关键之处就在于元件的应用和元件的创新。那么元件是如何来定义的呢？元件指的是可以重复使用的图形、动画和按钮等，同时它还支持元件之间的嵌套来完成特殊的动画效果。根据制作影片的要求，在建立元件时可以将元件建为图形、影片剪辑、外部导入图形和按钮 4 种类型。下面分别进行介绍。

1. 图形元件

图形元件的图形可以是静帧的单个图形元件和一段动画。图形元件动画的特性在应用时受时间轴上时间轴帧控制，也就是说，当制作了一个 10 帧的图形元件动画，后面动画影片中应用到该图形元件动画时，受该动画时间轴帧长短限制。当影片时间轴时间小于 10 帧时，只播放影片时间轴上对应的图形元件时间动画；当影片时间轴大于 10 帧时，影片时间轴播放的动画将播完图形元件动画，再重复剩余时间长短的图形元件动画。同样，在图形元件中可以添加声音，声音属性设置将在后面介绍。注意，Flash 图形元件可以制作任何形式的动画，除逐帧动画外，Flash 图形元件动画都将使用元件，即元件的嵌套。

2. 影片剪辑元件

影片剪辑元件的制作与图形元件有点相似，区别在于 Flash 影片剪辑元件不受时间轴的限制，不管影片时间与影片剪辑元件时间轴时间是否相同，都将连续播放影片剪辑元件动画。

3. 按钮元件

按钮元件最大的作用就是支持鼠标指向来完成 Flash 动画的交互功能。在按钮元件中同时可以插入其他元件和音乐，并且按钮元件可以设置滤镜特效。

4. 外部导入图形元件

外部导入图形元件即从外部导入的素材（图形、影片等），该素材一直存放在库中，在转换为元件之前，它并不具备某些元件的操作特性，当转换为元件后，删除该素材，转换后的元件中也就没有了该素材图形。因此不要轻易删除图形素材。

5. 实例

实例是元件的具体表现形式，当将元件从库中拖到工作区后，就为元件创建了实例，因此，实例是元件在工作区中的实际应用。在 ActionScript 语言中实例命名常常应用到。

6. 库

库在 Flash 中主要指存储元件以及导入的素材，也就是为 Flash 管理素材的一个集合，管理好库文件对 Flash 动画制作很重要。

## 14.2.2 新建元件

元件的类型主要有 3 种，但创建的方法基本一样。创建的方法主要有以下 3 种。

- 新建元件，选择"插入"菜单中的"新建元件"命令，会弹出"创建新元件"对话框，如图 14-3 所示。在"名称"文本框中输入元件的名称，选择元件的类型，单击"确定"按钮，进入元件的编辑窗口，创建新的元件图形。

图 14-3 "创建新元件"对话框

- 按 Ctrl+F8 组合键，创建新的元件。
- 转换元件。在舞台中绘制好图形后，选择"修改"菜单中的"转换元件"命令，弹出"转换为元件"对话框，如图 14-4 所示。"转换为元件"对话框比"创建新元件"对话框多了一个"注册"选项，单击"注册"旁边的点，可以设置图形的中心点位置。将图形转换为元件还有一个简便的方法，就是选择图形对象后按 F8 键即可。

图 14-4 "转换为元件"对话框

按钮元件和图形、影片剪辑元件在时间轴上帧有所区别。图形元件和影片剪辑元件与一般的场景动画时间轴基本相同，唯一的区别就在于时间轴元件的舞台没有区域限制，而场景动画的舞台有一定的区域范围和大小限制。

在时间轴上，按钮元件与其他两种元件的不同之处在于按钮元件有 4 个不同功能的标准帧，如图 14-5 所示。下面对这 4 个标准帧进行简单介绍。

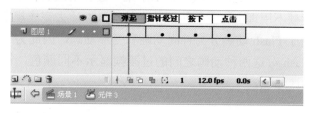

图 14-5 按钮元件的 4 个标准帧

- 弹起：此帧主要是按钮最初始的状态，没有对按钮进行过任何操作时的图形状态。
- 指针经过：当鼠标经过按钮图形点击区域时图形的状态。
- 按下：当鼠标单击按钮时的图形状态。
- 点击：指触发按钮的区域范围。如果图形按钮在点击帧下设置了其触发的区域范围，则在区域外的任何区域将不起作用。同时，当图形区域外部形状没有任何变化时，可以不设置点击帧，鼠标的触发区域也就是图形的形状区域。

在按钮的时间轴上，同样可以添加图形元件、影片剪辑元件以及它们制作的元件动画，还可以添加声音文件，一般情况下，添加音效文件可以起到提醒效果。按钮的时间轴可以添加多个图层，其功能和其他图层一样，但保留按钮的 4 个帧的属性，多余的帧的动画或效果将不显示。

# 14.3 帧相关知识应用

帧在 Flash 动画中贯穿始终。帧相当于电影中的胶片，电影是用胶片一格一格拍摄完成的，Flash 的帧就相当于一格一格的胶片，再将这一格一格的帧组成连续的画面，由于人眼视觉滞留现象形成活动的影像。

Flash 动画就是按照每帧计算的，在时间轴上每一个小格就是一帧，在默认的情况下，每隔 5 帧就有一个标志，方便对帧数的计算和查找。而且动画是按照时间轴横向从左向右播放，时间轴也就是对帧操作的场所。

帧是一个总体概念，在 Flash 动画的实际操作中，帧又分为普通帧、关键帧、过渡帧、空白帧和空白关键帧。

### 1. 普通帧

普通帧在 Flash 动画中常常遇到，一般情况下起到将前面关键帧的画面时间延长的作用。

### 2. 关键帧

关键帧有别于其他帧，在动画中起到关键的作用，它是一段动画的起止画面原型，其间的所有补间和变形动作都基于该原型进行变化。关键帧定义了一段动画的起始和终结，又到另一个过程的开始。同样在制作逐帧动画时，也许两关键帧之间没有过渡变化帧，但关键帧同样起到起始、结束、再起始的作用。作为关键帧，它还区别于其他帧而可以添加 ActionScript 代码，这是其他帧所不可取代的。

### 3. 过渡帧

过渡帧应用在两个关键帧之间，其中显示了某一过渡动画的若干个中间效果。在动画的制作过程中对过渡帧不用理会，它会按照给定的动画性质去完成规定的变换效果，把关键帧处理好即可。由于 Flash 动画分为补间动画和变形动画，因此为了区别是补间动画还是变形动画效果，Flash 对这两种动画之间的过渡帧显示不同颜色，补间动画显示为淡紫色，变形动画显示为淡绿色。

### 4. 空白帧

空白帧在 Flash 动画中表现的是空白内容，但在动画的制作中同样有不可替代的作用。当不需要使前面关键帧的画面延续到后面的帧上去时，插入空白帧就可以达到这样的效果，免除了一帧帧删除画面内容的麻烦。

### 5. 空白关键帧

空白关键帧是关键帧的特殊种类，属于关键帧，但空白关键帧什么也没有，相当于空白帧，具有空白帧和关键帧的双重特性。空白关键帧在制作变形动画和一些动作代码时常常用到。

**注意**　关键帧以实心的黑点表示，空白关键帧以空心点表示，空白帧以白色表示，普通帧以灰色表示。在以后制作动画中，一定要注意到不同帧的表示方法，这样有助于后面动画制作中帧的安排。

### 14.3.1 插入帧

插入帧的方法有两种，下面分别进行介绍。

- 单击时间轴上需要插入帧的帧，然后选择"插入"菜单中的"时间轴"→"帧"、"关键帧"或"空白关键帧"命令。根据不同的需要选择不同种类的帧类型。
- 使用快捷键，单击时间轴上需要插入相关帧的地方，然后按键盘的 F5、F6 和 F7 键分别插入帧、关键帧和空白关键帧。

关键帧、普通帧和空白关键帧的图形区别如图 14-6 所示。

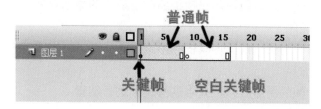

图 14-6　关键帧、普通帧和空白关键帧图形区别

### 14.3.2 编辑帧

对帧的编辑主要包括清除关键帧，删除帧，选取帧，剪切、复制与粘贴帧和翻转帧。

对帧的清除、删除、剪切、复制和粘贴操作方法基本相同，首先是选择帧，然后单击鼠标右键，在弹出的快捷菜单中选择相关命令即可。

1. 选取帧

直接在时间轴上选择所需的帧，选择了的帧显示为黑色，未选择的区域显示方式不变，如图 14-7 所示。

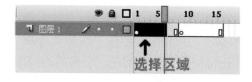

图 14-7　选取帧

2. 翻转帧

将在时间轴上选择的帧的内容在时间轴上的顺序进行颠倒，使选取的第一帧变成最后一帧，最后一帧变成第一帧。

### 14.3.3 绘图纸外观功能

绘图纸外观简称为洋葱皮，是 Flash 动画的一种特殊的功能，方便在制作动画的过程中对时间轴上的图形显示方式进行操作。使动画师很方便地制作出动画，绘图纸外观主要有 4 种显示方式，包括绘图纸外观、绘图纸外观轮廓、编辑多个帧和修改绘图纸标记。图标如图 14-8 所示，绘图纸外观的标准如图 14-9 所示。下面对 4 种不同的命令进行详细介绍。

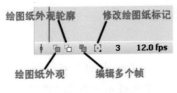

图 14-8　图标

图 14-9　绘图纸外观的标准

1. 绘图纸外观

指在一段时间范围内将动画产生的过程一张张地显示出来，方便动画制作者观察相邻动画帧前后的画面变化，随时间轴相隔帧距离产生渐变的显示效果。

2. 绘图纸外观轮廓

将相邻动画帧前后的图形情况用线框的形式显示出来，一般熟练者常使用该方法。

3. 编辑多个帧

可以看到每一个帧的图形形状，并对这些图形进行编辑。

4. 修改绘图纸标记

单击此按钮会弹出一个选择菜单，如图 14-10 所示，下面分别进行介绍。

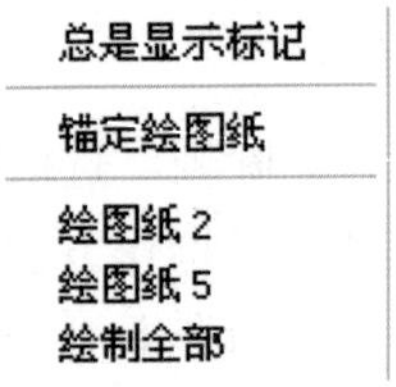

| 总是显示标记 |
| --- |
| 锚定绘图纸 |
| 绘图纸 2 |
| 绘图纸 5 |
| 绘制全部 |

图 14-10　修改绘图纸标记的选择菜单

- 总是显示标记：选择后，无论单击"绘图纸外观"按钮与否，都会在时间轴上显示"绘图纸外观"的标记。
- 锚定绘图纸：由于"绘图纸外观"的区域是随着帧的指示位置的变化而变化的，选择此命令后，改变帧指示的位置不会改变"绘图纸外观"的标记范围。
- 绘图纸 2：将标记作用范围设定为当前左、右两帧的范围内显示"绘图纸外观"。
- 绘图纸 5：将标记作用范围设定为当前左、右 5 帧的范围内显示"绘图纸外观"。
- 绘制全部：所有帧都显示"绘图纸外观"标记。

## 14.4　图层相关知识应用

Flash 动画中的图层相当于传统动画制作的赛璐珞，模拟为透明的。在图层上可以进行画面的编辑和修改，修改和编辑一个图层内容不会影响到其他图层的内容。每个图层对应一条时间轴，上面包括无数的帧。图层、时间轴、帧、舞台和画面是链接在一起的，只要在 Flash 中绘制或编辑图像都牵涉到这 5 个元素。

图层同样有不同的种类，大体上可分为普通层、遮罩层、被遮罩层、引导层、被引导层和图层文件夹。

- 普通层：这是系统默认创建的图层类型，在 Flash 中常常应用到。
- 遮罩层：制作遮罩动画，用于放置遮罩对象的图层，设置遮罩图层时，显示在其下面的就是被遮罩的图层。
- 被遮罩层：与遮罩层相对应，主要是放置被遮罩的内容。
- 引导层：制作引导线动画，用于绘制被引导图层内容的路径，被引导图层内容的运动路径按照引导层绘制的路径进行运动。
- 被引导层：与引导层相对应，主要用于放置将沿着引导线路径运动的图形和动画等。
- 图层文件夹：主要用于管理图层，把图层内容分类，提高工作效率。

图层的特性主要包括可剪辑和不可编辑、显示和隐藏、锁定和解锁、完整显示对象和只显示对象轮廓及图层名称等。

## 14.4.1　创建图层

1. 创建图层的 3 种方法

- 选中图层 1，如图 14-11 所示，直接单击图层面板上的"插入图层"按钮，如图 14-12 所示，创建一个新的图层，如图 14-13 所示。新建的图层 2 在图层 1 的上面，并成为当前活动的图层。

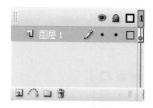

图 14-11　选中图层 1　　　图 14-12　单击"插入图层"按钮　　　图 14-13　创建的新图层

- 选择"插入"菜单中的"时间轴"→"图层"命令即可插入新的图层。
- 单击图层 1，再单击鼠标右键，在弹出的快捷菜单中选择"插入图层"命令。

2. 创建图层文件夹的方法

创建图层文件夹的方法主要有如下两种：

- 选择图层，单击图层面板上的"插入图层文件夹"按钮，如图 14-14 所示，即可创建一个新的图层文件夹，如图 14-15 所示。新建的图层文件夹在刚选择的图层上面，并且为当前活动图层文件夹。图层文件夹对应的时间轴没有相应的帧，只有图层的管理作用。
- 选择"插入"菜单中的"时间轴"→"图层文件夹"命令即可插入新的图层文件夹。

图 14-14　单击"插入图层文件夹"按钮　　　图 14-15　新建一个图层文件夹

### 14.4.2　编辑图层

在 Flash 动画中，对图层的编辑包括选取、移动、删除、重命名、显示或隐藏、锁定、线框模式等，以及图层文件夹的管理。下面分别进行介绍。

**1．选取图层**

在 Flash 动画中，不管是制作动画还是绘制图形、添加代码等，都必须选择相应的图层才能够进行操作，选取图层是这些操作的开始，选取图层的方法主要有以下 4 种。

- 单击时间轴上的图层名称，这是最直接最简便的方法。
- 单击属于该图层对应的时间轴上的任意一帧位置，即可选择该图层。
- 在舞台的编辑区选取该图层对应的任意图形。
- 选择多个图层时，按住 Shift 键或 Ctrl 键，再单击要重复选择的图层名称即可。按住 Shift 键时可连续选择前后两个相连的多个图层，按住 Ctrl 键只重复选择选中的图层。

**2．移动图层**

移动图层是直接选取图层并拖到相应的位置。将图层移动到图层文件夹时，直接选取图层移动到该图层文件夹即可。图层文件夹内部的图层位置根据需要可以进行图层之间的位置关系移动。如图 14-16 所示为图层 2 移动到文件夹 1 后的效果对比。

图 14-16　图层 2 和文件夹 1 的效果对比

**3．删除图层**

在动画的制作过程中，常常会删除一些不需要的图层动画，以方便对动画的调整。删除图层的方法主要有以下两种。

- 右击需要删除的图层，在弹出的快捷菜单中选择"删除图层"命令即可，如图 14-17 所示。
- 选择需要删除的图层，单击时间轴上的"垃圾桶"按钮即可删除，如图 14-18 所示。

图 14-17　选择"删除图层"命令　　　　图 14-18　单击"垃圾桶"按钮

### 4. 重命名图层

当创建一个新的图层时，系统会根据图层创建的先后顺序给它一个预定的名称命令。由于 Flash 动画的制作过程中，图层的数目可能上百上千，如何方便地识别和管理这些图层，提高动画制作的工作效率，就需要对每一个动画图层以严格、易识别的方式进行命名。

对图层的命名很方便，首先选择需要进行命名的图层，然后双击该图层，这时图层的名字上有一个文本输入框，在其中输入新的名字，然后按 Enter 键即可，或者单击除文字输入框以外的任何地方也可以，如图 14-19 所示。

图 14-19　重命名图层

### 5. 显示或隐藏图层

在动画的制作过程中，有时为了方便制作者观看动画图形之间的关系或者动画效果，需要对某些图层进行隐藏才能够很好地观看到相关形状。对图层的隐藏分为两种情况，一是全部图层隐藏，只需单击时间轴上的"显示 / 隐藏所有图层"按钮，舞台上将一片空白，如图 14-20 所示。二是隐藏单个或者多个图层或图层文件夹，只需要单击该图层或图层文件夹相对应的"显示 / 隐藏所有图层"按钮，隐藏的图层或者图层文件夹将显示为 ✕，并且该图层不能够进行编辑；显示的图层或者图层文件夹显示为 • ，如图 14-21 所示。

图 14-20　隐藏全部图层　　　　图 14-21　隐藏单个或多个图层

### 6. 锁定图层

锁定图层，主要是在该图层动画制作完成后，不再对该图层的内容进行编辑或修改时，可以把该图层锁定，避免在制作过程中不小心修改或删除该图层的相关内容。对图层的锁定与隐藏图层一样，包括全部图层锁定和单个或者部分图层或文件夹锁定两种，方法与隐藏图层一样，如图 14-22 所示。

图 14-22　锁定图层

### 7. 线框模式

线框模式也就是该图层对应的舞台图形的形状只用边框线来显示，图层对应什么样的边框颜色，舞台中图形形状也用该颜色显示，这样可以节约计算机存储图层所耗费的内存量，特别是制作一些复杂的场面时很适用，如图 14-23 所示。

图 14-23　线框模式

## 14.4.3　特殊图层

特殊图层包括引导层和遮罩层，主要是在制作一些特殊的动画时才会应用。

## 知识巩固与延伸

（1）了解矢量图的概念。

（2）掌握元件基础知识。

（3）掌握 Flash 关键帧的应用。

（4）掌握图层的应用。

# 第 15 章

## Flash 动画制作

### 本章内容

# *15.1* 逐帧动画制作

逐帧动画在传统动画的制作过程中是最为常见的，传统动画都是一张张地绘制动画画面，制作工作相当复杂和重复，大大浪费了制作的时间和制作者的精力。而在 Flash 动画中，逐帧动画只有在角色的动作上使用，如角色的走路、转身等复杂动作，用其他动画类型很难表现该类型的动作。制作逐帧动画时，需要对该动作的每一帧的动作在舞台中进行修改，适用于每一帧中的图形形状都不相同的情况下。在 Flash 中制作逐帧动画不需要对所有的内容重新绘制一遍，只需要绘制与前一帧画面内容不同的部分即可，相同的部分可以保留。

## 15.1.1 逐帧动画制作分析

应用逐帧动画制作的动画片很多，基本上每一部动画影片都有逐帧动画，有的 Flash 动画为了追求动作和画面逼真的效果，制作大量逐帧动画，使整个动画的动作流畅、连贯。下面分别进行举例介绍。

### 1．转身动画

转身动画在 Flash 动画中是比较常见的，分为角色的全转身、半转身和部分转身。例如，影片《女孩你的一分钟有多长》第一集中，当盖茨领着林可从龙洗一帮朋友面前走过的场景。盖茨回头叫林可走快一点，然后转身看到龙洗一帮朋友的画面。盖茨从回头叫林可到转身看龙洗一帮朋友使用的是转身动画。该动画使用逐帧动画来完成，如图 15-1 所示。一般使用逐帧动画制作角色完成一个完整的转身动作时，只绘制 9 帧即可，绘制 5 帧画面，包括角色的正面、前侧面、正侧面、后侧面和背面。假如动作较快，4 帧也能够完成；动作较慢，绘制的帧可能就比较多，因画面会更加细致。

图 15-1　转身动画

### 2．走路或奔跑动画

走路或奔跑的动作基本上都是一帧帧绘制的，因为完成一个完整的走路或奔跑动作需要一个循环的运动过程，一般需要 12 帧画面。因此，在 Flash 动画中绘制角色完成一个循环的走路或跑步动作需要绘制 12 幅画面。有时，在制作的过程中，要表现某一角色的走路姿态，可以只绘制角色的下半身或上半身，来表现角色走路的运动效果，但前提是必须在前面或者后面交代角色的全身形象特征。例如，上海拾荒动画设计公司的《小破孩》

动画系列《米黄色衬衫》中，一个看上去很脏的小朋友看上了小丫后，准备进店里面购买时，小破孩飞奔过去将小丫藏起来的片段。小破孩在去藏小丫的过程中的动作是奔跑，如图 15-2 所示。

图 15-2　奔跑动画

### 3. 其他类型的逐帧动画

运用逐帧动画的情景很多，如水滴动画、烟雾动画、风吹动画和窗帘动画等，都使用逐帧动画来完成。

## 15.1.2　角色逐帧动画案例分析

本案例选自成都东软信息技术学院 07 级动漫专业张晓。

（1）建立文件，设置文件属性。

首先，新建文件并保存文件，命名为"逐帧转身动画"；然后，设置文档属性，文档属性设置如图 15-3 所示。

（2）绘制角色的形象。

在图层 1 的第一帧绘制角色的形状，如图 15-4 所示。

图 15-3　设置文档属性

图 15-4　绘制角色的形象

（3）逐帧绘制角色后面的动作形象。

绘制好第一帧后，依次在后面绘制下一帧的动作，绘制完一帧后再插入关键帧，共绘制 22 帧。注意，在绘制的过程中打开"绘图纸外观"。每帧图形如图 15-5 所示。

图 15-5　每帧的图形

（4）预览影片。

此动画最难的地方就是绘制角色每一帧的动作，相邻两帧的图形之间区别不能过大，图形的绘制要尽量准确，要找准角色的主要特征。

# 15.2　补间动画

补间动画是 Flash 动画区别于传统动画的重要特征。补间动画也为动画的制作节约了很多时间，提高了工作效率。补间动画只需要一个图形和两个关键帧即可。可以制作图形的上、下、左、右移动及放大、缩小，实现影视中的推、拉、摇、移等镜头技术。补间动画贯穿于 Flash 动画制作的始终。

## 15.2.1　补间动画在Flash动画短片中的应用

补间动画在 Flash 动画短片中主要表现在虚拟镜头的移动和背景的运动上等。下面对这一动画类型进行详细的介绍。

### 1.　左右移动补间动画

左右移动补间动画也就是动画画面从左到右或者从右到左的镜头变化，在影视语言中称为移镜头。例如，上海拾荒动画制作公司《小破孩》系列动画《杀手》影片中，小破孩进入酒吧里面进行杀人的场景，首先对酒吧的场景进行一个镜头从左到右的移动，该镜头使用补间动画来完成，如图 15-6 所示。

### 2.　上下移动补间动画

上下移动补间动画也就是动画的画面从上到下或者从下到上的镜头运动，在影视语言中称为升降镜头。例如，影片《女孩你的一分钟有多长》第三集中，龙洗与林可在教学楼外的走廊上谈话的镜头，镜头从下面升到上面，直到天空的画面，如图 15-7 所示。

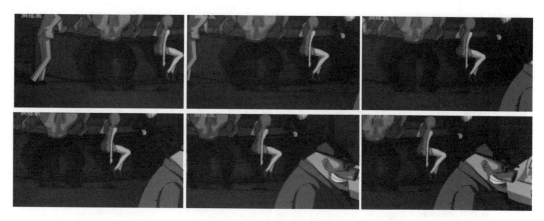

图 15-6　左右移动补间动画

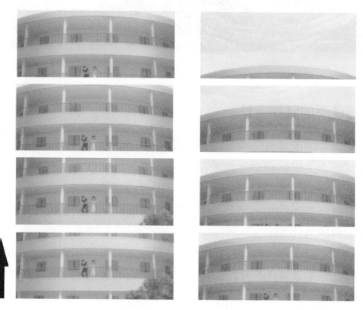

图 15-7　上下移动补间动画

3. 缩放补间动画

　　缩放补间动画也就是镜头画面从大变小或者从小变大的过程，在影视语言中称为推拉镜头。缩放镜头的补间动画是从大景别到小景别或者从小景别到大景别的变化过程，常常用于刻画画面中的主要内容。例如，B@T梦工厂影片的《大海（重生版）》中，女主角在街边买鱼的画面，老人把鱼给女主角，镜头为从小景别到大景别的变化，如图15-8所示。

　　以上主要讲的是镜头的补间动画情况，也就是整个画面的镜头变化过程。在Flash动画中，在角色或背景之间的补间动画比较多，整个画面镜头的补间比较少。画面内容的补间动画只需要在内容前后关系和画面形式制作好后，分为不同的图层来进行制作即可。例如，在画面中表现角色的运动，除了使用逐帧动画来完成外，同样可以用补间动画来实现。先制作一个角色走路动作的逐帧动画元件，然后在场景中再制作一个角色走路元件的移动补间动画即可，如果角色从远到近，制作角色走路元件的缩放补间动画，但注意这种情况一定要处理好与背景之间的关系。

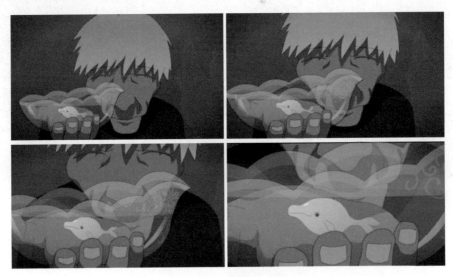

图 15-8　缩放补间动画

### 15.2.2　补间动画的制作方法

在创建补间动画之前，首先要注意的是创建补间动画的对象一定要是元件，否则系统会自动将对象的两个关键帧自动生成补间对象元件，这样就很浪费资源，也不方便动画库资源的管理。在 Flash 8 以前的版本中，没有创建为元件是无法成功制作补间动画的。

对舞台对象制作补间动画的方式包括移动、缩放、旋转、透明度、颜色等。

创建补间动画的方法如下：

（1）新建文件，命名为"移动补间动画"，设置文档属性，大小为 600×360 像素，其他为默认值。在时间轴上选择图层 1，命名为"背景"，再在舞台中绘制背景图形，如图 15-9所示。

图 15-9　绘制背景

（2）新建图层 2，命名为"老鼠动画"，如图 15-10 所示，再在舞台中绘制图形，如

图 15-11 所示，转换为图形元件，命名为"老鼠骑车"，如图 15-12 所示。

图 15-10 新建图层 2 并命名　图 15-11 绘制图形　　　图 15-12 将图形转换为元件并命名

**注意**　在绘制元件图形的过程中，可以将背景隐藏，这样可以方便地绘制和观看角色的形象。

（3）将"背景"图层时间延长到第 20 帧，再在"老鼠动画"图层的第 20 帧插入关键帧，效果如图 15-13 所示。

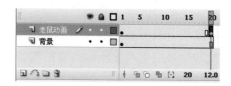

图 15-13 插入关键帧

（4）调整"老鼠动画"图层两个关键帧对应的"老鼠骑车"元件的位置，第一个关键帧在最左边，最后一个关键帧在最右边，如图 15-14 所示。

图 15-14 调整两个关键帧的位置

（5）在两个关键帧之间创建补间动画，方法为在两关键帧之间单击鼠标右键，在弹出的快捷菜单中选择"创建补间动画"命令，如图 15-15 所示。成功创建补间动画后，时间轴的显示如图 15-16 所示。

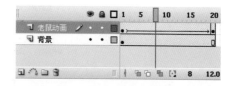

图 15-15 选择"创建补间动画"命令　　　　图 15-16 时间轴的显示

这只是补间动画的一种，其他类型补间动画的制作方法基本相同，只是在两个关键帧的舞台对应的地方进行位置、大小、方向等改变即可。

### 15.2.3 补间动画的影视技巧

补间动画在制作的过程中是最常见的，也是经常使用的，是 Flash 动画最基本的动画制作方法。在制作补间动画的过程中，一定要注意一些相关的方法和技巧。

- 补间动画的对象一定要是元件，否则创建的动画不方便管理和寻找对象，还会增加文件的大小。
- 补间动画建立在两个关键帧之间，两个关键帧的图形对象是相同的元件，只是图形的位置、大小和方向进行了相关的改变。
- 创建补间动画时，该图层对应的帧上只有一个图形元件，出现多个或其他的矢量图形时，补间动画就不算成功。
- 原则上每一个图层对应相关元件的一个动画，假如要在该图层后面帧的部分制作其他动画，就必须在后面图层的时间帧上插入空白关键帧后再编辑相关图形，或者是插入关键帧后删除该帧的所有内容再重新加入新的内容。

## 15.3 变形动画

变形动画在 Flash 动画中称为形状补间动画，是基于两个关键帧中的矢量图形存在的形状、色彩、大小等的差异而创建的动画形式。在两个关键帧之间图形有两种形状状态。要注意的是，创建变形动画的必须是矢量图形，否则不能制作成功。图形是元件、文字、实例或组等时，必须对其进行完全分离后才能制作形状补间动画。如果两个图形之间形状变化较大，在系统默认转变的过程中可能不会按照预期效果进行转换，可以应用形状提示来控制部分形状在变化的过程中按照预期效果进行变化。

### 15.3.1 变形动画制作实例

下面来制作字母变形的动画效果。

（1）新建文件，命名为"形状补间动画"，设置文档属性，大小为 400×300 像素，背景为黑色，帧频为 12，如图 15-17 所示。

图 15-17 新建文件并设置属性

（2）修改图层 1 名称为"变形动画"，然后在第一个关键帧位置输入字母"A"。设置字母 A 的属性如图 15-18 所示。

图 15-18　设置字母 A 的属性

（3）在第 10 帧的位置插入空白关键帧，输入字母"B"，其属性如图 15-19 所示。

图 15-19　设置字母 B 的属性

（4）分别对两个关键帧所对应的图形字母文字进行分离，使其变成可以进行形状编辑的矢量图形。再在两帧之间使用"创建补间形状"命令，方法是在两个关键帧之间单击鼠标右键，在弹出的快捷菜单中选择"创建补间形状"命令，如图 15-20 所示。创建完成的补间形状动画的时间轴显示为淡绿色，如图 15-21 所示。

图 15-20　选择"创建补间形状"命令

图 15-21　时间轴

最后预览动画即可看到字母 A 变成字母 B 的变形过程。

### 15.3.2　变形动画在Flash动画短片中的应用

变形动画在 Flash 动画中的应用不是很多，因为变形动画的不好控制性，在制作的过程中不能很好地掌握其变形，因此一般只使用在简单的变形上，用来取代逐帧动画制作过程的繁琐。例如，窗帘的飘动、头发的飘动等，都可以使用补间形状动画来制作。但在制作的过程中，一定要注意变形的形状是否过大，过大就最好不要使用补间形状动画来制作，否则会出现适得其反的效果。

## 15.4　特殊动画制作

应用 Flash 动画软件可以制作很多特殊的动画效果，如发光等特效，但在 Flash 动画制作的过程中，遮罩动画和引导线动画是最为特殊的两种动画制作方式。遮罩动画可以制作通过某种图形形状显示的动画，引导线动画可以使动画对象沿着一定的轨迹运动。下面对这两种动画的制作步骤进行详细的介绍。

### 15.4.1　特殊动画种类

#### 1．遮罩动画

遮罩动画也就是应用遮罩层创建一个图形，通过该图形能够看到下面一个图形的内容，这种方法可以用来制作探照灯、放大镜等效果，一般在 Flash 动画广告中应用得较多。遮罩的图形可以是填充的形状图形、文字对象和图形元件，可以将多个图层组织在一个遮罩层之中，从而创建复杂的效果。

同时，给遮罩层或被遮罩层创建补间动画还可以让遮罩层的动画动起来，但必须遵循补间动画基本原理。要注意的是，遮罩层只起到一个图形形状范围作用，其颜色、透明度等特殊效果在动画的预览过程中是看不见的。因此，创建遮罩层只需要对其形状好好把握即可。遮罩层的图形必须有填充，不能是线段，否则无法显示被遮罩的图形。

创建遮罩层的方法如下：

选择时间轴上要用来作为遮罩层的图层，单击鼠标右键，在弹出的快捷菜单中选择“遮罩层”命令，该层就设置成了遮罩层，图层的标志也发生了变化，如图 15-22 所示。在遮罩层下方紧邻的图层就直接变成了被遮罩层。被遮罩层的内容会通过遮罩层形状填充区域范围而显示出来。在动画制作的过程中，如果想观看遮罩效果，必须将遮罩层和被遮罩层进行锁定，否则只有在预览影片或者导出影片后才能够看到效果。

图 15-22　遮罩层的标志

下面讲解遮罩层动画制作实例。

（1）新建文档，命名为“遮罩动画”，再设置文档属性，如图 15-23 所示。

图 15-23　设置文档属性

（2）将新建的文档图层 1 命名为"文字"，在舞台中输入文字"FLASH"。设置文字属性如图 15-24 所示。再将文字进行两次分离，文字变成可编辑的矢量图形。

图 15-24　设置文字属性

（3）制作背景文字效果。选择舞台中的文字，在"修改"菜单中选择"形状"→"柔化填充边缘"命令会弹出"柔化填充边缘"对话框，在其中设置相关数字，如图 15-25 所示。最后的文字效果如图 15-26 所示，将"文字"图层时间延长到第 20 帧。

图 15-25　"柔化填充边缘"对话框 　　　　　图 15-26　文字效果

（4）新建图层 2，命名为"遮罩动画"，如图 15-27 所示。在舞台的最左边绘制任意椭圆，转换成元件，命名为"椭圆"，如图 15-28 所示。

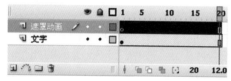

图 15-27　新建图层 2 　　　　　　　　图 15-28　绘制椭圆

（5）在"遮罩动画"图层的第 20 帧插入关键帧，将"椭圆"图形元件移动到舞台的最右边，如图 15-29 所示，并在"遮罩动画"图层之间创建补间动画，图层的效果如图 15-30 所示。

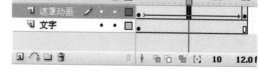

图 15-29　移动"椭圆"元件到最右边 　　　　图 15-30　图层的效果

（6）此步是遮罩动画的关键一步。在"遮罩动画"图层上单击鼠标右键，在弹出的快捷菜单中选择"遮罩层"命令，如图 15-31 所示。这时，动画效果制作完成，最后的图层效果如图 15-32 所示，舞台动画如图 15-33 所示。

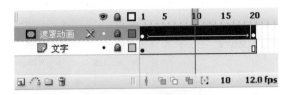

图 15-31 选择"遮罩层"命令　　　　图 15-32 最后的图层效果

图 15-33 舞台动画

这时就完成了文字遮罩动画的制作。遮罩动画的制作一定要注意的是遮罩层与被遮罩层之间的位置关系。

2. 引导线动画

引导层作为一种特殊的图层，在 Flash 动画设置中的应用很广泛，使用引导层制作动画，就是使对象沿着特定的路径运动。与遮罩层动画一样，必须包括引导层和被引导层，可以是一个对象沿着一个轨迹运动，也可以是多个对象沿着一个运动轨迹运动。

下面讲解引导线动画实例。

（1）新建文档，命名为"引导线动画"，文档属性设置如图 15-34 所示。

（2）将图层 1 命名为"纸飞机动画"，再在舞台中绘制如图 15-35 所示的图形，并将图形转换为图像元件"纸飞机"。

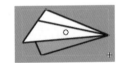

图 15-34 设置文档属性　　　　图 15-35 绘制纸飞机

（3）创建引导层。单击时间轴上的"添加运动引导层"按钮，如图 15-36 所示，这时，在"纸飞机动画"图层上面就出现了引导层，而"纸飞机动画"图层自动在引导层中，命名引导层为"纸飞机引导线"，如图 15-37 所示。

图 15-36 添加运动引导层　　　　图 15-37 命名引导层

（4）在"纸飞机引导线"图层舞台中绘制线段，如图15-38所示。注意，该线段一定要是连续的线段，不能进行组合或转换成元件。再将该图层时间轴的时间延长至第30帧，锁定该图层。

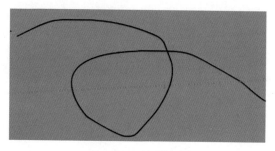

图15-38 绘制线段

（5）回到动画的第1帧位置，单击"纸飞机动画"图层，在第30帧插入关键帧。将"纸飞机"图形元件移到舞台最右边，"纸飞机"图形元件的中心点在线段的末端上。再调整第1帧，使"纸飞机"图形元件中心点在线段的最开始位置，如图15-39所示。最后，在两个关键帧之间创建补间动画即可完成纸飞机沿着引导线运动的效果。

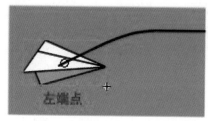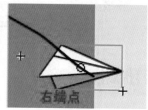

图15-39 调整位置

在制作该动画时，假如要使动画看上去逼真，可以在移动的过程中制作一圈的选择动画或者纸飞机逐渐消失的动画。

注意　　　引导层在动画的上方，引导线不能是元件或组合的对象，绘制引导线的过程中，不能在工具栏下方单击"绘制对象"按钮，引导线是连续的线段，不能有断点现象，否则不能够制作成功。

引导线动画在Flash动画中一般用于制作树叶飘落、花瓣飘飞动画等效果，以及一些特殊的动画。与传统动画相比，制作此类的动画效果更逼真外，还可以节约更多的时间。

## 15.4.2　在Flash动画短片中应用特殊动画的方法

特殊动画在Flash动画短片中主要制作一些补间动画无法完成的特殊动画效果，在动画的创作过程中常常会使用到该效果。遮罩动画一般常常使用在网站的广告条动画上，在Flash动画短片中的应用不是很多，有时可能会在一些文字效果上或者影片的开始或结尾处使用。而引导线动画在Flash动画短片中常常被应用到，如树叶的飘落、花瓣飘飞等，而且使用这样的效果可以使运动更优美，按照生活的现象而运动，增加影片画面的真实性。例如，Flash动画短片《燕子》中，一群燕子从角色头上飞过后，掉了一支羽毛，飘在角色的手上，在飘落的过程中，沿着曲线运动，模拟现实的运动轨迹，如图 15-40 所示。

图 15-40　应用特殊动画

# 15.5　按钮制作

按钮是 Flash 动画的一种元件类型，其功能主要是检测鼠标动作并产生交互功能。有按钮就必须有程序相搭配，其功能不同，程序也不一样。常在按钮中加入音效，使按钮更形象化。在现实生活中，凡是界面操作的应用产品都是使用按钮来完成操作的，如手机、MP3、Flash 网站和 Flash 游戏等，这些交互功能都可以使用 AS 语言来实现，使 Flash 动画的交互功能更强，与观众的距离更近。

## 15.5.1　按钮分类

Flash 动画的按钮根据画面设计或创作的需要，可以分为文字按钮、动画按钮、图片按钮或者其相互的结合。

## 15.5.2　创建按钮实例

在创建按钮前，一定要明白按钮在时间轴上的 4 个关键帧，其相关属性在第 14 章中已经讲过。在创建按钮的过程中，不需要制作得太过复杂。

下面介绍一个创建按钮的实例：

（1）新建文档，命名为"按钮"，其页面属性为默认。

（2）在"插入"菜单中选择"新建元件"命令，会弹出"创建新元件"对话框，命名为"文字按钮",选中"按钮"单选按钮,如图 15-41 所示。

图 15-41 "创建新元件"对话框

(3)这时就进入按钮元件的编辑状态,如图 15-42 所示。在舞台中绘制图形,然后在图形上方输入文字"ENTER",如图 15-43 所示。

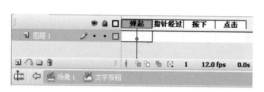

图 15-42 按钮元件的编辑状态　　　　图 15-43 绘制图形并输入文字

(4)在按钮图层后面的"指针经过"、"按下"、"点击"对应的帧处插入关键帧,如图 15-44 所示。单击"指针经过"关键帧,将对应舞台中的文字修改为白色,如图 15-45 所示。

图 15-44 插入关键帧　　　　图 15-45 将舞台修改为白色

(5)回到"场景 1",单击舞台左上角的"场景 1"按钮,如图 15-46 所示。再将"文字按钮"从"库"中拖到舞台中即可。

图 15-46 单击"场景 1"按钮

## 15.6 动画制作技巧

在 Flash 动画中,尤其是制作动画短片的过程中,或多或少都要表现一些较复杂的动作,而 Flash 本身功能的限制使我们在制作动画的过程中无法达到想要的效果。这里将制作动画短片中的一些技巧介绍给大家，以方便在 Flash 动画的制作过程中能够节约时间并更好地表现动画效果。

逐帧动画是常用的动画表现形式，是制作者一帧一帧地将动作的每个细节都绘制出来，这项工作是非常费时和讲究创作的艺术功底和动画绘制能力的。在制作逐帧动画的过程中，将给大家介绍一些技巧方法，包括简化主体、循环法、节选渐变法、替代法、临摹法和遮蔽法等。

### 1. 简化主体

在 Flash 动画的制作过程中，如何在较短的时间内将动画中动作的效果表现得更好，需要将动画角色的造型尽量简化，不要过于复杂，这样可以提高制作的工作效率。例如，小破孩动画形象，整个动画角色的线条很少，而且角色的服装装饰也很简单，这为后面角色动作的制作节约了不少时间。对于不是以动作为主要表现对象的动画，画面简单也是省时的好方法。

### 2. 循环法

循环法是最常用的动画表现方法，将一些动画中常常用到的动作制作成影片剪辑元件，或者将某些动作简化成只有几帧或两三帧的逐帧动画组成的影片剪辑元件，利用影片剪辑元件的循环播放特性，来表现一些动画，如头发飘动、窗帘飘动、角色常规走路动作、角色说话等。但在制作这种循环的逐帧动画的过程中，一定要注意其在影片中的节奏，做好了能取得很好的效果。相同的动作在不同的场景中可能节奏不一样，将该影片剪辑元件复制下来，再进行适当的修改，也能够节约重新再制作相关动作的时间。

### 3. 节选渐变法

例如，在动画的制作过程中，表现一个人抬头的缓慢动作，根据时间长短和帧频决定绘制的画面张数，可以节选几个关键的帧，然后用渐变或闪现的方法来表现整个动作，这样就为制作该类型的动画节约了绘制复杂变化画面的时间。节选渐变法只适合于角色的慢动作过程，对于一些场景画面，该方法就不适用。

### 4. 替代法

替代法是最简单的方法，借用影视语言的功能，用其他相关的简单物体动作来替代复杂的动作。该方法的精髓就在于"避实就虚"，至于怎么虚，就需要设计师平时的观察了。

### 5. 临摹法

临摹法对于初学者十分适用，有时在绘制一些场景或动作的过程中，没有绘制过相关的画面，这时可以找一些相关的图片或素材导入到 Flash 中，进行一帧一帧的临摹，需要注意的是一定要掌握好导入的视频素材的帧频问题。

### 6. 遮蔽法

遮蔽法也就是在制作一些复杂角色的动作过程中，可以借用角色的某些特殊部位来表现该动作，如角色走路，只绘制角色的脚走路的动作，上身和头部不绘制，将其遮蔽住，这样就能够节约制作该动作的时间。

## 知识巩固与延伸

（1）掌握逐帧动画的制作方法。

（2）掌握补间动画的制作方法。

（3）掌握 Flash 动画中补间动画的应用。

（4）掌握变形动画的制作方法。

（5）掌握遮罩动画的制作方法。

（6）掌握引导线动画的制作方法。

（7）掌握按钮的制作方法。

（8）掌握 Flash 动画的制作技巧。

# 第 16 章

## Flash 中的 ActionScript 语言知识

### 本章内容

Adobe Flash CS3 Professional 是专业的标准创作工具，使用它制作出来的动画和网页极富感染力。ActionScript 是用来向 Flash 应用程序添加交互性的一种动作脚本语言，此类应用程序可以是简单的 SWF 动画文件，也可以是更复杂的功能丰富的 Internet 应用程序。其实，不使用 ActionScript 就可以用 Flash 制作出精美的动画效果，但是，如果想要提供基本或复杂的用户交互功能、使用除内置对象之外的其他对象或者想以其他方式使 SWF 文件具有更加完美的用户体验，ActionScript 的使用则是必不可少的。

ActionScript 是 Flash 强大交互功能的核心，是 Flash 的重要组成部分，使用简单的 Flash 编程可以实现如控制时间轴动画播放、动态加载影片剪辑实例、与 HTML 网页的链接等功能。而高级的 Flash 编程则能够实现复杂的交互游戏，可以与后台数据库及各种其他应用程序进行连接，制作出复杂的人机交互系统。

## 16.1 ActionScript 2.0 语言基础知识

### 16.1.1 语言基础知识

ActionScript 自 Flash 诞生以来就随着其发展不断地进步，它是一种嵌入到 Flash 中的类似 C 语言的程序语言，程序设计者首先使用 Flash 创作工具编辑并编译 ActionScript 代码，编译生成的二进制代码将成为最终 SWF 文件的一部分，代码要起作用，需要由 Action Virtual Machine（AVM）来解释，AVM 称为 ActionScript 虚拟机，是 Flash Player 的一部分。

ActionScript 的版本已经从最初的 1.0 发展到如今的 3.0，而 Flash CS3 支持两个版本的脚本语言，一个是 ActionScript 2.0，另一个是最新的 ActionScript 3.0。ActionScript 2.0 是在 MX 时代被慢慢引入的，而在 MX 2004 版本被开发者全面采纳。ActionScript 2.0 运行在 Flash Player 6 以上的版本中，它引入了面向对象编程的方式，并且有良好的类型声明，而且分离了运行时和编译时的异常处理，在格式上遵从了 ECMA4 Netscape 的语言方案，但并不是完全兼容 ECMAScript 标准。虽然基于 ActionScript 2.0 的开发方式在众多开发者眼中褒贬不一，但不可否认的是，ActionScript 2.0 为了 ActionScript 3.0 的诞生铺设了一条康庄大道。

Flash CS3 提供了强大的 AS 开发环境，代码输入的两个主要位置包括动作面板和脚本文件。动作面板可以使用"窗口"菜单的"动作"命令来打开，或者使用快捷键 F9 打开，如图 16-1 所示。

动作面板是 Flash 主要的程序编辑环境，主要由 3 个部分组成，左上部分是动作工具箱，动作脚本的每个语言元素在该工具箱中都有对应的条目，按照函数、类和类型等分类列出，可以在其中选择脚本元素，双击或用鼠标拖动则可以将其添加到脚本窗口中；动作工具箱的下面是脚本导航器，它用于显示 Flash 文档中所有包含脚本的 Flash 元素（包括帧、影片剪辑和按钮），方便在它们之间快速切换，选择其中一项，则脚本窗口中会显示对应项目关联的脚本，同时播放头会移到时间轴上的该位置；右边最大的区域则是脚本窗口，该区域用于编辑和显示代码。

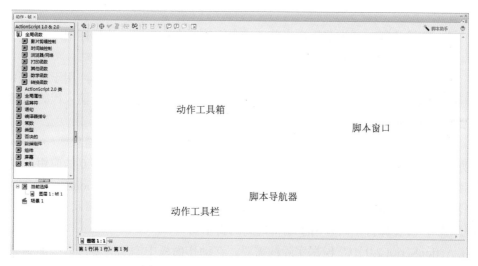

图 16-1　ActionScript 2.0 的动作面板

脚本窗口上方是动作工具栏，上面有若干的功能按钮，在编辑 AS 代码时经常用于对脚本实施一些操作，如图 16-2 所示。

图 16-2　动作工具栏

这些功能按钮的作用如下。

- <span></span>：将新项目添加到脚本中。单击该按钮之后，会弹出一个列表，列表中包含了 ActionScript 动作工具箱中的所有语言元素，选择之后可以直接添加到脚本窗口中。
- <span></span>：查找。用于查找和替换脚本中的文本。
- <span></span>：插入目标路径。单击该按钮之后，会弹出"插入目标路径"对话框，可以帮助用户为脚本中的某个实例设置绝对或相对目标路径。
- <span></span>：语法检查。检查当前脚本中的语法错误，语法错误罗列在编译器错误面板中。
- <span></span>：自动套用格式。设置脚本的格式以实现正确的编码语法使其拥有更好的可读性。
- <span></span>：显示代码提示。给正在编写的动作显示代码提示，即包含该动作完整语法的工具提示或列出可能的方法或显示属性名称下拉列表。
- <span></span>：调试选项。设置和删除断点，以便在调试时可以停止然后跟踪到脚本中的每一行。
- <span></span>：折叠成对大括号。对出现在当前包含插入点的成对大括号或小括号间的代码进行折叠。
- <span></span>：折叠所选。折叠当前所选的代码块。
- <span></span>：展开全部。展开当前脚本中所有折叠的代码。
- <span></span>：应用块注释。将注释标记添加到所选代码块的开头和结尾。

- ▢：应用行注释。在插入点处或所选多行代码中每一行的开头处添加单行注释标记。
- ▢：删除注释。从当前行或当前选择内容的所有行中删除注释标记。
- ▢：显示 / 隐藏工具箱。显示或隐藏动作工具箱。
- ▨：脚本助手。在"脚本助手"模式中，将显示一个用户界面，用于提示用户输入创建脚本所需的元素。在"脚本助手"模式下，用户不能直接输入代码到脚本窗口中，初学者可以利用该模式快速创建一些简单的动作脚本。
- ⑦：帮助。显示"脚本"窗口中所选 ActionScript 元素的参考信息。

动作面板是编辑时间轴代码的主要工具，但是随着 ActionScript 3.0 的应用，更多的代码是写在脚本文件中的。执行"文件"→"新建"命令，选择"ActionScript 文件"命令（扩展名为 as 的文件类型），即可新建一个脚本文件，在脚本文件编辑状态下没有工具箱，没有时间轴，没有舞台，只有用于编辑代码的脚本窗口。

在 ActionScript 2.0 中，根据实际的需要，在动作面板中添加脚本可以添加到如下 3 个位置。

### 1. 关键帧

动作脚本可以添加到时间轴的任意关键帧上，时间轴既可以是主时间轴，也可以是影片剪辑的时间轴。给关键帧添加动作的方法为：首先选中该帧，打开动作面板，这时动作面板名字会显示为"动作 - 帧"，而对应的添加了动作脚本的时间轴上的关键帧会以一个小写的 a 标注，如图 16-3 所示。当主时间轴或影片剪辑播放到添加了动作的帧时就执行里面所写的动作。

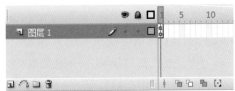

图 16-3　添加了动作脚本的关键帧

### 2. 按钮

可以通过给按钮添加动作来控制影片和其他元件，通常给按钮添加的动作的执行都是与特定的按钮事件配合发生的，如按钮的按下（press）和释放（release）等。给按钮添加动作的方法为：首先在场景中选中该按钮，然后打开动作面板，这时动作面板的名字会显示为"动作 - 按钮"，当指定的按钮事件发生时，就会执行相应的动作。

### 3. 影片剪辑

给影片剪辑添加动作的方法和按钮基本相同，动作面板的名称会显示为"动作 - 影片剪辑"，并且也是要有特定的事件触发的，如加载影片剪辑（load）或者播放影片剪辑的帧时（enterFrame），该影片剪辑的动作被执行。

ActionScript 3.0 开始就不支持将动作脚本写在按钮和影片剪辑上，而主张将代码写在帧或外部的脚本文件中。

### 16.1.2　控制时间轴动画播放

Flash 动画默认的状态是沿着时间轴不断地循环播放，如果用户想自己来控制动画的播放和停止，可以使用相应的"时间轴控制"语句来实现。在动作面板中，单击动作工具箱中的"全局函数"选项，在展开的项目中选择"时间轴控制"选项，即可看到时间轴控制函数，如图 16-4 所示。

图 16-4　时间轴控制函数

时间轴控制语句包括如下几个。

- play();——开始播放影片，该语句不需要参数。
- stop();——停止播放影片，该语句不需要参数。
- gotoAndPlay([ 场景 ]，帧 );——跳转到指定场景的指定帧后，开始播放影片，该语句需要指定场景和帧的参数。如果没有指定场景，则跳转到当前场景的指定帧上。
- gotoAndStop([ 场景 ]，帧 );——跳转到指定场景的指定帧后，停止播放影片，该语句需要指定场景和帧的参数。
- prevFrame();——跳转到上一帧并停止播放影片。
- nextFrame();——跳转到下一帧并停止播放影片。
- prevScene();——跳转到上一个场景并停止播放影片。
- nextScene();——跳转到下一个场景并停止播放影片。
- stopAllSounds();——停止播放所有声音。该函数不停止动画的播放。

下面通过一个具体的实例来说明时间轴控制语句的使用，操作步骤如下：

（1）新建一个 Flash 文件。

（2）在场景的图层 1 中制作一个 15 帧的补间动画。

（3）新建图层 2，在其中放置 6 个按钮元件，如图 16-5 所示。

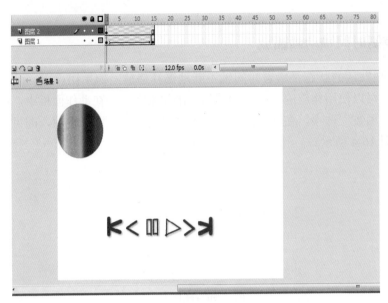

图 16-5　使用按钮控制时间轴动画

（4）新建一个 AS 图层，选中该图层的第一帧，单击鼠标右键，在弹出的快捷菜单中选择"动作"命令打开动作面板，在脚本窗口中输入如下语句：

```
stop();
```

（5）选中舞台中的第一个按钮，并打开动作面板，在脚本窗口中输入如下语句：

```
on (release) {
    gotoAndStop(1);
}
```

（6）选中舞台中的第二个按钮，并打开动作面板，在脚本窗口中输入如下语句：

```
on (release) {
    prevFrame();
}
```

（7）选中舞台中的第三个按钮，并打开动作面板，在脚本窗口中输入如下语句：

```
on (release) {
    stop();
}
```

（8）选中舞台中的第四个按钮，并打开动作面板，在脚本窗口中输入如下语句：

```
on (release) {
    play();
}
```

（9）选中舞台中的第五个按钮，并打开动作面板，在脚本窗口中输入如下语句：

```
on (release) {
    nextFrame();
}
```

（10）选中舞台中的第六个按钮，并打开动作面板，在脚本窗口中输入如下语句：

```
on (release) {
    gotoAndStop(15);
}
```

（11）动画效果完成后，按 Ctrl+Enter 组合键测试影片，可以看到动画效果。

**注意**  刚开始打开时动画是不播放的，因为在第一帧上让播放停止了，分别单击 6 个按钮，可以分别实现将动画回到第一帧、上一帧、停止、播放、下一帧、最后一帧的效果，因为在 6 个按钮上分别添加了相应的控制时间轴动画播放的代码。

在该例子中，使用的时间轴控制语句都是在主时间轴上进行跳转，如果想控制某个影片剪辑的播放，时间轴控制语句也是适用的，因为主时间轴其实就是一个最大的影片剪辑。要实现该效果，必须要给控制的影片剪辑在属性面板的"实例名称"文本框中输入一个名字，然后在控制语句前加上这个实例名。例如，在舞台上有个名为 mc 的影片剪辑实例，要让其停在第一帧，在主时间轴上的第一帧添加代码"mc.stop();"即可。

还有一点需要注意的是，给按钮元件添加动作时，必须有一个按钮事件触发动作，在这个例子中使用的是按钮释放（release）事件，当然还可以有其他的按钮事件，如按钮按下（press）、外部释放（releaseOutside）、滑过（rollOver）、滑离（rollOut）、拖过（dragOver）和拖离（dragOut）等，但是给帧添加的动作是不需要事件触发的，直接写在帧的动作面板中即可。

前面提到，将动作脚本写在按钮或影片剪辑上，需要一种或多种事件的触发，ActionScript 2.0 的事件处理除了使用 on() 函数之外，还可以使用 onClipEvent()，后者只适用于影片剪辑，影片剪辑的相关事件有加载（load）、删除（unload）、进入帧（enterFrame）、鼠标移动 / 按下 / 释放（mouseMove/mouseDown/mouseUp）、键盘按下 / 释放（keyDown/keyUp）等。

## 16.1.3  控制影片剪辑实例动画

影片剪辑是 Flash 中最重要的编程对象，所以要熟练掌握对它的控制方法，包括影片剪辑的一些常用属性及函数的用法。

每个影片剪辑元件实例都有自己特有的属性，如实例名、位置、宽、高和透明度等，可以选中实例后更改其属性面板中的相应选项或者直接用工具箱中的工具来更改这些常用属性，这是在编辑状态更改影片剪辑元件的状态，如果在 SWF 文件执行时动态更改或获取实例的属性，就必须使用相应的语句在代码中实现。

影片剪辑的常用属性如下。

- _alpha：不透明度值，0 表示完全透明，100 表示完全不透明。
- _height：高度（单位像素）。
- _width：宽度（单位像素）。
- _rotation：旋转角度（单位为度）。
- _x：位置属性的 X 坐标（将舞台看作一个二维平面，水平为 X 方向）。
- _y：位置属性的 Y 坐标（将舞台看作一个二维平面，垂直为 Y 方向）。

- _xscale：水平方向上的缩放比例（单位为百分比）。
- _yscale：垂直方向上的缩放比例（单位为百分比）。
- _xmouse：当前鼠标所处位置的 X 坐标值。
- _ymouse：当前鼠标所处位置的 Y 坐标值。
- _heightqulity：画质，1 为最高画质，0 为一般画质。
- _name：实例名。
- _visible：是否可见，1 为可见，0 为不可见。
- _currentframe：当前影片剪辑播放的帧数。
- _totalframes：影片剪辑的总帧数。

下面通过一个例子来说明对影片剪辑属性的控制，操作步骤如下：

（1）新建一个 Flash 文件。

（2）新建一个影片剪辑元件，在里面绘制一个多边形。

（3）返回舞台，将影片剪辑拖入舞台，在属性面板中设置影片剪辑元件的实例名称为 polygon，以后在脚本中对该影片剪辑实例的所有操作都用这个名字来指定，如图 16-6 所示。

图 16-6　在属性面板中给元件实例命名

（4）新建图层 2，在上面放置 4 个按钮，分别用于控制该影片剪辑的放大、缩小、逆时针和顺时针旋转。使用文本工具在场景中添加两个静态文本和两个动态文本，用于显示影片剪辑的缩放比例和旋转角度，将两个动态文本框的属性面板的"变量"设置为 sc 和 ro，如图 16-7 所示。

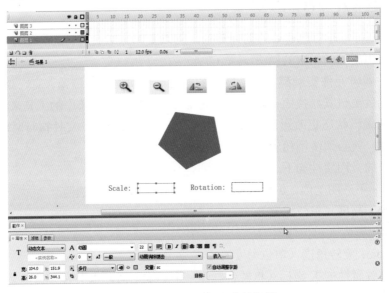

图 16-7　添加按钮和文本的场景

（5）新建图层 3，作为代码层，选中该层第一帧后打开动作面板，在脚本窗口中输入如下语句：

```
ro = polygon._rotation;
sc = polygon._xscale;
```

（6）选择第一个按钮，打开动作面板，输入如下语句：

```
on (release) {
  polygon._xscale = polygon._xscale+10;
  polygon._yscale = polygon._yscale+10;
  sc = polygon._xscale;
}
```

（7）在第二个按钮的脚本窗口中输入如下语句：

```
on (release) {
  polygon._xscale = polygon._xscale-10;
  polygon._yscale = polygon._yscale-10;
  sc = polygon._xscale;
}
```

（8）在第三个按钮的脚本窗口中输入如下语句：

```
on (release) {
  polygon._rotation = polygon._rotation-10;
  ro = polygon._rotation;
}
```

（9）在第四个按钮的脚本窗口中输入如下语句：

```
on (release) {
  polygon._rotation = polygon._rotation+10;
  ro = polygon._rotation;
}
```

（10）动画效果完成后，按 Ctrl+Enter 组合键测试影片，单击按钮可以看到动画效果。

**注意**　　初始状态下，影片剪辑的缩放比例为 100，旋转角度为 0，前两个按钮通过不断改变影片剪辑元件的缩放比例实现图形的放大和缩小，后两个按钮通过不断改变影片剪辑的旋转角度实现对图形的顺时针和逆时针旋转，在更改状态时，动态文本框也动态显示更改后的数值。

下面介绍常用的影片剪辑操作语句。

1. setProperty( 目标 , 属性 , 值 ) 和 getProperty( 目标 , 属性 )

该语句用于获取和设置影片剪辑的属性值。其中，"目标"是指要设置（获取）属性的影片剪辑的实例名；"属性"即要设置的属性的名称，如 _alpha、_rotation 等；"值"即是该属性对应的值。例如，下面的语句：

```
setProperty("polygon",_rotation,20);// 将实例名为 polygon 的影片剪辑旋转 20°
Mx = getProperty("polygon", _x);      // 将实例名为 polygon 的影片剪辑的横坐标赋
                                        予变量 Mx
```

这两个语句的作用与前面介绍影片剪辑属性时使用点语法"."来直接设置影片剪辑的相应属性值的作用是相同的。

2. duplicateMovieClip( 目标 , 新实例名称 , 深度 )

该语句的作用是通过复制创建新的影片剪辑实例。经常可以看到的雪花飞舞、点点星空和雨点等特效，都是利用 duplicatcMovieClip() 来实现的。

该语句需要设置以下 3 个参数。

- 目标（target）：被复制的影片剪辑的名称和路径。
- 新实例名称（newname）：复制后得到的新影片剪辑实例的名称。
- 深度（depth）：整数，代表影片剪辑实例在影片中的叠放顺序，深度较低的影片剪辑位于深度较高的影片剪辑实例之下，两个实例如果有相同的深度，则后面复制产生的实例将覆盖前面的。

复制得到的影片剪辑实例会重叠在原有影片剪辑的上面，如果不改变前者的属性值，如 _x、_y、_rotation、_xscale、_yscale 等，无论复制多少次，就只能看到深度编号最高的那个影片剪辑副本。

下面通过一个下雨效果的例子来说明对影片剪辑实例的复制语句的使用，最终效果如图 16-8 所示。

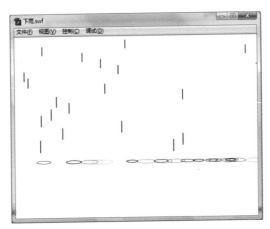

图 16-8　下雨效果

（1）新建一个 Flash 文件。

（2）新建一个名为"雨滴"的影片剪辑元件，在里面做一滴雨滴的动画效果。首先在第 1 帧处利用线条工具绘制一个垂直的竖线，在第 30 帧处插入关键帧，将竖线向下移动，并在第 1 ～ 30 帧之间插入补间动画，如图 16-9 所示。

（3）在"雨滴"影片剪辑中新建图层 2，在图层 2 中制作水晕扩张开的效果。在图层 2 的第 30 帧处插入关键帧，在图层一水滴落下后的下面绘制一个无填充的椭圆形状，然后在 60 帧处插入关键帧，用任意变形工具将椭圆沿圆心放大，并将椭圆的不透明度值设置为 10%，在第 30 ～ 60 帧之间插入补间形状，并新建图层 3，在第 61 帧处插入关键帧，打开动作面板，输入"stop();"最后停止语句的作用是为了避免雨滴过密，所以只让影片剪辑播放一次，效果如图 16-10 所示。

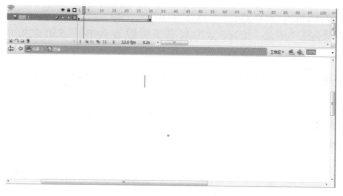

图 16-9　雨滴下落动画

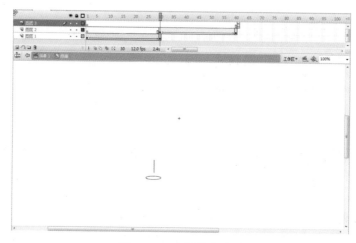

图 16-10　水晕扩张动画

（4）返回舞台，将"雨滴"影片剪辑拖入舞台适当的位置，并在属性面板中设置影片剪辑元件的实例名称为 rain。

（5）在舞台上新建图层 2，作为代码层，选中第一帧后打开动作面板，在脚本窗口中输入如下语句：

```
m = 1;
```

（6）选中第 2 帧后打开动作面板，在脚本窗口中输入如下语句：

```
if (m<=61) {
        duplicateMovieClip("rain", m, m);
        setProperty(m, _x, random(550));
        setProperty(m, _y, 0);
        m++;
} else {
        m = 1;
}
```

这段代码的意思是，复制 61 个 rain 的影片剪辑副本后，又重新复制并覆盖掉以前的，因为复制语句中影片剪辑的深度值是由 m 决定的。m 的值取到 61 的目的是因为该影片剪辑共有 61 帧，为了保证它播放完而不会中途消失（被后来者覆盖），m 的最大值要取 61 或者其倍数。复制好的"雨滴"的位置为水平坐标设置为 0 ～ 550 之间的随机数，垂直坐标都在 0 处。

（7）为了循环执行第 2 帧中的代码，还需要在第 3 帧处插入关键帧，并添加如下脚本：

```
gotoAndPlay(2);
```

（8）为了能复制图层 1 中的 rain 影片剪辑实例，必须在图层 1 的第 3 帧处插入帧。完成后的图层结构如图 16-11 所示。

图 16-11 主时间轴图层结构

（9）动画效果完成后，按 Ctrl+Enter 组合键测试影片，单击按钮可以看到生动的下雨动画效果。

3. removeMovieClip( 目标 );

该语句用于删除用 duplicateMovieClip() 创建的影片剪辑。只需要一个参数，就是要删除的影片剪辑实例的名称和路径。

4. startDrag( 目标 ,[ 固定 , 左 , 顶部 , 右 , 底部 ])

该语句用于使影片剪辑实例在影片播放过程中可拖动。其中，"目标"是指要拖动的影片剪辑的目标路径和名称；后面 5 个参数可选，其中，"固定"是一个取 1 或 0 的值，1 是指可拖动的影片剪辑锁定到鼠标位置中央，0 指影片剪辑锁定到鼠标首次单击影片时的位置。后面 4 个参数是设置影片剪辑拖动时左、上、右、下的范围。

5. stopDrag()

该语句用于停止当前的拖动操作。

下面通过一个例子来熟悉拖动和停止拖动语句的使用：

（1）新建一个 Flash 文件。

（2）新建一个影片剪辑元件，在元件的编辑窗口绘制一个图形。

（3）返回舞台，将影片剪辑拖入舞台中适当的位置，并给该实例命名为 mc。

（4）选中该影片剪辑，打开动作面板，在脚本窗口中输入如下语句：

```
onClipEvent (mouseDown) {
        startDrag(this,1);
}
onClipEvent (mouseUp) {
        stopDrag();
}
```

这段代码的意思是：当鼠标按下时，影片剪辑可拖动（this 代指该影片剪辑实例，如果写路径和名称，写 _root.mc 也是同样的效果），当鼠标弹起时，停止拖动，并且拖动使影片剪辑锁定在鼠标位置中央。如果将拖动的语句更改为"startDrag(this,1,0,0,200,200);",再尝试拖动影片剪辑实例时就发现只能在左上角大小为 200×200 像素的区域内拖动了。

动画效果完成后，按 Ctrl+Enter 组合键测试影片，单击鼠标后影片剪辑可拖动。

### 16.1.4 建立链接

Flash 文件由于本身的特点，很适用于在网页上发布，Flash 本身也可用于制作网页并发布，在 ActionScript 2.0 中，也有许多与浏览器 / 网络相关的语句，这些语句将 Flash 与网络紧密地联系在一起。在动作面板中，单击动作工具箱中的"全局函数"选项，在展开的项目中单击"浏览器 / 网络"选项，就可以看到相关的函数，如图 16-12 所示。

图 16-12　浏览器 / 网络函数

1. fscommand( 命令 , 参数 );

该语句用于实现 SWF 文件与 Flash Player 或承载 Flash Player 的程序（如 Web 浏览器）的通信。制作完成的 Flash 影片通常都是在 Flash 播放器中播放的，需要对 Flash 播放器的播放环境及播放效果进行控制，如全屏播放或调用外部程序等。该语句需要两个参数，可取值如表 16-1 所示。

表 16-1　fscommand 函数可以执行的命令和参数

| 命　　令 | 参　　数 | 目　　的 |
| --- | --- | --- |
| quit | 无 | 关闭放映文件 |
| fullscreen | true or false | 指定 true 可将 Flash player 设置为全屏模式；指定 false 可将播放器返回标准菜单视图 |
| allowscale | true or false | 指定 false 可设置播放器始终按 SWF 文件的原始大小绘制 SWF 文件，从不进行缩放；指定 true 会强制将 SWF 文件缩放到播放器的 100% 大小 |
| showmenu | true or false | 指定 true 可启用整个上下文菜单项集合；指定 false 将隐藏除"关于 Flash Player"和"设置"外的所有上下文菜单项 |
| exec | 指向应用程序的路径 | 在放映文件内执行应用程序 |
| trapallkeys | true or false | 指定 true 可将所有按键事件（包括快捷键）发送到 Flash Player 中的 onClipEvent（keyDown/keyUp）处理函数 |

表 16-1 所述概念相对比较抽象，下面通过一个例子来看这个语句的具体使用方法：

（1）在前面制作的"下雨"例子的基础上体会 fscommand 语句的作用。

（2）打开"下雨"的 Flash 文件，在主时间轴上插入一个新的图层，将控制按钮放入该图层。

（3）选择"窗口"→"公用库"→"按钮"命令，在库中拖入 3 个按钮，一个用于控制窗口在播放时全屏，一个用于恢复窗口模式，一个用于关闭播放器。设置好的窗口如图 16-13 所示。

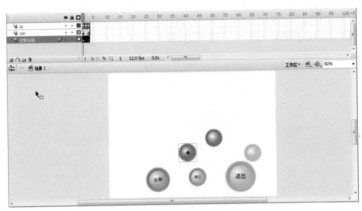

图 16-13　添加控制按钮

（4）单击"全屏"按钮，打开动作面板，在脚本窗口中输入如下代码：

```
on (release) {
        fscommand("fullscreen", "true");
}
```

单击"窗口"按钮，打开动作面板，在脚本窗口中输入如下代码：

```
on (release) {
        fscommand("fullscreen", "false");
}
```

单击"退出"按钮，打开动作面板，在脚本窗口中输入如下代码：

```
on (release) {
        fscommand("quit");
}
```

（5）选中图层 3 的第 1 帧，打开动作面板，在脚本窗口中输入如下代码：

```
fscommand("showmenu", "false");
```

（6）控制按钮制作完成后，需要发布影片，因为 fscommand 的控制在测试状态下是没有效果的，只有发布之后打开 SWF 文件，然后分别单击 3 个按钮，可以看到播放器在播放时"全屏了"、"回到窗口模式了"、"退出了"，在播放窗口单击鼠标右键，以前的播放快捷菜单变为只有少数的几个选项了。

2.　getURL(url,[ 窗口 ,[ 方法 ]]);

打开由 url 指定的网络链接或资源。该语句需要 3 个参数，其中的 url 即是资源的地址；"窗口"是可选项，表示在什么地方打开链接，可取值有 4 个，分别为 _self（在当前窗口中打开）、_blank（在新窗口中打开）、_parent（上一级窗口打开）和 _top（顶级窗口打开）。

该语句的使用相对比较简单，如要给一个按钮实例附加超链接，则给该按钮添加如下代码即可：

```
on (release) {
        getURL("http://www.adobe.com");
}
```

如果要给按钮添加电子邮件链接，则可用如下代码：

```
on (release) {
        getURL("mailto:username@somedomain.com");
}
```

3. loadMovie(url, 目标 , 方法 ) 和 loadMovieNum(url, 级别 , 方法 )

在播放原始 SWF 文件时，将外部的 SWF、JPEG、GIF 或 PNG 文件从 url 加载到 Flash Player 的影片剪辑中。如果不使用 loadMovie() 函数，则 Flash Player 显示单个 SWF 文件，使用该函数可以一次显示多个 SWF 文件。如果要将 SWF 文件或 JPEG 文件加载到特定的级别中，则需要使用 loadMovieNum()，"级别"用一个整数指定图片或影片的叠放层次。

- url：要加载的 SWF 文件或 JPEG 文件的绝对或相对 url。
- 目标（target）：目标影片剪辑路径的字符串，目标影片剪辑将被加载的 SWF 文件或图像所替换。

下面通过一个简单个人主页的制作来说明该语句的使用方法。

（1）制作主页面。新建一个 Flash 文件，保存为 index。

（2）将图层 1 命名为"背景"，用于绘制背景，背景的设计可以由个人的喜好和网页的总体风格来确定。绘制完成的背景效果如图 16-14 所示。

图 16-14　背景制作

（3）新建图层 2，命名为"按钮"，在 5 个文本上放置按钮，用于控制加载对应的 SWF 文件。

（4）制作 5 个 SWF 文件，分别用于展示"主页信息"（zy.swf）、"个人日志列表"（rz. swf）、"个人简介"（jj.swf）、"相册"（xc.swf）和"留言簿"（ly.swf），这里为了简单起见，5 个页面都制作为静态页面，当然也可以根据个人的喜好来设计和制作。这 5 个文件都存放在与 index 文件相同的目录下面，如图 16-15 所示。

图 16-15　文件夹结构

（5）打开 index.fla，新建图层 3，命名为"加载"，选中其第 1 帧并打开动作面板，在脚本窗口中输入如下代码：

```
loadMovieNum("zy.swf", 1);
```

表示主页面一旦运行，就会加载 zy.swf 文件，效果如图 16-16 所示。

图 16-16　动态加载主页影片

（6）给 5 个按钮分别添加如下代码：

① 主页按钮的代码：

```
on (release) {
        loadMovieNum("zy.swf", 1);
}
```

② 日志按钮的代码：

```
on (release) {
        loadMovieNum("rz.swf", 1);
}
```

③ 个人简介按钮的代码：

```
on (release) {
        loadMovieNum("jj.swf", 1);
}
```

④ 相册按钮的代码：

```
on (release) {
        loadMovieNum("xc.swf", 1);
}
```

⑤ 留言簿按钮的代码：

```
on (release) {
        loadMovieNum("ly.swf", 1);
}
```

（7）制作完成之后，重新发布 index 文件，打开 index.html 观看效果，一个简单的个人网站就制作完成了。

4. unloadMovie( 目标 )/unloadMovieNum( 级别 )

使用该语句可删除用 loadMovie()/loadMovieNum 加载的图像或影片剪辑文件。两个语句的使用非常简单，当不需要加载图片或影片剪辑时，使用这两个语句将其卸载即可。

# 16.2 ActionScript 3.0 语言基础知识

随着 Flash CS3 和 Flex 2.0 的发布，ActionScript 也从 2.0 升级到了 3.0 版本，ActionScript 3.0 是 ActionScript 发展史上的一个里程碑，是真正的面向对象的程序设计（OOP）语言，将是未来 Flash 脚本开发的主流和核心，是快速构建 RIA（Rich Internet Application，富互联网应用）的理想语言。

ActionScript 3.0 的脚本编写功能超越了 ActionScript 的早期版本，它旨在方便创建拥有大型数据集和面向对象的可重用代码库的高度复杂应用程序。ActionScript 3.0 使用新型的虚拟机 AVM2 实现了性能的改善，ActionScript 3.0 代码的执行速度可以比之前的 ActionScript 代码快 10 倍。旧版本的 ActionScript 虚拟机 AVM1 执行 ActionScript 1.0 和 ActionScript 2.0 代码，为了向下兼容，Flash Player 9 也支持 AVM1。

虽然 ActionScript 3.0 包含 ActionScript 编程人员所熟悉的许多类和功能，但 ActionScript 3.0 在架构和概念上是区别于早期的 ActionScript 版本的。ActionScript 3.0 中的改进部分包括新增的核心语言功能，以及能够更好地控制低级对象的改进 Flash Player API。ActionScript 3.0 已经成为目前因特网应用程序编程语言的主流。

1. 新增核心语言功能

核心语言定义编程语言的基本构造块，如语句、表达式、条件、循环和类型。ActionScript 3.0 包含许多加速开发过程的新功能。

- 运行时异常：ActionScript 3.0 报告的错误情形比早期的 ActionScript 版本多。运行时异常属于常见的错误情形，可改善调试体验并使用户能够可靠地处理错误的应用程序。运行时错误可提供带有源文件和行号信息注释的堆栈跟踪，以帮助用户快速定位错误。

- 运行时类型：在 ActionScript 2.0 中，类型注释主要是为开发人员提供帮助；在运行时，所有值的类型都是动态指定的。在 ActionScript 3.0 中，类型信息在运行时保留，并可用于多种目的。Flash Player 9 执行运行时类型检查，增强了系统的类型安全性。类型信息还可用于以本机形式表示变量，从而提高性能并减少内存使用量。

- 密封类：ActionScript 3.0 引入了密封类的概念。密封类只能拥有在编译时定义的固定的一组属性和方法，不能添加其他属性和方法。这使得编译时的检查更为严格，从而使程序更可靠。由于不要求每个对象实例都有一个内部哈希表，因此还提高了内存的使用率。还可以通过使用 dynamic 关键字来实现动态类。默认情况下，ActionScript 3.0 中的所有类都是密封的，但可以使用 dynamic 关键字将其声明为动态类。

- 闭包方法：ActionScript 3.0 使用闭包方法可以自动记起它的原始对象实例，此功能对于事件处理非常有用。在 ActionScript 2.0 中，闭包方法无法记起它是从哪个对象实例提取的，所以在调用闭包方法时将导致意外的行为。mx.utils.Delegate 类是一种常用的解决方法，但现已不再需要。

- ECMAScript for XML (E4X)：ActionScript 3.0 实现了 ECMAScript for XML(E4X)——欧洲计算机制造商协会标准化的脚本程序设计语言，后者最近被标准化为 ECMA-357。E4X 提供一组用于操作 XML 的自然流畅的语言构造。与传统的 XML 分析 API 不同，使用 E4X 的 XML 就像该语言的本机数据类型一样执行。E4X 通过大大减少所需代码的数量来简化操作 XML 的应用程序的开发。

- 正则表达式：ActionScript 3.0 包括对正则表达式的固有支持，因此可以快速搜索并操作字符串。由于在 ECMAScript（ECMA-262）第 3 版语言规范中对正则表达式进行了定义，因此 ActionScript 3.0 实现了对正则表达式的支持。

- 命名空间：与用于控制声明（public、private、protected）的可见性的传统访问说明符类似。它们的工作方式与名称由指定的自定义访问说明符类似。命名空间使用统一资源标识符（URI）以避免冲突，而且在使用 E4X 时还用于表示 XML 命名空间。

- 新基元类型：ActionScript 2.0 拥有单一数值类型 Number，它是一种双精度浮点数。ActionScript 3.0 包含 int 和 uint 类型。int 类型是一个带符号的 32 位整数，它使 ActionScript 代码可充分利用 CPU 的快速处理整数数学运算的能力。int 类型对使用整数的循环计数器和变量都非常有用。uint 类型是无符号的 32 位整数类型，可用于 RGB 颜色值、字节计数和其他方面。

2. 新增 Flash Player API 功能

ActionScript 3.0 中的 Flash Player API 包含许多允许用户在低级别控制对象的新类。语言的体系结构是全新的，并且更加直观。由于需要在这里详细介绍的新类实在太多，因此下面将着重介绍一些重要的更改。

- DOM3 事件模型：文档对象模型第 3 级事件模型（DOM3）提供了一种生成并处理事件消息的标准方法，以使应用程序中的对象可以进行交互和通信，同时保持自身的状态并响应更改。通过采用万维网联盟 DOM 第 3 级事件规范，该模型提供了一种比早期的 ActionScript 版本中所用的事件系统更清楚、更有效的机制。事件和错误事件都位于 flash.events 包中。Flash 组件框架使用的事件模型与 Flash Player API 相同，因此事件系统在整个 Flash 平台中是统一的。

- 显示列表 API：用于访问 Flash Player 显示列表的 API（包含 Flash 应用程序中的所有可视元素的树）由处理 Flash 中的可视基元的类组成。新增的 Sprite 类是一个轻型构造块，它类似于 MovieClip 类，但更适合作为 UI 组件的基类。新增的 Shape 类表示原始的矢量形状。可以使用 new 运算符很自然地实例化这些类，并可以随时动态地重新指定其父类。现在，深度管理是自动执行的，并且已内置于 Flash Player 中，因此不需要指定深度编号，还提供了用于指定和管理对象的 z 顺序的新方法。

- 处理动态数据和内容：ActionScript 3.0 包含用于加载和处理 Flash 应用程序中的资源和数据的机制，这些机制在 API 中是直观的并且是一致的。新增的 Loader 类提供了一种加载 SWF 文件和图像资源的单一机制，并提供了一种访问已加载内容的详细信息的方法。URLLoader 类提供了一种单独的机制，用于在数据驱动的应用程序中加载文本和二进制数据。Socket 类提供了一种以任意格式从 / 向服务器套接字中读取 / 写入二进制数据的方式。

- 低级数据访问：各种 API 提供了对数据的低级访问，而这种访问以前在 ActionScript 中是不可能的。对于正在下载的数据而言，可使用 URLStream 类（由 URLLoader 实现）在下载数据的同时访问原始二进制数据。使用 ByteArray 类可优化二进制数据的读取、写入以及处理。使用新增的 Sound API，可以通过 SoundChannel 类和 SoundMixer 类对声音进行精细控制。新增的处理安全性的 API 可提供有关 SWF 文件或加载内容的安全权限的信息，从而使用户能够更好地处理安全错误。

- 处理文本：ActionScript 3.0 包含一个用于所有与文本相关的 API 的 flash.text 包。TextLineMetrics 类为文本字段中的一行文本提供精确度量，它取代了 ActionScript 2.0 中的 TextField.getLineMetrics() 方法。TextField 类包含许多有趣的新低级方法，它们可以提供有关文本字段中的一行文本或单个字符的特定信息。这些方法包括 getCharBoundaries()（返回一个表示字符边框的矩形）、getCharIndexAtPoint()（返回指定点处字符的索引）以及 getFirstCharInParagraph()（返回段落中第一个字符的索引）。行级方法包括 getLineLength()（返回指定文本行中的字符数）和 getLineText()（返回指定行的文本）。新增的 Font 类提供了一种管理 SWF 文件中的嵌入字体的方法。

## 知识巩固与延伸

（1）掌握动作面板的各项功能。

（2）学会控制时间轴动画播放。

（3）学会控制影片剪辑元件动画播放。

（4）学会创建链接的方法。

（5）掌握 ActionScript 3.0 语言基础知识。

# 第 17 章

## Flash 动画的应用范围

### 本章内容

随着计算机技术的不断进步和动画理念的深入，Flash 以其特有的简单易学、操作方便及适用于网络等优点，得到了广大用户的认可和接受，被广泛应用于互联网、多媒体演示及游戏软件的制作等众多领域。了解动画理论基础和 Flash 动画应用范围对以后动画的制作与创新有相当大的作用。下面介绍 Flash 的主要应用范围。

# 17.1 动画制作

## 17.1.1 MV动画

MV 在 Flash 动画的应用范围中是很普遍的一种形式，初学 Flash 动画常常在制作一段动画后加上一段音乐进行结合，做成一个带有音乐的简单 Flash 动画。这样的动画在很多闪客的作品中占相当大的比例，虽然很多是个人的作品，但也有不少闪客的作品已经应用到商业领域，提高了 MV 在 Flash 动画中的地位和价值，效果如图 17-1 和图 17-2 所示。

图 17-1　MV 动画效果 1

图 17-2　MV 动画效果 2

### 17.1.2 Flash动画

    Flash 动画在现在互联网中传播盛行，在国内这方面比较出名的有小破孩、中华轩、彼岸天等一些优秀的 Flash 动画制作公司。现在很多出名的动画制作公司，起初都是以闪客身份出现在互联网中，到现在已经发展到图书、音像、玩具和服装等领域，可见 Flash 动画的影响范围甚广。作为应用最广、最火暴的 Flash 动画是如何取得这么大的成就和价值的呢？这主要归结于互联网的普及和 Flash 软件的不断升级优化，使大量闪客制作出优秀的 Flash 作品，效果如图 17-3 和图 17-4 所示，使这一领域最受年轻朋友的青睐。同时，Flash 动画也是动画人才发挥的一个最直接、简单的平台，动画制作人员不需要昂贵的设备和丰富的动画理论知识也能制作出优秀的 Flash 作品，使动画制作更加平民化、生活化。

图 17-3　Flash 动画效果 1

图 17-4　Flash 动画效果 2

## *17.2* Flash 游戏方面

在国内，利用 Flash 开发小型游戏比较流行，利用 Flash 文件小的优势，将其应用到网络中，将 Flash 网络广告与 Flash 网络游戏结合起来，使玩家在玩游戏时接受广告，达到娱乐与宣传的双重作用。Flash 游戏主要借用 Flash 动画与 Flash 的 ActionScript 语言结合，使 Flash 动画与脚本语言结合得更加完美，把 Flash 应用范围推向一个新的领域，游戏效果如图 17-5 所示。

图 17-5　Flash 游戏效果展示

## *17.3* 网站建设方面

Flash 不仅在动画范围上有所发展，在网站的制作中也发挥着不可替代的作用。它可以和其他软件一起制作出网站，同时还可以独立地制作网站，如图 17-6 所示。应用 Flash 制作的网站打破了传统网站的单调和枯燥，以全新的形式、优美的画面、动画与交互性的结合，使 Flash 网站独具风格。Flash 主要应用在公司的介绍和宣传上，但也有其缺点，受自身因素的影响，它没有传统网站的交互性广和信息量大的特点，要达到传统网站一样的功能，需要更为强大的后台语言能力和动画制作技术。

图 17-6　网站效果展示

# 17.4　广告方面

广告可以宣传一个品牌，表现其独有的特色，对该品牌的市场收益有相当大的作用，因此，广告的好坏直接影响到该品牌的价值。广告已经诞生了几个世纪，但 Flash 广告才只有不到 10 年的时间，最初的 Flash 广告是应用到网站中的条幅广告，到现在发展到登录页面广告、平面广告、影视广告等，可见 Flash 广告已经融入到了人们的生活中，起到独特的宣传作用。

# 17.5　教学课件

由于 Flash 具有交互性强大的独特特点，因此，人们常常运用 Flash 制作教学课件，同时添加 Flash 动画和声音，使课件的内容更加丰富，令人耳目一新，与传统的教学课件相比更具有教学优势，课堂内容更加丰富，提高了可看性和可读性。

# 17.6　电子相册与电子图书

对于 Flash 的交互性特点大家都有所了解，如前面讲到的制作课件和网站，Flash 应用它的这一特点同时也能制作电子相册和电子图书。制作者只要将素材整理好，就可以在 Flash 中应用其自身技术特点制作成电子相册和电子图书。同时，还可以添加动画效果或者其他运用代码实现的特殊效果。

综上所述，Flash 应用的范围是比较广泛的，涉及动画、影视、广告、网页、游戏、互联网技术、电子商务、服装、设计和玩具等，可见，Flash 与我们的生产、生活关系很密切，可以为我们的精神享受服务。

## 知识巩固与延伸

（1）简述对 Flash 动画应用领域的认识。

（2）分析当前 Flash 动画市场应用的不足。

# 第 18 章

## 完整动画制作实例

### 本章内容

# 18.1 前期准备

在本动画短片中，前期的准备工作主要是策划该动画的主题和故事的情景描述。本片主要故事情节就是 BOBO 在寻找忍者的过程中，要过小河，结果小河没有桥，他将对岸的树用枪打倒，作为桥使自己到达对岸，在对岸，他突然发现了一辆汽车，他开走汽车，结果没有想到遭忍者埋伏，汽车被撞翻，被忍者杀掉的广告拍摄现场，是 BOBO 拍摄的一个小故事。

分镜头剧本如下。

**场景一：**BOBO 在郊外寻找忍者的下落，结果前面一条河挡住了他的去路，他掏出枪，将对岸的树打倒作为桥到了对岸。

**场景二：**BOBO 到了对岸，发现前面有一辆车，他跑过去，启动了车，开着车前进。

**场景三：**BOBO 到了忍者的家外，车被忍者埋伏好了的石头撞翻，他刚爬起来，被屋内的忍者跳出来杀死。

**场景四：**镜头拉远，显示电影拍摄现场，原来这是 BOBO 在拍电影。

# 18.2 中期制作

## 18.2.1 角色与场景设计

本片在中期制作过程中，角色外形设计上模仿了北京彼岸天动画公司的动画形象 BOBO，在角色的风格设计上使用的是 Flash 动画本身的矢量图填充颜色风格，如图 18-1 所示。在动画场景的设计过程中，也模拟写实的风格。整个动画短片的场景包括 3 部分，如图 18-2 所示。

图 18-1　动画形象 BOBO

图 18-2　整个动画短片的场景

### 18.2.2　动画制作

下面介绍如何制作该片。

在制作前先分析分镜头剧本，规划场景和镜头等。在本片中共包括 15 个镜头，也是按照镜头的数目来进行制作，这样方便动画在制作过程中处理好顺序关系。同时，还要分析清楚每一个镜头中所涉及的物体和角色运动情况等。下面对每一个镜头的设计与制作进行详细介绍。

在制作之前，首先建立文件，设置文件属性，页面大小为 720×576 像素，帧频为 25 帧/秒，背景为白色，如图 18-3 所示。

图 18-3　设置文件属性

#### 1. 镜头 1 : BOBO 出场

在镜头 1 中，要制作 5 个图层，分别是场景、BOBO 走路、BOBO 影子、动的树叶和声音。下面分别进行介绍。

（1）将图层 1 的名字修改为"背景"，在舞台中绘制背景，如图 18-4 所示。

（2）制作 BOBO 走路的动画元件。新建元件，命名为"走路"，选中"影片剪辑"单选按钮，因为角色走路是一个循环动作，使用图形元件，角色走路只循环一次，使影片剪辑元件角色走路会一直循环，如图 18-5 所示。

图 18-4　绘制背景

图 18-5　创建新元件

在制作影片角色走路元件的动画过程中，在舞台中分别绘制出 BOBO 的两只脚、一只手、身体和花 5 个图形元件。为什么要将角色的部位分别绘制转换成为元件呢？因为在动画的制作过程中，创建的是补间动画，否则只能制作逐帧动画完成该动作，这样就需要花费很多时间。补间动画的特点就是每个图层只有一个对象，都在不能完整地制作成动画，会产生很多补间元件，增加整个文档的大小。然后再将每个元件对应不同的图层，如图 18-6 所示。角色 BOBO 的形状如图 18-7 所示。最后制作走路的循环动画，这时就要考虑好动画的运动方向和角色运行时的技巧把握。角色在走路的过程中脚与手进行单摆运动，要注意每个元件的中心点位置，脚和手的中心点都在上方，可以选择任意变形工具来调整其中心点位置，如图 18-8 所示。调整好中心点后，就可以开始制作动画，除身体图层外，在每个图层的第 5 帧插入关键帧，再将身体图层时间延长到第 10 帧的位置，调整第 5 帧各个运动部位的位置，如图 18-9 所示。在第 10 帧除身体图层外插入关键帧，如图 18-10 所示。最后在关键帧之间创建补间动画，最后图层的效果如图 18-11 所示。这样就完成了角色循环走路的影片剪辑元件的制作。

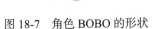
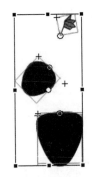

图 18-6　将每个元件对应不同的图层　　图 18-7　角色 BOBO 的形状　　图 18-8　调整中心点位置

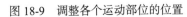

图 18-9　调整各个运动部位的位置　　图 18-10　插入关键帧　　图 18-11　最后的图层效果

（3）回到场景 1，继续制作镜头一的动画。这时制作树叶动的动画，新建图层命名为"树叶"，按照上述的方法，制作树叶轻微摆动的影片剪辑元件动画。最后树叶的形状如图 18-12 所示。

（4）回到场景 1，建立角色 BOBO 图层和"树叶"图层，将对应的原件拖入到舞台中，最后舞台图形效果如图 18-13 所示。

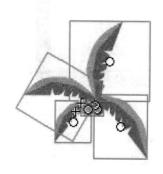

图 18-12　树叶的形状

图 18-13　舞台图形效果

（5）为了使角色走路有重量感，再在角色 BOBO 图层下方新建图层，命名为"影子"，绘制一个小椭圆，颜色为浅灰色，最后将该图形转换成图形元件。

（6）导入声音文件"溪流（近距离）"，新建图层，命名为"声音"，选择"声音"图层的第 1 帧，将声音拖入到舞台中的任意位置。

（7）创建动画。将"声音"、"树叶"、"背景"图层时间轴时间延长到第 40 帧，在 BOBO、"影子"图层的第 40 帧分别插入关键帧，选择第 40 帧，将 BOBO 元件拖到舞台中间，影子在 BOBO 图形下方，在第 1 帧将 BOBO 元件拖至舞台左边，并出画。舞台第 1 帧处的画面效果如图 18-14 所示，舞台第 40 帧处的画面效果如图 18-15 所示。创建两个关键帧之间的补间动画。

图 18-14　第 1 帧处的画面效果

图 18-15　第 40 帧处的画面效果

（8）画面与声音修改。选择"声音"图层，单击该图层的任意一帧，设置声音属性，如图 18-16 所示。这时预览动画，发现有的画面已经出画或超出了舞台范围，新建图层，命名为"外框"，将其他图层全部隐藏，沿着舞台外围可以加上黑色的外框，这样就可以遮住所有舞台外的对象，使画面干净整洁。整个动画效果如图 18-17 所示。图层效果如图 18-18 所示。

图 18-16　设置声音属性

图 18-17　整个动画效果

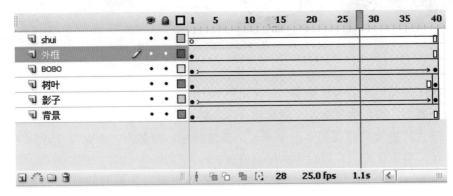

图 18-18　图层效果

2. 镜头 2：BOBO 的特写镜头

（1）制作角色 BOBO 的特写动画镜头画面。在制作前，打开场景面板，选择"窗口"菜单中的"其他面板"→"场景"命令，这时场景面板在舞台的右方被打开，如图 18-19 所示。将"场景 1"名称修改为"镜头 1"，然后在场景面板的下方单击"新建场景"按钮，新建"场景 2"，修改名称为"镜头 2"，如图 18-20 所示。

图 18-19　场景面板

图 18-20　新建场景并重命名

（2）这时在"镜头 2"场景中制作 BOBO 的特写镜头画面。将图层 1 名称修改为"背景"，在图层中绘制一个天空的背景画面，将该图层时间轴上的时间延长到 55 帧。新建图层，命名为 BOBO，在该图层中绘制角色 BOBO 的正面图形，镜头使用仰镜头，如图 18-21 所示。

（3）在 BOBO 图层中制作角色弄腰部的逐帧动画，逐帧动画的制作要求是，制作一帧插入一个关键帧，并将"绘图纸外观"打开，方便观看。最后绘制 55 帧的关键帧动画，效果如图 18-22 所示。在制作这 55 帧动画的过程中，不一定是每帧绘制一张画面，要根据对动画的分析进行绘制。同时，该动画的动作只是角色的右边手和右边腰上的一个线条变化，其他部位不需要改变，只修改右边手的形状变化和线条变化即可。

图 18-21　绘制 BOBO 正面图形　　　　　图 18-22　绘制 55 帧的关键帧动画

（4）新建图层，命名为"花"，制作角色 BOBO 头上花的动画。在舞台中绘制图形"花"的正面画面，如图 18-23 所示。将图形"花"转换成影片剪辑元件，制作图形花来回摇动的动画，时间长度为 30 帧，如图 18-24 所示。回到"镜头 2"场景中，将"花"图层时间延长到 55 帧。

图 18-23　绘制花的正面图形　　　　　图 18-24　制作花来回摇摆的动画

（5）新建两个图层，一个图层命名为"水声"，一个图层命名为"BOBO 声音"，将两个声音导入库中，拖入到对应图层的舞台上，将时间延长到 55 帧，两个声音图层属性设置如图 18-25 和图 18-26 所示。

图 18-25　"水声"图层属性设置　　　　　图 18-26　"BOBO 声音"图层属性设置

（6）新建图层并命名为"外框"，围绕舞台区域创建一个黑色边框，将舞台以外的内容遮住。最后的舞台画面效果如图 18-27 所示，时间轴图层与帧的效果如图 18-28 所示。

图 18-27　最后的舞台画面效果

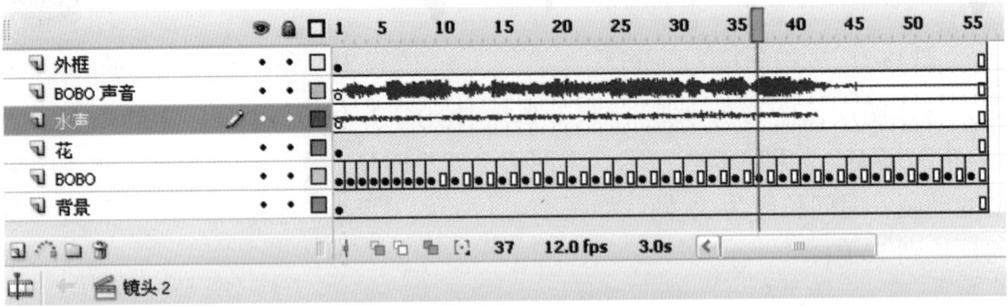

图 18-28　时间轴图层与帧的效果

3. 镜头 3：角色 BOBO 过河前的镜头

（1）新建场景，命名为"镜头 3"，如图 18-29 所示。将图层 1 命名为"背景"，在舞台中绘制天空图形，将该图层时间轴时间延长到 100 帧。新建图层，命名为"左岸"，回到镜头 1 中，将其场景复制到镜头 3"左岸"图层对应的舞台中，如图 18-30 所示。

图 18-29　新建场景

图 18-30　复制场景

（2）新建影片剪辑元件，命名为"河流"，如图 18-31 所示。在河流影片剪辑元件图层 1 中，命名为"河流背景"，再在舞台中绘制河流背景，如图 18-32 所示。

（3）在上方新建图层"水 1"，绘制一个水的图形，转换成元件，命名为"水"。将"河流背景"图层时间延长至 5 帧。新建图层"水 2"、"水 3"、"水 4"、"水 5"，并将水图形元件放置在不同的位置，如图 18-33 所示。在图层"水 1"～"水 5"的第 5 帧分别插入关键帧，移动其对应图层中图形的位置，如图 18-34 所示。

图 18-31　新建影片剪辑元件"河流"

图 18-32　绘制河流背景

图 18-33　将水图形元件放置在不同位置　图 18-34　在图层"水 1"～"水 5"的第 5 帧插入关键帧

（4）创建 5 个图层两个关键帧之间的补间动画，最后图层与时间轴效果如图 18-35 所示。这时就完成了河流影片剪辑元件的动画制作。

图 18-35　最后图层与时间轴效果

（5）回到"镜头 3"场景，将"河流"影片剪辑元件拖至"左岸"图层，放在舞台的右方，最后效果如图 18-36 所示。

图 18-36　将"河流"元件拖至"左岸"图层

（6）将"左岸"图层制作成 25 帧的逐帧移动动画，第 1 帧舞台图形效果如图 18-37 所示，第 25 帧舞台图形效果如图 18-38 所示。不创建补间动画的原因在于该图层拥有很多对象，能很好地制作补间动画。

图 18-37　第 1 帧舞台图形效果

图 18-38　第 25 帧舞台图形效果

（7）新建图层，命名为"右岸"，在第 35 帧插入关键帧，在舞台中绘制右岸图形。再新建图层，命名为"树干"，在第 37 帧插入关键帧，在舞台中绘制树干形状。最后整个舞台图形效果如图 18-39 所示。

图 18-39　整个舞台图形效果

（8）在第 35 帧～第 40 帧之间，分别插入 3 个关键帧，调整图层"左岸"和"右岸"在舞台中对应图形的位置，制作移动逐帧动画，在图层中，"树干"的位置也随之插入关键帧并移动相对应的位置关系。第 35 帧效果如图 18-40 所示，第 40 帧效果如图 18-41 所示。最后将 3 个图层对应的时间延长到 100 帧。

图 18-40　第 35 帧效果

图 18-41　第 40 帧效果

（9）新建图层，命名为BOBO，在该图层的第1帧拖入角色BOBO"走路"影片剪辑元件，放在舞台中央，如图18-42所示。然后在第25帧插入关键帧，将"走路"影片剪辑元件分离，调整图层形状，形状和第1帧相似。在第35帧插入关键帧，删除图形，重新拖入"走路"影片剪辑元件。在第40帧插入关键帧，删除图形，复制第25帧，粘贴至第40帧的位置。在第43帧插入关键帧，制作角色BOBO弯腰看河水的动作，效果如图18-43所示。在第55帧插入关键帧，在第55～57帧中制作角色BOBO抬头的逐帧动画，效果如图18-44所示。在第91帧插入关键帧，在第91～97帧之间制作角色BOBO拿出枪的动作，最后效果如图18-45所示。

图18-42　将"走路"元件放在舞台中央

图18-43　角色BOBO弯腰看河水的动作

图18-44　角色BOBO抬头动画

图18-45　角色拿出枪的动作

（10）新建图层"影子"，拖至BOBO图层下方，调整图像位置。再创建声音图层"水声"，导入声音文件"水2"并拖入对应图层的舞台，设置声音属性，如图18-46所示。同前面图层一样，新建图层"外框"，围绕舞台区域绘制黑色外框。最后整个镜头图层效果如图18-47所示。

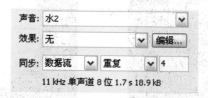

图18-46　设置声音属性

图 18-47  最后整个镜头图层效果

4. 镜头 4：枪瞄准特写动画

（1）新建场景 4，命名为"镜头 4"，如图 18-48 所示。此镜头主要做角色用枪瞄准对岸树干的动画特写画面。

（2）将图层 1 命名为"背景"，在舞台中绘制背景图形，效果如图 18-49 所示，将该图层时间延长至 30 帧。

图 18-48  新建场景 4

图 18-49  绘制背景

（3）新建图层，命名为"枪瞄准器动画"，在该图层中绘制图形，效果如图 18-50 所示，再将该图层转换为图形元件，命名为"瞄准器"。该图形绘制一个模拟用枪瞄准对象的画面效果，周围为黑色，中心有一点。在图层"枪瞄准器动画"的第 4 帧中插入关键帧，在第 10 帧中插入关键帧，设置每个关键帧的位置，第 1 帧画面效果如图 18-51 所示，第 4 帧画面效果如图 18-52 所示，第 10 帧画面效果如图 18-53 所示，创建两个关键帧之间的补间动画，最后形成瞄准器的一个动画效果。

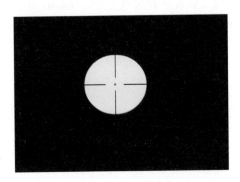

图 18-50  新建图形

图 18-51  第 1 帧画面效果

图 18-52　第 4 帧画面效果

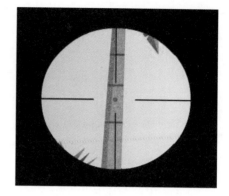

图 18-53　第 10 帧画面效果

（4）新建两个图层，命名为"声音"和"水声"。导入声音文件 de-clipout 到库中，再将该声音文件拖到"声音"图层对应的舞台中，"水声"图层插入声音文件"水 2"，设置两个相关图层的声音属性。"声音"图层的声音属性如图 18-54 所示，"水声"图层的声音属性如图 18-55 所示。最后图层与时间轴效果如图 18-56 所示。

图 18-54　设置"声音"图层的声音属性

图 18-55　设置"水声"图层的声音属性

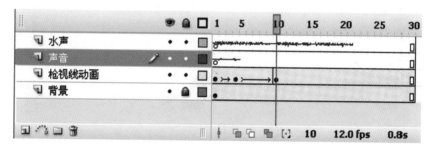

图 18-56　最后图层与时间轴效果

5．镜头 5：角色 BOBO 打倒树过河的镜头

此镜头分为两个部分，分别为角色 BOBO 打倒对岸树的画面和角色 BOBO 过河的画面。

1）角色 BOBO 打倒树的镜头

下面分析角色 BOBO 打倒树的镜头画面。

（1）在做打倒树之前，把相关场景的图层建立好，并在舞台中绘制好图层。分析前面的镜头，该场景中应该包括"背景"图层、"左岸"图层、"右岸"图层、"树"图层。因此，就分别创建这几个图层，最后效果如图 18-57 所示。

（2）现在添加角色的动画。结合镜头 3 分析，角色 BOBO 一开始应该是端着枪的画面，因此，绘制该画面，效果如图 18-58 所示。并新建图层"影子"，绘制角色的影子图形，并将该图层拉到 BOBO 图层下方。

图 18-57　绘制图层

图 18-58　绘制 BOBO 端着枪的画面

（3）打完后，对面的树要倒下来，那么角色应该是一个往后退的动作，因此，下面制作角色 BOBO 后退放下枪的逐帧动画。此动作由 17 帧来完成，在后退的过程中添加了一个小的动作，角色 BOBO 头上的花在倒退的过程中掉了下来。倒退动作如图 18-59 所示。

图 18-59　绘制倒退过程

（4）这时，对岸的树被枪打后倒了下来，这时就做对岸树倒下来的逐帧动画。在"树"图层的第 25 帧插入关键帧，在第 25 ～ 39 帧制作树倒下的逐帧动画，注意，在树倒下的过程中，由于弹力的作用，树要被弹起来几次，这样才更真实。最后效果如图 18-60 所示。

图 18-60　树倒下过程

图 18-60　树倒下过程（续）

（5）树打倒后，角色 BOBO 准备过河，在过河前有几个动作，一是它丢下枪，二是它捡起从头上掉到地上的花，这些都是通过制作逐帧动画来完成的。

- 丢下枪动作：在第 46 ～ 48 帧插入关键帧，在舞台中绘制角色丢下枪的动作。效果如图 18-61 所示。

图 18-61　丢下枪的动作

- 捡花动作：在第 57 帧插入关键帧，第 57 ～ 69 帧是角色 BOBO 弯腰捡起花的逐帧动画。最后效果如图 18-62 所示。

图 18-62　角色 BOBO 弯腰捡花的过程

2）角色 BOBO 过河的镜头

接下来制作后面一部分，角色 BOBO 过河的动作。在该图层的第 82 帧插入关键帧，准备开始绘制过河的逐帧动画。角色过河的逐帧动画为第 82 ～ 126 帧，画面是从跳跃过河到转身的一个动画效果。同时在角色过河的过程中，带动镜头的运动和作用力的作用，因此，其他图层也随之要制作相对应的逐帧动画。包括"左岸"、"右岸"、"树"和"影子"图层，过河的效果如图 18-63 所示。转身效果如图 18-64 所示。

图 18-63　过河的过程

图 18-64　转身的过程

图 18-64　转身的过程（续）

最后添加"声音"图层，包括枪声、水声、跳跃声、树声、树倒下声和两个音效声。将这些声音分别导入到库中调用。同时，所有声音在舞台中的属性都设置成"同步为数据流形式播放和重复 1 次"。最后，图层与时间轴效果如图 18-65 所示。

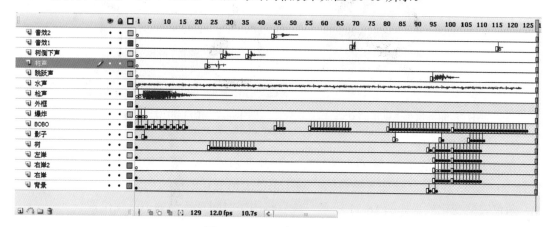

图 18-65　图层与时间轴效果

#### 6. 镜头 6：动画角色走向山坡，并做惊奇表情

此段动画也主要从两个部分来做，一是动画角色 BOBO 走向山坡的动画，二是惊奇的特写表情动画。

1）走向山坡动画

（1）新建场景"镜头 6"，将图层 1 命名为"天"，在舞台中绘制天背景，并将时间延长至 100 帧。然后新建图层，命名为"背景"，在舞台中绘制山坡图形，效果如图 18-66 所示。并将图层的草制作成影片剪辑元件，放在"背景"图层中，椰子树的叶子与镜头 1 一样来回摆动，因此，可直接从库中将相关的原件拖出来使用，这样就完成了"背景"图层的绘制效果。将"背景"图层时间延长至第 70 帧位置。

（2）新建图层，命名为 BOBO，该图层用于放置角色走路的动画。在第 30 帧插入关键帧，绘制角色形状，如图 18-67 所示。在第 30 ～ 47 帧制作角色逐帧走路动画，效果如图 18-68 所示。新建图层，命名为"影子"，在第 43 帧插入关键帧，绘制角色的影子形状，将"影子"图层时间延长至第 70 帧位置。最后，角色到山坡后的效果如图 18-69 所示。

图 18-66　绘制山坡

图 18-67　绘制角色形状

图 18-68　角色逐帧走路动画

图 18-69　角色到山坡后的效果

2）惊奇表情动画

在 BOBO 图层的第 71 帧插入关键帧，删除所有图形，然后绘制角色新的形状，如图 18-70 所示。在第 79 帧插入关键帧，制作角色表情变化的逐帧动画，一直到第 82 帧位置。角色表情变化效果如图 18-71 所示。最后将图层时间延长至第 100 帧位置。

图 18-70　绘制角色新的形状

图 18-71　角色表情变化效果

最后添加声音图层"脚步声"、"声音"、"惊叹声"，将相关声音文件导入到舞台中，进行属性设置。脚步声在第 31 帧、35 帧、39 帧、43 帧、47 帧分别插入关键帧，将声音文件"多样节拍"分别拖入 5 个关键帧所对应的位置，声音属性设置如图 18-72 所示。在"声音"图层拖入声音文件 Fx13596-appalach，属性设置如图 18-73 所示。在第 82 帧插入关键帧，拖入声音文件 xxxa11，属性设置如图 18-74 所示。最后绘制"外框"图层即完成该镜头动画制作，图层与时间轴效果如图 18-75 所示。

图 18-72　声音属性设置

图 18-73　"声音"图层的声音设置

图 18-74　第 82 帧的声音属性设置

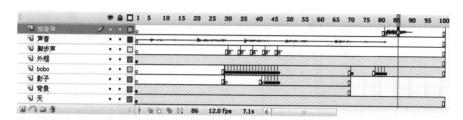

图 18-75　图层与时间轴效果

**7. 镜头 7：制作描写车的全景镜头**

（1）将图层 1 命名为"天空"，在舞台中绘制天空背景。再新建图层，命名为"背景"，在舞台中绘制舞台形状，并将舞台中的草制作成影片剪辑元件的简单变形补间动画，在画面中一直摇动，最后效果如图 18-76 所示。

（2）再新建图层，命名为"车"，在该图层中绘制车的形状。然后再新建图层，命名为"车影子"，在舞台中绘制车影子图形，再将该图层拖至"车"图层下方。最后效果如图 18-77 所示。

图 18-76　草的摇动效果

图 18-77　车和车影子效果

（3）最后新建"外框"图层，绘制舞台黑色外框，该镜头制作完毕，最后图层与时间轴效果如图18-78所示。

图18-78 图层与时间轴效果

**8. 镜头8：角色BOBO上车镜头**

本镜头主要制作角色BOBO上车的镜头画面，画面内容为：角色从车后走向车门并上车。

（1）新建场景，命名为"镜头8"。将图层1命名为"天空"，在舞台中绘制天空图形。再新建图层，命名为"背景"，在舞台中绘制图形，效果如图18-79所示。然后新建图层，命名为"车"，在舞台中绘制车的图形，图形效果如图18-80所示。将两个图层的时间延长至第45帧。

图18-79 绘制背景　　　　　　　　　　图18-80 绘制车

（2）新建图层，命名为BOBO，制作角色动作。在第1帧中绘制角色形象，效果如图18-81所示。再在第10帧中插入关键帧，删除所有图形形状，将角色BOBO的"走路"影片剪辑元件拖入到舞台中，大小和位置与第1帧保持一样。在第25帧插入关键帧，移动角色至车门前，如图18-82所示。

图18-81 绘制角色　　　　　　　　　　图18-82 移动角色至车门前

（3）制作角色开车门的逐帧动画，在第 26 ～ 32 帧，制作角色开车门的逐帧动画，效果如图 18-83 所示。在绘制该图层的逐帧动画图形中，一定要与"车"图层中的图形配合好。

图 18-83　角色开车门的逐帧动画

（4）在"车"图层的第 34 帧绘制图形角色在车上的图形，效果如图 18-84 所示。

图 18-84　角色在车上的图形

（5）新建两个声音图层"脚步声"和"关车门声"。分别在"脚步声"图层的第 12 帧、16 帧、20 帧、24 帧和 28 帧插入关键帧，将声音拖入对应时间的舞台上，设置属性，如图 18-85 所示。在"关车门声"图层的第 25 帧插入关键帧，将声音文件"关车门声"拖入舞台，设置属性，如图 18-86 所示。

图 18-85　设置"脚步声"图层的声音属性　图 18-86　设置"关车门声"图层的声音属性

（6）新建图层"外框"，绘制黑色大外框图形，完成该镜头动画制作。图层与时间轴效果如图 18-87 所示。

图 18-87　图层与时间轴效果

9.　镜头 9：角色 BOBO 开车准备动作

（1）新建场景，命名为"镜头 9"。将图层 1 命名为"背景"，在舞台中绘制天空图形和椰子树作为该场景的背景画面，图形效果如图 18-88 所示，并将该图层时间延长至第 15 帧。

（2）新建图层，命名为"车"，在该图层内绘制车的侧面图形，或者直接将前面车的图形复制到该图层中并放大，效果如图 18-89 所示，并将该图层时间延长至第 15 帧。

图 18-88　绘制背景　　　　　　　　　　图 18-89　放大车图形

（3）新建图层 BOBO，制作角色在车内准备开车的逐帧动画，在第 1～5 帧插入关键帧，制作角色的逐帧动画，效果如图 18-90 所示，并将该图层时间延长至第 15 帧。

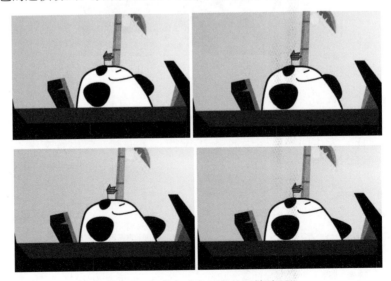

图 18-90　角色准备开车的逐帧动画

（4）新建图层，命名为"外框"，绘制舞台的黑色外框，本镜头动画制作完成。图层与时间轴效果如图 18-91 所示。

图 18-91　图层与时间轴效果

**10．镜头 10：制作角色 BOBO 开车奔驰的动画**

本镜头的动画主要由 3 部分组成，一是角色在车内开音乐的动画，二是开始奔驰的动画，三是车被撞翻的动画。下面分别进行介绍。

1）车内动画

（1）新建场景，命名为"镜头 10"，将图层 1 命名为"天空背景"，在舞台中绘制天空背景图形，将时间延长至 410 帧位置。新建两个图层，命名为"仪器表"和"车框"，然后在舞台中绘制图形，仪器表图形如图 18-92 所示，车框图形如图 18-93 所示。调整图层位置关系，"车框"图层在"仪器表"图层上方，两个图层组合后车内的图形效果如图 18-94 所示。

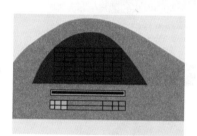

图 18-92　仪器表图形

图 18-93　车框图形

（2）新建图层，命名为"BOBO 车内手动作"，绘制角色的一只手的形状，如图 18-95 所示，将手转换成图形元件，命名为"手按"。在第 8 帧插入关键帧，将"手按"图形元件移动到如图 18-96 所示的位置，并创建两个关键帧之间的补间动画。在"仪器表"图层的第 9 帧插入关键帧，刚刚角色按的点变亮，效果如图 18-97 所示。

图 18-94　车内图形效果

图 18-95　绘制手

图 18-96　移动"手按"元件

图 18-97　仪器表上的点变亮

（3）在图层"BOBO 车内手动作"的第 11 帧插入关键帧，在第 30 帧插入关键帧，并将角色手图形移到画面左下角出画，创建关键帧第 11 ～ 30 帧的补间动画，完成角色按音乐按钮后移开手的动作。在第 31 帧插入空白关键帧。

（4）在"仪器表"图层的第 30 帧插入关键帧，制作车内音乐设备的节奏跳动效果动画。在该图层的第 30 ～ 85 帧插入关键帧，制作节奏的跳动图效果动画，如图 18-98 所示。在"车框"图层的第 86 帧插入空白关键帧。

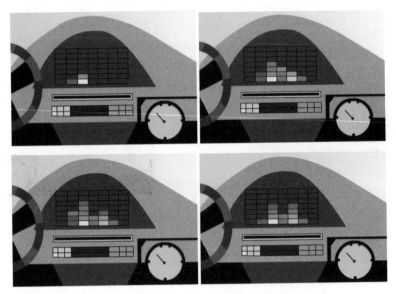

图 18-98　制作车内音乐设备的节奏跳动效果动画

这时就完成了角色车内动作，最后图层与时间轴效果如图 18-99 所示。

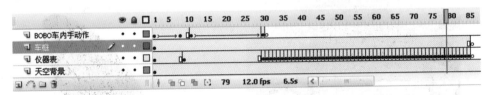

图 18-99　图层与时间轴效果

2）车奔驰动画

（1）新建图层，命名为背景，在第 86 帧插入关键帧，在舞台中绘制背景图形，如

图 18-100 所示，并将该图层转换成图形元件。

图 18-100　绘制背景

（2）新建图层，命名为"车"，在第 86 帧插入关键帧，将前面车的侧面图形拖入舞台中，效果如图 18-101 所示。在第 93～132 帧之间分别插入关键帧，制作车启动时抖动的逐帧动画。新建图层，命名为"车尾气"，在第 98 帧插入关键帧，绘制车启动时排出的烟的图形，效果如图 18-102 所示。车在第 127 帧时消失，在第 98～127 帧之间制作尾气的逐帧动画，在第 128 帧插入空白关键帧。

图 18-101　拖入车的侧面图形

图 18-102　车排出的烟的效果

（3）在"背景"图层的第 128 帧和第 164 帧插入关键帧，在第 164 帧移动背景图形位置，创建两个关键帧之间的补间动画，最后效果如图 18-103 所示。这时就完成了车启动时的动画制作。

（4）下面开始制作车载行径过程中的动画。新建图层，命名为"地面动画"，在第 165 帧插入关键帧，绘制变形地面阴影的一个图形，如图 18-104 所示。将该图层转换成图形元件，在第 172 帧插入关键帧，调整图像位置，第 165 帧时，图形在舞台左边出画，第 172 帧时，图形在右边出画，创建两个关键帧之间的补间动画。复制该动画帧，在第 173 帧粘贴帧，调整为只需要 5 帧时间，再将调整后的 5 帧补间动画进行复制，依次在后面粘贴，直到第 255 帧结束。调整第 250～225 帧的时间长度是 3 帧，再复制这 3 帧，依次粘贴直到第 334 帧结束。在第 335 帧插入空白关键帧，最后完成图层"地面动画"的制作。

图 18-103　在两个关键帧之间创建补间动画

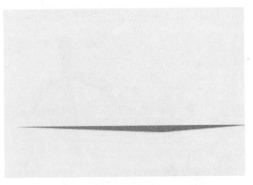

图 18-104　绘制变形地面阴影

（5）新建图层，命名为"背景运动山"。在第 165 帧插入关键帧，绘制背景山图形，效果如图 18-105 所示。转换成图形元件，在第 335 帧插入关键帧，创建两个关键帧之间的补间动画。在第 165 帧，图形位置在左边出画，在第 335 帧，图形在右边出画。这时就完成了背景山的补间动画。

（6）新建图层，命名为"背景运动树"，在第 197 帧插入关键帧，绘制背景树图形，效果如图 18-106 所示。转换成元件，在第 197 ～ 231 帧之间制作连续的每隔 5 帧的补间动画，在第 232 ～ 335 帧之间制作连续的每隔 3 帧的补间动画，实现树运动的效果。

图 18-105　绘制山

图 18-106　绘制树

（7）运用相同的方法，新建图层"背景运动草"，绘制草的图形，转换成元件，制作连续运动部件动画。这 4 个图层的时间轴效果如图 18-107 所示。

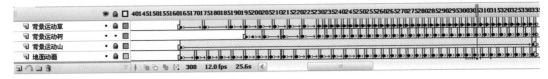

图 18-107　4 个图层的时间轴效果

最后形成车运动的动画效果，如图 18-108 所示。

图 18-108　车运动的动画效果

3）车被撞翻动画

（1）在"背景"图层的第 337 帧插入关键帧，在最左边绘制一块大石头形状的物体，如图 18-109 所示。在第 337 ～ 344 帧插入关键帧，制作石头从右到左的补间动画。第 344 帧效果如图 18-110 所示。

图 18-109　绘制大石头

图 18-110　第 344 帧的效果

（2）在"车"图层的第 337 帧处插入关键帧，在此关键帧到第 349 帧之间制作车与角色被撞后翻滚的逐帧动画效果，如图 18-111 所示，在第 350 帧插入空白关键帧。

图 18-111　车与角色被撞后翻滚的逐帧动画效果

图 18-111　车与角色被撞后翻滚的逐帧动画效果（续）

（3）在"背景"图层的第 350 帧插入关键帧，绘制图形，效果如图 18-112 所示。转换成图形元件，在第 365 帧插入关键帧，向左平移图形位置，效果如图 18-113 所示。注意：在该图形中绘制角色的形状和位置与"车"图层的第 349 帧的位置保持一致。创建关键帧第 350 帧与关键帧第 365 帧之间的补间动画，将时间延长至第 410 帧。

图 18-112　绘制图形　　　　　　　　　　图 18-113　向左平移图形

（4）在"车"图层的第 366 帧插入关键帧，绘制车被撞飞起来的图形，效果如图 18-114 所示。在第 366 ～ 380 帧分别插入关键帧，制作车掉下来散架的动画，效果如图 18-115 所示。

图 18-114　绘制车被撞飞的图形

图 18-115　车掉下来散架的动画

（5）新建图层，命名为"后车轮滚动"，在第 381 帧插入关键帧，绘制汽车后车轮图形，然后转换成影片剪辑元件，在影片剪辑元件中制作车轮的选择动画，其旋转补间动画属性设置如图 18-116 所示。在第 400 帧插入关键帧，将"汽车轮"图形元件平行拖到舞台右方出画，创建两个关键帧之间的补间动画。第 400 帧的画面效果如图 18-117 所示，将时间延长至第 410 帧。

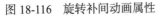

图 18-116　旋转补间动画属性

图 18-117　第 400 帧的画面效果

（6）新建"声音"图层，包括"音乐"、"汽车引擎声"、"车散架声"、"车撞击声"。
在"音乐"图层的第 8 帧插入音乐文件 I Am Rock；在"汽车引擎声"图层的第 204 帧插
入声音文件"引擎"；在"车散架声"图层的第 369 帧插入声音文件"倒塌"；在"车撞
击声"图层的第 338 帧插入声音文件"撞击声"。所有声音文件的同步都设置为"数据流"
形式，其他保持默认值不变。

（7）最后新建舞台黑色外框图层或者外框，完成此镜头的动画制作，整个图层与时间
轴效果如图 18-118 所示。

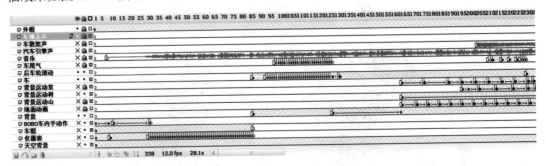

图 18-118　整个图层与时间轴效果

### 11. 镜头 11：埋伏在家里的忍者

本镜头包括两个部分，一是角色忍者在家的全景，二是角色忍者的一个表情特写。下
面分别进行介绍。

（1）新建场景并命名为"镜头 11"，将图层 1 命名为"忍者全景"，在舞台中绘制图形，
如图 18-119 所示。在第 21 帧插入空白关键帧，也就是将图形时间延长 10 帧时间显示。

（2）新建图层，命名为"忍者特写"，在第 21 帧插入关键帧，绘制角色的特写镜头画
面，效果如图 18-120 所示，将时间延长至第 35 帧。

（3）新建图层，命名为"左眼珠"，在第 21 帧插入关键帧，绘制一个小黑点，转换成
图形元件，在第 25 帧插入关键帧，移动图形元件位置，创建两个关键帧之间的补间动画。
再新建图层，命名为"右眼珠"，将刚刚绘制的小黑点图形元件拖至角色右眼位置，在第 25
帧插入关键帧，移动图形元件位置，创建两个关键帧之间的补间动画，最后，角色在第 21
帧的形象如图 18-121 所示，在第 25 帧的形象如图 18-122 所示。

图 18-119　绘制"忍者全景"

图 18-120　绘制角色的特写镜头

图 18-121　第 21 帧的形象

图 18-122　第 25 帧的形象

（4）最后新建声音图层，命名为"声音"，在第 1 帧导入声音文件"屋外倒塌声"，设置属性为"数据流"形式。最后新建"外框"图层，绘制舞台黑色外框，动画制作完毕。图层与时间轴效果如图 18-123 所示。

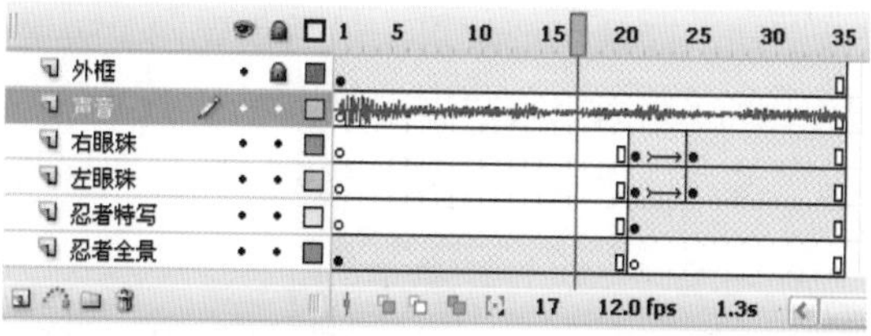

图 18-123　图层与时间轴效果

### 12. 镜头 12：角色 BOBO 爬起来的动作特写

（1）新建场景，命名为"镜头 12"。将图层 1 命名为"背景"，在舞台中绘制背景，如图 18-124 所示，将时间延长至第 40 帧。

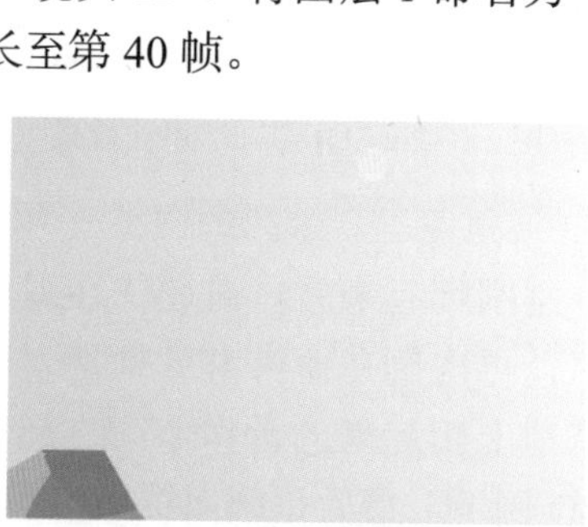

图 18-124　绘制背景

（2）再新建图层，命名为 BOBO，在舞台中绘制角色倒下的形象，然后在第 1 ～ 30

帧每隔 1 帧插入关键帧，绘制角色 BOBO 爬起来的逐帧动画，效果如图 18-125 所示。在第 30 帧，将角色头上的花去掉。

图 18-125　BOBO 爬起来的逐帧动画

（3）新建图层，命名为"花"，在第 30 帧插入关键帧，绘制角色头上花的图形，转换为图形元件。设置角色转动的中心点位置在下方，在第 34 帧和第 38 帧插入关键帧，将两个关键帧对应的图形进行摆动，起到修饰效果。最后创建两个关键帧之间的补间动画。再新建图层，命名为"声音"，插入声音文件"屋外倒塌声"，设置属性为"数据流"形式。最后新建"外框"图层，绘制舞台黑色外框，动画制作完毕，图层与时间轴效果如图 18-126 所示。

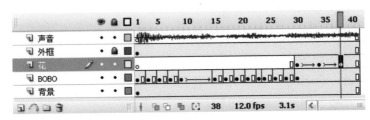

图 18-126　图层与时间轴效果

13. 镜头 13：角色 BOBO 被角色忍者杀死的镜头

此镜头主要是角色 BOBO 刚刚爬起来后，被埋伏在屋里的忍者从窗户里面跳出来偷袭，而 BOBO 没有防备，被杀，再次倒在血淋淋的地上。从镜头分析，可以分为 4 个部分，第一部分为角色 BOBO 从地上爬起来的动作；第二部分为忍者从窗户飞出来；第三部分为忍者杀死 BOBO，BOBO 倒下，最后是画面结束镜头。下面对每一部分的制作进行详细介绍。

（1）新建场景，命名为"镜头 13"。将图层 1 命名为"天空"，绘制天空背景，将时间延长至第 170 帧。再新建图层，命名为"背景"，在舞台中只能够绘制背景图层，将时间延长至第 170 帧，最后两图层的效果如图 18-127 所示。将两图层锁住。

（2）新建图层，命名为 BOBO，在舞台中绘制角色形状，效果如图 18-128 所示。在第 5～15 帧之间每隔 1 帧插入关键帧，制作角色 BOBO 轻微抖动的逐帧动画。

图 18-127　绘制背景

图 18-128　绘制角色形状

（3）新建图层，命名为"窗子"，在第 22 帧插入关键帧，绘制忍者推开窗户的画面，效果如图 18-129 所示。在第 27 帧，将该帧中忍者的形状去掉，最后效果如图 18-130 所示。将时间延长至第 170 帧。

图 18-129　绘制忍者推开窗户的画面

图 18-130　将第 27 帧的忍者删去

（4）新建图层，命名为"忍者"，在第 27 帧插入关键帧，绘制忍者飞起来的形象，效果如图 18-131 所示。在第 27～37 帧之间，绘制角色忍者飞下来转身动作的逐帧动画，效果如图 18-132 所示。

图 18-131　绘制忍者飞起来的形象

图 18-132　绘制忍者飞起来转身动作的逐帧动画

　　（5）在第 46 帧、49 帧、53 帧分别插入关键帧，在第 46 帧和第 49 帧分别绘制角色忍者持刀向角色 BOBO 刺去的两个画面，如图 18-133 所示。在第 53 帧绘制角色忍者收回刀的画面。

图 18-133　绘制角色忍者持刀向 BOBO 刺去的画面

　　（6）在 BOBO 图层的第 47 帧插入关键帧，在第 48 ～ 57 帧插入关键帧，绘制角色 BOBO 倒下的逐帧动画，效果如图 18-134 所示。

图 18-134　绘制角色 BOBO 倒下的逐帧动画

（7）新建图层，命名为"冒血"，在第65帧插入关键帧，在角色上方绘制血的图形，将图形转换成影片剪辑元件，制作冒血的影片剪辑逐帧动画，效果如图18-135所示。

图18-135　制作冒血的逐帧动画

（8）再新建图层，命名为"底下血"，将该图层拖至BOBO图层下方，在第70帧插入关键帧，绘制血的形状，效果如图18-136所示，在第100帧插入关键帧，将血图形的形状变形，效果如图18-137所示，最后在两关键帧之间制作地上血的形状补间动画。最后角色BOBO倒在地上的画面如图18-138所示。

图18-136　绘制血的形状

图18-137　绘制血的形状变形

图18-138　角色倒在地上的画面

（9）新建图层，命名为"落幕"，在第95帧插入关键帧，在舞台上绘制图形，转换成图形元件"元件"，效果如图18-139所示。在第115帧插入关键帧，将图形元件"落幕"进行变形操作，第115帧画面效果如图18-140所示。

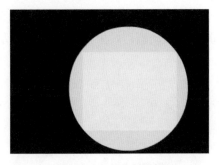

图 18-139　绘制图形

图 18-140　第 115 帧画面效果

（10）最后添加声音图层"开窗口声"、"音效 1"、"音效 2"、"结束音"。在"开窗口声"图层的第 15 帧插入关键帧，添加声音文件"关车门声"。在"音效 1"图层的第 36帧插入关键帧，添加声音文件"多样节拍"。在"音效 2"图层的第 46 帧插入关键帧，添加声音文件"音效"。在"结束音"图层第 92 帧插入关键帧，添加声音文件"结束音"。设置所有声音文件属性为"数据流"播放形式，其他默认。添加新图层，命名为"外框"，绘制舞台黑色边框。图层与时间轴效果如图 18-141 所示。

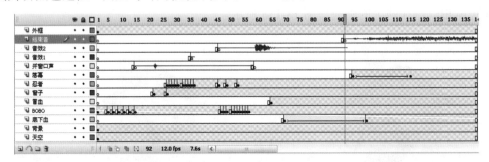

图 18-141　图层与时间轴效果

**14. 镜头 14：卡条**

此镜头主要是模拟电影拍摄现场的一个镜头。

（1）新建场景，命名为"镜头 14"，将图层 1 命名为"背景"，在舞台中绘制图形，效果如图 18-142 所示。将时间延长至 15 帧。

（2）再新建图层，命名为"卡条"，在舞台中绘制图形，效果如图 18-143 所示，并转换成元件，在第 7 帧插入关键帧，改变图形元件位置，制作右边从上到下的旋转动画，第 1 帧效果如图 18-144 所示，第 7 帧效果如图 18-145 所示。

图 18-142　绘制图形

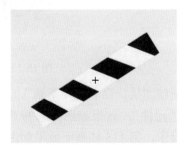

图 18-143　绘制图形

图 18-144　第 1 帧效果

图 18-145　第 7 帧效果

（3）新建图层，命名为"声音"，在第 7 帧插入关键帧，添加声音文件"多样节拍"，设置属性为"数据流"形式播放。最后新建图层，命名为"外框"，绘制舞台黑色外框图形，完成本镜头制作。图层与时间轴效果如图 18-146 所示。

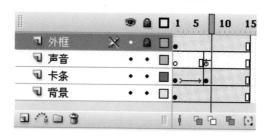

图 18-146　图层与时间轴效果

### 15. 镜头 15：拍摄现场

此镜头主要是展现影片拍摄现场的一段动画，也是本影片的最后一个画面。

（1）新建场景，命名为"镜头 15"。将图层 1 命名为"背景"，在舞台中绘制背景图形并转换成图层元件。在第 6 帧插入关键帧，舞台区域图形效果如图 18-147 所示。在第 10 帧插入关键帧，舞台区域图形效果如图 18-148 所示。将时间延长至 60 帧位置。

图 18-147　绘制背景

图 18-148　舞台区域图形效果

（2）新建图层，命名为"声音"，在第 6 帧插入关键帧，添加声音文件"鼓声"，在第 17 帧插入关键帧，添加声音文件"嘘声"。设置声音属性为"数据流"形式播放。最后添加图层，命名为"外框"，绘制舞台黑色外框。图层与时间轴效果如图 18-149 所示。

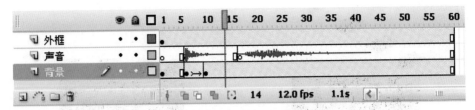

图 18-149　图层与时间轴效果

到此，就完成了影片的中期制作过程，接下来对影片进行后期处理。

# 18.3　后期处理

影片的后期处理过程主要包括声画对位和测试影片。

## 18.3.1　声画对位

将每一个场景所有图层锁住，按 Enter 键播放场景，看影片中的声音是否与画面对位，假如出现错误或者不协调等，应及时进行处理和修改。

## 18.3.2　测试影片

选择"控制"菜单中的"测试影片"命令，这时就对影片进行测试，如果不能进行正常播放，就需要查找原因，寻找错误的地方进行修改。一般情况下，在代码或文字的应用上常常会出现这样的问题。

# 18.4　发布影片

选择"文件"菜单中的"导出影片"命令，选择需要的影片格式发布影片即可。

## 知识巩固与延伸

（1）分析影片制作过程中的方法。

（2）应用所学习的知识修改影片中的一些繁琐步骤。

（3）指出影片制造过程中的不足。

# 参 考 文 献

1．李广华．影视动画绘制技法．北京：海洋出版社．2006，9

2．李振华，刘洪祥等．美术设计师完全手册．北京：清华大学出版社．2006，5

3．肖伟，宗传玉．原画设计．北京：电子工业出版社．2009，5

4．佟婷．动画艺术论．北京：中国传媒大学出版社．2007，7

5．赵前，何嵘．动画片场景设计与镜头运用．北京：中国人民大学出版社．2005，4

6．汪璎．原画设计．上海：上海人民美术出版社．2004，1

7．吴冠英．动画造型设计．北京：清华大学出版社．2003，1

8．贾否，胡燕．动画背景设计与色彩．合肥：安徽美术出版社．2008，11

9．韩笑．影视动画场景设计．北京：海洋出版社．2005，7

10．索晓玲，马建中．动画运动语言．北京：中国传媒大学出版社．2007，9

11．戴铁朗，陆江山，项建恒．导演及后期制作．上海：上海人民美术出版社．2008，3

12．姚光华．动画分镜头台本设计．上海：上海人民美术出版社．2006，7

13．容旺乔．动画概论．南京：江苏美术出版社．2006，8

14．贾否，路盛章．动画概论．北京：中国传媒大学出版社．2005，5

15．姚忠礼，烧晓舟，王意．动漫剧本创作．上海：上海人民美术出版社．2009，3

16．薛锋，赵可恒，郁芳．动画发展史．南京：东南大学出版社．2006，11

17．耶欣如．动画概论．上海：复旦大学出版社．2006，12